El Bargueño

Separados por más de trescientos años;
unidos por un bargueño...

KEILA OCHOA HARRIS

El Barqueño

Separados por más de trescientos años;
unidos por un barqueño...

GRUPO NELSON
Una división de Thomas Nelson Publishers
Desde 1798

NASHVILLE DALLAS MÉXICO DF. RÍO DE JANEIRO

Publicado en Nashville, Tennessee, Estados Unidos de América.

Grupo Nelson, Inc. es una subsidiaria que pertenece
completamente a Thomas Nelson, Inc.

Grupo Nelson es una marca registrada de Thomas Nelson, Inc.
www.gruponelson.com

Nota del editor: Esta novela es una obra de ficción. Los nombres, personajes,
lugares o episodios son producto de la imaginación de la autora y se usan
ficticiamente.

Todos los personajes son ficticios, cualquier parecido con personas vivas o muertas
es pura coincidencia.

Adaptación del diseño al español: *Grupo Nivel Uno, Inc.*

ISBN: 978-1-60255-263-0

Impreso en Estados Unidos de América

10 11 12 13 WC 9 8 7 6 5 4 3 2

Prólogo

El artesano suspiró cuando subieron el bargueño al barco. Su esposa lo miró de reojo preguntándose a qué se debería tanta nostalgia. Su oficio lo hacía construir muebles de todo tipo, y ese bargueño no era la excepción. Sin embargo, su mujer ignoraba que algo yacía debajo de la madera tallada: no solo la sangre y el sudor de esos meses de trabajo sino un sueño roto.

Cipriano había querido viajar a la Nueva España, a esa tierra de oportunidades y riquezas. La epidemia se había llevado a sus padres, a dos hermanos y a tres hijos. La pobreza lo consumía y en algún momento, mientras labraba las columnitas del escritorio, imaginó cómo su vida mejoraría en aquellas tierras de oro y plata, de indios y bárbaros, donde los españoles reinaban a sus anchas.

Sin embargo, cuando terminaba el barqueño, ocurrió el accidente. El incendio comenzó en la casa y se extendió al taller. En un intento por salvar sus herramientas, una viga del techo le cayó encima y por pura misericordia no lo hirió en la cabeza, pero sí en su mano derecha, la que quedó convertida en algo inútil, como un trozo de piel y huesos que tenía que llevar a cuestas pero que carecía de movimiento. El fuego también lo alcanzó en el rostro. En suma, Cipriano terminó el bargueño barnizándolo con una torpe mano izquierda y unas vendas en la cara que no le permitían olvidar su tragedia.

No viajaría a la Nueva España.

Vendió el bargueño a unos comerciantes que se marchaban al Nuevo Mundo y las pocas monedas que consiguió por el artefacto no lo alegraron ni a él ni a su mujer. Pero se consolaba pensando que aún cuando él no llegara a pisar aquellas tierras, el bargueño sí lo haría.

Unas horas después, vio partir el navío rumbo a lo desconocido. Al volverse para regresar a casa, rogó que su mala suerte no se hubiera transmitido a aquel mueble, y que su dueño no se contagiara con la maldición de sueños rotos. Pues a pesar de todo, con una mano deforme y un rostro quemado, Cipriano había terminado de tallar esa madera con todo el corazón.

1

Gonzalo ve aquel mueble de madera, rectangular y sólido como un gabinete. Lo observa con más detenimiento, roza el frente, en el que se perciben algunos grabados. Según lo que su vecino le ha dicho, pertenece al siglo XVII y fue construido en España. ¿Y cómo llegó a México? Algún comerciante lo habrá traído.

Don Mario ha intentado venderlo a algunas tiendas de antigüedades, pero el deterioro de la madera desanima a los pocos compradores potenciales. Ahora se muda a Zacatecas a vivir con su hija y pasar allí sus últimos años, así que remata el escritorio, un comedor y un librero. Gonzalo, como su vecino durante años, no necesita más sillas ni mesas, ni libreros con polilla, pero sus ojos vuelven a aquel mueble de antaño.

—Ábrelo —le dice el hombre de casi ochenta años.

Gonzalo, a sus casi sesenta, no siente el peso de la edad, pero lamenta que los dedos de don Mario tiemblen sin control. Algún día, Gonzalo probará las aguas amargas de la vejez, cosa que le preocupa, pero mientras tenga un poco de vigor no meditará en el futuro.

Obedece las órdenes del viejo y tira de la manija de la parte de arriba, no sin antes notar que la caja simula una casa, dado el triángulo en su parte posterior. La madera cruje al abrirse y debe sujetar la tapa que amenaza con desprenderse. Una de las cadenitas que sujetan la tapa se ha zafado.

Por dentro encuentra una obra de arte, descuidada y polvorienta pero que no esconde su antigua belleza. Con algo de imaginación, simula un palacio, ya que presume arcos que podrían pasar por portales, y sobre esos recovecos hay varios cajoncitos para ocultar tesoros. Por algún motivo piensa en Delia, su hija, y su obsesión por los cuentos de hadas desde niña. Cada Navidad había pedido un palacio, pero Gonzalo solo le consiguió una sencilla casa de muñecas.

—¿Lo quiere? —indaga don Mario, con un dejo de impaciencia. Mira el reloj de pared y Gonzalo se sacude las manos en el pantalón. El polvo en el mueble le pica la nariz.

—¿Cuánto pide por él?

—Es un regalo. Ni que muchos quisieran un mueble tan inservible.

Gonzalo asiente con una media sonrisa. Ignora el por qué, pero la emoción hierve en su pecho.

Esa noche, investiga por Internet. Lee que en el Siglo de Oro español los bargueños se habían instaurado como un elemento esencial en los hogares pudientes. Fungía como escritorio, lo que Gonzalo adivinó al analizar la firmeza de la tapa. Además su procedencia árabe se delinea en su finura. Gonzalo se acaricia la barba mientras se pregunta si Miguel de Cervantes y Saavedra habrá poseído un bargueño. ¿Lo usaría para escribir «El Quijote»? Y ¿qué hará con el mueble? Halla una página web donde se sugieren formas para sanar la madera, y anota en un trozo de papel los instrumentos que debe conseguir: bisturí, paletina, brocha limpiadora, lijadora y masilla reparadora.

¿Cuánto tiempo le llevará restaurarlo? ¿Acaso importa? Lo convertirá en su proyecto, pues buena falta le hace un poco de motivación.

———

—En el siglo XVII una solterona tenía como opción el convento —recita Laura.

—¿Y hoy? —pregunta uno de sus alumnos.

—Una se vuelve maestra —suspira.

Sus treinta y tantos estudiantes lanzan tenues carcajadas que Laura extingue con una mirada severa. Los chicos continúan escribiendo mientras Laura enumera las características del período virreinal en México, su época preferida. Mientras habla, camina por el salón de clases y capta su reflejo en una de las ventanas. ¿Adivinarán sus alumnos que ya tiene cuarenta años? Viste un traje sastre de color rojo para darle vida a su aspecto. Se recoge el cabello, y su falta de canas, gracias al tinte castaño, oculta su edad. Quizá sus manos no lo consigan pero por eso cuida sus uñas y baña su piel con crema suavizante.

El timbre repica y los alumnos cierran sus libretas. Laura grita la tarea que casi ninguno apunta, y que seguramente la mitad olvidará hacer. Con el receso que se inicia la tropa de chicos se desbanda y Laura se queda sola en el salón de clases. Recoge sus apuntes que guarda en su cartera. Enseñar a los de tercero de secundaria difiere mucho de los de segundo o de primero. Los tres grados poseen sus propias complicaciones, pero ella ha aprendido a comprenderlas y a diferenciarlas.

Al bajar las escaleras y cruzar el patio analiza a los de primero, chicos entre doce y trece años, verdes e infantiles, características que los hace perezosos e irresponsables, sin olvidar que algunos ni siquiera leen bien. Los de segundo fanfarronean y se sienten superiores solo por portar otro color de suéter, pero abusan de su autoconfianza y por eso reprueban o sacan malas calificaciones que les pesarán más adelante. Los de tercero, entre quince y dieciséis años, se dividen en dos bandos: los amenazados con perder el año y los que empiezan a soñar con la preparatoria.

Laura prefiere a los de tercero porque conversan más y defienden sus posturas pero, sobre todo, porque a ellos les enseña Historia de México, su verdadera pasión. Suele apresurarse en el primer bloque, en el que someramente delinea las culturas prehispánicas y envía a sus alumnos al Museo de Antropología e Historia para que se empapen de lo más esencial, y luego se detiene con holgura en su período preferido: la Colonia. Allí puede hablar de la arquitectura barroca y de las órdenes religiosas. Organiza una salida al Museo del Virreinato o al centro de la ciudad para contemplar los edificios de la época. Recita a Sor Juana Inés de la Cruz mejor que a la Biblia y canta algunas coplas de la época mejor que el Himno de las Secundarias Técnicas. Comparte con sus alumnos su apreciación sobre las castas y el mestizaje y, cuando menos se da cuenta, ya debe proseguir a la Era Independiente del país y sus ojos se hacen opacos una vez más.

—Usted debió ser monja —le dijo un alumno un mes atrás.

Laura trató de no hacerse la ofendida, pero recordó que los alumnos la apodaban así. No le preocupa gran cosa ya que otros maestros la pasan peor. Están el Ogro, el Frijol y la Ballena. Así que supone que el sobrenombre de Monja no alude a ningún atributo físico o de personalidad, sino a su pasión por el Virreinato.

Entra a la sala de maestros donde algunos se preparan café y otros comentan las noticias. Se pregunta si sus colegas también la considerarán una «monja». Quizá lo hacen, pues Laura no es casada ni tiene novio. Rechazó la propuesta indecorosa del subdirector Mancera, y no le ha hecho caso al profesor de Química, un viudo reciente que ahora sale con una de las secretarias. Lleva ya siete años enseñando en esa secundaria, lo que la convierte, a ojos de los alumnos, en un «dinosaurio» o parte del mobiliario, pero trata de no inmutarse ni contrariarse.

Llena su taza con agua caliente y se prepara un café bien cargado. El olor la extasía como de costumbre y se sale a un jardincito para disfrutar su bebida. Coloca una silla de plástico bajo la sombra de un árbol y sorbe con lentitud mientras escucha los gritos de los estudiantes en un partido de fútbol. Luego contempla las rejas azules que delimitan la escuela y repasa la conversación de unos minutos atrás.

En el siglo XVII, una mujer sola como ella habría entrado a un convento para escapar de la vergüenza social o para no morir sola. En el siglo XXI, concluye que también hay rejas que resguardan a las almas heridas, pero son más seculares e impersonales.

"Si yo hubiera vivido en el siglo XVII, ¿habría sido monja?" se pregunta en voz alta.

Supone que sí.

Gonzalo observa la pantalla del teléfono. El identificador de llamadas muestra el nombre de su ex-esposa. ¿Para qué lo buscará? Solo lo hace para quejarse sobre algún desperfecto en su casa o para reclamarle el haber olvidado el cumpleaños de alguno de sus hijos. Antes de responder, Gonzalo contempla el calendario sobre la repisa. Ni Adrián ni Julio ni Delia cumplen años ese mes. Evalúa la posibilidad de no contestar. Puede inventar que salió al supermercado, pero ¿le creerá? Rosario, a pesar de vivir al otro extremo de la ciudad, percibe la verdad de un modo sobrenatural. En ocasiones como esa, Gonzalo echa de menos su trabajo en la compañía donde la secretaria solía excusarlo con pequeñas mentiras.

Levanta el auricular.

—¡Tardaste años! —le reclama Rosario.

Su voz suena aguda; una mala señal.

—¿Qué pasa?

—Que ya no puedo más. Ven por Delia cuanto antes.

—¿Delia? ¿Y qué hay con ella?

—Pues que es una borracha y así no la quiero junto a mí.

Gonzalo se sienta para no irse de espaldas y escucha la historia que su mujer le relata. ¿Se estarán refiriendo a la misma persona? ¿A Delia, su niña de cabello dorado y ojos color miel? ¿Esa niñita que se sentaba sobre sus rodillas para ver televisión o plantarle un beso en la barbilla? ¿Esa jovencita que lo convenció por primera y última vez de rasurarse el bigote para acudir a su graduación de preparatoria? Rosario la describe como una mujer desvergonzada y descuidada, pero él la recuerda bien vestida y oliendo a ese perfume de cítricos que tanto la favorece.

Según Rosario, Delia llegó a la casa en un estado de ebriedad vergonzoso. A Rosario le preocupa lo que las vecinas piensen de ella.

—No es la primera vez, Gonzalo. Esto ocurre con más frecuencia cada semana y, francamente, ya no sé que hacer.

Gonzalo percibe unos sollozos y traga saliva. ¡Rosario llorando! Pocas veces, desde el divorcio, ha visto a su mujer descompuesta. Antes de firmar los papeles, Rosario usó las lágrimas como un arma mortal, pero una vez que cada quien tomó una dirección opuesta, rara vez la vio tambalearse. Le ruega que se tranquilice, pero Rosario, ahogada por el llanto, continúa incapaz de formular una frase coherente. Gonzalo comprende que su ex-mujer no exagera, o que si lo hace, la situación le pesa y está perdiendo la perspectiva.

Mientras su mujer balbucea palabras desconectadas entre las que distingue alcohol, tragedia y rebeldía, medita en sus dos hijos mayores. Adrián vive en el norte del país y trabaja como director de una clínica donde prospera económicamente. Su esposa le simpatiza y sus dos nietos se le figuraban normales, aunque poco lidia con ellos. Julio, recién casado, se apretuja en un departamento de dos por dos con su mujer, una chaparrita parlanchina, pero agradable. ¿Y qué de Delia? Delia ha sufrido más que los dos varones, aunque recibió más que sus hermanos.

Cursó en escuelas privadas desde el jardín de niños. Se graduó de licenciada en Informática en una universidad de renombre. No tuvo que trabajar y estudiar al mismo tiempo, como el pobre de Adrián que durmió pocas horas entre la escuela y su empleo como oficinista en el Seguro Social, o como Julio quien fue mesero durante años en un restaurante italiano para pagarse la colegiatura en su carrera de abogado.

—Entonces, ¿vendrás por ella? —insiste Rosario.

Su ex-mujer vive en el sur de la ciudad. ¿Y qué del tráfico? Por otra parte, Gonzalo no lleva ni un mes de jubilado, y apenas comienza a disfrutar su soltería: no levantarse temprano, no usar corbata, no lidiar con el reloj. Si bien se aburrió los primeros días y se preocupó por esa sensación de inutilidad, no por eso desea perder su libertad. Además, ¿qué hará con Delia?

—Por lo menos estará lejos de ciertas amistades y no recordará a cierta persona —enfatiza Rosario.

Su ex-mujer tiene razón.

—Está bien. A las siete.

—Estará lista con todo y maleta.

Gonzalo no lo duda, pero antes cenará algo pues Rosario ni siquiera le invitará un café; no lo ha hecho desde el divorcio, muchos años atrás.

A Laura le gusta su departamento. Pequeño, cálido y con su sello distintivo. Libros de Historia en el librero, un escritorio con su computadora portátil, una cocina bien equipada, aunque poco ostentosa, donde se prepara unas deliciosas ensaladas que solo ella prueba. Su recámara tiene una cama matrimonial y un buró con espejo. Se está preguntando si debe cambiar la alfombra por un piso laminado, cuando suena el teléfono. Su hermana la saluda con efusividad.

Laura se pone a batir unos huevos, mientras escucha a Julia comentar su gran idea. En unos días, su hija mayor dará a luz. ¡Julia será abuela por primera vez! Será el primer nieto de la familia, pues son solo dos hermanas, Julia y Laura, mellizas, y para celebrar tan grande ocasión, piensa organizar una fiesta.

—Invitaré a los tíos, a los primos y a sus familias, y ¡no puedes faltar tú!

Laura no ha pisado su ciudad natal durante los últimos siete años. Han celebrado Navidad y Año Nuevo en puntos intermedios, o Laura simplemente ha prescindido de dichas reuniones sociales por sanidad mental. No quiere saber nada de Orizaba ya que le trae malos recuerdos.

—¿Vendrás?

Un escalofrío recorre su espalda. Le ha tomado años recuperar la confianza de Julia y de su madre. Ha luchado mucho para ganarse la aceptación de sus tíos y sus primos, aunque todavía no vislumbra una victoria final pues siempre hay rumores e insinuaciones que la hieren, pero ¿por qué huir? No puede pasar el resto de su vida evitando la ciudad.

—¿Cuándo será?

Julia menciona el siguiente fin de semana que incluye el lunes como día feriado. Laura trata de inventar una excusa o encontrar un compromiso prioritario, pero su mente no rasca un solo pretexto, así que accede sin mucho ánimo.

—¡Qué buena noticia! Mamá se alegrará. Gracias, Laurita. Te quiero.

Laura saborea las últimas dos palabras. ¿Julia la quiere? Marca en su calendario la fecha, luego se apresura con la merienda. Debe redactar los exámenes del día siguiente.

———

Gonzalo detiene el auto frente a la casa donde viven Rosario y su hija. Le hace falta una buena pintada a los muros, pero él ya no se encarga del mantenimiento. Aguarda con el radio encendido. Ninguna novedad, aunque el locutor habla de las noticias como si se tratara de asuntos trascendentales. Repite lo mismo de siempre: las mentiras que el presidente recita para levantar la moral social, las extravagancias de ciertos personajes del mundo de la farándula y la patética exhibición del equipo de fútbol nacional. Gonzalo tamborilea el volante con los dedos de la mano derecha. Debería estar resanando el bargueño y no recogiendo a Delia como si tuviera otra vez cinco años y la hubieran suspendido de la escuela.

Rosario aparece con una mascada en la cabeza. No se ha maquillado, algo inaudito en ella, ni se ha puesto más que unos pantalones oscuros y viejos, con una blusa una talla mayor que no combina con sus zapatos. Delia viene detrás con unos lentes oscuros que le cubren casi toda la cara —y el cielo ya comienza a oscurecer— unos pantalones de mezclilla y una sudadera.

Gonzalo se baja como una flecha y abre la cajuela para depositar la petaca con la ropa de Delia. Le abre la puerta delantera y Delia ocupa el asiento del copiloto. Gonzalo la cierra y encara a Rosario.

—¿Y ahora qué?

—No lo sé. Supongo que debemos enviarla a Alcohólicos Anónimos o a una clínica, pero ella insiste en que está bien.

Los ojos de Rosario se humedecen. Con esa pañoleta cubriendo su cabello teñido, luce todos sus cincuenta y cinco años, los que ella intenta, por todos los medios, disimular.

—¿Y crees que a mí me hará caso?

Después del divorcio, Rosario resultó la ganadora, la madre ejemplar que sacó adelante a sus tres hijos. Gonzalo pagó las escuelas y la gasolina de la camioneta que Rosario condujo hasta unos años atrás en que prefirió un auto compacto. A ojos de sus hijos, Gonzalo no se preocupa por ellos. Y aún cuando no se ha vuelto a casar, aunque tuvo una novia por un par de años, sus hijos solo lo buscan para invitarlo a bodas y graduaciones, o para pedirle dinero.

—Por lo menos estará lejos de aquí —le dice Rosario, con impaciencia—. Ya no soporto sus llegadas de madrugada y ese olor nauseabundo. Solo te pido unas semanas. Necesito descansar.

Gonzalo se despide y arranca el auto. Le hace tres preguntas a Delia que ella contesta con una casi imperceptible inclinación de cabeza, así que se concentra en un programa deportivo que le llega por la radio del auto. Aún así, no consigue olvidar que su niña viene a su lado y anda metida en problemas. ¡Su niña! Delia tiene veintiocho años. Pero supone que Rosario exagera con el tema del alcoholismo. ¿Que no entiende que su hija ha pasado por un trauma que no se supera de la noche a la mañana?

Una hora y media después, ya que el tráfico se porta benevolente, Gonzalo abre la puerta de su casa. Trata de imaginarse lo que Delia ve, pues ella no lo ha visitado en más de cinco años. Deja la maleta bajo las escaleras que conducen al segundo piso y sigue a Delia quien deambula por la sala en la que hay tres sillones de piel y frente a ellos un televisor enorme con sonido estéreo incluido donde él ve sus partidos de fútbol. El comedor, que nunca usa, solo consta de una mesa rectangular y seis sillas.

La cocina dista mucho de ser abundante y vibrante como la de Rosario. Aún luce nueva por falta de uso. Delia se atreve a abrir el refrigerador en el que anida comida congelada, un poco de jugo de naranja y leche; se asoma luego por la ventana de la cocina y no le presta atención al patiecito donde hay una lavadora y el fregadero. Al fondo está el cuartito de servicio que Gonzalo ha convertido en taller de carpintería. Allí se encuentra el bargueño que don Mario le regaló esa mañana.

—¿Quieres ir a tu habitación?

Gonzalo carga la maleta de su hija. El cuarto del fondo, el más grande, le pertenece a él con su cama king-size, su cómoda de madera, otro televisor con cable y un clóset repleto de corbatas y trajes sastres que desea regalar o vender.

El baño, pequeño y limpio, no emociona a Delia quien lanza un profundo suspiro.

—Me duele la cabeza —se queja—. Voy a recostarme un rato.

Gonzalo arde en rabia cuando ella le echa seguro a la puerta. ¿Por qué se comporta con tan mala educación? Pero consciente de su fracaso como padre en los años pasados, intenta serenarse.

—¿A qué hora quieres merendar?

—Más tarde.

Gonzalo pide una pizza y baja a la sala para ver el partido del miércoles. ¡Apenas miércoles! Cuando trabajaba, el tiempo se iba veloz. Mientras espera el inicio del partido, se entretiene guardando en el último compartimiento del librero los folletos y las revistas que había venido amontonando en la mesita del centro. Piensa que Delia no debe enterarse de todos aquellos sueños que había acariciado para cuando estuviera jubilado. Si los llegaba a saber y se los contaba a Rosario, ella se burlaría de él. Y Gonzalo no está listo para más desilusiones; no más.

2

1660

Magdalena tembló de pies a cabeza al contemplar el valle de México. La ciudad le daba la bienvenida con sus dos volcanes a la distancia. Sin embargo, un escalofrío recorrió su espalda. Había llegado al Nuevo Mundo en penosas circunstancias por lo que los colores no la contagiaron de su buen humor ni los edificios de tezontle le robaron el aliento.

"No olvides Sevilla" le había dicho su hermano Alonso, de ocho años, la noche anterior. Dibujó en su mente las calles estrechas y el castillo de San Jorge; pero, sobre todo, juró no olvidar a su madre, que tres meses atrás se había subido a un barco rumbo al reino donde se le prometían riquezas.

Al pasar cerca de los puestos de unas indias se le hizo agua la boca. De sus anafres surgían aromas tentadores, mejores que las carnes secas que probó en el barco durante muchos días. Pero arrastraba los pies sin lograr borrar sus memorias de alta mar. Su madre se había embarcado con la esperanza de encontrarse con el padre de sus hijos, pero a mitad de trayecto se toparon con doña Clementina, una vecina de la Nueva España. La madre de Magdalena le rogó por noticias sobre Bernardo, y después de mucha insistencia, doña Clementina les confesó que don Bernardo había muerto hacía un año; que ni las sangrías ni las penitencias lo salvaron de la tumba y, para colmo de males, el aventurero no recogió ni oro ni plata, sino deudas y pobreza.

Al escuchar tan malas noticias, su madre palideció, tendiéndose en el camastro. El mar de por sí no la favorecía y padecía de mareos que le impedían dormir. Al día siguiente continuó postrada. Una semana después, el capitán le informó que debían deshacerse del cuerpo u otros enfermarían. Don Cristóbal, un caballero español y sevillano que viajaba para reunirse con su hija y sus nietos, acogió a Alonso; doña Clementina, quizá arrepentida por haber contado lo que debió callar, se hizo cargo de Magdalena, la niña de seis.

Magdalena hubiera deseado morir para reunirse con su madre, y no solo por el secreto que ocultaba sino porque se preguntaba ¿qué harían ella y Alonso solos en el mundo? ¿quién les lavaría la ropa? ¿quién les pondría el alimento sobre la mesa? ¿quién los arrullaría si despertaban con una pesadilla?

Una vez en la ciudad, doña Clementina se dirigió a la Catedral, y no admitió objeciones ni siquiera de don Cristóbal. Aunque Magdalena se caía de sueño, doña Clementina la condujo a una de las capillas para rezar. Ella la siguió con docilidad, dispuesta a no contradecir a quien la estaba rescatando de la orfandad.

Don Cristóbal, por su parte, aguardaba en un rincón acompañado por Alonso. Magdalena quiso invitar al niño a que las acompañara pero prefirió no enfadarlo. Adivinaba su mal humor, pues desde que tenía memoria sabía percibir los sentimientos de los demás con la misma seguridad con que conocía los suyos. Alonso andaba enojado, por lo que convenía mantenerlo a distancia.

Solo su madre había sabido cómo alegrarlo, y el recordarlo trajo lágrimas a sus ojos; tuvo que apretar los dientes para no llorar. No deseaba incomodar a doña Clementina, ni provocar que don Cristóbal posara sobre ella sus ojos penetrantes. Cuando doña Clementina empezó el segundo rezo, Magdalena se asomó para vigilar que el esclavo que cargaba sus pertenencias no huyera con su tesoro, un pequeño cofre de madera en el que guardaba lo más preciado del mundo: un guardapelo, un devocionario y el rosario de cuentas de colores que habían pertenecido a su madre. Cuando percibió que el hombre de piel oscura no pretendía marcharse, se concentró en la imagen de la Virgen, lo que nuevamente la entristeció.

Doña Clementina le contó que ella y su marido, don Emilio, no habían podido tener hijos. Intentaron hasta infusiones de verbena y madreselva, pero nada funcionó. Había viajado a la Madre Patria para concluir algunos asuntos pendientes y volvía con la esperanza de que Dios atendería sus cientos de súplicas. El día que su madre murió, doña Clementina la abrazó con tanta vehemencia que Magdalena creyó asfixiarse. «Dios es bueno» se dijo la señora. «A Magdalena le quitó una madre, pero a mí me regaló una hija».

Mientras doña Clementina se confesaba, Magdalena buscó a su hermano y le confió sus temores. Alonso le repitió que eran huérfanos, lo que significaba que ya no tenían ni madre ni padre que los atendiera. Por lo tanto, él se iría con don Cristóbal y le serviría como paje; en cuanto a ella, viviría con doña Clementina, quien se había propuesto tratarla como a una hija.

—Entonces, ¿no estaremos juntos? —le preguntó Magdalena.

Ella amaba a Alonso. Él siempre cuidaba de ella, la protegía de los perros que le ladraban y le convidaba dulces, inventaba cuentos y creaba animales de barro para ilustrar historias que le contaba.

—No te quiero dejar…

Don Cristóbal le había dicho que si no se iba con doña Clementina, tendría que entrar a un colegio de monjas. Pero que Alonso podría visitarla cuando quisiera porque, según la señora, su casa estaba cerca de la mansión del yerno de don Cristóbal. Magdalena se echó a llorar y Alonso la silenció con la mirada.

Magdalena se controló, pero un pensamiento terrible tomó control de su mente: Su madre había muerto por su culpa. ¡Ella la había matado! Pero no se lo confesaría a nadie o la echarían al mar. Había oído a un marinero decir que en el mar había tiburones, unos peces enormes y con dientes muy afilados que comían carne humana. Magdalena temía a la muerte más que a nada. Nadie le había dicho adónde había ido su mamá, y al no explicárselo, eso solo significaba que se trataba de algo terrible.

Si ella hubiera sido una niña buena, su madre aún viviría y Alonso no andaría tan enojado. ¡Si no se hubiera quedado dormida! Doña Clementina le había entregado el rosario de su madre diciéndole que rezara por ella para salvarla. Magdalena obedeció y se hincó frente al lecho de su madre, en ese apestoso camarote donde según Alonso abundaban las ratas. Aterrada, no pasó de «Padre nuestro que estás en los cielos» pues sus ojos vigilaban cada hueco y sus oídos registraban cada sonido en espera de que alguno de esos espantosos roedores apareciera. Cuando doña Clementina regresó, lanzó un grito. Su madre había muerto y Magdalena ni siquiera lo había notado; se había quedado dormida.

Seguramente Dios la había castigado por su distracción y por temer más a una rata que a la muerte. Su falta de concentración había sido fatal, pero aquello no volvería a ocurrir. Ella, que tanto detestaba la muerte, le juró al niño Jesús que no fallaría en sus deberes religiosos. Entre más hiciera, Dios más la amaría. Y si la amaba, la libraría de la muerte.

———

Francisco Javier esperaba al abuelo desde el lunes, pero éste no aparecía por ningún lado. Se sentó de piernas cruzadas sobre la fuente de piedra del patio de la que no salía agua desde hacía meses, y que su padre no pretendía componer a pesar de los ruegos de su madre. Su padre, don Rafael de Herrera, no se mostraba emocionado por la visita de su suegro, pero su madre, doña Beatriz, no cesaba de organizar los menús con los que esperaba agasajar a su progenitor. Doña Eulalia, la nana de los niños, había preparado la habitación contigua a la de Francisco Javier.

Para distraerse y ordenar todo en su mente, Francisco Javier repasó cada habitación pues quizá descubriría algún desperfecto y lograría enmendarlo a tiempo. El portón daba a las caballerizas donde guardaban por las noches el carruaje, «la estufa», como denominaban a aquel pequeño carro jalado por caballos que dormían allí mismo. Del otro lado se ubicaban los almacenes y los cuartos de los lacayos; al fondo, estaban las letrinas y la pileta de agua.

Al subir la escalinata se alcanzaba el segundo piso. A la derecha se encontraba el escritorio de su padre, con unos cuantos libros de cuentas. Le seguía la capilla familiar que su madre tapizó con terciopelo y en la que puso tantos cuadros, rosarios y estatuillas que Francisco Javier se distraía mirándolos. La habitación de su madre se hallaba después, seguida por la de Catalina. Su padre prefería ocupar un cuarto más pequeño, al igual que Francisco Javier. Al fondo estaba la habitación para las visitas, donde dormiría el abuelo.

En medio, se levantaba el salón donde se organizaban las tertulias. Su madre solía recibir a las visitas o bordar por las tardes. Finalmente, del lado izquierdo se encontraban las recámaras de la servidumbre y la cocina, en la que su madre había colgado cuarenta y dos cazuelitas de barro. A Remedios, la cocinera indígena, le fastidiaba limpiarlas. El día que rompió una, su madre casi se desmaya y tuvo que castigarla con la vara para que aprendiera a ser cuidadosa.

En eso, una carcajada lo sacó de su ensueño y corrió hacia el portón. Un carruaje se detenía. Para su deleite, un hombre anciano descendió de él y posó su mano huesuda sobre su hombro. Francisco Javier sonrió de oreja a oreja. ¡El abuelo! Doña Beatriz no tardó en aparecer y el escándalo intrigó a los vecinos que se asomaron para dar la bienvenida a tan distinguido visitante. El abuelo se dejó guiar rumbo a la cocina donde les servirían el almuerzo pues seguramente ambos morían de hambre, y al hablar en plural no erraba, ya que el abuelo alcanzó a explicar que traía consigo a un protegido, Alonso Manrique, un niño de la edad de Francisco Javier.

Francisco Javier no simpatizó con el nuevo inquilino. Sospechó de sus ojos verdes cargados de odio, y cuando don Cristóbal anunció que dormiría en su propia habitación, Francisco Javier casi se desmaya. ¿Qué privilegios gozaba ese huérfano por encima del nieto legítimo? Después de todo, quizá no había sido la mejor idea tener al abuelo en casa. Decepcionado, regresó a la fuente y se acomodó en la misma posición de antes.

Pasara lo que pasara, hiciera lo que hiciera, Francisco Javier nunca sería el favorito. Sus padres no escatimaban mimos para Catalina pero a él le exigían grandes cosas. Doña Eulalia discutía con Catalina, pero en el fondo la reverenciaba. Así cayó la noche, y mientras don Rafael subía los peldaños de la escalera para saludar a su suegro, Francisco Javier deambuló hasta las caballerizas para dar las buenas noches a los animales. Al entrar, escuchó unos murmullos. Intrigado, pues la casa y sus secretos le pertenecían, se asomó hasta dar con Alonso, el chico del abuelo, quien lloraba a moco tendido sobre un cajón vacío.

Alonso lo miró con ganas de matarlo mientras se limpiaba la cara con la manga del sayo, pero se tranquilizó lo suficiente como para mirarlo de frente.

—Tienes pecas de niña.

—Y tú tienes ojos de agua puerca.

Entonces Alonso lanzó una carcajada y Francisco Javier se contagió. El chico no parecía tan malo, después de todo.

A Magdalena le gustó su nueva casa. Doña Clementina y don Emilio vivían en el tercer nivel. A ella se le designó la pieza del fondo, que contaba con una cama acolchonada y un hermoso bargueño que le robó el corazón. Al parecer, don Emilio se lo había comprado a un comerciante en la Plaza Mayor y se lo regaló a doña Clementina, pero ella pensó que Magdalena lo apreciaría más. Con un poco de imaginación, el bargueño podría pasar por un castillo. Contaba con cajoncitos a los que se echaba llave, y las incrustaciones de hueso y plata lo engalanaban. Si se abría, funcionaba como escritorio, pero si se mantenía cerrado, simulaba un cofre que ocultaba el devocionario, el rosario y el guardapelo de su madre.

En el segundo piso vivían tres entenados que, según doña Clementina, pagaban puntualmente la renta. Don Carlos de Sosa, dueño de un cajón en la Plaza, caminaba apoyándose en un bastón pues sufría de gota. Tenía los dientes podridos y su aliento a ajo la estremecía, pero siempre la saludaba con una inclinación de cabeza. Una pareja de criollos habitaba el ala derecha. La mujer estaba embarazada y pronto daría a luz. Finalmente, otra familia convivía del lado izquierdo. Eran un tanto escandalosos y doña Clementina no soportaba a la madre, pues solía presumir lo que no tenía. Finalmente, en el primer piso, la casa surgía a la vida desde madrugada y dormía hasta tarde, pues allí se ubicaba el patio con los lavanderos y las letrinas. Todas las mañanas, la servidumbre de doña Clementina iba por agua a la fuente más cercana y entre todos procuraban mantener en buen estado la pileta. Hacia la calle se abrían dos accesorias, donde los entenados comerciaban. Don Antonio y doña Regina atendían una cacahuatería donde vendían mecate, velas, cacao y azúcar. Los Salcedo eran dueños de una taberna donde, además de distribuir leña, carbón, miel y frutas, alimentaban a los hambrientos, a veces con exceso de pulque.

Don Emilio, por su parte, se le figuraba el hombre más interesante de todos. A diferencia de su esposa, rolliza y bajita, era alto y corpulento, con una barba cana que entonaba con su piel morena. Don Emilio pertenecía al Real Tribunal del Protomedicato. Le explicó que se encargaba de inspeccionar las condiciones de salubridad en mercados, rastros, panaderías y boticas. Gracias a sus conocimientos de medicina revisaba que las soluciones simples y compuestas tuvieran la calidad que los boticarios predicaban y de ese modo no afectaran la salud de la gente. A veces debía viajar a Nueva Galicia o incluso a la península de Yucatán para cumplir con sus labores, pero esto, a oídos de Magdalena, sonaba aún más cautivador.

No se podía quejar de su nuevo hogar ni de sus padres adoptivos. Su única tristeza provenía de su distanciamiento con Alonso. Si tan solo la visitara.

———

Francisco Javier prefería sentarse en la fuente que enfrentarse con el ruido que tanto detestaba. Los arrieros pregonaban su mercancía a viva voz. Las campanas llamaban a misa y los pordioseros cantaban sus miserias. Tampoco apreciaba los muchos carruajes que impedían el paso o amenazaban con matar a los despistados. Además, no había esquina en que no se topara con algún religioso de las distintas órdenes que le recordara sus deberes, y Francisco Javier amaba su fe, por lo que no consideraba necesario que se le tuviera que exigir lo obvio.

Alonso, sin embargo, amaba las andanzas por las calles citadinas. Aquella tarde, después de la siesta, decidieron caminar hasta la plaza del volador. Don Cristóbal había sugerido que los dos niños compartieran habitación, pues el pobre Alonso se volvería loco por los ronquidos del abuelo. Dicha decisión estrechó sus lazos de amistad, aunque don Rafael enfatizó que Francisco Javier no debía encariñarse con el huérfano, pues su posición en la casa no ascendía a la de un siervo. Francisco Javier ocupaba la cama y Alonso un petate en el suelo, pero sus confidencias nocturnas los unieron. Alonso le contó sobre Sevilla y su madre, una lavandera que sufrió mucho para alimentarlos. También le platicó de sus vecinos de la Triana, y cómo muchos de ellos perdieron a sus abuelos en una epidemia. Por su parte, Francisco Javier le confesó que le daban miedo las multitudes y que su padre prefería a Catalina.

De ese modo, los dos chicos salieron de la casa rumbo a la aventura. Según Francisco Javier, les convenía caminar derecho hasta la plaza mayor y de allí dar vuelta a la derecha, pero Alonso propuso caminar hasta el colegio de niñas, luego subir por la calle del Cabildo. Francisco

Javier obedeció como de costumbre, aunque unos pasos después de la iglesia de San Francisco, percibió que Alonso aminoraba el paso y se detenía frente a una cacahuatería.

—Aquí vive mi hermana.

Francisco Javier había escuchado sobre Magdalena, y aunque se le figuraba peculiar que Alonso no la trajera a la casa, guardaba silencio.

—¿Quieres verla?

Los dos cruzaron el portón hasta el patio donde unos niños se correteaban. Al igual que en la mayoría de las casas, el patio central se abría hasta el cielo y una baranda permitía que los habitantes de los dos pisos siguientes se asomaran y contemplaran el vacío, así que no les sorprendió el grito de alegría que surgió de una joven garganta y esperaron a que la niña descendiera. Francisco Javier se preguntaba cómo sería la hermana de su amigo. ¿Tendría ojos verdes? ¿Vestiría harapos? Abrió la boca cuando una chica del tamaño de Catalina y con un vestido blanco abrazó a Alonso con pasión.

Francisco Javier no pudo más que compararla con su hermana. Mientras Catalina era rubia y pálida, Magdalena contaba con cabello castaño y una tez morena. Los ojos de Catalina estaban entre grises y azules, pero los de Magdalena presumían un sabor miel. La niña no cesaba de besuquear a Alonso y parlotear sobre su bargueño y sus vestidos, el guardapelo de su madre y la profesión de su nuevo padre.

Una señora de corta estatura, se acercó con algarabía.

—¡Alonso! ¡Qué milagro! ¿Y quién es tu amiguito? ¡Por supuesto! El hijo de don Rafael y doña Beatriz. ¿Cómo le va, don Francisco Javier? ¡Qué bueno que visitan a mi Magdalena! ¿Qué les parece si vamos a la plaza a volar unos cometas?

¿Cómo oponerse?

Magdalena no comprendía a doña Clementina. La señora detestaba ir a la plaza a perder el tiempo si no tenía dinero para comprar; sin embargo, allí se encontraban ahora, volando un cometa. Alonso lo dirigía, pues resultó el más hábil de los tres. Francisco Javier, el amigo de Alonso, se apartó con doña Clementina para mostrarle unos dulces de leche, así que

Magdalena aprovechó para conversar con su hermano.

—¿Eres feliz con don Cristóbal?

—No me quejo —contestó—. Francisco Javier y yo compartimos habitación.

—¿Y comes bien?

—Mejor que en España, tenlo por seguro.

Magdalena observó el cometa que bailaba con el aire vespertino. Escuchó que doña Clementina le decía a Francisco Javier que la palabra "papalote" provenía del náhuatl o la lengua mexicana que denominaba a las mariposas.

—No me olvides —le susurró a Alonso cuando oscureció.

—Nunca lo haré.

Magdalena los miró partir con tristeza. ¡Qué daría por tener un amigo como Francisco Javier! Alonso le había contado que ambos se consolaban cuando eran reprendidos.

—Por lo menos tengo mi bargueño —se dijo. Y esa noche abrió los cajoncitos y acarició sus tesoros.

———

Francisco Javier se apresuró. Los dos niños anduvieron hasta la Santa Veracruz, un poco angustiados pues habían tardado más de lo normal. Doña Beatriz censuraba el que pasearan sin un lacayo, pero don Cristóbal le recordaba que no madurarían ni aprenderían a defenderse si ella insistía en sobreprotegerlos. El tema siempre causaba discusión y solo la palabra de don Rafael había concluido el pleito. Él opinó que don Cristóbal, por primera vez, había acertado. En nada convendría que los niños anduvieron como hijos de virreyes, ya que de por sí Francisco Javier carecía de virtudes varoniles como para seguir tratándolo como a una niña.

Alonso se detuvo antes de entrar al patio.

—Ayer encontré esto tirado —le mostró un instrumento punzante, que según Alonso había tirado el conductor de la estufa—. Hice esto para ti.

Los ojos de Francisco Javier se humedecieron al observar un caballo. Las patas algo cortas y el cuello demasiado largo, pero Francisco Javier lo agradeció guardándolo en la bolsa de su jubón.

Entonces la voz de doña Beatriz surgió desde la estancia. Exigía su presencia de inmediato. ¿Dónde se habían metido? La voz gruesa de don Cristóbal le pedía un poco de comprensión. Quizá entre juegos los chicos habían olvidado la hora. La voz chillona de Catalina preguntaba porqué sus hermanos no la dejaban ir con ellos a pasear. ¡Ya tenía seis años de edad! Los chicos se encaminaron a las escaleras. Adivinaban que no les esperaba una calurosa bienvenida, sino un posible regaño, pero Francisco Javier tiró de la manga de Alonso en el descanso de las escaleras, y le mostró el caballo.

—Siempre amigos; siempre juntos.

—Siempre —le repitió Alonso.

Francisco Javier se tranquilizó. Con Alonso a su lado, no le importaba una reprimenda.

3

Los alumnos responden al examen con angustia y Laura nota sus labios temblorosos, los dedos dudosos que sujetan el lápiz y las miradas que intercambian en busca de ayuda, así que realiza ese juego mental que inventó con aquel primer grupo de secundaria años atrás. En él, imagina el futuro de sus alumnos.

Reina, la de los rizos rebeldes, llegará a ser una científica ya que cuenta con una mente privilegiada. El chico más alto no terminará la preparatoria. El que cuenta chistes se volverá actor.

Evoca aquel primer grupo, el que no olvidará jamás por ser su primer contacto con el mundo de la docencia. Se ha enterado, a través de las redes sociales de Internet, sobre el futuro de algunos de ellos. Aquella chica a la que pronosticó un futuro en Leyes, terminó estudiando Medicina. Pepe, el que dibujaba caricaturas en sus cuadernos, se volvió un diseñador gráfico. Le decepcionó que Antonio se conformara con trabajar en un taller mecánico, y que Isela, la que iba para Premio Nobel de Matemáticas, se embarazara a los dieciséis años. Sobre todo, lloró a cántaros cuando supo que Hugo, uno de sus consentidos, había muerto a los dieciocho años en un accidente automovilístico. "Hoy los tienes, mañana los dejas ir", le susurró el director en su primera entrega de diplomas.

Laura sabe que nada es para siempre, pero eso no mitiga el dolor de observar el montículo de sueños rotos que se apila generación tras generación.

—Ya terminé —le dice una chica trayéndola de nuevo al salón de clases. Se trata de Claudia, una jovencita quinceañera que usa gafas. De primero a tercero la chica ha embarnecido, así que ahora atrae las miradas del sexo opuesto y sus calificaciones han empezado a sufrir las consecuencias.

Laura revisa el documento. Claudia no ha contestado la mitad del examen.

—¿No quieres intentar responder?

—No sé nada sobre los mulatos o los virreyes.

Dos de sus amigas lanzan risitas que Laura censura. ¿Cómo explicarles que ese comportamiento infantil solo les roba oportunidades de oro? ¿Cómo hacerles entender que las malas calificaciones no aumentan su valía social sino que solo los convierten en parte del montón?

Claudia se marcha con la frente en alto, contoneando las caderas y lanzándole una mirada coqueta a Raúl, el más revoltoso de la clase, y supuestamente, a ojos de esas muchachitas, un galán de telenovela. Pero Laura no aprecia a Raúl. Lee en él los rasgos destructivos que algún día lo ahogarán, pues el chico toma demasiado para su edad, no le interesa la escuela y sufre problemas familiares severos.

En eso, una frase en el examen de Claudia la sonroja de coraje. ¡Cómo se ha atrevido!

"¿Cómo era la mujer del siglo XVII?"

Claudia escribió: "Algunas eran normales, otras eran monjas como la profesora Laura: aburridas y amargadas".

¡Algún día le demostrará cuán equivocada está! Mientras tanto, la reprobará.

———

Delia se sirve cereal en un plato hondo. Trae el cabello recogido y un rostro demasiado pálido para las nueve de la mañana. Gonzalo no la quiso despertar temprano, y no supo a qué hora ella se durmió pues él se cansó de esperar a que saliera del cuarto, así que se comió dos trozos de pizza frente al televisor.

Su hija mastica las hojuelas con fuerza inusitada. Gonzalo se bebe la tercera taza de café de la mañana. No se considera un adicto al café, pero empieza a perder la paciencia con esa chica tan extraña que trae su propia sangre.

—No estoy enferma, ni soy alcohólica como mi mamá piensa —comenta ella con trozos de cereal aún en la boca. Gonzalo agacha la vista y se concentra en el líquido marrón de su taza—. Solo estoy pasando una temporada difícil.

—Tu madre siempre ha exagerado —dice para aliviar la tensión.

—Me quedaré un par de días porque me hará bien no escuchar sus regaños. Luego veré qué hago. Tal vez me vaya a casa de mi amiga Enriqueta.

¿Enriqueta? ¿Quién es ella? Gonzalo no conoce a sus amistades desde que ella salió de la secundaria. Recuerda una amiga diferente en las bodas de sus hermanos y las Navidades, así que ha dejado de esforzarse.

—¿Y qué harás hoy?

—Daré una vuelta.

Deja el tazón y la cuchara en el fregadero sin ninguna intención de remojarlos, mucho menos lavarlos, y se encamina a las escaleras. Diez minutos después, Gonzalo escucha el agua de la regadera correr.

Mira las fotos en la pared. Adrián graduándose, Julio casándose, Delia en su traje de quince años. ¿Cuándo perdió a sus hijos? Delia se le figura una desconocida, y peor que eso, le provoca miedo. Sospecha que las cosas van mal dentro de esa mente soñadora pero ¿cómo descifrar el misterio?

De cualquier modo, no echará a perder su jubilación por culpa de Delia. Que salga y reconozca el terreno si eso quiere; él debe ir al médico a las once para una revisión, luego a las doce necesita pagar la tenencia de su auto y por la tarde irá a una comida con Horacio, antiguo compañero del trabajo.

Delia tarda horas en arreglarse pero, finalmente, unos minutos antes de las diez treinta, abre la puerta.

—Voy a pasear. Necesito unos cigarros. No te molesta que fume, ¿verdad?

¿Molestarle? ¡Detesta el cigarro! Rosario ha criado a sus hijos con tanta libertad que le arde el estómago. Pero como también se le hace tarde, le da permiso y le informa que regresará a eso de las cinco. Los labios de Delia tiemblan por primera vez, pero se controla de inmediato.

—¿Y qué haré aquí sola?

—Hay películas en el gabinete —Gonzalo contesta y apunta al mueble del fondo—. Son compromisos importantes, Delia.

Hubiera querido agregar que no los cancelaría solo porque su hija berrinchuda había llegado a su casa, pero guarda silencio. Delia lo contempla de soslayo, luego azota la puerta. Gonzalo no entiende, ni quiere entender, a esa mujer tan desubicada. Mientras se prepara para su cita con el médico reflexiona en ese abismo generacional. En sus tiempos, habría sido impensable que una muchacha como Delia continuara soltera, o que le faltara el respeto a su progenitor, o que fumara como chimenea. En el pasado, Delia habría lavado sus platos y tendido su cama, pues al asomarse al cuarto de visitas descubre un caos: ropa en el suelo, las sábanas revueltas y un olor picante.

—Solo un par de días —se repite a sí mismo.

Horacio, su compañero de antaño en la compañía, pide una carne asada. Gonzalo ordena una ensalada pues desea bajar de peso. Horacio le pregunta sobre sus planes. Gonzalo le ha mostrado algunos panfletos que delinean las aventuras que se propone realizar a partir del mes siguiente, pero las diferentes vertientes lo confunden. Entre sus sueños hay cinco.

Primero, desea viajar a Europa y ver Italia, Alemania, Francia, España e Inglaterra. Durante años suspiró cuando los gerentes de la compañía presumían sus vacaciones en el Viejo Continente acompañados de sus hermosas esposas, novias o amantes. A Gonzalo no le importa ir solo, con tal de pasear por las calles de Roma, cenar en la Torre Eiffel o contemplar el Big Ben.

En segundo lugar, anhela establecer un negocio propio. Ha trabajado para otros durante muchos años, regalando su tiempo a un grupo de extranjeros que controla la maquinaria pesada de muchas empresas y alza sus precios cada vez que el dólar baja o sube. El dinero de su pensión no durará para siempre, pero más aún, Gonzalo desea demostrar que es capaz de levantar su propia empresa y que no depende de otros para lograrlo.

Además, acaricia la idea de regresar a la escuela. Si bien siguió ingeniería como un medio para sobrevivir, su pasión reside en la historia, la que estudia con vehemencia a través de biografías, libros y novelas. Añora volver a sentirse universitario, pero sobre todo, ansía conocer más sobre su propio país y sus épocas precolombinas.

También aspira perseguir el pasatiempo de la decoración. Aunque su casa no muestra su vena artística, no ha olvidado que de niño ayudó a su abuelo en la carpintería. El olor a aserrín le trae los mejores recuerdos e incluso unas cuantas lágrimas, pues considera aquellos años como los mejores de su vida. El pensar en su abuelo tallando y lijando, con Gonzalo al lado cual perro guardián, atento a cualquier indicación del patriarca, le produce una gran paz. ¡Cómo le fascinaban los brazos macizos del abuelo, sobre todo cuando algunas de sus venas resaltaban por el esfuerzo!

Finalmente, entre todos esos deseos, subraya la importancia de vivir sin presión ni preocupación. Puede visitar a sus parientes en el pueblo o en la ciudad. Quizá vuelva a subir alguna montaña o a nadar en un río. En suma, ¡aspira concentrarse en el aquí y el ahora! Hacer lo que las revistas aconsejan: trabajar en su autoestima y dejar las cadenas del trabajo asalariado para surcar el cielo.

—Por cierto —dice Horacio—, llamé a tu casa para confirmar nuestra cita y me contestó una mujer.

La picardía en su expresión ruboriza a Gonzalo. Entre todos esos sueños no figura una mujer, así que le irrita la insinuación de Horacio quien ha engañado a su esposa con diversas escapadas a través de los años. A Gonzalo le gusta recalcar que no se separó de Rosario por infidelidad, sino por incompatibilidad de caracteres.

—Mi hija Delia está en casa.

Los ojos de Horacio se desorbitan.

—¿Delia? ¿Cómo sigue? —pregunta como si hubiera estado enferma—. ¿Ya se recuperó de lo de la boda?

—Eso fue hace año y medio.

Horacio menea la cabeza.

—Esas cosas no se olvidan tan fácilmente. Para superarlo se necesita de más tiempo que para un duelo por muerte.

Gonzalo pide la cuenta.

—Se le pasará. De todos modos, ese chico no le convenía.

Horacio no agrega más.

———

La sala parece zona de batalla. Gonzalo encuentra la caja de pizza en el suelo con migajas por todas partes. Tristemente, también se topa con latas de cerveza vacías, seis en total. No encuentra rastros de que otra persona haya estado allí y lee los títulos de las películas que ha visto: "Troya", "Titanic" y

"Lo que el viento se llevó". Pero ella no aparece por ningún lado.

No ha dejado una nota con alguna explicación, su habitación continúa hecha un desorden y no apagó el televisor. ¿Habrá ido por más cerveza? Se pone a recoger el tiradero a falta de más ideas. Limpia la sala y ordena todo a su gusto. ¿Qué le irrita más: que Delia no le avise sus planes o que deje su casa como chiquero?

Media hora después, cansado de esperar, se encierra en el cuartito del patio donde está el bargueño. Se pone un overol y resana la madera. El aroma y el contacto con esa superficie antigua lo tranquilizan. Pierde la noción del tiempo, aunque no deja de pensar en Delia. ¿Tendrá razón Horacio al mencionar que la cancelación de la boda ha afectado a su hija más de lo que parece?

Gonzalo no vio nada de malo en Sebastián, el prometido de Delia. Se le figuró un muchacho normal, como tantos otros. Había estudiado mercadotecnia en la misma universidad que Delia, donde se conocieron y enamoraron. Trabajaba para una agencia publicitaria y ganaba buen dinero. Pagó el enganche para el departamento y Gonzalo tuvo que cruzar la ciudad para aquella histórica "pedida de mano". Histórica, pues solo recibió invitación para esa; los dos chicos llevaron nada más a Rosario.

No percibió señales de descontento. Al contrario, los dos lucían felizmente enamorados. Delia no paraba de reír, aunque Gonzalo censuró que Sebastián la nombrara con diminutivos y apodos de cariño.

Rosario preparó camarones empanizados para la ocasión, y los padres de Sebastián se comportaron con educación. Las invitaciones se enviaron de inmediato; Gonzalo le dio a Rosario un cheque para apartar el salón. Delia visitó decenas de tiendas en busca de su vestido de novia hasta que encontró el de sus sueños. Entonces, una tarde, la misma en que Delia fue a recoger el vestido, a dos semanas de la gran fecha, Rosario llamó a Gonzalo.

Sebastián canceló la boda por causa de otra mujer. Se había enamorado de una compañera de trabajo. Gonzalo acudió a la casa, pero Delia no deseaba ver a nadie. Gonzalo canceló el salón y recuperó solo el cincuenta por ciento de la inversión. Rosario enfrentó a los invitados, Adrián maldijo a Sebastián y Julio consiguió un terapeuta para su hermana. Delia pasó muchas noches llorando. Bajó de peso y se salió de trabajar. Gonzalo pagó para que Rosario y su hija se fueran a la playa un mes. Delia volvió más serena y Gonzalo olvidó el problema.

Ahora Gonzalo se pregunta si él y Rosario se engañaron. Entonces un ruido lo alerta. Se trata de Delia y corre a abrirle. Ella trae una cerveza en la mano. Está ebria. Gonzalo no sabe qué hacer. ¿Reprenderla? ¿Subirla a la cama? ¿Ordenarle que se bañe?

Pero Delia se echa a llorar y corre escaleras arriba. Cierra con llave la puerta de su habitación y Gonzalo predice que volverá a cenar solo. No pedirá pizza. Preparará unos emparedados de atún.

Laura aclara su garganta y comienza:

—Me llamo Laura, y soy alcohólica en recuperación.

Algunos conocidos la saludan en respuesta, pero a Laura le llama la atención la nueva chica quien apenas despega los ojos del suelo para mirarla. La detectó desde el inicio de la sesión general. Le calcula unos veintisiete o veintiocho años, y al ver sus manos delicadas, concluye en que es una chica que no barre ni cocina, ni se gana la vida con duro trabajo.

Delia, como dice su gafete, se ha mantenido ajena y distraída, por lo que Laura adivina que se trata de su primera reunión y recuerda cómo se sintió ella misma. Seguramente Delia piensa: *Yo no soy como estos perdedores; no soy alcohólica; no estoy mal.* Laura ruega que cambie de opinión o sufrirá mucho. Ella lo sabe mejor que nadie.

Entonces comienza su historia, que ha contado muchas veces a través de los años.

"Empecé a tomar desde joven…"

Laura cursó de primaria a preparatoria en un colegio de monjas. Alguno de sus terapeutas insistió que allí la habían martirizado con disciplina pues en esos lugares solían inhibir las pasiones y reprimir el alma. Lo cierto es que a Laura le divirtió ir contra las normas, así que una vez al mes montaba una pequeña fiesta con algunas compañeras y se escondían en algún lugar para beber cerveza.

Después de la preparatoria olvidó el alcohol un poco de tiempo, pero eligió una carrera complicada, Filosofía y Letras, en la que sus compañeros de clase suponían que la mejor manera de inspirarse para tareas o para hablar de literatura consistía en fumar y beber cerveza.

Entonces apareció aquel chico atractivo e inteligente, a quien apodaban el Poeta. Se enamoró perdidamente y su romance rozó el cielo. Él se inspiraba en ella, y ¿qué mujer no sucumbe ante una poesía que lleva por título su nombre?

A Laura no le gusta abundar mucho en la parte de su historia donde aparece el Poeta. Resume los hechos: dejó la escuela y se juntó con él para salirse de su casa y huir de sus problemas. Poco sabía que sus problemas apenas iban a comenzar. Al Poeta le gustaba que Laura bebiera pues se ponía divertida; así que ella lo hacía por él. Por su parte, el Poeta también bebía demasiado y dependía de muchas copas para enfrentar el día. Perdió su trabajo al poco tiempo y su economía se vio afectada. No tenían con qué pagar la renta del alquiler; en ocasiones tampoco había dinero para comer.

Su madre y su hermana, quienes vivían cerca, intuían sus problemas y la ayudaban como podían: una cacerola con sobras, un poco de pan, pero eso avergonzaba a Laura y enfadaba al Poeta. El padre de Laura jamás había aparecido en su vida, así que Laura no lo mencionaba.

Las cosas se complicaron. Para olvidar, Laura bebía y bebía, y el Poeta hacía lo mismo. Laura lloraba mucho pues su desgracia la destruía, hasta los treinta y dos años cuando reaccionó.

Laura mira el reloj. Aún faltan dos oradores así que sintetiza la historia. Una tarde, deseó terminar con su vida, así que se encaminó a las vías del tren. Escuchó el silbido de la locomotora y se dispuso a lanzarse al vacío. Pero a punto de hacerlo, algo en sí misma reaccionó y trató de huir. Lamentablemente, al correr en dirección contraria, se estrelló contra un auto, y abrió los ojos en el hospital, donde vio a su madre y a su hermana llorando.

—Entonces juré no volver a beber.

Laura desciende del estrado y se acomoda en una silla. Aún cuando ha repetido su historia muchas veces, le afecta hacer recuerdo del Poeta. Trata de no pensar en ello, así que se concentra en los relatos de sus compañeros.

Laura se acerca a Delia quien trae folletos con las explicaciones pertinentes.

—Bienvenida.

Delia exhala el humo de su cigarro con actitud grosera.

—Bonita historia —le dice.

Laura no la califica de "bonita".

—¿Y hacen esto regularmente?

—Hoy has venido a lo que llamamos una "reunión abierta", por eso habló nuestro director y hubo varios oradores, pero por lo general tenemos reuniones "cerradas" donde discutimos cosas más específicas. ¿Y cómo llegaste a nuestro grupo?

Delia arruga la nariz: —Mi padre lo encontró por Internet. Me forzó a venir.

—¿Y por qué te dejó sola?

—La condición fue que él se quedara afuera.

—Es bueno que los familiares… —comienza Laura, pero Delia la interrumpe:

—Yo no soy alcohólica.

Eso dicen todos al principio.

—¿Vives cerca?

—La casa de mi padre está a unas cuadras. Yo vivo con mi mamá en el sur.

Su mente de profesora viaja a mil por hora: padres divorciados y un problema de alcoholismo; no suena muy prometedor.

—Pues te esperamos cuando quieras. Te daré mis números y mi dirección por si necesitas algo.

Delia mete el papel en la bolsa de su chaqueta, pero Laura adivina que no le ve gran utilidad. El grupo se desbanda. Laura se abrocha el suéter y se despide de sus amigos. En la calle ve a Delia quien se trepa a un auto negro, conducido por un hombre canoso, seguramente el padre. Ella prefiere caminar, así que avanza unos cuantos metros hasta su edificio. Desea no deprimirse, pero el contar su historia y el pensar en Delia le ha hecho mal.

Han pasado muchos años desde su entrada a Alcohólicos Anónimos, y aún así, en momentos como ese, lo único que se le antoja es un poco de brandy.

4

Después de don Emilio, Magdalena se encariñó de Juana, la esclava de piel oscura que trabajaba para doña Clementina. En el año siguiente, convivió más con ella que con ninguna otra persona, incluido Alonso, quien poco la visitó. Cierta tarde en que Juana la tallaba en la bañera con un jabón indio al que llamaban amale, le contó sobre su familia. Su madre había llegado en barco desde una costa lejana donde nació. Su madre, una tal María Azucena, poco recordaba de su tierra de origen, salvo los campos que se alargaban hasta el horizonte, con sus chozas de paja y sus días transcurriendo a ritmo de tambor.

En sus pesadillas aparecían unas sombras que la arrebataban de los brazos de su marido a quien mataban de un porrazo. Evocaba el fuego que consumía las casas y el calor abrasador que la rodeaba; luego la subieron a un barco para apartarla de su madre que había sido curandera, de su padre al que le gustaba golpear a su esposa y de sus hermanos que andaban casi desnudos. Solo el Dios cristiano o los espíritus de sus ancestros sabían el infierno que María Azucena padeció en el mar: hambre, fríos y lágrimas. Bajaba la voz cuando enunciaba las muertes de la mitad de los capturados, los olores de podredumbre que soportaron durante días, la falta de alimento, las heces y la orina embarrados en el suelo, sin olvidar la tristeza, la absoluta desolación de ser arrancada de sus raíces.

Al pisar el puerto de Veracruz, María Azucena se enfrentó a la humillación de un escrutinio animal. El idioma desconocido la enfermaba; los rumores que recorrían los oídos de los esclavos la paralizaban; su hijita recién nacida chillaba y exigía alimento. Desde ese día, cuando detectaba ciertos aromas y olores se descomponía hasta el punto de vomitar.

Mientras María Azucena anhelaba la muerte en Veracruz, un comerciante la trepó en una carreta —por lo menos no la hicieron caminar— y arribó a la ciudad de México donde el comerciante expuso su mercancía. María Azucena no guardaba esperanzas hasta que atrajo la atención de un hombre alto, con una barriga protuberante. Don Salvador Moreno extrajo unas monedas y pagó por ella. Cuando María Azucena murió, don Salvador vendió a Juana y don Emilio la compró.

Juana vestía sayas de colores brillantes, turbantes y arracadas que no disimulaban su busto abundante, sus brazos carnosos y sus anchas caderas. Su rostro, con pómulos altos, labios gruesos y nariz chata, combinaba con su cabello crespo y rebelde.

Los domingos, Juana tenía el día libre e iba a misa, a cierta iglesia con mayoría de mulatos y gente de color, pero entre semana, su rutina no cambiaba y Magdalena aprendió a organizar su día alrededor de la cocina donde Juana reinaba. Del techo colgaban chorizos y longanizas, hierbas y a veces un guajolote; las paredes decoradas con azulejos blancos y azules le daban vida y los cantos de Juana armonizaban con el lugar. El día comenzaba con el chocolate. Juana se lo llevaba a doña Clementina a la cama, en una de esas hermosas tazas conocidas como mancerinas. Doña Clementina tenía siete, una para cada día de la semana; Magdalena prefería la del miércoles por sus dibujos florales.

Durante la mañana, Juana preparaba el almuerzo de las doce, ya fueran tamales, guisados o postres. A las cinco, merendaban de nuevo el chocolate y por la noche cenaban sopas, guisados de carne, pollo o pescado, y postres. Magdalena recordó que en Sevilla había noches en que su madre proclamaba ayuno, no por motivos religiosos sino porque apenas conseguía un trozo de tocino para condimentar un cazo con agua. Muchas noches los niños se fueron a dormir con el estómago vacío, pero cada vez sus recuerdos se volvían más borrosos, por lo que se concentró en disfrutar el presente.

Por las tardes, cuando Juana preparaba los postres, Magdalena debía acudir a la estancia para aprender sus letras con doña Clementina. Así descubrió que la lectura le agradaba y a los cuantos meses ya transitaba por las grandes obras, como el librito escrito por Fray Luis de León, titulado *La Perfecta Casada*. De allí, decía doña Clementina, conocería lo que se esperaba de una buena mujer, casta y devota. Magdalena memorizó su primera lección con facilidad: el fundamento de la casa eran la mujer y el buey; el buey para que arara y la mujer para que se guardara. Además, debía madrugar y ser estricta con la servidumbre o ésta se rebelaría y crearía caos en el hogar. Magdalena pensaba que si se conseguía una esclava como Juana, no había de qué preocuparse.

———

Alonso apareció en la puerta con una invitación. Doña Beatriz, la madre de Francisco Javier, invitaba a doña Clementina y a Magdalena a tomar el chocolate de la tarde. Doña Clementina se emocionó y empezó a lanzar órdenes. Juana tuvo que sacar las mejores ropas de ambas y calentar unos tamales para no llegar con las manos vacías. Doña Clementina no contaba con una estufa, esos carruajes pequeños que presumía la nobleza, así que anduvieron a pie hasta la casa de los Herrera, cerca de la iglesia de la Santa Veracruz.

Doña Beatriz no impresionó a Magdalena. Era callada y seria, parecida a Francisco Javier, pero Catalina, la hermana menor del chico, la dejó boquiabierta. Era hermosa y vestía como una princesa, con holanes y unos zapatitos blancos que Magdalena había visto en la Alcaicería, pero cuyo precio había escandalizado a doña Clementina.

Las cuatro se sentaron en la sala de asistencia, en la que reinaba un biombo con el paisaje de una ciudad que en vez de calles tenía canales. Magdalena intentó por todos los medios quedar bien con Catalina. Notó que cuando levantaba su mancerina, Catalina doblaba el dedo meñique y Magdalena la imitó. Catalina la descubrió y le lanzó una sonrisa.

Finalmente, doña Beatriz dio su venia para que las niñas bajaran al patio y la situación mejoró pues se unieron a Francisco Javier y a Alonso. Catalina propuso jugar a moros y cristianos y luego a la gallina ciega.

—Debemos visitar a doña Beatriz más seguido —le insistió doña Clementina esa noche de regreso a casa—. ¿Te imaginas como esposa de Francisco Javier? Tendrías asegurado tu futuro. Don Rafael de Herrera es socio de don Gaspar Sedeño, y su mina en el real del monte produce buena plata. Doña Beatriz desciende de una familia de abolengo; basta ver a don Cristóbal, el protector de Alonso. Don Emilio dice que le recuerda al Quijote por su gallarda figura, pero yo solo veo en él un anciano simpático, pero con una herencia considerable. Así que seamos astutas.

—Pero, doña Clementina, la niña apenas tiene siete años —se quejó Juana quien se entrometía en toda conversación.

—Precisamente, Juana. No debemos dejar nada al azar.

Magdalena arrugó la nariz. No deseaba pensar en matrimonios, mucho menos con Francisco Javier quien era para ella como un hermano. ¿Casada con él? ¡Jamás! Solo le gustaría charlar más con él y con Alonso, pero ambos niños pronto ingresarían a la escuela y menos los vería.

El encanto de la escuela duró poco. Esa tarde, Alonso propuso ir en busca de una comedia y Francisco Javier temió que su mala suerte continuara aún en sábado. Además de las competencias intelectuales que los padres jesuitas organizaban para su aprovechamiento, habían ideado un modo de controlar los hábitos de los estudiantes, así que además de contar con un adversario académico, cada alumno tenía un censor o acusador, un compañero de la misma clase que debía vigilar que el otro no rompiera alguna de las muchas reglas de conducta.

En el sorteo, Alonso había quedado a cargo de Francisco Javier. Su amigo aplaudió su buena fortuna y Francisco Javier se quejó de su nueva posición. Obviamente, Alonso se salía con la suya y Francisco Javier no lo delataba con sus superiores. En cambio a él se le asignó como censor a un chico sin dos dientes delanteros, que además de fanfarrón, no simpatizaba con los de Herrera. El padre del niño en cuestión trabajaba en la Casa de Moneda y discutía con don Rafael por tantos motivos que Francisco Javier había perdido la cuenta.

Esa semana en particular, Francisco Javier había recibido más azotes que en toda su vida. El lunes, sin querer, regó la tinta sobre la cátedra, volviéndose acreedor a una reprimenda. El martes, Alonso le preguntó si quería acompañarlo a visitar a Magdalena, y cuando Francisco Javier respondió, el aula se hallaba en silencio y el padre Marcos lo descubrió. Como estaba prohibido hablar en clases, Francisco Javier sufrió la afrenta. El miércoles olvidó en casa su birrete, elemento indispensable de su uniforme, y el jueves, el odioso de Miguel lo vio dormitar en misa, lo que prontamente comunicó a su asesor. Solo se libró el viernes, pero si los padres se enteraban que habían ido a una comedia en sábado, no quería ni imaginar lo que le esperaba el lunes.

Alonso y él pagaron su cuota y se acomodaron en unos asientos mal ubicados.

—¿Estás seguro que no nos descubrirán? —le preguntó Francisco Javier.

—Me han dicho que Miguel no falta a las comedias. ¿Con qué derecho puede acusarte si él hace lo mismo?

—Pero le paga a su delator para que no vaya con el cuento a los maestros.

—Deja de angustiarte. Ese es tu problema. Vives muerto de miedo.

Francisco Javier se mordió la lengua. Por supuesto que le aterraban los castigos pues él los sufría, mientras que Alonso hacía lo que le venía en gana. Los actores comenzaron la función y Francisco Javier decidió no estropear la tarde por lo que prestó atención.

No admiró a don García, un hombre mentiroso, aunque hijo de un noble, que se enamoraba de doña Jacinta, una dama distinguida de la ciudad. Cuando indagaba por ella con su siervo Tristán, éste le daba señas de doña Lucrecia, amiga de doña Jacinta. Don Juan, el enamorado de doña Jacinta se encelaba y entre enredo y enredo, en el que el mismo don García ya no sabía si amaba a Lucrecia o Jacinta ni ellas mismas comprendían hacia cuál de las dos se dirigían sus atenciones, él se terminaba casando con doña Lucrecia, y doña Jacinta se quedaba con don Juan.

—¡Qué aburrición! —se quejó Alonso—. Volvamos a casa.

Pero antes de la retirada, unos gritos irrumpieron la actuación y un fraile avanzó con ojos fulminantes y brazos extendidos.

—¿Qué hacéis en la escuela de Satanás, jóvenes ilusos?

Los actores empacaron con disimulo y huyeron. Francisco Javier y Alonso intercambiaron miradas, pero no lograron escapar del sermón con el que el fraile anticipó la ruina de la juventud. Para colmo, el jesuita reconoció al hijo de don Rafael de Herrera, y Francisco Javier debió hacer penitencia frente al resto del grupo el lunes siguiente. Alonso, como nadie lo denunció, se salvó del castigo, y Francisco Javier se preguntó por primera vez cuál era el significado de la palabra justicia.

—Hoy llegará mi padre —anunció Magdalena con orgullo.

— Pues no *apalece.*

—¡Ay, Juana, es una premisión!

—Premonición —la corrigió doña Clementina con una mueca. Ese día había amanecido con jaqueca y no se le antojaba leer la *Instrucción de la mujer cristiana* ni revisar las lecciones de la niña, así que le dio permiso de cocinar algo con la esclava para consentir a su marido, el que supuestamente se aparecería en cualquier momento. Magdalena no tardó en decidirse por unos buñuelos y trajo los ingredientes a la mesa: seis quesitos frescos, una libra de harina y mantequilla de Chalco, pues ninguna otra funcionaría, según Juana. La esclava murmuraba una tonada en tanto comenzaba a derretir la mantequilla. A Magdalena le encargó mezclar los quesitos con la harina. Luego Juana le pasó un rodillo para aplanar la masa y, finalmente, con el borde de una tacita, cortó rodajas que Juana frió en aceite. El aroma llenó la cocina y a Magdalena se le hizo agua la boca.

Entonces un silbido conmocionó la placentera tarde. ¡Don Emilio! Doña Clementina corrió a saludarlo, Juana mordió un trozo de buñuelo y Magdalena la reprendió.

—Solo veía si *quedalon* buenos.

Magdalena recibió a don Emilio con el más cálido de los abrazos. Lo condujo a la cocina donde lo forzó a sentarse y el hombre se comió tres buñuelos de tajo.

—Te traje un regalo —le susurró al oído. Eso implicaba que doña Clementina no debía enterarse, así que se refugiaron en la parte trasera del patio donde don Emilio cuidaba una pequeña hortaliza que ningún vecino se atrevía a tocar. Como médico, a don Emilio le interesaban las plantas que se producían en la tierra y que calmaban los dolores de cabeza o los malestares estomacales. En varias ocasiones, le habían traído enfermos y Magdalena había contemplado cómo les realizaba sangrías o vomitivos para aliviar sus males, pero en el fondo, don Emilio creía más en los remedios indígenas que se componían de hierbas y sustancias que se extraían de la naturaleza.

De su bolsa de cuero sacó unas semillas y una hermosa flor.

—¿Te gusta? —le preguntó don Emilio.

Magdalena acarició los cinco pétalos desiguales de un centro amarillento que se iba oscureciendo hasta culminar en unas puntas rojizas.

—Se llama capuchina o llagas de Cristo —le explicó su padre—. Un amigo me la trajo desde el reino del Perú.

—¿Y qué hacen estas flores?

—Mi amigo dice que los indios de allá las usan para decorar su comida y darle un sabor picante. Al parecer también quitan las manchas de la piel y componen las llagas de la boca.

—¿Se llaman las llagas de Cristo porque sanan llagas?

—Probablemente.

—¿Cómo será su sabor? —se intrigó la pequeña.

—¿Quieres investigar?

Ambos cortaron un pétalo y lo masticaron con detenimiento. El ardor en la lengua no resultó desagradable, solo diferente.

—Quizá se la demos a Juana para preparar un caldo.

—Gracias, padre.

—Ven acá, mi hermosa capuchina —le dijo don Emilio y la cargó en sus espaldas hasta el tercer piso.

5

Gonzalo dobla el periódico cuando Delia entra a la cocina. Ella sacude la caja de cereal y tira algunas hojuelas al suelo. Gonzalo cuenta hasta diez. Esa niña no sabe modales. Quiere preguntarle sobre la reunión de la noche anterior pues ella no le dio oportunidad de interrogarla. En el auto guardaron silencio y al entrar a casa, ella se dirigió a la cocina, se preparó un emparedado y se plantó frente al televisor para ver uno de sus programas favoritos sobre unas mujeres desesperadas. Gonzalo, molesto por la intrusión a su intimidad, se marchó al segundo piso, a su recámara, y se puso a ver un partido de béisbol. ¿A qué hora se quedó dormido? No lo supo, pero para cuando despertó eran las doce, así que no cruzó palabra con su hija.

Debe conversar con ella. No pueden continuar viviendo como un par de extraños, sobre todo porque él desea hacerle una decena de preguntas. ¿Cuándo piensa marcharse?, quizá la más importante.

Sin embargo, a pesar de sus muchas interrogantes, pregunta:

—¿Vuelves hoy a esas reuniones?

Delia mastica con pereza y responde:

—¿Para qué? No soy una alcohólica. He tenido unos meses difíciles; es todo.

Gonzalo lee un titular: "Dos muertos en accidente de autobús". El conductor iba ebrio. Aún así, no cree que Rosario haya acertado al etiquetar a Delia como una borracha. ¡La niña fue plantada por su novio! ¡Tiene derecho a desahogarse!

—¿Te trataron bien?

—Hacen su trabajo —dice ella con un bostezo.

Gonzalo decide enfrentar la situación. Delia está en su casa, y por lo tanto debe respetar sus canas.

—Dime, ¿qué piensas hacer?

—¿Hacer de qué? —Delia lo mira de soslayo.

—Pues hoy… esta semana… con tu vida.

Los ojos de Delia se entrecierran y deja la cuchara a un lado. No parece una buena señal.

—¿Y a ti qué te importa?

Dichas palabras lo atacan de sorpresa.

—Soy tu padre…

Delia exclama:

—¿Y qué clase de padre eres? No me conoces. Nunca te has interesado por mí.

—Eso es mentira.

—Nunca me llamas y usas a mi mamá como tu noticiero familiar para saber si seguimos vivos. Adrián siempre ha sido tu consentido.

Gonzalo se muerde el labio. Adrián no grita como Delia, entre otras cosas.

—Escucha, hija, sé que no hemos tenido la mejor relación, pero estás bajo mi techo.

Las pupilas de Delia brillan con mayor intensidad. Gonzalo se prepara para el golpe pues su hija comprime los puños, tartamudea y unas gotas de sudor aparecen en su frente.

—Estoy bajo tu techo por falta de opción, pero ya estoy harta de todo esto. Si quieres que me marche, solo dilo.

Él tiene planes; Delia los está echando a perder. Además, no ha sido tan mal padre, se repite mientras echa el periódico al cesto de basura.

—No te importo, ni me amas.

Delia habla con un desconsuelo que lo hiere.

—Hija…

—¡Te divorciaste de mi mamá, no de nosotros! ¿Por qué nos haces esto? ¡Te odio!

Ella se marcha y él escucha el azote de la puerta, luego los sollozos de su hija. Gonzalo, en el fondo, también quiere llorar de frustración.

———

—Laura, quiero que hables con Raúl —le pide Silvia, la orientadora. Ella es la única que sabe que Laura es alcohólica, así que la busca para aconsejar a los chicos o chicas que han sido descubiertos con cervezas o con aliento alcohólico. Laura tiembla ante estas pequeñas, y afortunadamente, esporádicas misiones altruistas, pero Raúl le parece un caso perdido. El chico no solo se comporta con salvajismo y desinterés intelectual, sino que, por su culpa, Claudia va reprobando.

Sin embargo, no puede negarle un favor a Silvia, quien no la ha delatado con el director, aunque Laura no ha probado una gota de alcohol en siete años, lo que la enorgullece. Pero conoce a las personas, y en caso de que un rumor corra, los padres pedirán su destitución o aún los maestros, aquellos que ansían su plaza y sus horarios.

Así que avanza rumbo a la oficina de Silvia, un pequeño cuartito junto a la entrada, al lado del periódico mural, donde Silvia recibe a los alumnos con problemas y redacta reportes de mala conducta. Raúl, con la camisa abierta y mostrando un pecho lampiño, mastica chicle con la boca abierta. Laura se propone no detestarlo; el chico necesita ayuda. Rápidamente hojea la carpeta que Silvia ha dejado sobre el escritorio y su corazón se contrae. Raúl es hijo de alcohólicos; ambos padres beben hasta perderse.

—Raúl, ¿es verdad que te descubrieron una cerveza en la mochila?

—La lata estaba vacía —se defiende el chico.

—¿Te tomaste el contenido de esta lata antes de las clases?

¿O habría sido un regalo de parte de sus padres antes de salir de la casa?

—Miss… —Laura detesta que le digan así; prefiere "profesora".

—¿Sí, Raúl?

—No me diga que usted no toma un traguito de vez en cuando, como para festejar ocasiones importantes. Cumplí un mes con mi nueva novia, Claudia.

¡Si Raúl supiera que para Laura un traguito es mortal!

—Sé lo que se siente —Laura murmura y baja la vista.

No se atreve a enfrentar a Raúl por miedo a quedarse callada. Ya lo ha hecho antes; ha encubierto la verdad; ha sermoneado como lo hace Silvia y los otros profesores; ha diluido las consecuencias. Y todo para ver alumnos que no terminan el curso o que con el paso de los años pierden el control.

—Seguramente te avergüenzas de tus padres, aunque haces lo que puedes para protegerlos. Los excusas y buscas sus horarios de calma para conseguir dinero. En tu casa viven cuatro personas: tus padres, tú y el alcohol. ¿Para qué estudiar, te preguntas, cuando jamás llegarás a algo más? Tienes a tus padres como un peso que arrastras a cuestas. Vivir con un alcohólico es un infierno.

Laura no despega la vista de una mancha en la mesa. Agradece a Dios, como lo ha hecho cientos de veces, que ese hijo que cargaba en sus entrañas no naciera; aunque le duele recordar cómo lo perdió: en un pleito con el Poeta en el que ambos acudieron a los golpes.

Raúl continúa en silencio, así que ella alza la vista. Los ojos del chico están húmedos.

—Busca ayuda. Hay opciones.

Le pasa uno de los folletos de doble A que Silvia guarda en el cajón derecho. Raúl lo arruga y lo mete en la bolsa de su pantalón. Se levanta y se da la media vuelta. Laura suspira y piensa en Delia. ¿Qué estará haciendo?

———

Gonzalo se consume de la angustia. ¿Debe llamar a Rosario? Sería como admitir que no sabe educar a su hija, pero Delia no ha vuelto y van a dar las cinco de la tarde. ¿Qué puede hacer de las once de la mañana a esta hora? ¿Beber? ¿Con qué dinero? Gonzalo vio que solo llevaba su juego de llaves y el celular. ¿Y si ha sufrido un accidente? En eso, escucha la llave girar. Se obliga a no correr, sino que espera hasta que Delia se asome. Trae la misma cachucha rosa y una chamarra deportiva del mismo color.

—Ya volví.

No arrastra las palabras ni huele como el primer día. ¿Dónde andaba? Solo debe abrir la boca y formular la pregunta. También debe castigarla. Ha roto las reglas de etiqueta y cortesía, sin olvidar que él es su padre y ella la hija. Debería sermonearla, pero ella hará caso omiso a sus palabras. Debería amenazarla, pero Rosario se lo echaría en cara.

—Delia, sobre la mañana…

—Descuida. Me exalté un poco.

Ella se sienta en el sillón y clava los ojos en la pantalla del televisor donde un hombre habla sobre los tigres.

—¿Y qué has hecho? —Gonzalo pregunta con la mayor serenidad, admirado ante su auto control.

—Me encontré con una amiga de la prepa. Se llama Katia. Vive a unas cuadras de aquí. Ya está casada y tiene un hijo de tres años que lleva al kinder de allá arriba —señala hacia la derecha. Gonzalo se muerde la lengua pues el único jardín de niños de la zona se encuentra en dirección opuesta. Pero por nada del mundo desea interrumpir la conversación, así que guarda silencio.

—Me invitó a una pequeña reunión en su casa el sábado. Vendrán algunas amigas de nuestra generación.

—Pero viven en el sur de la ciudad —se excusa Gonzalo, rogando un poco de tiempo para pensar.

—En sábado no hay tanto tráfico. Voy a descansar.

Delia se retira y Gonzalo se queda con un mal sabor de boca. Delia no le pidió permiso para su futura salida ni se disculpó por sus desplantes durante el desayuno. ¿Qué hacer?

Laura no se considera una persona con muchas amigas, aunque cuando entrega el corazón, lo da sin reparo. Eso lo podían constatar sus dos íntimas del colegio de monjas y Jazmín, una mujer de sesenta, del departamento de arriba. Cada sábado intentan reunirse para almorzar o cenar juntas, y en esa ocasión toca en casa de Laura quien prepara una tarta de manzana y un poco de café. Ambas están a dieta, misión en la que se alistan cada tres o cuatro meses, sin grandes resultados.

Jazmín luce más robusta que Laura quien solo ha subido unos cuantos kilos. En la escuela sube y baja escaleras, además de que en ocasiones se salta comidas por descuido o tedio. De todos modos, no desea que sus alumnos la apoden "Elefante". "Monja" no suena tan devastador a la luz de lo que escucha rumorar sobre otras profesoras.

El timbre suena y Laura abre. Jazmín trae en las manos un bote de helado de chocolate con trozos de almendras, el favorito de Laura.

—Combina con la tarta.

Las dos ríen y empiezan la tertulia. Jazmín habla más que Laura. Le cuenta sobre sus nietos, quienes cursan la primaria. Se queja de los precios en el mercado y de su viudez. Enumera las cualidades de su hijo y los defectos de su nuera, luego repasa las desgracias de la semana. Se le acabó el gas y se descompuso su estéreo. Finalmente, entre mordida y mordida de su tercera rebanada de tarta, indaga por la vida de Laura. Ésta le cuenta sobre la invitación de Julia.

—¿Irás? —le pregunta.

Jazmín quizá sea la única persona en la ciudad que conoce toda su historia, la que descubrió al paso de los años, trozo por trozo, entre café y café.

—Le dije que sí.

Jazmín sonríe:

—Me da gusto. Ha llegado la hora que enfrentes el pasado y veas que no es el monstruo que has creído. En verdad no entiendo esta vida, Laura. Eres una maestra excelente y responsable, una mujer todavía guapa y con mucho que ofrecer; no te escondas en Alcohólicos Anónimos. Sal con otras personas; vive la vida.

—Un día a la vez —murmura Laura.

—No pido más —Jazmín responde con seriedad.

Gonzalo se retuerce en el asiento de la iglesia. ¿A qué hora terminará el sermón? Se ha alargado más de la cuenta y él desea volver a casa para ver si Delia está allí. Tal como lo advirtió, ella se marchó a casa de su amiga Katia el sábado por la tarde, pero llamó a las once para avisar que se había re-encontrado con otra amiga quien la invitó a dormir en su casa. Prometió volver domingo a medio día. Gonzalo le recordó que él iría a la iglesia. Ella gruñó en respuesta.

Rosario y él se conocieron en la iglesia. Ambos crecieron con la idea de que Dios los bendeciría si cumplían con lo indispensable, y aún después del divorcio, aunque en diferentes congregaciones, ambos procuraron no fallar. Los chicos al crecer se separaron de la fe de sus padres. Pero Gonzalo no pierde la esperanza de que a su debido tiempo vuelvan en sí.

Sin embargo, ese domingo se encuentra más que incómodo en medio de esa plática sobre la importancia de ofrendar. Las palabras de Delia rezumban en su cabeza. ¿Qué ha hecho mal? ¿Acaso conoce a su hija? Gonzalo no ha querido meterse en problemas; su vida ha sido un arte de escapismo, pues ni siquiera el divorcio resultó un quebradero de cabeza. Él y Rosario firmaron un acuerdo y no pasó a mayores.

Para su buena fortuna, despierta de su ensueño y la gente empieza a despedirse. Él se escabulle en medio de los diversos grupos que se saludan. Rosario seguramente le llamará esa tarde y no quiere angustiarla; o más bien, no desea escuchar un "te lo dije". A punto de conseguir su cometido, el pastor lo detiene.

—¡Gonzalo! ¡Qué gusto!

Gonzalo queda atrapado en su abrazo, así que responde con civilidad.

—¿Qué se siente estar libre de los horarios de trabajo?

—Todo es diferente —contesta con algo de fastidio.

¿Y si Delia se muda a China? No exagera; de niña Delia jugaba a hablar como chinita y se alargaba los ojos con delineador.

—Gonzalo, ahora que tienes tiempo, esperamos verte durante nuestras reuniones semanales.

Asiente con poca cortesía y se dirige a su auto. ¡Verlo entre semana! ¿Creen que ya no tiene nada que hacer? Los panfletos y sus proyectos se hallan ocultos, pero no olvidados. Él sueña con lograr grandes cosas, y no le da tiempo para sentarse un par de horas más para dormitar o escuchar tragedias personales en la iglesia. Trabajó durante años con el sudor de su frente para jubilarse con decencia, y de pronto desean quitarle hasta eso. ¡Qué frustración!

6

1664-1666

Magdalena jugaba con su bargueño. Juana la vigilaba, pero la mujer lucía pensativa, a muchos metros de distancia. ¿Qué le sucedería? ¿Se debería a la presencia de ese hombre llamado Tomás? Tomás trabajaba para don Carlos de Sosa, el hombre que rentaba su habitación en el segundo piso y poseía un cajón en la Alcaicería. Sus amigos mulatos y de piel oscura le apodaban "el capitán", pero Magdalena sospechaba que Tomás ni sabía de barcos ni de ejércitos.

Sin embargo, desde su llegada a la casa, Juana actuaba distinta. Se ponía más collares que de costumbre y empezaba a comer menos. Por las noches, cuando Tomás y don Carlos regresaban de la plaza mayor, Juana se colocaba en el barandal o bajaba por cualquier pretexto, desde ir por agua —cuando no se necesitaba— hasta acudir a la letrina, cosa que tal vez sí requería. Para aumentar lo interesante del caso, la noche anterior doña Clementina y Juana se habían encerrado con don Emilio para conversar a solas.

Por la mañana, doña Clementina asistió a dos misas y luego se acostó pues le dolía la cabeza. Y Juana, por su parte, suspiraba cada cinco minutos. Magdalena no soportó la tentación de indagar por los secretos de los adultos, así que la encaró y Juana confesó todo. Tomás y ella estaban enamorados y deseaban casarse, pero ambos eran esclavos y no podían tomar decisiones sin consultar a sus amos.

—¿Qué es "estar enamorados"? —preguntó con curiosidad.

Juana le explicó que era como comer mucho chocolate y no hartarse, o como sentir un ardor en el pecho que no se podía apagar ni con un chorro de agua. Magdalena dudaba que "enamorarse" superara el beber chocolate. Y a ella nunca le ardía el pecho ni el corazón, de otro modo, las personas se quemarían.

—¿Y qué pasará ahora que estás enamorada?

Solo faltaba la aprobación de don Carlos de Sosa, pero todo apuntaba a que ella se casaría con Tomás. Magdalena palideció. ¿Se marcharía? Juana sonrió con tristeza. Ella continuaría con sus labores en casa de doña Clementina y Tomás bajo el servicio de don Carlos, pero compartirían una pequeña habitación en el segundo piso. Magdalena se tranquilizó. Mientras no se marchara, no se preocuparía. En definitiva, "estar enamorado" no se catalogaría como el mejor estado del ser humano pues Juana quemó las tortillas, olvidó limpiarle las orejas y sirvió la sopa fría, lo que provocó que doña Clementina la reprendiera.

Francisco Javier se preocupó cuando su padre le dio la noticia. El socio de don Rafael se mudaba a la ciudad de México y viviría en la casa contigua. Don Gaspar Sedeño y su esposa Ana habían vivido suficiente tiempo en Pachuca como para darse cuenta de que su hijo requería una mejor instrucción. Solo tenían un crío, un chico de la edad de Francisco Javier llamado Luis.

Alonso y él conocieron más de la familia a través de las conversaciones entre doña Beatriz y doña Eulalia. Los Sedeño contaban con la mitad de la mina y otros negocios que los convertían en ciudadanos con más riquezas que los de Herrera. ¡Si tan solo don Rafael formara parte del Cabildo! Pero a don Rafael le encantaban las aventuras y había apostado su dote en aquella empresa minera. Doña Eulalia, con su rostro de caballo y de cuyo cuello colgaban tantos manojos de imágenes, cruces y cuentas de pendones que algún día se iría de boca ante tanto peso, preguntaba en qué había estado pensando don Rafael cuando aceptó la propuesta de don Gaspar para casar a Catalina con don Luis.

Alonso y Francisco Javier juraron no contárselo a Catalina. Doña Beatriz le respondió a la nana que a ambas familias les favorecía dicha unión, pues en caso de morir alguno de los dos patriarcas la mina quedaría en manos de dos familias.

Afortunadamente, Magdalena los visitaba con más frecuencia, y cierta tarde, Catalina propuso leer un libro. Así que los cuatro se acomodaron en la sala de asistencia. Alonso se tendió en el suelo, Magdalena

ocupó una silla desde donde bordaba, Francisco Javier eligió uno de los
sillones y Catalina prefirió leer desde el banquito del rincón.

—¿Qué vamos a leer? —preguntó Alonso.

—Mi madre lo tenía en un baúl.

De ese modo, los cuatro chicos se sumergieron en una historia de
celos, traición y amor. Francisco Javier ignoraba que las mujeres pudie-
ran ser tan astutas, pero lo comprobó a través de la Celestina y aquellas
dos mujeres de poca monta que engañaron a los sirvientes de Calisto.
No simpatizó con Calisto pues lo halló demasiado pronto a satisfacer
sus apetitos carnales, y los padres en el Colegio enseñaban el peligro de
tales encuentros censurados por Dios y la iglesia; sin embargo, al paso de
las tardes en que la lectura mejoraba considerablemente cuando corría
a cargo de Magdalena, Francisco Javier se preguntó qué opinarían sus
maestros ante la idea de que la vida se regía por la fortuna.

La misma Celestina concluyó que el mundo era como una noria. La
ley de la Fortuna ordenaba que ninguna cosa podía permanecer en un
solo lugar por mucho tiempo pues su orden era la mudanza. Y algún día,
se repetía Francisco Javier, él estaría arriba de la noria y su padre abajo.
La Fortuna le sonreiría, y al pensar en esto, miraba a Magdalena, hasta
que escuchaban el campaneo de los rosarios de doña Eulalia, y ocultaban
el libro y fingían otras ocupaciones.

Cada vez que la flota llegaba a Veracruz, la ciudad se vestía de gala.
Cuando doña Clementina le contó que unas religiosas habían arribado,
y que se llamaban "capuchinas", Magdalena se ruborizó y contempló a
don Emilio quien le envió una mueca de conspiración.

—Dicen que salieron de Toledo el diez de mayo y se embarcaron el
dos de julio.

—Hicieron buen tiempo —comentó don Emilio—. ¿Dónde se hos-
pedarán?

—En el convento de la Concepción mientras se hace el suyo. ¡Serán
nuestras vecinas! Don Simón de Haro les ha donado el terreno en la
Celada.

—¡Qué bendición!

Magdalena ocultó una risita pues reconocía lo poco entusiasmado que estaba su padre.

El domingo, doña Clementina y Magdalena se dirigieron a la nueva iglesia del hospital de la Concepción. La obra se había detenido setenta años, una vergüenza para la ciudad. El abad trajo el Santísimo Sacramento de la iglesia vieja a la nueva, y el padre Sariñana predicó. Magdalena trató de ver a las capuchinas, las recién llegadas, y solo consiguió distinguir un hábito pardo que, según doña Clementina, pertenecía a la prelada.

Magdalena consideraba como buen augurio que en la ciudad posaran unas monjas capuchinas, en honor a su flor predilecta, y que se ubicaran tan cerca de su propia casa. Desafortunadamente, unas semanas después se corrió una terrible noticia. El barco que había partido de regreso a España, "El Buen Suceso", se había hundido. Perder un navío implicaba una tragedia.

—Pero eso no es lo peor —doña Clementina le dijo a Juana—. El barco que se hundió era precisamente el que trajo a las monjas capuchinas.

Juana se persignó.

—Recemos por nuestras almas —sugirió doña Clementina, y mientras Magdalena iniciaba el rezo, se convenció de que debía mejorar su conducta o algo terrible podía suceder. Si a las monjas les iba mal, ¿qué esperanzas tenía una asesina como ella?

En los meses siguientes dejó a un lado sus funestos pensamientos, pues se había vuelto la inseparable amiga de Catalina quien a veces la invitaba a pasear a la Alameda. En dichas ocasiones, Magdalena se hundía en la melancolía. Catalina era hermosa pues presumía una cintura pequeña y unos pechos grandes, mientras que Magdalena continuaba más plana que una calle empedrada. Además, Catalina tenía todos los dientes y Magdalena había perdido una muela trasera. En las gracias sociales, Catalina también la superaba, pues al ir recorriendo la Alameda, saludaba a sus vecinos sin reparo hasta que doña Eulalia apresaba sus manos con las suyas. ¿Qué pretendía? ¿Humillarlas?

Otros caballeros y damas paseaban en sus carruajes. Los mendigos y léperos exigían una moneda o un trozo de pan. Los vendedores de golosinas encontraban en el par de niñas unas excelentes compradoras. Albañiles y cocheros, artesanos y religiosos, recorrían el parque sumidos en sus propios asuntos, algunos en la contemplación, otros en el negocio ajeno y unos más en el flirteo. Tristemente la vida no era perfecta. En ocasiones las campanas del convento de San Felipe de Jesús repicaban a deshoras, lo que implicaba una sola cosa: las capuchinas pasaban hambre.

—Por lo menos con esta caridad aseguramos bulas e indulgencias —decía doña Clementina.

Entonces Magdalena tuvo una idea: si cooperaba con las esposas de Dios, él escucharía sus ruegos y transformaría su cuerpo para conseguir curvas como las de Catalina.

Así sucedió, pues a sus catorce años, Magdalena adquirió un cuerpo más redondeado y un rostro más limpio, aunque no tan estético como el de Catalina. Sin embargo, se topó de frente con la ira de Dios. Por primera vez, doña Clementina le dio permiso para asistir a un auto de fe.

Magdalena no sabía qué esperar. Don Emilio le contó que se castigaba a los malhechores y herejes, pero la seriedad en los rostros de sus vecinos y la falta de música y risas la estremecieron. Una de las amigas de doña Clementina comentaba lo que sabía de los sentenciados. Don Fernando de Tolosa, después de herrero y cirujano, se hizo pasar por ministro del Santo Tribunal. El muy ingrato dijo en un pueblo que el Santo Oficio le había dado autoridad para absolver a los que se amancebaban. Los indios, por supuesto, se gozaron ante la oferta, pero don Fernando fue descubierto. El otro, don Diego de Peñaloza, había hablado en contra de los sacerdotes y los señores inquisidores, de modo que sus palabras tocaban en blasfemias. De ahí la sabiduría de la frase popular: "Al rey y a la Inquisición, chitón". Nada se escapaba de los oídos de los inquisidores.

Los tambores anunciaron que la procesión se aproximaba y Magdalena sintió un hueco en el estómago. Los condenados se asomaron con gorros puntiagudos y horribles sambenitos, esos mantos que cubrían sus espaldas y pechos y que lucían llamas o diablos pintarrajeados. Todos vestían igual, excepto don Diego, el gobernador de Nuevo México, quien venía de terciopelo negro, con el cabello crecido pero bien peinado, las medias arrugadas y los puños grandes. No traía capa ni sombrero, lo que escandalizó a las damas, y su vela verde en la mano causó la lástima de doña Clementina. Magdalena sudó frío. Cuando llamaron al que se hizo pasar por cura, su estómago se descompuso. Se le condenó al exilio en Filipinas, luego lo azotaron doscientas veces. Magdalena resistió hasta la número sesenta en la que pidió permiso para retirarse.

Una vez lejos, Magdalena vomitó. Le costaba trabajo pensar qué la agitaba más, si el castigo de ese hombre o el miedo de que algún día ella vistiera un sambenito. Esa noche tuvo una pesadilla en la que doña Clementina la desnudaba frente a todos para que después don Rafael la azotara hasta que Magdalena confesara la verdad: ella había matado a su madre. Despertó con un grito, pero no le contó a Juana ni una palabra.

En el auto de fe, Francisco Javier le entregó su alma a Dios y le juró que cumpliría el sueño de su madre de verlo sacerdote. Se encargaría de salvar al mundo de la represión de los locos enamorados y de poner en aviso a los demás sobre los engaños de las alcahuetas y de los sirvientes lisonjeros.

Comunicó su elección durante una cena. Doña Beatriz lloró de alegría y doña Eulalia alabó al cielo sus mercedes; Catalina ocultó una sonrisa y Alonso lo contempló con horror. Don Cristóbal se encogió de hombros, pero don Rafael gritó a los cuatro vientos. ¿Y qué de la mina? Él no necesitaba un primogénito que se ocultara detrás de las faldas sacerdotales sino a un hombre que se ensuciara las manos para ganarse el pan de cada día. Acusó a doña Beatriz de envenenar la mente del chico y luego vertió su ira en contra de don Cristóbal. Doña Beatriz le rogó a la Virgen que le quitara la vida si a eso venía a parar todo su esfuerzo. ¿Qué sabía don Rafael de la fe? Con un hijo en la iglesia, tenían su futuro asegurado.

Don Rafael explotó. Lo que los salvaba de la miseria se tocaba con los dedos, a través de la plata que libre de la escoria se transformaba en monedas y que los privaba de adquirir productos en el baratillo. La discusión se tornó más acalorada cuando Francisco Javier admitió que favorecía la orden jesuita, a lo que don Rafael respingó. Los jesuitas se dedicaban a predicar las condenaciones y a echar a perder las fiestas. ¿Para eso lo había criado?

Don Cristóbal intervino por primera vez. Aún le restaba Catalina, le recordó con una voz queda. Don Rafael se serenó y contempló a su hija, a la que siempre consentía. Si la niña deseaba comer carnero, don Rafael enviaba matar el más gordo; si la nao de China prometía nuevos productos, don Rafael le entregaba lo suficiente para que la chica no se privara de ningún capricho. El viejo tenía razón. Catalina se casaría con Luis Sedeño y aseguraría la mina. Todos reanudaron la cena, excepto Catalina, quien apartó el plato y se excusó.

Unas noches después, Francisco Javier y Alonso se despidieron.

—Ya nada será lo mismo —dijo Alonso.

—Pero nos seguiremos viendo. Los jesuitas no se enclaustran como las monjas. Además, tienes al abuelo.

—Él se marchará en unos meses de regreso a España.

—Alonso…

—Olvídalo. Yo puedo arreglármelas solo.

La única en felicitarlo con sinceridad, sin esperar recibir beneficios o sin burla en la mirada, fue Magdalena quien le regaló una flor el día que le dijo adiós.

—Es una capuchina o llaga de Cristo. Recuérdame y reza por mí.

—Lo haré todos los días de mi vida.

—¿Lo juras, Javi? ¿Rezarás por mi alma hasta que yo muera?

—Lo juro por lo más preciado en el mundo.

Magdalena le plantó un beso en la mejilla y Francisco Javier rogó que no le preguntara qué era lo más preciado en su vida. Luego lamentó apartarse de esa alma bondadosa, pero por mujeres como ella, por aquellos desprotegidos como Magdalena, él había optado por la vida religiosa y no se arrepentía. Aún.

7

Laura se asoma por la ventana del autobús. Ha dormitado más de dos horas a pesar del volumen de la película. Pero ahora que se acerca a su destino, empieza a titubear. ¿Debió quedarse en casa, a salvo y lejos de sus recuerdos? Piensa en Delia, quien no ha ido a las sesiones de doble A en dos semanas. Se pregunta si Jazmín visitará a sus nietos. Lamenta que Claudia y Raúl sigan siendo novios. Sin embargo, todas son distracciones para no afrontar la realidad.

Le manda un mensaje de texto a Julia; ella le dice que ya está en la estación aguardando su llegada. Laura saca un espejo y se revisa el maquillaje. ¿Qué dirá su hermana? ¿Qué opinará su madre? Doña Flor ya empieza a olvidar las cosas, pero seguramente no pasará por alto la presencia de su hija.

Cuando baja del autobús, recoge su pequeña maleta y se perfila hacia el área de espera. Julia la saluda desde el otro extremo alzando los brazos. Laura rompe en una sonrisa. Su hermana y ella son parecidas, pero no idénticas. Julia trae una chispa interna que hace que todos se acerquen a ella como luciérnagas a la luz. Laura luce más elegante con su saco guinda.

—Te he extrañado.

—Yo también.

Julia conduce un auto compacto de color blanco. La casa de su madre se encuentra a pocas cuadras de allí, así que Laura se queja.

—Debimos caminar.

—Vengo de visitar a Reina y a mi nieto —le recuerda Julia.

Laura llamó el día anterior y se enteró de los pormenores. Reina dio a luz a un varoncito al que llamarán Salvador, en honor al marido de Julia, quien trabaja en una fábrica textil.

—Ya tengo todo listo para que no tengamos que pasar horas en la cocina.

—¿Y cómo está mamá?

—Altos y bajos. No es la misma de antes.

Julia susurra y sus nudillos se emblanquecen. Laura ahoga las lágrimas.

Se detienen en la angosta calle que no ha cambiado en años. Si acaso, más autos transitan por ella, pero las fachadas no se han alterado a pesar de la modernidad. Laura roza las rejas que protegen las ventanas. Julia abre la puerta y Laura aspira un intenso olor a humedad, el mismo la hace recordar su niñez.

Julia la conduce a la primera habitación.

—Te preparé la cama de siempre.

Las piernas de Laura tiemblan bajo sus pantalones blancos de algodón. Después de botar la maleta en una esquina, cruza la sala hasta la enorme cocina, y traga saliva al percibir el rostro amarillento de su madre.

—Mamá, mira quién ha llegado —le dice Julia y sujeta sus hombros para girarla.

Doña Flor la analiza unos minutos.

—¡Ah! Eres tú —se queja—. ¿A qué hora comemos, Julia? Me muero de hambre.

Julia y Laura intercambian miradas. Doña Flor continúa tejiendo, pero Laura se da cuenta de que se trata de una tira deforme y extensa de puntadas sin razón. El médico ha dicho que Flor padece los primeros síntomas del alzheimer. Julia le ha contado que en días está bien, en otros no conoce a nadie.

—Voy al jardín —se excusa Laura.

Julia lo conserva en buenas condiciones y Laura aspira el polen que se desprende de las flores. Se quita las sandalias blancas y pisa el pasto que le pica. Salvador, su cuñado, ama las plantas y la jardinería. Laura se siente culpable por no ayudar a Julia con doña Flor, pero su madre la detesta. No soporta tenerla cerca. Intenta no estremecerse, pero la brisa vespertina la envuelve, los aromas herbales la marean y los recuerdos la invaden. Entonces las lágrimas la traicionan, pero no las detiene. Julia la observa desde la ventana.

Rosario arruga la nariz y Gonzalo, quien la conoce bien, exhala con fastidio. No le parece que la leche de caja se guarde en la alacena; debe ser refrigerada, aún cuando Gonzalo le explica que la indicación surte efecto hasta que se abre. Le parece tan surrealista toda la escena que apenas logra no romper en carcajadas. Rosario y él desayunan cereal a las once y media de la mañana. Rosario ha venido a visitar a Delia, pero ésta se ha ido al trabajo.

—¿Y qué clase de empleo consiguió? ¿Algo relacionado con su carrera?

—Su amiga Katia tiene un negocio, y como está embarazada, le pidió que lo atendiera mientras ella reposa. Tuvo amenaza de aborto o algo así.

—Pero ¿qué clase de negocio? Solo falta que Delia atienda una papelería.

Gonzalo menea la cabeza. A veces olvida que Rosario puede conseguir robarle una sonrisa ante sus apreciaciones por la vida. De eso se enamoró, de esa inocencia disfrazada de sofisticación, aunque al final de cuentas, dicha característica lo desquició.

—Me parece una tienda de regalos. Había unos cuantos arreglos florales, curiosidades y peluches.

—Menos mal.

Rosario sorbe su té.

—¿Y qué de lo otro?

—Desde que trabaja no la he visto tomar —se enorgullece.

Delia se va de nueve de la mañana a seis de la tarde, aunque algunas tardes sale con sus amigas y regresa como a medianoche, pero al día siguiente se levanta nuevamente para cumplir con sus obligaciones. Gonzalo sonríe. Ha triunfado en un área en que Rosario fracasó.

—Vigílala. Es astuta.

—¿Esperarás a que vuelva para saludarla?

—Tengo cita con el oftalmólogo a las cuatro. Si me quedo, no llego a tiempo.

Cuando escucha que el auto de Rosario arranca, sube a la habitación de su hija. Delia deja la puerta sin llave. No encuentra grandes sorpresas pues la ropa continúa regada, el maquillaje en desorden sobre el buró y la cama sin tender. En eso, detecta que la ventana ha quedado un poco abierta y la tarde empieza a refrescar. ¿Y si llueve? Se hace paso entre la maraña de suéteres y pantalones de mezclilla en el suelo, pero se tropieza con una bota. Cae al suelo de rodillas y agradece no haberse torcido el tobillo. Gatea hasta la cama para sujetarse y levantarse. Desde hace años que la espalda le reclama ante cualquier movimiento brusco. ¿De dónde proviene ese brillo debajo del edredón? Estira el brazo y sus dedos rozan un objeto de cristal. Su pulso se acelera y saca una botella vacía. El ardor no proviene de su pierna, sino de su vientre. ¡Está furioso!

Laura corta los rábanos como si de ello dependiera su vida y vigila el pozole que hierve en una cacerola. La actividad la retiene en la cocina, aunque escucha el timbre de la puerta que repica una y otra vez, haciendo pasar a sus tíos y primos. Finalmente, Laura carece de excusa y se quita el delantal. Julia ha venido por ella y la arrastra a la sala. Los tíos y las tías la saludan, pero en sus pupilas detecta la sospecha y la evaluación fría que ella imparte a sus alumnos el primer día de clases. Una prima de su edad le amarga el día pues no deja de presumir a su flamante marido y a sus hijos. Una tía indaga la profesión de Laura. Ella pronuncia la palabra "maestra" como si le diera el pésame.

Salvador, el marido de Julia, propone sacar al patio mesas y sillas, así que Laura se auto castiga sirviendo el pozole hasta que el último plato está lleno. Entra y sale con la cebolla, la lechuga, los limones y las tostadas. Se pone a corretear al chiquillo de dos años, hijo de un sobrino, que amenaza con romper cada figurita de porcelana que Julia ha coleccionado al paso de los años. La hija de Julia no cesa de presumir al recién nacido, aunque anda pálida y ojerosa. Laura agradece no haber criado hijos, pero se miente a sí misma. En dos ocasiones debe escapar al baño para componerse.

En una de sus idas, escucha a un tío conversar con Salvador.

—¿Entonces sí podemos sacar cerveza?

—¿Por qué no, tío? Está usted en su casa. Además, estamos festejando.

—Pero lo digo por Laura… Tú sabes…

—Lleva siete años limpia.

Laura agradece la confianza de su cuñado, pero cuando entra a la cocina por un poco de crema, Flor le pregunta:

—¿Ya comiste?

—Sí, mamá.

—Espero no hagas ningún desastre. No me dejes en vergüenza.

Laura se siente de regreso en sus veinte.

—Ya no bebo, mamá.

—Eso dices, pero solo me has traído tragedias. ¿Por qué no pudiste ser como Julia?

Porque no lo consiguió, así de simple. Julia, en primer lugar, creció enfermiza y asistió a un colegio normal y no de monjas. Además, Julia decidió no ir a la universidad, sino cursar una carrera secretarial.

—Eres igual que tu padre.

—Un padre al que no conozco.

—Ni lo harás. Él nos abandonó. Y ahora ¡vete! ¡Me pones mal! ¡Julia!

Su hermana corre a su lado mientras doña Flor se pone a llorar como una niña y le ruega que saque de su casa a "esa mujer". Esa mujer toma un chal y la obedece.

———— ◡ ————

—¡Estuviste esculcando mis cosas! —explota Delia.

Gonzalo trae la botella en la mano.

—¿No confías en mí? ¡Eres igual que mi madre! ¿Por qué no me dejan en paz?

—¿Por qué no dejas de beber?

—Solo deja que junte un poco de dinero y me largo de aquí. Si no fuera porque mi mamá es igual de insoportable, me iría hoy mismo. Ya veo por qué se divorciaron. ¡Ambos apestan!

Delia sale corriendo a la calle, seguramente a casa de Katia. Gonzalo se sienta sobre las escaleras que dan al segundo piso con la impotencia a cuestas. Le gustaría compartir su carga con Rosario, pero ella le echará en cara su poco tacto. La frustración dirige sus pies a su taller y a desquitarse con la madera de ese bargueño que se niega a resucitar.

Laura camina sin rumbo fijo, pero sus pies la conducen hasta el parque y de allí a la esquina contraria. En su frustración, y ante las lágrimas que anegan sus ojos, se detiene hasta que su conciencia la despierta de su letargo y se planta frente al zaguán de color marrón. La ventana de la derecha continúa rota en una esquina, con un trozo de periódico pegado para no dejar entrar la lluvia. El número tres está de lado y la pared aún muestra un poco de humedad en la parte de abajo.

Los recuerdos la golpean a la par de la lluvia que empieza a descender sobre ella. La llovizna arrecia, pero Laura no se inmuta y deja que la empape. La ciudad de la neblina y las precipitaciones le da la bienvenida de vuelta, pero no con cariño, sino con burla. Lee en esa fachada las carcajadas de la muerte quien rehusó raptarla en sus garras aquel día en las vías del tren. ¿Por qué no se la llevó? Detecta la sonrisa cínica del alcohol en las manchas que se vislumbran en ese muro que no ha sido pintado ni resanado en años.

—Señora, venga acá o le va a dar pulmonía — le grita una mujer desde la puerta de la casa contigua. Laura accede pues empieza a temblar de frío. La mujer le quita el chal y le pone sobre los hombros un sarape.

—Le voy a traer un café.

—Muchas gracias.

Laura no concibe tanta amabilidad; el vivir en la capital del país ha cobrado su cuota pues Laura se ha vuelto recelosa de su privacidad y sospechosa de la amabilidad. Pero la mujer no tarda y sale con una taza con café de olla.

—¿Es usted de por acá?

—Viví en la casa de al lado hace años.

La mujer la mira de pies a cabeza. ¿Habrá escuchado sobre el par de borrachos que habitaban ese lugar, que organizaban juergas nocturnas y que casi se matan el uno al otro?

—Han querido venderla, pero nadie la compra. Quizá la ofrecen a un precio alto —comenta la mujer, quien se presenta como Lupe—. Mi hija compró esta casa hace unos años y nos vinimos para acá. Somos del puerto de Veracruz.

Laura lo supuso al escuchar su acento. Se acaba el café y se asoma por la ventana. Ya no llueve.

—Debo volver.

La mujer la despide. Laura no mira dos veces su antiguo hogar, sino que esquiva charcos y evita la calle en la que los autos transitan y salpican a los pocos transeúntes. La lluvia ha asustado a la gente que se resguarda en sus casas. Minutos después, se encuentra en la Alameda. ¿Cómo llegó allí? Unos niños no se amedrentan ante el clima y organizan un partido de futbol. Laura desea sentarse en las bancas, pero las halla húmedas. ¿Y qué más da? Su pantalón de por sí chorrea, así que pone el chal sobre el asiento y se acomoda.

Nuevamente la asalta una ola de recuerdos: sus vueltas con sus amigas por el parque, sus días de romance en secundaria, sus contados paseos de la mano de su madre. En eso, una voz la hace sobresaltarse.

—¡Laura Castellanos!

Casi se desmaya cuando reconoce a su profesor de Literatura. El hombre trae un sombrero de paja y un bastón en la mano derecha. Su cabello cano y sus arrugas revelan su edad, aunque cuando Laura estudiaba, se le figuraba un hombre joven.

—Profesor González.

Laura lo saluda y le tiende la mano.

—Pero, mujer, te estás congelando. Mi casa está a una cuadra, ven por un cafecito.

¿Otro?

—Pero…

—¿O tienes otra cosa qué hacer?

Lo sigue a una pequeña puerta por la que entran a un patio comunal y se dirigen a la casita del fondo, donde el profesor González y su esposa viven. La señora, a quien Laura recuerda, la lleva al baño y le ofrece una blusa seca. Cuando sale, la mesita del centro ya presume unas tazas con café humeante y unas galletas de caja en un platito de cerámica.

—¡Qué grata sorpresa! No te he visto en años —comienza el profesor González—. Tu hermana me dice que vives en la capital y que enseñas en secundaria.

Le halaga el interés de su antiguo profesor. ¿Sabrá algo del pasado y de aquellos años de pesadilla? Más gente de la que quisiera reconocer la vio tropezar por la calle en condiciones deplorables o escuchó que el Poeta armaba bacanales indecentes.

—Me da gusto verte compuesta —le confía el profesor y Laura reprime las lágrimas.

—No ha sido fácil.

—Lo que vale la pena en la vida cuesta. Un matrimonio, una profesión, una familia, todo lo importante requiere de trabajo. Lo que no vale la pena es lo que se nos ofrece de modo gratuito o criminal.

Laura piensa en las veces que robó para comprar una botella o en lo sencillo que fue en su momento entregarse al Poeta. Todo le costó caro a final de cuentas.

—¿Y aún escribes? —le pregunta el profesor.

Laura se sonroja. Por supuesto que un profesor de Literatura recordaría su afición por escribir. En la adolescencia completó cuatro cuadernos con sus diarios y vivencias. En preparatoria, se interesó por la poesía y en la carrera se volcó a las letras, pero el Poeta le robó toda inspiración. Él, y no ella, era el del talento, así que Laura dejó la pluma.

—Tenías una forma muy peculiar de observar la vida. No creo que la hayas perdido.

Un extraño calor embarga su pecho. Hace mucho que no escucha unas palabras tan reafirmantes, pero el miedo la paraliza. ¿De qué puede escribir ahora? ¿De sus desgracias y su soledad? La pasión de escribir, al igual que muchas otras cosas, ahora solo forma parte del montículo de sueños rotos.

—Esta niña —le dice el profesor a su mujer—, fue una de mis mejores estudiantes. Yo sé lo que te digo. Muchas generaciones pasaron por mis manos, pero me acuerdo de pocos alumnos con el don de las palabras, y tú fuiste una de ellas. No lo desperdicies.

Se despiden con un abrazo.

—¿Cuándo vuelves a la ciudad?

—Mañana temprano.

—Una lástima. Si regresas, no dudes en visitarnos y con más calma podemos sentarnos a una comida completa. Mi mujer cocina de maravilla.

La señora le da un golpecito juguetón que Laura envidia. Se marcha con el corazón galopante, y no solo porque amenaza con llover otra vez, sino porque pisar su tierra natal le abruma. Pensar en la escritura la inquieta; recordar al Poeta la avergüenza; mirar a una pareja enamorada la enternece. ¿Y qué de ella? Ella no merece una nueva oportunidad, y como lo ha meditado en muchas ocasiones, lamenta no haber muerto aquel día en las vías del tren.

Domingo por la noche. Gonzalo se asoma por la puerta una vez más. Delia salió el sábado por la tarde a una reunión con Katia y llamó para avisar que se quedaría en casa de otra de ellas. ¿Bárbara? Gonzalo mira su reloj. Son las diez treinta. Al día siguiente, Delia debe trabajar en la tienda. ¿Qué espera para volver? Marca su número nuevamente. Delia no responde su celular. ¿Lo tendrá con ella? Ha llamado cada media hora desde las nueve de la noche. Su estómago se comprime en señal de su gastritis. Durante sus años en la empresa padeció de colitis, gastritis y sinusitis, todo por nervios y estrés. Sin embargo, la presente sensación se agudiza al pensar en su hija. ¡Su hija!

Rosario lo matará y con justa razón. ¿Y si la asaltaron o la secuestraron? Ya no debe ver programas policíacos o terminará loco. En el capítulo de repetición de la "La Ley y el Orden" una chica muere a manos del esposo de su mejor amiga. ¿Y si Delia ha sido atacada por el esposo de Katia? Se pone su chamarra y cierra la puerta. Camina calle arriba hasta la casa de Katia y toca el timbre. Supone que Delia le armará un escándalo o le dirá aguafiestas, pero prefiere su desprecio a esa incertidumbre. Katia se asoma por la ventana del segundo piso; trae en brazos a su niño y se nota su vientre abultado.

—¿Señor Ibarra? Bajo en un segundo.

Katia, sin el niño pequeño, abre la puerta. Detrás está su esposo, el posible homicida.

—Quisiera hablar con Delia.

—¿Con Delia? Ayer se marchó a eso de las nueve de la noche con Bárbara. Iban a una fiesta.

El pecho se le comprime. Espera que no se trate de un ataque al corazón, porque no resistiría la humillación de enfermarse frente a esas personas.

—No responde su celular.

Se pregunta qué habrá mostrado en su expresión pues Katia lo toma del codo y lo hace pasar. El esposo "asesino" lo conduce al sillón y le trae un vaso con agua, mientras Katia revuelve su bolso.

—Tengo por aquí el número de Bárbara.

Lo encuentra y lo marca desde el teléfono de casa. Gonzalo bebe el agua de jamaica que le cae estupenda. Escucha trozos de la conversación.

—¿Bárbara? ¿Dónde estás?... ¿Y Delia?... ¿En serio?... Entiendo… Su papá está aquí… ¿En el del centro comercial?... Está bien…

Gonzalo la mira con melancolía. Adivina que no tiene buenas noticias.

—Están en un bar, pero Delia se ha puesto mal.

Se pone en pie.

—No debe ir solo, don Gonzalo. Mauricio, ¿si lo acompañas?

Mauricio, el supuesto asesino, toma las llaves del auto. A Gonzalo le dan ganas de llorar. ¿Cómo es que aún hay gente buena en el mundo? Gonzalo no haría ese favor a nadie, bajo ninguna otra circunstancia. A duras penas conoce a sus vecinos, si acaso solo a don Mario que ya se ha mudado a Zacatecas. Mientras Mauricio arranca el auto, Gonzalo repasa las muchas veces que se ha hecho el distraído o que no ha abierto la puerta de su casa a pesar de estar allí. Sin embargo, sus meditaciones se interrumpen cuando quince minutos más tarde ve a Delia, con el cabello despeinado y los ojos desorbitados, tumbada sobre la barra de un restaurante, perdida en su ebriedad. ¿Qué está pasando?

8

Francisco Javier inició su travesía a Tepozotlán donde haría su noviciado. Después de salir de la ciudad llegaron al pueblo de Tlalnepantla, y para entonces, Francisco Javier se encontraba más compuesto. Le había dolido despedirse de Alonso y de su madre, pero en un segundo pensamiento le confortó saber que no se toparía con las miradas turbias de un padre que detestaba su decisión. De cualquier modo, Alonso se había conseguido un nuevo pasatiempo que lo mantenía fuera de la casa durante horas y Catalina solo pensaba en lucir más hermosa.

Se detuvieron para comprar vasijas de arcilla, luego prosiguieron al pueblo donde viviría los siguientes años. Se encontraba sobre una colina y el convento contaba con amplios dormitorios y aposentos. Sus seis altares lo estremecieron y la capilla de Nuestra Señora de Loreto le agradó. El extenso jardín, con frutos de todo tipo, le indicó que disfrutaría sus paseos para meditar en lo que aprendiera, pero el lugar que conquistó su corazón fue la biblioteca. Con atención leyó la admonición que los padres redactaron en una placa: "Hay excomunión reservada a su Santidad contra cualesquiera personas que quitaren, destruyeren o de cualquier otro modo enajenaren algún libro, pergamino o papel de esta biblioteca sin que puedan ser absueltos hasta que ésta esté perfectamente reintegrada". Francisco Javier aprobó la severa regla y se concentró en la Suma Teológica de Tomás de Aquino y en las Confesiones de San Agustín.

Con el paso de los días se entregó a sus disciplinas y a sus rezos, se enamoró del pensamiento eclesiástico y de los muchos aciertos que los sermones de San Ambrosio anunciaban. Memorizó las etimologías de San Isidoro de Sevilla y no cesó de apreciar las gracias y bondades de la divinidad para un siervo tan imperfecto como él.

Solo algunas tardes, sobre todo en el jardín, echaba de menos a Alonso, a Catalina y a Magdalena. Afortunadamente, sus hermanas no lo olvidaron y recibió sus cartas con alivio, leyendo sus saludos amorosos y sus firmas como "tatitas". A través de ellas, se enteró sobre los acontecimientos de la ciudad. De Alonso no recibió una sola carta, pero no lo censuró. Sabía que Alonso detestaba la correspondencia y carecía de paciencia con las letras. Sin embargo, no esperaba la sorpresa de ver a su abuelo hasta que se restregó los ojos para comprobar que don Cristóbal se encontraba en el locutorio para despedirse de su nieto.

Los padres les permitieron caminar por el jardín y optaron por una banca de piedra en la que conversaron en tonos bajos.

—¿Y por qué te marchas, abuelo? ¿No eres feliz aquí?

—A mi edad, uno desea volver a la tierra que lo vio nacer.

—¿Y Alonso? —preguntó en un susurro.

—No me lo pienso llevar. Vine solo, solo me regreso. Tu padre ha prometido emplearlo con dignidad.

—Te echaré de menos.

—Supongo que sí, pero no te mortifiques. Todos los seres humanos debemos atravesar el gran mar de la vida y tocar puerto. Pero no creas que moriré pronto. Ya se lo advertí a Rafael, quien solo aguarda mi muerte para recibir la herencia. ¡Aún me resta mucho por hacer! Por lo pronto, usted, mi futuro señor cura, debe concentrarse en lo que corresponde.

De ese modo, abuelo y nieto se dijeron adiós. Francisco Javier adivinó que no volvería a contemplar su rostro, pero tal como el viejo advirtió, aún pasarían algunos años y Francisco Javier se gozaría con sus esporádicas cartas en las que don Cristóbal lo animaría a no desistir y luchar por la fe de sus abuelos.

Magdalena llegó temprano a casa de Catalina. Se enteró de que Alonso dormía en la antigua habitación de Francisco Javier, lo que la puso algo triste. Echaba de menos a su único amigo, pues Catalina pensaba más en Alonso que en ella, y Alonso pensaba más en toros que en mujeres, incluida su hermana. Alonso apareció con medias nuevas y holanes en la camisa. Magdalena admiró a su hermano quien robaría miradas en el ruedo.

—Luces apuesto, Alonso Manrique. Pero no olvides que algunas mujeres están por encima de ti —le dijo Catalina a modo de despedida.

Alonso besó a sus dos hermanas y ellas anduvieron detrás de doña Beatriz rumbo a la plaza. Catalina se quejaba de Luis Sedeño. Sus padres habían acordado que pronto se casarían, pero Catalina detestaba al chico, no solo por su poca inteligencia, sino por su lastimosa apariencia. Magdalena se quedó callada pues no corría con mejor suerte ya que el único que había mostrado interés por ella era don Carlos de Sosa. El dueño del cajón en la Alcaicería sufría de gota, y, además, ¡era un anciano! Si por doña Clementina fuera, don Carlos y Magdalena ya estuvieran comprometidos, pero don Emilio se había opuesto tajantemente, lo que provocó que Magdalena encendiera diez cirios en la iglesia de San Felipe de Jesús para agradecer que la Virgen la librara de tamaño peligro.

Doña Beatriz había reservado unas ventanas del palacio para que sirvieran como gradas. Mientras daba inicio el evento, Catalina y Magdalena cuchicheaban.

—¿Y quién es él? —preguntó Catalina indicando a un hombre en sus treintas que conversaba con don Gaspar Sedeño.

Doña Clementina entrecerró los ojos para verlo mejor. Doña Beatriz comentó que era un comerciante que acudía a los reales de minas. Quizá por eso conocía a don Gaspar.

Las dos señoras se distrajeron al contemplar el horrible vestido de la esposa del licenciado Juan de Becerril y Catalina se puso a revisar sus uñas para comprobar que no trajeran mugre. Pero Magdalena se sonrojó pues el comerciante que charlaba con don Gaspar la contemplaba con interés. Quizá también debía revisar sus uñas, pero a intervalos levantaba la vista para comprobar si el hombre se olvidaba de ella pero en las cinco ocasiones que lo hizo, se equivocó. El comerciante continuaba su escrutinio.

Magdalena lo analizó. Debajo de su peluca, como dictaba la moda, se traslucía un rostro agradable, mucho más que el de don Carlos de Sosa, aunque no tanto como el de Alonso. Lo compararía más bien con Francisco Javier, aunque su amigo del alma tenía unas pecas curiosas. Aún así, el comerciante le atraía.

El espectáculo comenzó con la presentación de los gentiles-hombres. Don Rafael arribó al balcón y se sentó junto a Catalina la que aplaudió cuando detectó a Alonso, quien en capa negra y sombrero de plumas cautivó al auditorio femenino. El conde de Santiago encabezaba el cortejo pues a él le pertenecían las bestias que se torearían. Don Emilio se encontraba cerca de la plaza dispuesto a ofrecer sus servicios en caso de algún accidente, y secretamente le había confiado a Magdalena que el pasatiempo de torear se le figuraba salvaje e inhumano.

En su recorrido visual, Magdalena se cruzó con otro par de ojos, propiedad de don Carlos de Sosa, y sus manos tiritaron. Las danzas de los indios con sus chirimías la distrajeron, pero notó que Catalina guardaba inusual silencio.

—¿Te sientes bien?

—Un poco nerviosa. ¿Y si algo malo sucede? La última vez, los toros mataron a cinco.

—Deja de preocuparte. Por eso mismo le dimos a Alonso esas estampas de San Cristóbal y San Miguel para que le acompañen el día de hoy.

—Si tan solo supiera con seguridad que las trae consigo.

Alonso no tomaba en serio la religión y las estampas estarían en el fondo de algún cajón o incluso en la basura.

Al terminar la vuelta de honor, los alguaciles dieron la señal para soltar los toros. Magdalena se estremeció ante esas bestias oscuras y corpulentas que resoplaban con furia.

Primero apareció el hijo del conde de Santiago quien galopó con tal gracia que Catalina y Magdalena lo vitorearon, pero don Rafael las hizo callar. Decretó que tanta vanidad lo aplastaría, y tuvo razón pues el jinete se acercó tanto que el toro atropelló al caballo y desmontó al jinete. Él tenía la obligación de abatir al animal de una estocada, pero se quejaba de un dolor en el vientre y los peones lo sacaron de allí. La gente enloqueció; Magdalena no sabía si de preocupación por el herido o de felicidad ante su desgracia.

Entonces Alonso salió al ruedo dando muestras de dominar el arte del rejoneo. Don Rafael alabó su valor y doña Beatriz comentó lo bien que dominaba al pardo. Magdalena desviaba la vista cada vez que Alonso rompía los rejones. Sin embargo, su triunfo convenció a la muchedumbre. Alonso se plantó frente al palco de su familia y les dedicó una profunda reverencia. Doña Beatriz y doña Clementina se pavonearon; don Rafael aceptó las felicitaciones y Catalina lloró de alegría, aunque a los pocos minutos don Luis apareció a su lado y el rostro de Alonso se puso serio. Magdalena, siempre atenta a lo que transcurría con su hermano se propuso buscarlo, pero pronto se dio cuenta de tres cosas. Primero, era imposible atravesar la plaza pues los peones mataban a los toros restantes a cuchilladas y algunos aficionados se habían aventado al ruedo para medir su hombría. En segundo lugar, Alonso se encontraba rodeado de mujeres de todas las edades y clases sociales. Y para concluir, un hombre se interpuso en su camino, y cuando lo reconoció, no halló dónde esconderse. El comerciante le sonrió y Magdalena perdió el habla.

Juana no cesaba de felicitar a Magdalena por su buena suerte y ensalzaba las virtudes de don Roberto Suárez, el comerciante que Magdalena había conocido en la plaza del volador y que se había convertido en su fiel admirador y pretendiente. No importaba el día, a las seis en punto, don Roberto se presentaba a la puerta. Doña Clementina lo recibía y lo llevaba a la sala de asistencia donde Magdalena bordaba.

Él conversaba con las mujeres sobre sus empresas hasta que don Emilio, media hora más tarde, arribaba. Entonces Magdalena tocaba el clavecín y Roberto la flauta, componiendo dúos que, en palabras de doña Clementina, harían que los ángeles se murieran de envidia. Después cenaban las delicias que Juana preparaba, pero al toque de queda, sin falta, don Roberto les recordaba que debían rezar y lo hacían con devoción. Doña Clementina se hallaba fascinada con el galán de su hija y don Emilio, por más que lo intentaba, no le encontraba ninguna falta.

Don Roberto solía viajar a los reales de minas para vender su mercancía. Allí comerciaba con sedas, damascos y porcelanas de China, con marfiles tallados que venían de Filipinas y alfombras de Persia, razón por la cual se alió con don Carlos de Sosa, y a pesar de la decepción que el viejo se llevó, no armó mayor escándalo y aceptó que Roberto cortejara a Magdalena sin retarlo a duelo.

Además de sus dotes de comerciante, Roberto sostenía un hospital para ancianos y vestía con elegancia. A sus treinta años, era un ejemplo de modales y devoción. Incluso Catalina alababa la buena suerte de Magdalena, ya que aunque Luis era más joven, no lo consideraba ni la mitad de guapo que Roberto. Magdalena, por su parte, se había enamorado.

¿De qué otra manera definiría esa sensación que apretaba su estómago cada vez que escuchaba la voz de Roberto? ¿Cómo más explicaría esos nervios que la traicionaban cuando sus dedos tocaban el clavecín? Nunca los experimentaba durante los ensayos, solo cuando sentía el aliento de Roberto a unos pasos. La única nube en el despejado cielo provenía de su propio hermano, Alonso, su carne y hueso, que no simpatizaba con su pretendiente.

—¿Qué es lo que te molesta de don Roberto?

—No lo sé, Magda. Es solo un presentimiento. Pero te aseguro que si Francisco Javier estuviera aquí, opinaría lo mismo.

A veces, Magdalena deseaba que Francisco Javier abandonara sus votos para acudir en su auxilio. Por supuesto que Francisco Javier aprobaría a Roberto.

—Anda, niña, ¡ponte linda! —le recomendó Juana.

Magdalena se encaminó a su habitación, abrió el bargueño y cambió de lugar el guardapelo y el rosario; luego sacó un cepillo con el que desbarató sus rizos mientras pensaba en que Roberto se marcharía por un tiempo prolongado a Zacatecas. ¿Qué haría sin él tantos meses? Tal vez esa noche don Roberto le propondría matrimonio, como sospechaba doña Clementina. Magdalena solo sabía que tarde o temprano sería la señora de Suárez y nada la alegraría más. Entonces se apiadó de Catalina quien debía soportar al torpe de Luis. Eso de los amores no correspondidos no solo sucedía en los libros, sino en la vida real. Pero gracias a San Antonio y a Santo Tomás, Magdalena no sufría de esos males. ¡Amaba y la amaban!

Francisco Javier arrugó la carta. ¿Por qué lo descomponían tanto las noticias? Se había preguntado el por qué del silencio de Magdalena que ya no escribía con la misma frecuencia de antes, ni siquiera para saludarlo o comentarle sobre sus devociones. Sin embargo, la carta de Catalina aclaraba el asunto. Magdalena se encontraba ocupada atendiendo a su pretendiente, un tal Roberto Suárez, al que Catalina calificaba de buen mozo, devoto cristiano y gachupín de posición acomodada; en suma, una gran oportunidad para su hermanita. Entonces, ¿por qué le dolía el pecho? Mientras realizaba sus devociones matutinas indagaba dentro de su alma para hallar respuestas. Suponía que Alonso sentía los mismos celos pues como hermanos su deber consistía en defender el honor de sus hermanas. Sin embargo, no reaccionaba de la misma forma con Luis Sedeño, aún cuando Catalina también le confiaba que el hijo del minero la cortejaba con formalidad.

Francisco Javier le rogó a San Francisco que le quitara de la mente esos asuntos de mujeres que lo distraían de sus responsabilidades espirituales, y agradeció que el padre Benito le pidiera acompañarlo al pueblo. A Francisco Javier no cesaba de impresionarle lo que descubría durante sus encomiendas misioneras. Las supersticiones de los indios rayaban en lo inmoral. Si una lechuza cantaba, se inventaban toda suerte de agüeros y sortilegios en contra de amigos y enemigos. En otras ocasiones, si se cruzaba el hilo de una telaraña o se estornudaba, se profesaban maldiciones o se escupía para ahuyentar los malos espíritus. Para colmo de males, las creencias de los grupos de indios, por causa del olvido y el mal uso, se iban tejiendo en nuevas formas de incoherencias que sus maestros censuraban.

El padre Benito reunió a un número considerable de indígenas en la plaza frente a la iglesia y les recordó que sus pocas ofrendas entristecían al Señor Jesucristo, ya que los altares continuaban a medio terminar. Les recordó que más bienaventurado era quien daba, no quien recibía, y Francisco Javier se incomodó al percibir los pies descalzos y sucios por el barro de aquellos hombres y mujeres. ¿De dónde podrían sacar más si apenas sobrevivían día tras día? Pero ¿quién era él para censurar a su superior? La regla más importante de los jesuitas se resumía en una frase: obediencia absoluta. El orgullo se manifestaba de muchas maneras, y uno debía castigar la carne no solo con penitencias, sino por medio de la sumisión total. Por dicha razón, sus superiores le mandaban tallar suelos o trabajar en la cocina, atar las correas de sus zapatos o limpiar las ropas del padre prepósito. Así que Francisco Javier alabó el sermón de su maestro.

Una india les convidó unas naranjas. Francisco Javier hizo un batidillo, pero el padre Benito no le prestó importancia; los padres no hacían grave escándalo por cuestiones de aseo personal. Se encaminaron a la casa de una familia acomodada, dueña de una hacienda cercana que producía buenos frutos. Don Santiago andaba enfermo de muerte. Los padres lo habían ido a visitar varias veces, pero el hombre empeoraba y ni las sangrías ni los brebajes ayudaban.

Andaban sin prisa, a pesar de la gravedad del enfermo.

—El de vida licenciosa piensa que nada le acontecerá, pero se equivoca. Todo se paga, y tarde o temprano nuestro pecado nos alcanza. Nuestro deber es recordarles que Dios castiga al malhechor y al inicuo. Por ejemplo, este don Santiago ha manchado el honor de los cristianos y ha vendido su alma a la perdición. Ha vivido en pecado mortal durante años, pues todos en el pueblo saben que además de su esposa, tiene otras dos mujeres, una india y una mulata, y las dos habitan bajo su techo. Cuatro hijos presume, pero tres más oculta como siervos y lacayos, siendo que a nadie engaña pues son su propio rostro. Además de tan terrible mal, no ha hecho nada para salvar su alma; no ha comprado indulgencias ni ha dejado conventos. Pero nunca es demasiado tarde, Francisco Javier.

¿Entonces por qué no se apuraban?

—Aún más —continuó el padre Benito—, ayer descubrimos que su esposa, en un arranque de histeria, dio dinero a un indio para que ofreciera un sacrificio pagano, como el que antes se efectuaba en honor de esos dioses de piedra que veneraban los herejes. El padre Tadeo encontró el altar de piedra en uno de los cerros, con la sangre fresca de gallinas y un perro. Allí se invocó al diablo y por eso se requirió de un exorcismo y una penitencia para doña Elvira.

—¿Y qué pasó con el indio?

—Lo enviamos a México donde el Santo Oficio le juzgará.

Francisco Javier recordó el auto de fe y sintió un escalofrío.

—Esperemos que después de las amonestaciones, doña Elvira recupere la cordura. No olvides lo que te hemos enseñado. Las mujeres son malas por naturaleza. Dentro de los hombres, siempre encontrarás un poco de bondad y humanidad, pero en las hijas de Eva no se puede confiar. ¿No fueron ellas las que indujeron a nuestro padre Adán para comer del fruto prohibido? El diablo engaña con suma facilidad a las mujeres, las seduce, las convence, las doblega. Y ellas se entregan a sus caprichos pues carecen de la fortaleza de los varones. ¡Cuántos no han caído por los labios mentirosos de una mujer! Sansón, David, José…

Francisco Javier se abstuvo de aclarar que José no había pecado, sino huido.

—Caución, es lo que enfatizo. Nunca le creas a una mujer, ni siquiera cuando confiesa. Siempre ocultan algo más. Con sus palabras suaves y sus lágrimas hipócritas tratan de encubrir sus iniquidades. Por eso, insiste y pregunta hasta que ellas revelen su suciedad e inmundicia. Acorrálalas hasta que soliciten la piedad y luego imponles severas penitencias, pues de lo contrario volverán a incurrir en maldad.

Doña Elvira los recibió con reverencias y con un rostro que reflejaba el ayuno al que había sido sometida. Los condujo de inmediato a la recámara del moribundo, y a Francisco Javier no se le figuró que el hacendado estuviera al borde de la muerte. El padre Benito exigió que los intrusos se marcharan, así que solo quedaron allí Francisco Javier, don Santiago y el padre Benito.

—Padre, antes de morir, quiero dejarle a la Santa Iglesia, en especial al noviciado de los padres jesuitas, mucho oro para que reparen el altar de la Virgen.

Nombró la cantidad exacta y el padre Benito asintió.

—Ahora debes confesarte.

Francisco Javier escuchó los pecados de la carne y la lujuria que el padre Benito fue extrayendo a través de preguntas que ruborizaron al hijo de don Rafael.

—El verdadero arrepentimiento…

—¡Pero no me arrepiento, padre! He amado a esas tres mujeres y a mis hijos. No he puesto una mano violenta encima de ninguna y las he mantenido todos estos años.

El padre Benito se aclaró la garganta:

—Pero… ¿entonces de qué sirve la confesión?

El hacendado lo contempló con una mueca cínica.

—Todo se arregla con unas cuantas penitencias y actos de contrición. Absuélvame, padre.

Francisco Javier tragó saliva. En ese instante, el padre Benito le ordenó abandonar la habitación y buscar a doña Elvira. Francisco Javier se marchó con un nudo en la garganta. De regreso, el padre y don Santiago reían como buenos amigos, luego los religiosos regresaron al convento en silencio hasta que se detuvieron en la puerta.

—Mañana irás por el oro prometido —le indicó el padre Benito y no volvieron a tocar el tema.

Francisco Javier obedeció y encontró a don Santiago sentado y comiendo, con la mulata a su lado y la india preparando su comida. Doña Elvira no apareció por ningún lado, pero a la semana, don Santiago murió, y como los padres dijeron en el entierro, había adquirido una indulgencia que lo envió al cielo sin necesidad de detenerse en el purgatorio. Días más tarde recibieron suficiente oro para un nuevo altar.

9

—Debiste haberla visto, Rosario. ¡No podía ni caminar!

—¿Entonces la amenazaste? —le pregunta ella.

—¿Qué otra opción me quedaba?

Gonzalo mira el espejo retrovisor. Un auto se ha estacionado detrás del suyo. Una mujer bajita cierra la puerta y se escabulle a la reunión de doble A, donde Delia se encuentra ese lunes por la noche. Gonzalo la ha traído a la fuerza.

—¿Y por qué no la llevaste a terapias mucho antes? —Gonzalo la cuestiona.

—No tengo tu poder de persuasión, cariño.

El "cariño" le suena amargo, pero Gonzalo no se inmuta.

—Debemos hacer algo drástico. ¿No hay clínicas?

—¿La quieres encerrar? Dale unos días a ver si funciona lo de doble A.

¿Y qué de sus sueños? ¿Qué del viaje a Europa y su negocio? ¿Qué de su vida?

—Rosario, quizá tú puedas controlarla. Ustedes…

—Ella no me hace caso. Además, tú no estuviste cuando vinieron mis hermanas y Delia se puso a bailar el can-can, ni cuando tiró el florero que me regalaste cuando nos casamos.

¿El florero? ¡Qué barbaridad! Aún así, Delia necesita a su madre, y no a un padre que no la conoce y que pretende disfrutar su jubilación.

—Llámame si hay algo urgente —le dice Rosario y cuelga.

Gonzalo se golpea la cabeza contra el parabrisas. ¿Qué va a hacer?

———

Laura observa a Delia. Se encuentran en una reunión cerrada, así que aprovecha para acercar su silla. Delia luce cabizbaja, pero también trae una cruda que espanta. La pobre chica no ha tenido tiempo ni de hablar, cuando uno de los compañeros la asalta con preguntas, pero Laura interviene. La joven necesita tiempo. Delia le agradece con la mirada y el compañero se tranquiliza.

Una de las recién llegadas alaba a su madrina, una dulce mujer que la ha acompañado en su recorrido por la sobriedad. Laura escucha, pero con el rabillo del ojo vigila a Delia, quien no muestra interés alguno por la experiencia de esa mujer bajita con el cabello recogido. Cuando la sesión concluye, acompaña a Delia por un café.

—Pensé que no volverías.

—No necesito esto, pero mi papá me obligó. Ayer me pasé de copas, pero Bárbara terminó con su novio y quise mostrarme solidaria.

Laura suspira. Esos motivos altruistas han hundido a más personas que el Titanic.

—Creí verte en la tienda de regalos junto a la tintorería.

—Allí trabajo. Cubro a Katia porque apenas puede con su hijo y el bebé que pronto nacerá.

—¿Katia? No conozco a muchos vecinos —Laura se disculpa. Debe prestar más interés en los demás, pero ¿si la descubren? Laura vive con el miedo de ser tachada de impostora—. ¿Has leído los folletos que te dieron el primer día?

Delia sacude la cabeza. A ese paso, esa chica nunca se va a recuperar. Uno de los compañeros las interrumpe, así que Laura intercambia las frases de civilidad pertinentes, preguntándose qué necesita Delia para aceptar su problema. Mientras no lo haga, ¿cómo ayudarle? La chica aprovecha que el compañero pregunta por unas páginas de Internet, así que escapa por la puerta. Laura no ha dormido bien y tiene sueño. Ya no pensará más en Delia; no tiene caso.

Ha pasado una semana y Delia no ha vuelto a doble A. Cierto que tampoco ha bebido o Gonzalo no la ha descubierto, pero de pronto teme por ella. Aún así, Gonzalo tiene sus propios problemas. El excusado de abajo se descompuso, así que anduvo dos días tratando de arreglarlo hasta que se dio por vencido y buscó a un plomero. Casi no ha tenido tiempo de trabajar el bargueño, y mucho menos de investigar las promociones a Europa o los nuevos cursos de historia en los museos pertinentes. Delia le estorba, aunque no lo dirá jamás.

—¿Y qué harás hoy? —le pregunta Gonzalo durante el desayuno de ese viernes.

—Tal vez vea una película. ¿Te molesta si rento una?

—Por supuesto que no.

Gonzalo proyecta la imagen en su mente: padre e hija en el sofá, mirando una buena cinta de acción. ¿O de romance? No se pondrá pesado y aceptará lo que Delia elija. El día transcurre sin grandes novedades. Gonzalo olvida su NIP y el cajero en el banco se traga su tarjeta. Acude a reportarla y tarda más de lo planeado en recuperarla. Acude a la librería para comprar un nuevo volumen de una serie sobre Historia de México, de allí pasa por unas tortillas, pero se topa con un poco de tráfico.

En casa descubre que el excusado en cuestión no quedó al cien por ciento y un hilillo de agua se está escapando por uno de los tubos, así que llama al plomero quien promete ir en una hora, pero pasan dos, y Gonzalo le vuelve a telefonear. Contesta la esposa del hombre y le informa que su marido se ha ido de fin de semana al pueblo, así que Gonzalo decide cerrar la llave de paso del agua y aguardar hasta el lunes. Le pedirá a Delia que solo usen el de arriba.

Pretende lijar la madera del bargueño, pero el reloj marca las seis. Delia no tarda en cerrar la tienda, así que Gonzalo se sienta para ver un programa cómico mientras espera a su hija. Entonces el control remoto deja de funcionar. Gonzalo decide que son las pilas, así que busca unas nuevas. Guarda unas arriba, así que sube al cuarto de Delia y abre el ropero.

Se acuerda de haber puesto las pilas en una cajita que oculta en la repisa del fondo, pero no ve nada. Enciende la luz, aunque depende del tacto más que de la vista. Palpa una bolsa de plástico y la saca para revisarla, pero en ese justo instante, Delia inserta la llave y él le avisa que se encuentra en su recámara buscando unas pilas.

En menos de dos minutos, Delia se para delante de él con los puños en la cadera.

—¿No confías en mí?

—Solo busco unas pilas. El control remoto no funciona. ¿Trajiste la película?

Delia no responde a esa pregunta, sino que hace un puchero:

—Deja de espiarme.

—No he entrado a tu habitación desde que tuvimos esa última discusión. Pero esta sigue siendo mi casa, y aquí guardo las baterías —le dice con un poco de enojo.

Intenta controlarse, pero Delia empieza a cerrar las puertas del ropero con supuesta indiferencia, lo que alerta a Gonzalo. ¿Por qué tanto pánico? Ella apunta hacia la puerta de salida; Gonzalo insiste que necesita las baterías.

Su hija se mete al ropero y hace como que las busca.

—No hay nada.

—¿Cómo no?

Gonzalo la hace a un lado y se pone de puntillas. Entonces descubre la botella y siente un calor bochornoso en las mejillas.

—Delia…

—No me provoques.

—¿Provocarte? Dices que no confío en ti. ¡Pues tienes razón! Estás enferma. ¡Necesitas ayuda!

—Todos toman un poco —se defiende mientras abraza la botella y sus ojos brillan de un modo amenazador—. ¿Nunca te has bebido una cerveza, papá?

—Pero lo tuyo es diferente.

—¿Por qué habría de serlo? —ella grita. Gonzalo también percibe que ha subido el tono de su voz, pero no puede detenerse.

—Te lo dije una vez y lo repito. No puedes quedarte en esta casa si no acudes a Alcohólicos Anónimos. Necesitas ayuda.

Ella abre la botella y se echa un trago. Gonzalo trata de quitársela, pero Delia se escabulle y se pone detrás de una silla.

—¿Desde cuándo bebes?

—Desde la secundaria, papá. Probé el whisky en una fiesta de quince años. Pero tú cómo vas a saber si no vivías conmigo, si nunca me quisiste, nunca me buscaste…

—El chantaje no funcionará esta vez. Pude haber sido el peor padre, pero ¡tú tienes un grave problema!

—No soy alcohólica.

—¡Sí lo eres! Mírate en el espejo. Pareces una demente.

Delia le avienta la botella y ésta se rompe en mil pedazos, derramando su líquido en el suelo.

—Así nunca sanarás —Gonzalo le advierte con ira. Las ganas de sacudirla lo embargan—. No quieres cambiar.

—¿Cambiar? Si me odio a mí misma. Yo soy la que más detesto todo esto

Delia llora apuntando al suelo.

—Entonces ¿por qué no….?

—¡Porque no quiero! ¡Prefiero morir! —ladra Delia con una voz desgarrada que hiere a Gonzalo—. ¡Déjame en paz! ¡Déjame sola!

Gonzalo, por temor a que los vecinos llamen a la policía o algo por el estilo, sale de la habitación y baja las escaleras. Recuerda las palabras de Rosario sobre su vergüenza con las vecinas. ¿Cuántas veces ha experimentado una escena similar? ¿Qué le sucede a Delia? ¿Cómo la pueden ayudar? No reconoce a su hija en esa mujer desquiciada por unas gotas. Con un pequeño trago se ha puesto como una maniática. ¿Pero qué hacer?

Se sienta frente al televisor para aclarar sus pensamientos. Mira las caricaturas, pero no puede cambiar de canal ya que el control remoto no sirve. Entonces escucha los pasos de Delia bajando las escaleras.

—¿Qué pasa?

—Me voy.

Ella trae una mochila.

—¿Con tu madre?

—Con una amiga.

—¿Bárbara o Katia?

—Déjame en paz.

—Solo quiero saber…

—Una amiga de doble A.

Gonzalo la sigue a la calle, pero ella lo maldice a viva voz. El rostro de un vecino gira con sorpresa; otra vecina se asoma por la ventana.

—Delia…

Ella camina rumbo a la colonia donde se reúne el grupo de doble A. Gonzalo se pregunta si la debe seguir. Algo le indica que vuelva a casa y lo hace. Se tumba sobre el sillón y recuerda que es viernes, reunión de varones en la iglesia. Pero él no puede ir; está muy ocupado. ¿Haciendo qué? Cuidando a una hija alcohólica. Entonces se burla de sí mismo. Si a eso le llama "cuidar", hace un patético trabajo, y con lágrimas en los ojos, las primeras que derrama en meses, quizá años, se dirige al taller del patiecito, donde el olor a madera le infunde un poco de consuelo.

⸻

Jazmín anda en la boda de una sobrina, así que Laura opta por un viernes tranquilo, quizá con un poco de lectura. ¿Por qué no ha podido dormir en las noches pasadas? ¿Estará enferma? Observa en el espejo sus pronunciadas ojeras. Se siente cansada y triste, quizá porque no deja de pensar en su pasado, el que ha vuelto para atormentarla.

Fracasada, fracasada, fracasada. Escucha la palabra en los rincones y en la oscuridad. Se acuerda del Poeta y añora unas gotas de alcohol para olvidar y aliviar sus males. Aún cuando sabe a ciencia cierta que la bebida no ayuda en nada, por lo menos mitiga y transporta la mente a otra frecuencia donde ya no importa el Poeta ni sus sueños frustrados. ¿O será que su melancolía se relaciona con su encuentro con su profesor de Literatura?

Con las yemas de los dedos acaricia los lomos de los volúmenes formados en el librero. Lee en voz alta los títulos trayendo esos personajes entrañables a su memoria. Alguna vez escuchó que la escritura exorcizaba los demonios del alma. Por eso escribía el Poeta.

Recita para sí misma:

¿En perseguirme, mundo, qué interesas?
¿En qué te ofendo, cuando solo intento
poner bellezas en mi entendimiento
y no mi entendimiento en las bellezas?

Sor Juana Inés de la Cruz, la monja poetisa del siglo XVII lo comprendió a la perfección. Ella solo deseaba encontrar la verdad, hallar las riquezas del intelecto, y por eso escribió y recibió críticas; sufrió y perdió oportunidades. ¿Habría sido feliz?

El zumbido del intercomunicador la distrae. Se acerca y aprieta el botón con el ceño fruncido; no espera visitas.

—¿Quién?

—Soy Delia.

La voz se arrastra, lo que implica problemas. Decide bajar hasta la planta baja por ella. Desde que la mira a través de la reja se alarma. Abre y la sujeta del brazo. Se apresura antes que algún vecino las descubra y haga preguntas.

Una vez en casa, le echa llave a la puerta y sienta a Delia en el sofá.

—Dame un traguito, solo uno —le suplica con desesperación.

—No guardo alcohol en la casa —contesta Laura al tiempo que busca un vaso para darle un poco de agua de horchata que preparó esa mañana—. ¿Qué pasó, Delia? ¿Qué haces aquí?

Delia rompe en llanto y Laura tarda unos minutos en componerla. La abraza y la arrulla en tanto Delia se desahoga. Poco a poco siente cómo los músculos de la chica se relajan; sus lloriqueos van menguando hasta que cesan y en murmullos le confiesa que se ha marchado de casa de su padre porque él le encontró una botella en la habitación. ¿Puede quedarse con ella esa noche?

Laura traga saliva. No conoce al padre de Delia. El sofá puede hacerse cama.

—Comprendes que si te quedas aquí, no puedes beber ni una gota.

La voz de Delia tiembla:

—Lo sé. Y me odio por eso.

Laura la comprende a la perfección. Ella también se detesta. La deja en el sillón mientras prepara una sencilla merienda. Pronostica que la noche se alargará, ya que Delia no soportará la ausencia de alcohol y puede tornarse violenta. Pero Laura no tiene miedo; ni siquiera preocupación. Sabe qué hacer pues ella lo ha hecho consigo misma, y en un momento dado, alguien lo hizo por ella. Estará a su lado y la consolará.

Su profecía se hace realidad pues Delia ofrece una batalla de horas hasta que a las tres de la mañana se tumba sobre la cama. Laura se acuesta a su lado ya que si se marcha, la chica perderá la cordura.

—Nunca quise estudiar informática —le confiesa en la madrugada.

Los párpados de Laura se cierran y la cabeza le retumba.

—Si hubiera estudiado leyes, como yo quería, habría ido a otra universidad, no a esa donde conocí a Sebastián.

Entonces, hilo tras hilo, Delia desenreda su historia para revelar el corazón roto de una chica que quedó plantada días antes de su boda. Laura la compadece y se duele con ella; hasta la pesadez se esfuma mientras arma las piezas del rompecabezas.

—Laura, soy alcohólica…

Delia se pierde en la somnolencia e incluso ronca, pero Laura se queda en vela con el pecho ardiendo por la alegría de que Delia acepte su condición. Aunque también la invade la tristeza por una mujer más que se hunde en la desesperación por causa de un hombre.

> *Hombres necios que acusáis*
> *a la mujer sin razón,*
> *sin ver que sois la ocasión*
> *de lo mismo que culpáis.*

¡Qué sabia había sido esa monja!

10

1671-1674

—Quizá esta vez te proponga matrimonio —le dijo Catalina a Magdalena.

—Tal vez —contestó ella sin querer volar demasiado alto.

Don Roberto regresó de su último viaje con un perfume de ámbar, pero no le hizo ninguna propuesta. Magdalena empezaba a preocuparse. A sus diecisiete años ya debía estar casada, y solo el hecho de que Catalina tampoco se hubiera unido en matrimonio con Luis Sedeño la tranquilizaba. En días como ese, echaba de menos a Francisco Javier. Él la consolaría y le levantaría el ánimo; era el único que la escuchaba. Alonso solo hablaba de toros y Catalina de Alonso.

Se dirigían a la hacienda de un amigo de don Rafael. Salieron por la calzada de Iztapalapa hacia el pueblo de Mexicaltzingo. Magdalena y Catalina ocupaban la carroza junto con doña Beatriz y doña Eulalia. Los hombres montaban sus caballos. Continuaron el largo trayecto que a Magdalena se le figuró eterno, hasta que a mediodía llegaron a Chalco y don Juan, el amigo de don Rafael, los recibió con el almuerzo. Magdalena aún se encontraba un poco fatigada y con el estómago revuelto, así que después de comer, mientras los hombres se marchaban a conocer la dependencia, se quedó para reposar.

—Esta noche, bajo la luz de la luna, don Roberto te pedirá que seas su esposa —le dijo Catalina, quien se acomodó junto a ella.

—No lo creo. ¿Cómo puedo estar a solas con él?

—Existen muchas maneras de lograrlo. Yo te ayudaré, pero tú debes ser astuta. ¡Si tan solo yo tuviera tu buena suerte y me cortejara alguien a quien yo aprecio!

—¿Tanto odias a don Luis?

—Luis Sedeño es peor que el Lazarillo de Tormes, y no por pobre, sino por truhán. El otro día me quiso robar un beso. Además, solo piensa en cosas indecentes y en cómo volverse más rico. Tú sabes que amo a tu hermano.

Magdalena no lo había olvidado.

—¿No echas de menos a Francisco Javier? —indagó para cambiar el tema.

Catalina fijó sus ojos en las vigas del techo.

—Cada vez me acuerdo menos de él. ¿Y tú?

Magdalena trató de reconstruir las facciones de Francisco Javier sin grandes resultados, aunque recordaba su voz y su juramento de que rezaría por ella hasta la muerte.

Durante la cena, las mujeres comieron separadas de los hombres, pero después se juntaron en la sala y don Rafael le pidió a Magdalena que tocara el clavecín. Don Roberto se ofreció a acompañarla con la flauta y crearon la música que ambos favorecían. Magdalena intentaba descubrir algún gesto o alguna palabra que delatara la pasión de don Roberto por ella, pero éste se hallaba más entretenido en proponer el repertorio que en cortejarla. Molesta, apretó las teclas con furia, hasta que Catalina empezó a cantar y el corazón de Magdalena se paralizó.

Luis Sedeño contemplaba a Catalina con tal fascinación que Magdalena sintió celos. ¡Si tan solo Roberto la mirara así nuevamente! Pero su mayor preocupación vino cuando notó que Alonso también miraba a Catalina, no como un hermano, sino como un enamorado.

Al finalizar la velada, Catalina pidió a su padre permiso para caminar bajo la luz de la luna. Éste mandó a doña Eulalia para vigilar a sus dos protegidas, pero Catalina había puesto un poco de leche en la taza de doña Eulalia, cosa que le provocó las seguidillas, y así las dos jóvenes, sujetas del brazo, pasearon por el jardín. Tal como Catalina lo había predicho, a los cuantos minutos, los tres caballeros —Alonso, don Luis y don Roberto— se encontraron dispuestos a asistirlas. ¿Cómo se las arregló Catalina? Magdalena no lo lograría describir con precisión, pero don Luis regresó a la casa en pleno berrinche, Alonso se apartó para dar un paseo y Catalina se alejó para rezar. De ese modo, Magdalena y Roberto se contemplaron el uno al otro. Entonces don Roberto le tendió la mano y el contacto la estremeció, pero en lugar de proponerle matrimonio, señaló las estrellas en el cielo y le explicó sus nombres.

Confundida y con ganas de llorar, Magdalena se quejó de un dolor de cabeza, así que don Roberto se marchó y Magdalena avanzó hasta el árbol al que Catalina se había arrimado donde la recibió una escena que la estremeció de pies a cabeza. Se santiguó dos veces y luego huyó despavorida, jurándose no mencionar jamás lo que había visto. ¡Había descubierto a Catalina y a Alonso en pleno beso!

Magdalena ansiaba regresar a su casa, a la protección de doña Clementina y los consuelos de Juana, pero don Rafael propuso un último paseo al día siguiente.

Llegaron a una alberca creada por la naturaleza y decidieron remojarse un rato. Los hombres se ubicaron cerca de unas rocas salientes desde donde se lanzaron al agua. Catalina y Magdalena bañaron sus piernas, lejos de los hombres para no tentarlos, pero Magdalena permitió que don Roberto le mirara los tobillos. Él no le quitó los ojos de encima.

Doña Beatriz, la madre de Catalina, se quejaba del calor, pero como el lugar de las chicas se le figuró impropio, se apartó a un recodo donde se zambulló. Magdalena continuaba coqueteando con don Roberto cuando escuchó un grito. ¡Doña Beatriz!

Catalina y ella se encontraban más cerca, pero como no sabían nadar, salieron por la orilla y tropezaron con la maleza. Cada alarido de doña Beatriz perforaba los oídos de Magdalena, y por más que corría, no conseguía aproximarse a la señora. Alonso y don Roberto habían nadado, pero llegaron demasiado tarde y doña Beatriz desapareció en el fondo de la laguna. Don Rafael ordenaba a los esclavos rescatar el cuerpo de su esposa, pero ellos se negaban a entrar al agua. ¡No sabían nadar! Don Roberto y Alonso nadaron río abajo donde el cuerpo flotó unos minutos después. Doña Beatriz había muerto; y el pensar en ello le recordó su propia pérdida y su culpabilidad. Dios la seguía castigando por la muerte de su madre.

Piedras grandes, piedras pequeñas. Sollozos altos, sollozos bajos. Don Rafael preguntando, Catalina contestando. Incienso en la iglesia, incienso en el cortejo fúnebre. El hábito burdo de lana, el hábito sudado por él. Unos caballos tiraban el carruaje. Lo encabezaban unos niños huérfanos a los que se daba limosna. Pero Francisco Javier no aceptaba los hechos. Su madre había muerto. No podía olvidar el frío que lo heló cuando el padre prepósito lo llamó a su escritorio para darle la noticia. Luego el viaje a la ciudad de México; la casa de Herrera echa un caos. Doña Eulalia rezando, Catalina llorando, Alonso culpándose, don Rafael escondiéndose.

A él le tocó escribir la carta al abuelo, a él le tocó arreglar los detalles funerarios, a él le tocó decir misa en la capilla familiar, a él le tocó consolar a sus parientes. ¿Y quién velaba por él? Eso lo había hecho Magdalena cuando lo buscó por la noche y lo abrazó mientras él vertía su pena en la fuente del patio que aún no tenía agua. Magdalena le susurró palabras de consuelo. Magdalena lo dejó llorar sin recordarle que era un jesuita que no debía quebrarse ante el dolor. Pero Magdalena se marchó pronto, más pronto de lo que hubiera querido, y la cruz que pendía de su cuello lo regresó al divino oficio.

Recibió consuelo de los escritos de Tomás de Kempis, pues de don Rafael no recibió ni una caricia, de Catalina ni una gota de comprensión, de Alonso ni siquiera una bienvenida. Don Rafael mencionaba con sarcasmo que su hijo, el religioso, no había podido librar a su madre de la muerte. Catalina le repetía que como religioso no lloraría como los demás, así que le exigió que se encargara de la casa y las tareas más vergonzosas. Alonso se escabullía de su presencia, hasta que le confió que don Rafael lo culpaba por no haber nadado más rápido y por eso prefería mantenerse apartado de la familia. Francisco Javier quería gritarles que aún era humano y le dolía la partida de su madre, aquella alma fiel que lo guió al camino de Cristo y a la vida monástica.

Le alegró que Magdalena caminara con ellos, oculta bajo su mantilla oscura, pero le hirió que don Roberto Suárez la acompañara. Entre tanto desconsuelo y desesperación, ni siquiera le había podido compartir la buena noticia. El padre prepósito de Tepozotlán le había dicho que podría quedarse en la ciudad para continuar sus estudios de teología en el colegio de San Pedro y San Pablo. Por supuesto que no viviría en casa de su padre, pero los visitaría con más frecuencia y no dependerían de cartas para comunicarse. Sin embargo, a ninguno le interesaba la vida de un fraile. Cada quien vertía su pena a su manera y lucían como perfectos desconocidos. ¿Con qué soñaba Catalina? ¿Qué atormentaba a Alonso? ¿Qué planes maquinaba su padre? Doña Beatriz había sido ese hilo que había unido sus vidas, pero sin ella, ¿habría esperanza? Que Dios se compadeciera de él y de los suyos.

———

Magdalena llegó para visitar a Catalina y fue testigo de la locura. Alonso se encontraba en las caballerizas cuando don Rafael se le vino encima con la espada en alto. Su hermano reaccionó con rapidez y repelió el ataque. A unos metros, Catalina sollozaba y doña Eulalia besaba su rosario.

—¿Cómo te atreviste a amancillar a mi hija? —don Rafael respiraba con odio.

Alonso se apartó a la fuente mientras Magdalena temblaba. ¿Amancillar a Catalina? ¿Se hacía por medio de los besos? ¡Ella misma los había visto! ¡Alonso había deshonrado a Catalina!

—¡Maldigo la hora que pisaste mi casa! ¡Maldigo la hora que te recogí!

—Fue Don Cristóbal quien me rescató, ¡no usted!

—No me contradigas, pedazo de animal. ¡Le has robado lo más sagrado a mi Catalina!

Alonso miró a Catalina; ella agachó la vista y se retorció las manos. Magdalena dio unos pasos pues deseaba defender a su hermano, pero en la iglesia predicaban que el hombre que amancillara a una doncella debía responder por ella o morir.

—¡Te voy a matar! ¡No mereces vivir! ¡Eres un perro! ¡Un perro que comió las migajas de mi mesa y ahora me responde con traición!

Las estocadas de Alonso eran más certeras, así que logró arrancarle el arma a don Rafael quien quedó al descubierto. Alonso solo debía insertar el filo de su espada en el cuello de don Rafael para terminar con su vida.

—Alonso, ¡estoy embarazada! —lloró Catalina.

Magdalena se cubrió la boca con las manos. ¡Era verdad! Los ojos de Alonso se desorbitaron, pero bajó la mano.

—Catalina…

—Por favor, Alonso…

Transcurrió mucho tiempo; doña Eulalia rezaba, Catalina sacudía sus hombros, don Rafael se limpiaba el sudor y Alonso meditaba. Finalmente, arrojó su espada al otro lado de la cochera.

—No soy un traidor ni un cobarde —le dijo a don Rafael—. Tampoco me atrevo a matar al padre de mis mejores amigos.

Toda la servidumbre los rodeaba pues no habían perdido detalle del enfrentamiento. Dos hombres ayudaron a don Rafael a incorporarse y éste se sacudió los brazos.

—Por favor, padre mío, no me case con don Luis —le rogó Catalina de rodillas—. Soy la mujer de Alonso delante de Dios.

—Todos han perdido la razón —murmuró don Rafael y salió de la casa. Alonso volvió a las caballerizas y Catalina se dio cuenta de la presencia de Magdalena, a quien abrazó con desesperación.

—Primero muere mi madre, ahora esto….

Magdalena pensó en el bargueño donde estaban los regalos de don Roberto. ¿Por qué meditaba en eso en medio de una tragedia? Porque allí depositaba sus sueños, unos que no echaría a perder como lo hacía Catalina.

***

Francisco Javier contempló a Catalina con su jubón de raso verde y guarniciones de plata. Las perlas habían sido de doña Beatriz. Francisco Javier ayudó a recibir las visitas, entre ellas, a don Gaspar y su esposa. Luis Sedeño se negó a pisar la casa pues cuando don Rafael anunció que se rompería el compromiso, ya que Catalina se casaría con Alonso, Luis juró que retaría a Alonso a un duelo. Afortunadamente, don Gaspar lo convenció de refrenarse. Aún así, Luis juró que no se lo perdonaría a ninguno de los dos y los rumores no se hicieron esperar. ¿Estaba Catalina preñada? Los chismes llegaron a la casa profesa, donde los compañeros de Francisco Javier armaron sus propias conclusiones.

Francisco Javier conocía parte de la historia por boca de Alonso, pero el día de la boda, después de recibir a don Gaspar, Catalina llamó a su hermano a la capilla donde se encerraron lejos de los curiosos. Antes de cerrar la puerta, vio a Alonso con traje negro y una golilla blanca y almidonada, y comprendió el por qué Catalina se había enamorado de él y no de Luis.

Catalina se persignó y Francisco Javier la encaró.

—Sería mejor que hablaras con el padre Gedeón quien oficiará la misa de velación. No es bueno que atendamos las necesidades espirituales de nuestros familiares.

Ella se negó. Solo hablaría con él. La algarabía en el patio con aquella fuente sin agua, empezaba a aumentar, así que Francisco Javier no quiso retrasarse y escuchó a Catalina. No estaba preñada, como muchos habían creído. Era la mujer de Alonso ante Dios, lo que ocurrió en las caballerizas, pero Francisco Javier no quiso más detalles.

—¿Por qué entonces inventas que traes una criatura dentro?

Porque de lo contrario su padre habría insistido en que ella se convirtiera en la esposa de Luis Sedeño. Catalina aceptó con humildad su penitencia y salió de la capilla con una sonrisa. Francisco Javier, sin embargo, arrastró los pies hasta la sala de asistencia donde el padre Gedeón lo aguardaba.

El padre Gedeón, alto, flaco y amarillento, apresuró a los presentes. Aún debía visitar dos hospitales y predicar en una capilla de indios. En eso, Francisco Javier se cruzó con los ojos de Magdalena, a quien la escoltaba Roberto Suárez. Magdalena, con un vestido azul, no sobresalía tanto como Catalina, pero su mirada lo tranquilizó. Los convidados rodearon a la pareja y Catalina se colocó un velo nupcial de gasa plateada que don Rafael le consiguió de la Alcaicería.

La poderosa voz del padre Gedeón envolvió a los presentes. Exhortó a los desposados al cumplimiento de sus deberes y a la obediencia a sus superiores. Les recordó el santo temor a Dios. Intercambiaron anillos y arras, y al final, en tanto don Rafael indicaba que la comida se serviría en el patio, Francisco Javier se colocó cerca de Alonso y apretó su antebrazo. Alonso lo miró con tristeza.

—Catalina…

—¿Qué con ella?

No podía revelar el secreto de confesión.

—Catalina te hará feliz.

Alonso le dio una palmada en el hombro y bajó a celebrar. Francisco Javier siguió al padre Gedeón para bendecir la cámara nupcial, luego se despidió y no probó el carnero cocido con coles ni las empanadas de guajolote asado. Antes de salir, le rogó a Dios una bendición especial por su hermana y su nuevo cuñado, su antes mejor amigo.

Magdalena adivinó que Catalina no traía un hijo en sus entrañas, a pesar de que hacía cuatro meses se había casado con su hermano. Como una señora casada, Catalina se creía con más derechos y no se doblegaba ante las imposiciones de su padre, quien convenientemente viajaba más a la mina. A su marido, Alonso, Catalina no le pedía permiso de nada. ¿Sería porque lo consideraba de clase más baja? Eso susurraba doña Clementina cuando suponía que Magdalena no escuchaba.

Catalina sacó un poco de tabaco. A Magdalena le incomodaba dicho vicio, pero trató de no provocar un altercado.

—¿Y don Roberto?

—Fue a Guanajuato —contestó con desilusión.

En la boda de Catalina su imaginación se había desbordado y pensó en su propia boda en la que buscaría telas más finas y de colores menos intensos. Organizó los platillos que le pediría a Juana y enumeró los bailes que ordenaría, pero la propuesta que tanto anhelaba no llegó. Roberto se marchó.

—Debes motivarlo más —le aconsejó Catalina.

La obligó a llevarla a su habitación y mostrarle algunos vestidos.

—Debes usar más escotes. Eso agrada a los hombres y hace que te miren dos veces.

Magdalena se estremeció. Ella no poseía las curvas de su amiga, y además, los frailes pensaban que no se reflejaba castidad por medio de dichas modas europeas. Si no lucía su cuerpo, le dijo Catalina, entonces debía hacer algo por su rostro. Existía un polvo blanco que alisaba la piel y emparejaba el color. En la plaza se vendía un polvo rosa para las mejillas y un brillo de cera para los labios. También le compraría crema de almendras para conservar las manos suaves.

Magdalena sacó sus ahorros que malgastó en dichos productos pues solo los utilizó un par de veces. Todo porque cuando apareció en misa con los labios colorados, el cura se enfadó y le recordó que las mujeres tentaban a los hombres a través de esas manifestaciones del demonio.

Cuando Catalina se la encontró en la calle sin maquillaje ni vestidos atractivos, le susurró:

—¿Cómo quieres que te ayude si no obedeces mis instrucciones? Así no te casarás jamás con don Roberto ni con nadie. Tenemos dieciocho años. Debemos pensar en procrear.

—Pues tú tampoco corres con tan buena suerte —replicó Magdalena para su propia sorpresa.

—Quizá lo que necesitamos sea una limpia.

Magdalena se santiguó y se marchó lo más rápido que pudo. Afortunadamente, Catalina no volvió a mencionar el asunto.

Francisco Javier se enteró a través de otro fraile que su padre había viajado a la mina. ¿Por qué nadie le avisó? Pidió permiso para ausentarse por la tarde y se encaminó a la casona de Herrera. Don Rafael había partido dos días atrás y nadie había tenido la delicadeza de decírselo. Para colmo, se había llevado a doña Eulalia para que le organizara la casa.

En la puerta se serenó. Sus votos le exigían cordura, serenidad y dominio propio. No se pondría a gritar ni a levantar la voz; actuaría con recato. Echaba de menos la amistad de Alonso, quien para tener contento a su suegro, había comenzado su propio negocio. Se había conseguido unos indios que labraban piedra y decoraban conventos e iglesias. Francisco Javier aún conservaba el caballo deforme de madera que le regalara de niño, así que supuso que a Alonso le agradaba ese tipo de arte.

Uno de los lacayos limpiaba el patio, así que se hizo pasar y no pidió ser anunciado. ¡Era su casa! ¡Aún formaba parte de esa familia! Y como el primogénito, figuraba como el principal heredero de las riquezas de Herrera, así que no necesitaba cumplir con todos los actos inútiles de etiqueta que Catalina exigía en imitación a la corte virreinal. Le intrigó la ausencia de Alonso y el silencio tan poco usual. Seguramente Catalina no había invitado a sus amigas, lo que le decepcionó. Habría querido saludar a Magdalena.

Se encaminó a las escaleras y un olor picante le provocó un estornudo. ¿Qué cosa hervía Remedios en la cocina? Pasó frente a la capilla y continuó rumbo a la sala de asistencia, pero se detuvo en la habitación de Catalina, cuya puerta se encontraba semiabierta. Se oían unos rezos, pero no en voz de su hermana. Supuso que debía tocar, pero sus deberes religiosos le habían vuelto olvidadizo de las gracias sociales y solo acertó a empujar la madera. El chillido provino de la garganta de su hermana. Todo aquel enojo, esa indignación que lo había movido a acudir a la casa, subió desde su vientre hasta su cuello. Francisco Javier perdió toda la compostura y tiró las cosas que Remedios cargaba en una bandeja. Le arrancó a una india las palmas y los ramos de romeros con que había sacudido el cuerpo de su hermana, quien por cierto traía su ropa de dormir.

—¡Cúbrete enseguida!

Acto seguido, Francisco Javier corrió a la cocina y vació la olla en la que hervían unas plantas y lanzó por el balcón a la gallina negra que cacareaba de espanto. La india aprovechó para escapar y Francisco Javier no la observó con el suficiente detenimiento para identificarla y denunciarla ante el Santo Tribunal. Luego relegó a Remedios a la capilla donde la puso a rezar para limpiar sus culpas y encaró a Catalina. ¿Qué se creía? ¿En qué estaba pensando? Ella tartamudeaba mientras le explicaba que Dios la castigaba a través de la esterilidad.

—Pues eso debiste pensarlo antes de cometer tantas tonterías. Primero engañaste a Alonso y a nuestro padre con tu supuesto embarazo. Ahora acudes al demonio para concebir. ¡No lo puedo creer! ¡Mi propia hermana!

Catalina lloraba con tal sentimiento que Francisco Javier empezó a ablandarse. Lucía arrepentida y contrariada, así que Francisco Javier la abrazó.

—¿Tuvo Alonso algo que ver con esto?

Ella negó con la cabeza. Después de indicarle la penitencia que debía cumplir para librarse de sus diabólicas ofensas, Francisco Javier se dirigió al escritorio de su padre donde Alonso lo encontró una hora después.

—¿Qué pasa? Remedios está sollozando como alma en pena y Catalina no ha venido a saludarme.

—Esta casa ha sido difamada. Mañana mismo vendré con el padre Gedeón para realizar un exorcismo.

Alonso no abrió la boca mientras Francisco Javier le contaba que había encontrado a su mujer en manos de una hechicera, pero afortunadamente, había impedido una herejía.

—¿Permitirás que realicemos el exorcismo?

Alonso asintió. Haría lo que fuera por librar a su mujer del demonio. Francisco Javier suspiró con un poco de esperanza. Quizá Alonso por fin se acercaría a Dios o, de lo contrario, esa familia se condenaría para siempre. ¿Cómo habían llegado a tales extremos?

11

Laura se sorprende cuando el timbre repica una y otra vez. Cree estar en un sueño, pero poco a poco cobra la conciencia de su recámara, su cama y sus sábanas. Sin embargo, un aroma extraño la golpea y se topa con el rostro de Delia, quien respira con profundidad, perdida en la somnolencia. Laura tarda en comprender que el intercomunicador suena a viva voz. Se sienta sobre la cama, pero su espalda se queja.

Los músculos tensos le reclaman más reposo; la cabeza le da vueltas, pero se promete que no ha bebido ni una gota de alcohol. Se amarra una bata al cuerpo y arrastra las pantuflas hasta la cocina donde descuelga el auricular.

—¿Sí?

Una voz grave, con rastros de alivio, responde:

—Disculpe, busco a mi hija Delia.

Laura tarda en comprender, pero cuando lo hace, se cubre de pánico.

—Aún no despierta. ¿Cómo supo....?

—Fui a la oficina de doble A y me encontré con un tipo de barba larga.

¡El señor Tito! ¿Dónde quedaba el anonimato si el hombre le daba direcciones a cualquier extraño? Aún así, imagina la escena del padre desesperado suplicando la dirección de las mujeres del grupo.

—¿Está bien mi hija?

—Permítame un momentito.

Laura se dirige a su habitación y hasta que termina de abrocharse los pantalones reacciona. ¿Qué planea hacer? ¿Bajar y conversar con ese desconocido? Pero imagina la angustia del señor y solo por eso se amarra el cabello y se rocía unas gotas de perfume. Lamenta su condición al observar su rostro sin maquillaje, aunque humedece sus labios con un poco de vaselina.

Para su fortuna, no se topa con nadie en las escaleras. ¿Cómo será el padre de Delia? De acuerdo a las palabras de la chica lo imagina calvo, con una nariz aguileña y unos dientes podridos. ¿O será obeso y con una barba boscosa? Sin importar su condición física, adivina que no valora mucho la paternidad o vigilaría más de cerca a su hija.

Entre las rejas se vislumbra un hombre alto y delgado, vestido con la simplicidad de un sábado por la mañana: una chaqueta, una camisa y unos pantalones claros. El rostro luce preocupado, aunque no de mal ver. De hecho, percibe unos labios titubeantes debajo del bigote.

—Buenos días, soy Gonzalo Ibarra, el padre de Delia.

Laura acepta la mano que él le extiende y la agita con suavidad.

—Ella me buscó anoche y no pude negarme —se defiende Laura, pero Gonzalo no la deja terminar:

—Al contrario, le agradezco que la haya recibido. Yo… no estoy muy seguro de lo que está pasando.

Un hormigueo recorre su espalda. La compasión la envuelve en un abrazo cálido y aparta sus defensas.

—Ella sufre de alcoholismo, señor Ibarra.

—Lo sé.

—¿Le ofrezco un café?

—¿Cree que sea bueno que Delia me vea?

Laura se encoge de hombros. Realmente Delia no se encuentra en posición de negociar. El hecho de que un hombre la siga escaleras arriba la incomoda. Desea que Jazmín se asome y que le envíe una mirada de asombro y alegría, pero le entristece reconocer que Gonzalo Ibarra no se halla detrás de ella por atracción o interés personal, sino por causa de la pesadilla de siempre: el alcohol.

El departamento no se encuentra en las mejores condiciones desde la noche anterior. Percibe los almohadones en el suelo, una lámpara encendida y algunas colillas de cigarro. No logró disuadir a Delia de no fumar y el hedor la marea. Se dirige directamente a la cafetera y la pone a funcionar. Gonzalo se acomoda en el sillón más cercano.

Ninguno habla. Realmente Laura no sabe qué decir o cómo iniciar una conversación. Desde que dejó al Poeta, no ha vuelto a entablar una relación sentimental, ni siquiera amistosa con un miembro del sexo opuesto. La vergüenza de que alguien indague por su pasado la tortura, aunque con Gonzalo sucede algo distinto. El hecho de que Delia haya conocido a Laura en doble A, solo implica que Laura ha padecido el mismo mal, así que no siente la necesidad de ocultar la verdad.

Sirve el líquido oscuro en una taza roja, una de las pocas limpias en la alacena. Gonzalo la sorbe lentamente. Laura sigue rascando su mente en busca de algún tema en común, pero no encuentra nada. Entonces la puerta de la recámara se abre y aparece una Delia ojerosa, demacrada y temblorosa. Sus ojos se desorbitan al contemplar a su padre.

—Papá…

—Yo… solo quería ver que estuvieras bien.

Laura le hace una seña con la mano para que se acerque. Delia obedece.

—¿Cómo te sientes?

—De lo peor.

Ella medio sonríe.

Laura le pasa un poco de café y se coloca detrás de la chica, quien ocupa un banquito. Le masajea la espalda con ternura, pues recuerda cómo añoraba que alguien hiciera lo mismo en sus días de remisión. Gonzalo se limpia las comisuras de los labios. Habla pausadamente y le dice a su hija, de un modo algo torpe, que la quiere y que se preocupa por ella; que vuelva a casa para charlar. Delia niega con la cabeza con tal lentitud que le duele.

—Necesito tiempo…

Laura se preocupa. Han avanzado tanto en una noche por el simple hecho de que Delia ha reconocido su alcoholismo que detestaría ver las ruinas de un error, por lo que, suavemente, como cuando desea que sus alumnos dejen de quejarse, sugiere que Delia se quede el resto del fin de semana en casa. La quijada de Gonzalo se endurece y ella predice una negativa. El esfuerzo se refleja en la mordida profunda de Gonzalo, quien a final de cuentas, resopla. Accede a la propuesta y promete traer algo de ropa para su hija. Entonces Laura se percata de su error. ¿Y qué hará con Delia el resto del día? Rentar unos videos e ir a la sesión de doble A; no pide más; no desea más; no puede con más.

Gonzalo mete unos pantalones en una bolsa de plástico. No deja de pensar en su encuentro de la mañana. Algo en Laura le incomodó. No le provocó simpatía, sino un sentimiento de superioridad. Se había sentido como cuando la maestra de primer año escribía sobre la pizarra como si fuera lo más sencillo del mundo, mientras que Gonzalo no sabía ni cómo sujetar el lápiz.

—Me trató como si no supiera sobre el alcoholismo —masculla mientras coloca un cepillo de dientes dentro de la bolsa. No concibe que alguien sobreviva sin cepillo de dientes.

Se acuerda de sus primeros días de casado. Rosario no favorecía la higiene bucal tanto como él. De hecho, solo se cepillaba por las noches, antes de dormir. ¡Y Gonzalo detestaba ese detalle! Lo consideraba una falta de educación y discutieron más de una vez por ese hecho. Para colmo, Rosario siempre tuvo menos problemas dentales que él.

¿Y por qué piensa en esas nimiedades? Porque Laura lo descontrola. Le trae recuerdos de mujeres dominantes, parecidas a Rosario. Así que sacude la cabeza y continúa su inspección. ¿Y si añade un peine?

—Me hizo sentir como si no supiera nada sobre el alcoholismo.

Se detiene a media carrera. ¿Qué sabe Gonzalo sobre su hija o lo que sufre? ¿Acaso comprende el por qué ha caído en ese vicio? ¿Entiende su necesidad por un trago? Revuelve el cajón de la mesita cercana a la cama hasta dar con los folletos que Delia trajo de doble A.

Quizá se deba instruir más. Llevará la ropa más tarde. No hay prisa. Delia no irá a ningún lado, pues pasará la noche con Laura.

———

—Llevo dos semanas limpia.

Delia abraza a Laura.

Piden una mesa en un rincón y el mesero les ofrece el menú. Se encuentran en un restaurante italiano, en un centro comercial de la zona. Gonzalo ha traído a Delia, y Laura le ha pedido que la recoja en dos horas.

Laura piensa en Gonzalo mientras Delia juega con la cuchara. El mesero, imprudente como siempre, les ofrece un aperitivo. Enlista una serie de bebidas con alcohol. ¿Qué pensará Delia? ¿Se le antojará algo? Y si pide un cóctel, ¿qué debe hacer Laura? ¿Ir por Gonzalo, salir corriendo, armar un escándalo? Para su fortuna, Delia agita la mano y lo despide. Solo quiere una ensalada y Laura elige un espagueti.

—Creo que mi papá está leyendo material sobre doble A pues me ha preguntado sobre el apadrinamiento.

Laura se pregunta si Gonzalo ha leído los Doce Pasos. Son vitales para el progreso del paciente. Delia ha tomado en serio cada una de las sugerencias, así que va por buen camino.

—Laura, o supongo debo decirte "compañera", ¿quieres ser mi madrina?

Laura agradece no estar masticando, pues se habría atragantado. Siente un calor recorrer su cuerpo, aunque el halago es más fuerte que el miedo.

—¿Yo?

—Sí, tú.

Delia sonríe y le estrecha la mano. Un sentimiento nuevo y excitante arde en el pecho de Laura. ¿Habría sentido lo mismo de tener una hija? ¿Por qué el alcohol le robó la dicha de la maternidad?

—Por supuesto. Será un honor.

Comen un poco de pan bañado en un rico aceite de oliva preparado, y Delia le comparte sus impresiones.

—He comprendido en estos días que no puedo dejar el alcohol por mí misma. ¿Fue fácil para ti?

Laura le cuenta sobre sus luchas y sus pesadillas.

—No lo habría logrado sin el Poder Superior.

Delia arruga la nariz. Laura ha notado que se tensa cada vez que se menciona al Poder Superior.

—¿Qué ocurre?

—No es nada. Solo que repiten: "pide orientación al Poder Superior; deja tu vida y tu voluntad a Él", pero todo esto me suena religioso.

Laura se muerde el labio:

—Opiné lo mismo cuando llegué a doble A. De hecho, nunca he sentido gran aprecio por la religión, mucho menos por la vida monástica.

Delia la mira con interés:

—¿También estudiaste en un colegio de monjas?

Las dos ríen a carcajadas y el mesero les trae sus platillos. Entonces se desvían del tema del apadrinamiento y del Poder Superior e intercambian anécdotas sobre sus travesuras de colegialas. Más tarde, Delia indaga por la época del Virreinato. Laura siente una gran pena cuando paga la cuenta y Delia llama a su padre por el celular. Ha disfrutado la velada con esa chica, quien pudiera haber sido su hija, y sabe que la echará de menos. Por lo menos ahora es su madrina. Solo ruega hacer un buen trabajo.

Gonzalo ha disfrutado la película, una cinta extranjera sobre un camello que llora. Hubo poca gente en el cine ya que dicho título no ofrece el atractivo de una de Tom Cruise en la sala contigua. Aún así, Gonzalo se percata de dos cosas: primero, se le escapó una lágrima, algo inaudito en su común frialdad; segundo, se sintió solo.

Generalmente va al cine con un compañero del trabajo, pero en ocasiones se ha metido por su cuenta a la sala sin importarle el qué dirán. ¿Se deberá a la presencia de Delia en casa? Esas dos semanas ha leído sobre el alcoholismo como nunca, pero también ha tenido que cocinar para dos, ha echado la ropa de Delia a la lavadora, ha comprado más papel higiénico que de costumbre, pero se ha sentido completo. El simple hecho de compartir el sillón con su hija y discutir un programa de televisión le ha agradado.

Se dirige al restaurante italiano con una sensación extraña. ¿Principios de gastritis? ¿Mariposas en el estómago? ¡Qué tonterías! Sus ojos se desvían hacia las oficinas de una afamada línea aérea y piensa en su viaje a Europa, luego lee que un banco ofrece préstamos para microempresas y recuerda sus deseos de abrir un negocio propio. Calcula que sus ahorros y su pensión alcanzarán para sus proyectos, pero con Delia en casa ha dejado sus sueños a un lado.

Delia y Laura platican como grandes amigas cerca de la baranda. Gonzalo se acerca y saluda a la profesora de secundaria. Nota que trae el cabello suelto. Unas canas se asoman en sus sienes, pero le sientan bien.

—Papá, Laura sabe mucho de Historia de México. Es una experta en la época colonial.

La información le asombra.

—¿En serio?

—He leído mucho. Supongo que debí ser monja —dice Laura y le guiña el ojo a Delia.

Ambas se doblan de risa y Gonzalo lamenta no comprender el chiste. Como Laura no maneja ni trae coche, le ofrece llevarla a su casa. Pagan el estacionamiento y Gonzalo se coloca el cinturón de seguridad en silencio. Delia y Laura discuten algo sobre las construcciones virreinales.

—En Cholula hay joyas de la época.

Delia voltea a ver a Gonzalo con una chispa divertida. Gonzalo se sonroja, pero antes de decir algo, Delia se adelanta:

—Precisamente, mi papá me contaba cuánto le gustaría ir a Puebla y a Cholula. ¿Tú conoces la zona?

Laura tarda en responder:

—Más o menos.

—¡Qué bien! ¿Y si vamos un fin de semana? ¿No sería agradable?

Gonzalo lucha consigo mismo. Por supuesto que no. Él debe organizar su viaje a Europa y hablar con Rosario para que acepte de nuevo a Delia pues no la puede cuidar veinticuatro horas al día. ¿Qué de su negocio? ¿Qué del bargueño? ¿Qué de sus ganas de estudiar historia? Y aún así, los ojos de su hija brillan con entusiasmo, uno que no ha visto en muchos días, sobre todo en esas horas cuando lucha consigo misma para no beber o cuando recuerda su boda cancelada.

Aún más, sus palabras hirientes que lo acusaron de ser un mal padre se han quedado cinceladas en su pecho y no logra borrarlas.

—Supongo que algo podríamos planear.

—¿Qué opinas, madrina?

—Debo revisar mis pendientes.

—Ya me emocioné.

Delia aplaude y Gonzalo no evita que su corazón salte.

⌒

¿Ir a Puebla con Delia y su padre? ¡Jamás! Laura azota la puerta y corre al lavabo para echarse agua en el rostro. Siente una picazón tremenda, pero se debe a su estrago emocional. No quiere saber nada de iglesias coloniales, pues aunque le encantan, no imagina la tortura de pasear a ese hombre engreído. Gonzalo se le figura un ególatra que además de que no sabe tratar a su hija, la mira con aires de superioridad.

Ahora hasta resulta que a él también le interesa la historia. ¡Como si de verdad alguien como él pudiera apreciar las joyas coloniales!

—Nunca, nunca —se repite.

Se prepara un té. Esa noche, entre las cobijas, repasa su charla con Delia. Algo en ella resurgió en esa charla. ¿Su amor por lo Colonial? ¿Sus dilemas religiosos? ¿Su instinto maternal? ¿Sus ilusiones enterradas? Enciende la luz y saca una pluma y un trozo de papel. Las palabras del profesor de Literatura la acompañan, así como esos ojos compasivos que le rogaron que no menospreciara su talento y su pasión.

Y de ese modo, la aventura empieza.

12

Magdalena trató de encausar la charla a la discusión entre Francisco Javier y Catalina por aquella limpia, pero Alonso solo quería hablar de su nuevo negocio.

—¿Te acuerdas cómo me gustaba tallar madera? Ahora me dedico a limar piedra y crear hornacinas. Esa familia que encontré de indígenas conoce el oficio. Les pienso pagar cuatro pesos al mes.

Juana entró con un poco de papaya picada que Alonso aceptó con una sonrisa. La alegría de su nueva empresa mejoraba su aspecto. Sus ojos brillaban y su expresión enternecía. A Magdalena le agradaba verlo tan seguro de sí mismo, pero lamentaba que él no preguntara por sus cuitas personales. Nadie comentaba sobre su romance sin rumbo. Ya ni a Catalina parecía interesarle que Magdalena sufriera del mal de amores. En eso, doña Clementina interrumpió su conversación.

—¡Don Alonso! ¡Qué sorpresa! No lo esperaba hoy.

Desde que Alonso se había casado con Catalina había adquirido el privilegio del "don". Magdalena se preguntó cuándo le tocaría a ella adquirir el estatus de esposa. ¡Si tan solo Francisco Javier tuviera tiempo para ella! Él era el único que en verdad se interesaba en su vida, pero andaba ocupado con sus nuevas obligaciones religiosas.

—¿Nos acompaña? —preguntó doña Clementina a Alonso—. Hoy se dedica una nueva iglesia.

Magdalena predijo una negativa.

—Será un placer, doña Clementina.

La respuesta de su hermano la dejó boquiabierta. Doña Clementina aplaudió con gusto y se marchó a su habitación.

—En las iglesias puedo aprender mucho de la piedra —se defendió ante la mirada inquisitoria de su hermana. Todos en la familia reconocían que Alonso se mantenía lo más distante que podía de los religiosos, incluyendo a su propio cuñado.

Un trueno anunció lluvia. Sin embargo, nada impidió la salida del Santísimo Sacramento de la Catedral al convento. Desafortunadamente, el clima echó a perder el paseo que tenía planeado con Roberto, de quien se despidió en forma cortante en la iglesia.

Magdalena se tragó las lágrimas al percibir su indiferencia. Por más que Juana le insistió que el pobre hombre andaba enfermo, para Magdalena solo eran pretextos para despreciarla. En un principio la había llamado "su vida", "su alma", "su espejo", frases huecas con las que la conquistó cinco años atrás. ¡Cinco años! ¿Y ni una propuesta de matrimonio? ¿Por qué don Roberto no la hacía su mujer?

Sin embargo, sus pensamientos se desviaron cuando don Roberto se marchó a un viaje comercial y Catalina anunció que esperaba un hijo. Entonces Alonso le rogó a su hermana que se mudara a la casa para ayudar, pues doña Eulalia, quien regresó para atender a la niña, ya empezaba a perder la visión y el olfato.

De ese modo, Magdalena se acostumbró a la rutina. Alonso partía temprano al barrio donde estaba su taller. Regresaba por la tarde y tomaba el chocolate con su mujer, para luego encerrarse en el escritorio de don Rafael a dibujar diseños o a hacer las cuentas. Magdalena se escapaba a casa de sus padres por las tardes para visitar a Juana y pedirle recetas o para escuchar las quejas de doña Clementina, quien andaba con los pies hinchados, y ¿de qué le servía un esposo en el protomedicato si no le ofrecía ni una infusión para aliviar su dolor?

Durante el día, Magdalena atendía los caprichos de Catalina y vigilaba a la servidumbre. Detestaba a doña Eulalia quien solo sabía criticar; echaba de menos a Francisco Javier, quien solo los visitó una vez para informarles que profesaría su cuarto voto, y cuando se acercó la fecha del alumbramiento, Magdalena le pidió consejo a don Emilio. ¿Quién podría atender el parto? Él le recomendó a una comadrona mestiza.

—Pero seguramente practicará rituales antiguos —se quejó Magdalena, pero su padre la tranquilizó. Petra era la mujer más capacitada en toda la Nueva España para recibir un crío. Si añadía algunas de sus creencias ancestrales, no dañaba a nadie, pues a la hora de la verdad, más valía una mujer experimentada y loca, que una devota e inútil. Así que Magdalena guardó silencio, aunque mantuvo su distancia cuando la tal

Petra se presentó para apretar el estómago de Catalina y acomodar al bebé por medio de masajes.

Unos meses después, todo estaba listo para recibir al niño: el fuego y el copal, las yerbas y los rezos a San Ignacio. Las contracciones empezaron por la noche. Por la mañana, Alonso se marchó al barrio indígena y dejó indicaciones de que le avisaran a través de un lacayo si algo sucedía. Magdalena fue por Petra, y las mujeres se congregaron en la habitación principal para aguardar al nuevo miembro de la familia.

—¿Han rogado a San Ramón por el niño? —quiso saber Petra.

—¡Por la virgen de Burgos! —se escandalizó doña Eulalia—. ¿Qué pretende con esa pregunta? He rezado a todos los santos que conozco, y he encendido una veladora en todas las iglesias de la ciudad.

—¡Vaya! Usted sí que ha sido precavida. ¿Pero se han protegido del mal de ojo?

—Por supuesto —replicó Catalina con una punzada de dolor que la dobló en dos.

Magdalena recordó cómo habían traído a la misma mujer a la que Francisco Javier echó de la casa. La mujer le había quitado la blusa a Catalina, arrojó la ropa a una pileta de agua que santiguó tres veces, luego rezó tres credos. Más tarde, Remedios, doña Eulalia y Magdalena barrieron la casa a conciencia, y quemaron la basura en un brasero con palma bendita y cabellos de Catalina. Para concluir, quebraron un huevo en una taza y enterraron su contenido. Magdalena no participó con entusiasmo, pero para no arriesgar a su futuro sobrino, obedeció sin reclamos.

Mientras doña Eulalia y Petra discutían sobre quiénes eran los mejores predicadores de la Catedral, Catalina caminaba para que el niño naciera. Más tarde, doña Eulalia mencionó a Blanca Sedeño y Catalina participó en la conversación para desprestigiar a su vecina, pues, según ella, esa mujer carecía de toda gracia para combinar sus ropas y dirigir un hogar. Concluido el tema, empezaron a atacar a los religiosos, incluido Francisco Javier, pues Remedios se quejó de que en su última visita, la había reconvenido por utilizar colores vivos.

De repente, Catalina gritó con todas sus fuerzas y las mujeres se movilizaron. Remedios calentó agua, Magdalena rezó y doña Eulalia preparó unas mantas. Petra no se separó de Catalina ni un minuto. Catalina sudaba copiosamente y llamaba a Alonso. Magdalena envió a uno de los lacayos en busca de su hermano, luego perdió la noción del tiempo pues el cuerpo de Catalina se movía de modos grotescos y sus alaridos golpeaban las paredes, hasta que un chillido más agudo atravesó la estancia y la serenidad envolvió el rostro de su cuñada. Petra bajó al patio para enterrar el cordón umbilical. Doña Eulalia atendió al crío, Remedios limpió el cuarto y Magdalena bañó el rostro de Catalina con admiración.

—¿Estás bien?

—Creo que sí.

—¿Dolió mucho?

—Más de lo que imaginas. No permitas que don Roberto te deje preñada.

Pero en el momento en que el llanto del bebé les recordó su presencia, las dos supieron que había sido una mentira. No había nada en el mundo que se comparara a dar a luz.

—Es un niño —anunció doña Eulalia con orgullo.

Justo entonces, Alonso apareció y corrió para besar a Catalina.

—¿No piensa dar gracias a Dios, don Alonso? —le preguntó doña Eulalia.

Él asintió, pero primero le arrebató a la criatura y se la entregó a su madre. Los dos la contemplaron con éxtasis, y Magdalena se apartó para que no descubrieran sus lágrimas. ¿Recibiría ella algún día la dicha de la maternidad?

—¿Cómo le llamaremos? —susurró Catalina.

Alonso meditó unos segundos antes de responder:

—Será Rodrigo. Rodrigo Manrique.

La retórica sacra emocionaba a Francisco Javier. Para su mala fortuna, sus deberes religiosos se imponían y perdía muchas horas en asuntos menos dignos, como el de atender a sus superiores o realizar sus actividades eclesiásticas. Quizá la que más le fastidiaba se llevaba a cabo en el confesionario. A diferencia de otras labores, como la de ir a misa o ayudar a algún cura, cuando se sentaba a escuchar a un grupo de pecadores arrepentidos, lamentaba no estar en sus aposentos bosquejando nuevos sermones.

Se acomodaba en el banquillo y rogaba que el tiempo volara. Aquella tarde, después de tres mujeres, todas ellas inmiscuidas en pecados carnales, cosa que no le sorprendió pues el padre Benito se lo había advertido tiempo atrás, Francisco Javier empezó a impacientarse. Golpeaba el piso con el pie o se retorcía los dedos, molesto porque ningún otro padre se había aparecido. En eso, una voz que se le figuró familiar lo trajo de vuelta a esa iglesia en penumbras donde atendía las quejas ajenas. No tardó en reconocer a Magdalena, por lo que la interrumpió a la primera oportunidad.

Le recordó que no convenía que alguien conocido la confesara, pero ella empezó a sollozar y él se quebró por dentro.

—Magda, no llores.

—Es que debo hablar con alguien, Javi. Dame la oportunidad de descargar mi alma. Si me la niegas, ¿qué más me queda? ¿Ir con un desconocido? El hecho que seas tú quien me escucha, hace más difícil mi empresa, y ¿no será mejor visto por mi Señor, quien entenderá mi sacrificio?

Francisco Javier se secó el sudor de la frente. Confesarse con un desconocido no era lo mismo que con un familiar. Compuso en su mente una defensa para presentar frente a sus superiores en caso de ser enjuiciado. Les diría que cuando uno se acercaba a Cristo para confesarse, uno se aproximaba a él como a un padre o un hermano. ¿Por qué entonces se insistía en procurar una relación tan impersonal en el confesionario? Permitió que Magdalena hablara.

—He pecado. He sentido tanta envidia que he deseado la muerte de un inocente.

Francisco Javier guardó silencio y Magdalena aprovechó para contar su historia. Cada vez que veía a Rodrigo Manrique, su corazón maquinaba toda suerte de males. Francisco Javier se retorció sobre el banco. Había visto al hijo de Alonso y Catalina y no podía concebir que alguien sintiera por un individuo tan pequeño envidia o incluso amor.

—¿Qué provoca en ti tales abominaciones?

No odiaba a Catalina. La amaba como a una hermana y se alegraba ante su dicha. Tampoco buscaba el mal de Alonso, pues su hermano jamás recibiría de ella sino ayuda. Más bien presentía que ella jamás sería madre. ¿Por qué se le negaba tal bendición cuando ella solo anhelaba imitar a la Santa Madre de Cristo? ¿Acaso no era la maternidad el regalo por excelencia del Dios Eterno?

—Pero, Magda, eres joven, tienes un prometido…

—¿Prometido? Llevo cinco años aguardando su propuesta de matrimonio. Ya voy para los veinte. ¿Soy demasiado fea o repugnante?

Hacía mucho que Francisco Javier no experimentaba tal rabia. En el noviciado había aprendido a controlar sus impulsos y a no dejar que la ira lo cegara. Sobre todo, procuró no tomar nada a nivel personal, a no guardar rencor en contra de los padres prepósitos que disfrutaban humillar a los más jóvenes o que los trataban como si fueran menos inteligentes que un asno. Pero nada de eso funcionó en ese instante ya que hirvió al imaginar al tal Roberto. ¿Por qué deshonraba de ese modo a Magdalena, la más inocente de las mujeres? Si Francisco Javier fuera libre, no dudaría en proponerle matrimonio pues ella poseía las divinas cualidades de la Virgen Santísima. ¿Acaso no confundía sus nombres en las oraciones?

—Debes odiarme, Javi. Dame la penitencia y me iré. Me siento tan avergonzada.

A él le faltaron las palabras, así que solo susurró un pronunciamiento tan vago que sus superiores lo habrían castigado por su poca puntualidad en un asunto tan vital como un alma pecadora, pero esa noche, avergonzado y malhumorado, sacó un látigo e hirió su espalda. Él era quien merecía la peor penitencia por pedir la muerte de Roberto, por culpar a Catalina de las desgracias de la familia, por envidiar a ese Alonso sonriente —que aún cuando desdeñaba los sacramentos, reía con mayor soltura que él quien vivía para Dios— pero sobre todo, se reprendió una y otra vez por haber confesado a Magdalena. No debió hacerlo, y no por ella, sino por aquellas fibras que su voz había removido allí adentro, donde él, a pesar del hábito, aún era hombre.

Magdalena se quedó boquiabierta cuando Catalina le presentó a la nueva chichigua de Rodrigo, una mujer de piel oscura de unos dieciocho años de edad, pero con una hermosura envidiable. Catalina no parecía comprender el peligro de convivir con una mujer tan sensual, pues agitó la mano para restarle importancia al comentario de su cuñada.

—Se lo advertí a Alonso. "Estoy cansada de cuidar al niño y tengo muchas obligaciones". Así que lo mandé al mercado de esclavos y me trajo a Teresa. ¿Sabías que de niña sirvió en la casa de los padres de tu don Roberto?

El anuncio la hizo sentirse poca cosa. ¡Cómo se iba a fijar Roberto en ella si la comparaba con una mujer tan bella!

—Alonso la compró en trescientos pesos —continuó Catalina—. ¡Una ganga! Dice que el vendedor aprecia su destreza en los toros, razón por la cual le rebajó el precio. Se me figura una chica inteligente, lo justo para mi Rodrigo.

—Pero... es linda...

—¿Linda? ¿Estás ciega, Magdalena? Es negra. Además, tiene un cuerpo demasiado curveado.

¿No era precisamente ese modo de contonear las caderas motivo suficiente para provocar a los hombres? Se lo comentaría a Francisco Javier cuando tuviera la oportunidad, pero él andaba con muchas ocupaciones, y para colmo, se negaba a confesarla. ¿O sería verdad que se lo habían prohibido? ¿Quién?

Francisco Javier se secó el sudor con un pañuelo, aquel en que solía cargar el caballito de madera que Alonso le hiciera años atrás. El contacto con ese objeto agudizó su nerviosismo. No debía haber venido a visitar a Catalina. Alonso, como de costumbre, andaba fuera, oculto en ese taller de indígenas del que rara vez salía. Pero la reunión se convirtió en un martirio; y no porque Catalina hablaba sin parar ni porque Rodrigo lloraba a viva voz en el cuarto contiguo a pesar de los ruegos de doña Eulalia, sino porque Francisco Javier no lograba despegar los ojos de la nueva esclava de su hermana, una mulata llamada Teresa.

Desviaba la mirada al suelo, pero sus pupilas volvían a la esquina o a los rincones de la habitación por los que aquella mujer de piel oscura se paseaba, consciente de su belleza. Esa joven sabía lo que poseía y lo presumía bien. ¿Cómo podía Catalina soportar la presencia de esa rival?

Catalina le confió que Teresa la peinaba mejor que Remedios. Que además sabía mucho de telas y remendaba bien. Además, el día anterior la había convencido de probar un nuevo postre que deleitó a la mejor amiga de la virreina. En conclusión, Teresa coloreaba sus días por medio de chismes oportunos, ya que conocía a todos en la ciudad, y sus conocimientos de moda. Catalina le aseguró —en una de esas en que Teresa se fugó a la habitación de Rodrigo para hacerlo callar de una vez por todas— que sin la mulata, no lograría sobrevivir.

—¿No deberías ejercer mayor disciplina con tu hijo?

—¡Si solo tiene siete meses! ¡No exageres!

Ignoraba las cuestiones básicas de la crianza de los niños, pero cualquier tema que apartara sus pensamientos de esa muchacha sería bien recibido. ¿Se daría cuenta Alonso del tipo de mujer que había metido a su casa? No solo se trataba de su rostro angelical: labios carnosos, nariz ancha y ojos profundos, sino de un cuerpo tentador y un aroma excitante. Desde aquella confesión a Magdalena, Francisco Javier batallaba con su cuerpo de maneras indecibles. Al principio de su noviciado, había hecho a un lado las advertencias de sus maestros quienes insistían que la carne era su mayor enemigo y había que castigarla. De pronto, Francisco Javier comprendía la realidad de dichas amonestaciones.

Aquella noche de la confesión había soñado con Magdalena. Tuvo que confiarle sus fantasías a su confesor, quien no tuvo más remedio que prescribir ayuno extremo. Francisco Javier bajó de peso, pero le alegró que el hambre ocupara el lugar de su lujuria. Sin embargo, de pronto se encontraba rodeado de tentaciones, los deliciosos turrones que Remedios preparaba y la presencia exótica de Teresa. En ese instante, la mulata regresó con el niño en brazos. Catalina le pidió que se sentara a su lado, mientras ella terminaba de bordar una cruz. Rodrigo se encontraba a gusto entre esos brazos morenos y Francisco Javier lo envidió. Al percatarse de sus pensamientos, se ruborizó y miró a la mulata, quien le sonrió con picardía.

"¡Dios mío!", clamó en su interior. "Líbrame de la tentación".

Lo repitió tres veces y se acordó que ante la tentación solo existía una solución: huir de ella. Francisco Javier, muy a su pesar, se despidió de Catalina. Ella se sorprendió por su súbita partida, pero no le prestó mayor importancia y le preguntó a Teresa qué debía ponerse al día siguiente. Francisco Javier no escuchó la respuesta pues descendió las escaleras con los puños comprimidos. De repente se le figuraba una injusticia privarse de las caricias de una mujer. ¿Por qué se le obligaba a tanto? Con furor maldijo la fuente sin agua, la que comparó con su propia vida. Él era un hombre sin mujer. ¿Y Alonso? ¡Alonso, quien desdeñaba la religión y rompía todos los mandamientos, poseía una esposa y una esclava! ¿Valía la pena abandonar su cuerpo por la devoción a Dios?

Le había rogado que le quitara de la mente y del corazón a Magdalena, pero Dios no contestó. Más bien permitió que Francisco Javier conociera a Teresa, esa mulata encantadora, quien se adueñó de su imaginación y no se marchó en muchas lunas.

13

Laura se pregunta qué hace en el auto. Escucha la música de Gonzalo, básicamente instrumental, y permite que la cadencia de la carretera la arrulle. Delia, en el asiento del copiloto, habla por celular con su madre. Laura se pregunta cómo será Rosario, la ex-esposa de Gonzalo. Se coloca las gafas oscuras, así que de reojo analiza al conductor.

Gonzalo se concentra en el camino como si fuera su única ocupación en el mundo. No despega los ojos del parabrisas y aprieta la mandíbula. Se ha recortado el bigote y eso le da un toque más interesante, pero Laura se regaña a sí misma. No tiene porqué pensar en el atractivo físico de nadie, mucho menos de un hombre, y uno como Gonzalo. Ella renunció al amor cuando se despidió del alcohol y del Poeta.

Delia le explica a su madre que ha sido una decisión imprevista. Le promete que se cuidarán y que pasarán un tiempo agradable. Le dice que una amiga suya, su madrina de doble A, les acompaña. Rosario pregunta algo que Laura no escucha; Gonzalo comprime los labios, quizá adivinando el argumento. Delia le asegura que es una amiga madura que le ha ayudado en los días pasados.

Laura cuenta los días que lleva como madrina de Delia. Se enorgullece de que Delia no ha probado ni siquiera una gota de brandy, pero no proclama la victoria final. Delia no termina de comprender los Doce Pasos, por lo que Laura no pronostica una recuperación total. Gonzalo, por su parte, se encuentra optimista; opina que los problemas se han marchado y que Delia pronto regresara a su vida normal. Laura no ha querido disuadirlo, pero sabe que no es tan sencillo.

Se pregunta qué pensará Jazmín cuando lea la nota que echó bajo la puerta. Todo resultó tan inesperado que no tuvo tiempo de llamarla. Delia la buscó en la secundaria, y le rogó acompañarlos. Silvia, la orientadora, pasaba por allí y se entusiasmó ante la idea.

—Nunca pides vacaciones.

De ese modo, Delia la condujo al auto, donde Gonzalo aguardaba con una sonrisa.

—Lo siento, pero cuando Delia se propone algo, no hay modo de disuadirla.

La llevaron a su departamento para empacar y se perfilaron a la salida. Para su mala fortuna, el tráfico de la ciudad retrasó sus planes, así que al cruzar la segunda caseta, la tarde cae sobre ellos, pero ya están cerca de Puebla.

Gonzalo observa el señalamiento que corta hacia Cholula y lo toma. El corazón de Laura late con fuerza. Hace años que no siente un hormigueo tan intenso en el estómago. Delia ha dejado de hablar con su madre y comenta sobre el clima. Laura contesta con monosílabos. Le apena conversar frente a Gonzalo, pues él se le figura demasiado intelectual; incluso lo catalogaría como un poco chocante, ¿o arrogante?

Compórtate como una mujer madura, se reprende. *Ya pasó tu época de adolescencia. ¡Estás en tus cuarentas! ¿Entonces por qué me marea tanto el olor a su loción de afeitar?*

Cholula le parece una pequeña ciudad con su encanto particular, como el Zócalo, con la gente caminando por ahí como si no tuviera nada más qué hacer. Gonzalo agradece el buen trazo de sus calles, pues logra encontrar la calle indicada con prontitud. Para su mala fortuna, viene en sentido contrario, así que da un giro más adelante y logra penetrar en esas angostas callejuelas.

Las sombras empiezan a cubrir Cholula, algo que no le agrada pues había programado una tarde más larga, pero no contó con el tráfico citadino. Se estaciona frente a la puerta de una casa convertida en hotel. Entran a un recibidor agradable donde una joven les recibe con cortesía. Gonzalo muestra su tarjeta de crédito y ella llama a un chico para que los conduzca a sus habitaciones. Primero, visitan el cuarto de las damas que se encuentra en la primera puerta, a la derecha. Laura y Delia exclaman con sorpresa y alegría; Gonzalo se siente bien. Por lo menos su dinero le brindará un poco de dicha a su hija y a su madrina.

Gonzalo admira la habitación. Techo alto, digno de esas casas antiguas que muchos han remodelado para turistas, dos camas matrimoniales y una cómoda. Delia abre la puerta del baño y aplaude. Una tina, pantuflas y batas blancas, un espejo que no dejará que se pase por alto ni una imperfección. Laura, por su parte, deambula con el rostro ceñudo y mucha seriedad. Si no quería venir, ¿por qué no lo dijo? Gonzalo había insistido que fuera un evento de padre e hija, pero Delia armó un berrinche.

El chico deja a las damas y lo conduce a otro cuarto más pequeño, con solo una cama y una pequeña chimenea. Gonzalo sonríe. Con ese calor, ¿para qué encenderla? Se recuesta un rato pues Delia le ha dicho que ellas piensan refrescarse antes de salir a cenar. Gonzalo lamenta que el día se ha esfumado y no han visto una sola iglesia, pero recuerda que aún faltan el sábado y el domingo. Al día siguiente podrá recuperar el tiempo perdido.

Laura medita mientras Delia se da un baño de burbujas. Se ha tardado más de lo estipulado, así que Laura se desespera. Tiene hambre y quiere caminar. Se pone los zapatos y le avisa que irá a reconocer el hotel. Delia grita que ya casi acaba, pero que la buscará en el jardincito. De ese modo, Laura sale al patio. La tarde ha caído y las luces artificiales alumbran la fuente central.

Recorre el pequeño espacio y se topa con una sala un tanto moderna, que no le gusta. Un biombo la separa del comedor, con unas seis mesas redondas. No halla mucho encanto hasta que percibe una puerta, del lado derecho, con un letrero en madera que anuncia la biblioteca. Entra y se queda sin aliento. Vigas de madera dan cobijo a más de mil libros de todos los géneros. Laura repasa los títulos con un corazón galopante. Sube unas escaleritas que la conducen a los diminutos pasillos hechos por gruesas vigas de madera que permiten que se extraigan los libros más cercanos al techo. No logra ocultar su emoción y se le escapan unas lágrimas.

En alguna película infantil una princesa recibe la visita a una biblioteca similar. Laura no quiere compararse a esas fantasías, pero el lugar se le figura, simplemente, mágico. Podría pasar horas allí, tumbada en un sofá, que por cierto va a sugerir que lo incluyan, leyendo y sorbiendo una taza de café humeante. Presa de sus meditaciones no escucha los pasos hasta que la madera del piso cruje. Gonzalo no oculta su asombro. Se encuentra en un rincón del segundo piso, a unos pasos de ella, sumido en un libro. ¿Por qué no dijo nada?

—Laura… yo…

—Es lindo, ¿cierto? —ella habla para no aumentar su desconcierto.

—Encontré un libro que habla sobre la herencia colonial de estas tierras —le dice y le muestra el volumen que sostiene.

—Lo he leído —se alegra de no sentirse tonta—. Me gustó aquella leyenda sobre unas monjas que encontraron a sor María Ana moliendo el chile en el metate.

—La acabo de leer —comenta Gonzalo—. Ellas dijeron: "¡Ay, hermana, qué bien mole!" En vez de muele.

—Y desde entonces le dicen mole a esa salsa de color oscuro que le ponemos al pollo.

Intercambian una sonrisa que la hace sonrojarse. Presa del bochorno, se da la media vuelta y empieza el descenso al primer piso. ¿Dónde está Delia? ¡Qué tortura! Gonzalo también se nota tenso, así que los dos suspiran cuando Delia, luciendo unos pantalones entallados y una blusa sin tirantes, se encamina en su dirección.

—Igualita a su madre —murmura Gonzalo.

Laura se pregunta si ha sido un cumplido o una queja.

———

Gonzalo piensa en Rosario mientras se perfilan hacia los portales. El chico del hotel les ha dicho que a veces todo cierra temprano, así que les recomienda apurarse. Delia se parece mucho a su madre, por lo que trata de no mirarla por más de unos segundos. Se acuerda de esa Rosario joven quien había favorecido las blusas ajustadas y sin mangas. Gonzalo la consideró hermosa. No tuvo ojos para otras mujeres. Y de hecho, no logra recordar alguna otra que le haya causado tantas sensaciones en menos de un minuto.

Laura y Delia conversan sobre la comida típica poblana. Gonzalo evoca el incidente de unos minutos atrás. No escuchó a Laura en la biblioteca, por lo que se impactó al descubrirla frente a él. El pecho le saltó, pero no como en sus días de novio con Rosario.

Al pisar el zócalo, en la mera esquina, ve una cantina. El del hotel les dijo que era muy famosa pues la gente del medio artístico solía frecuentarla. Tiembla al pensar en Delia y en la misma Laura. ¿Sentirán tentación de visitarla? Delia la mira dos veces, pero Laura se pasa de largo. Gonzalo se alegra de traer un suéter pues el clima ha cambiado y una brisa refresca. Se pregunta si Delia se congelará con semejante blusa, sobre todo cuando ella elige una mesa en el restaurante de su elección, al aire libre. Los tres se sientan y rechazan una cervecita. Gonzalo pide mole poblano, pues se le abrió el apetito por leer el libro. Delia prefiere unas enchiladas verdes y Laura unos tacos dorados.

A Gonzalo le inquieta la presencia de Laura pues nunca ha sido un buen conversador. Rosario se acostumbró a su mutismo y llenó con palabras los desayunos, comidas y cenas, dejando que Gonzalo emitiera una que otra frase de vez en cuando. Pero otras mujeres, como sus compañeras de trabajo, e incluso aquella novia que tuvo después del divorcio, lo tacharon de aburrido y antipático. No debe preocuparse; Delia se comporta como su madre y describe su baño de burbujas. Laura come en silencio, asintiendo de vez en cuando y añadiendo algún comentario inteligente.

Antes de pedir la cuenta, Gonzalo pregunta sobre el día sábado. Delia sugiere que visiten la pirámide y por la tarde vayan a Puebla. Laura está de acuerdo. Gonzalo suspira pues no ha sido un viaje trágico, a pesar de ir con una extraña y una hija alcohólica.

———

Después del desayuno en el hotel, los exploradores se dirigen a la pirámide. Laura se pregunta por qué no viste con más elegancia pues al lado de Delia siente que palidece. Sus pantalones ya muestran su deterioro, sus sandalias empiezan a ceder de la suela y su blusa podría ser de su madre. ¿Pero a qué viene tanta nostalgia? Laura es una mujer adulta. No caerá en el error y el escándalo de algunas contemporáneas que usan minifaldas y blusas escotadas. Algunas profesoras en la secundaria resultan más problemáticas que las mismas alumnas.

Delia y Gonzalo caminan unos pasos adelante, pero se equivocan de entrada y deben rodear la pirámide. Por ser sábado, Laura teme que haya mucha gente y se les impida el paso, pero solo encuentran a unos alumnos de preparatoria.

El guardia les aconseja visitar primero el museo que explica la cultura prehispánica, constructora de la pirámide, y Gonzalo opina que será una buena idea. A los cuantos minutos, Delia decide salir a comprar algo de beber. Laura, para no enfadar al hombre, se queda a su lado, pero comienza a impacientarse. Gonzalo resulta un hombre enfático que no permite que ni una sola placa quede sin ser leída. Laura ha aprendido a descifrar los contenidos a primera vista, sin olvidar que su capacidad de síntesis le sorprende a ella misma.

Además, ha comprendido que los museos suelen repetirse a sí mismos y que no existe nada nuevo bajo el sol. ¡Y cómo no lograr tales mañas siendo maestra! Se volvería loca si leyera cada palabra escrita por sus estudiantes. Sin embargo, Gonzalo no perdona nada, e incluso pregunta algunas cosas a un guía que trae una cara de aburrición que contagia. Laura titubea al pensar en Delia. La chica tiene sed. ¿Y si elige una cerveza?

—Gonzalo —le dice y aprieta su codo—, creo que debemos ir con Delia. No es bueno que esté sola… ni que pierda la paciencia…

El hombre arruga la frente.

—Es una niña mimada; debe aprender a respetar y a obedecer a su padre.

—Pero ella está mal de salud —le recuerda con insistencia.

—Siempre se hace lo que ella quiere. Rosario la ha consentido de modos inhumanos, si me hubiera hecho caso…

De pronto Gonzalo palidece y agradece al guía su ayuda. Los dos respiran con alivio al ver a Delia con una gaseosa en la mano. Entonces se internan al túnel subterráneo de la pirámide.

Delia se emociona al recorrer esos túneles estrechos y oscuros, recordando en voz alta sus películas favoritas de terror. Gonzalo avanza con cuidado, pues dos veces se golpea la cabeza con las rocas o salientes de piedra. Laura, por su parte, suplica que el martirio se acabe pronto. Padece de claustrofobia, de la que casi no habla con otros seres humanos, pues de hecho rara vez abre su corazón a otra persona. Pero el aire se le acaba, las sienes le retumban y los pies tropiezan en lo plano.

Gonzalo detecta su turbación en una curva y la sujeta de la mano para que ella no resbale. Delia se ha adelantado y se encuentra lejos de la escena.

—¿Estás bien?

—Un poco tensa —le confiesa—. No soy adepta a los espacios cerrados.

—Lo siento. De haber sabido…

—No pensé que fueran túneles tan largos —se excusa ya que no quiere quedar como una tonta. Suficiente sufre con su mala elección de atuendo.

—Sujétame.

Laura no encuentra salida a su predicamento. Si rechaza la oferta, chocará contra las paredes o se pondrá a vomitar como loca. ¿Por qué se ha metido en tantos dilemas en tan poco tiempo? ¿Por qué la mano le suda copiosamente? Ruega por un trago, pero aprovechando que Gonzalo no habla, repasa los Doce Pasos.

Admitimos que éramos impotentes respecto al alcohol - que nuestras vidas se volvieron inmanejables…

La iglesia sobre la pirámide no le impresiona, pero le emociona la cruz tallada desde la que se observa el valle de Puebla con los volcanes cercanos. Roza las flores grabadas en piedra y se pregunta quién las labraría. ¿Indígenas que de pronto habían perdido sus casas y sus familias en la Conquista? ¿Españoles que buscaban enriquecerse? ¿Frailes que evangelizaban a los bárbaros?

Delia se queja de calor, así que descienden a la plaza donde visitan los atractivos. Primero pasan a comer unas gorditas: tortillas de masa gruesa, rellenas de frijol molido con hoja de aguacate. Él bebe champurrado; las mujeres optan por agua cristalina. Gonzalo se ríe para sus adentros. ¿Por qué pretenden llevar una dieta si están masticando más grasa de la permisible?

Pasan a la Capilla Real, donde Gonzalo nuevamente se queda boquiabierto ante una pila bautismal tallada en piedra. En el atrio se topa con otra cruz tallada. El Convento de San Gabriel lo atrapa y Laura se detiene a indagar sobre la biblioteca franciscana. Gonzalo se acuerda de la cantidad de libros que observó en el departamento de la madrina de su hija. Él no se considera un neófito, pero tampoco un ratón de biblioteca.

Delia bosteza de modo grosero y Laura se encamina a los portales. Otro día, se dice, regresará a ver los libros con tranquilidad. Gonzalo lamenta que Delia eche todo a perder. ¿Por qué no es más considerada? No solo la acompañan y miman, sino que Delia dicta el itinerario a su conveniencia. Aún así, no le reclama ni cambia los planes. Suben al auto y se dirigen a Puebla.

Su mal humor cesa cuando deciden comer después de dar una vuelta por el zócalo de la ciudad capital. Le sirven unos chiles en nogada que califica de excelentes, y se concentra en degustar el platillo en tanto Delia se queja del clima y Laura lucha por mantener la conversación viva. ¿Seguirá sacudida por el miedo en los túneles? Gonzalo nunca ha comprendido a las mujeres, pero para su buena suerte, no tiene por qué hacerlo.

———

Los ojos de Laura se humedecen en la biblioteca Palafoxiana. Como una dulce concesión de parte de Delia, la pareja le ha permitido escaparse a solas, mientras ellos compran unos dulces para la familia. Un escalofrío recorre su espalda al observar los estantes repletos de libros antiguos, en los que se destacan nueve incunables, aquellos impresos con tipos móviles.

Ha intentado transmitir su pasión por la lectura a sus alumnos sin grandes resultados. Ha llorado al estudiar más sobre aquella época en su país en que los hombres cargaban espadas y las mujeres se cubrían con mantillas. Estando allí, se siente remontada a aquellos días de claustros y conventos, de fe y de herejía, de tradiciones y de costumbres.

Inspirada por su visita, sonríe cuando Gonzalo y Delia le muestran la cantidad industrial de camotes que han comprado, y les explica la leyenda.

—La cocina más fina de México surgió en los conventos. Se dice que una monja arrojó un camote en un cazo vacío y le puso azúcar. Luego lo batió hasta hacer una pasta, y todo para fastidiar a la monja que le tocaba lavar el trasto. Pero cuando probó la mezcla, le gustó tanto que ahora es un dulce típico de la región.

Delia arruga la nariz:

—A mí no me gustan. Solo los compré para mis hermanos. Y a todo esto, ¿qué es un camote?

—Un tubérculo. Le llaman también papa dulce o batata.

—Pues a mí no me gustan —repite Delia. Gonzalo se encoge de hombros.

Regresan a Cholula exhaustos por tantas visitas a iglesias y pequeños museos. Delia declara a los cuatro vientos que no desea volver a ver el estilo churriguresco, y que la China Poblana seguramente ni había sido ni china, ni poblana. Gonzalo propone cenar en el hotel y las dos acceden. Se van un rato al cuarto para cambiarse de zapatos, así que a los pocos minutos, piden algo ligero. Delia se queja de dolor de cabeza.

—Me voy a la cama. Quizá me dé un baño de burbujas.

Laura sabe que tardará horas, así que pide otro café. Gonzalo propone trasladarse a los sillones y Laura acepta. No hay otros huéspedes, ni ruido que altere, solo música clásica que proviene de la cocina. ¿Un chef culto? ¿Parte del encanto del lugar? Laura se relaja y baja sus defensas. Aunque lo intenta, no evita observar el perfil varonil de Gonzalo cuyo bigote le da un aspecto español. Lo imagina como un conquistador. Lo ve tomando un arma y luchando por el rey.

Gonzalo le pregunta si alguna vez ha querido estudiar más a fondo la historia virreinal. Laura le confiesa que ha ido a cursos, pero como un pasatiempo, más que como algo serio.

—Puebla debió haber sido hermosa en el siglo XVII —dice Gonzalo—. Me imagino sus calles empedradas por la noche. La mezcla de razas. La cocina en ciernes. Los juegos pirotécnicos. Conventos y ruedos de toros.

Laura se sorprende. Gonzalo conoce más de lo que ella hubiera pronosticado.

—Muebles de madera. Mesas toscas, sillas con cuero, bargueños…

Su voz se pierde y él se torna soñador. Laura siente un retortijón en el vientre. Hace años que no experimenta algo similar, pero el miedo la embarga. ¡Se está enamorando! Se le figura el hombre más apuesto del país, quizá del mundo. Ansía rozar sus manos velludas y darle un beso en la frente arrugada. Desea que él la abrace y le diga que es "bonita". Pero el temor se impone.

—Debo descansar —le informa.

Gonzalo regresa de su lugar de ensueño y se despide de ella. Él se quedará unos minutos más y pagará la cuenta. Laura avanza hacia la habitación con frustración y enojo. ¿Por qué supone que Gonzalo le hará caso? Laura es una alcohólica que además no viste bien. Peor aún, Laura no desea enamorarse nunca más. Ha guardado su corazón durante años. No echará a perder su vida.

Toca la puerta dos veces. Delia no contesta. ¿Estará en la tina? Para no enfadarla, se dirige a recepción y le dan otra copia de la llave. Regresa al cuarto y lo encuentra vacío. Delia no aparece en el baño ni en la cama. Su ropa no ha sido tocada. Un temor la sacude con violencia. Se muerde el labio hasta saborear su propia sangre y las lágrimas le saltan. Finalmente, se obliga a correr hacia la sala. Encuentra a Gonzalo aún tendido sobre el sofá.

—Delia no está.

Gonzalo salta del asiento. Gotas de sudor empapan su frente. Corren hacia la recepción. El encargado les responde con serenidad. La señorita ha salido a dar un paseo. Gonzalo y ella intercambian miradas. No necesitan hablar, sino que sus pies se sincronizan rumbo a los portales y a la cantina más famosa del lugar. Gonzalo abre la puerta con fuerza. El pecho de Laura se hace chiquito.

Delia, totalmente ebria, divierte a unos poblanos cantando a viva voz un éxito de Vicente Fernández. Gonzalo la cubre con su chamarra, pues Delia se ha quitado el suéter, y la empuja a la salida. El cantinero exige que le pague lo que Delia ha bebido, pero Gonzalo hace caso omiso de sus palabras. Luego Laura le envía una mirada, "de esas que matan", según le informan sus alumnos, y el cantinero menea la cabeza con derrota.

Laura sigue a Gonzalo. Delia va quejándose y maldiciendo, llorando y berreando que ya no es una niña chiquita. Insiste que Gonzalo es un mal padre y que ella solo la pasaba bien con gente de su edad, no con dos ancianos amargados. Laura sabe que las vacaciones han concluido y le duele que Delia haya retrocedido en su recuperación.

Se repite los Doce Pasos:

Llegamos a creer que un Poder Superior a nosotros mismos podía restaurarnos la sanidad...

14

—Un año y medio. ¿Será que don Roberto ya te olvidó?
—Se detuvo en Acapulco por cuestiones de salud. Ya te lo he dicho.

—O quizá ya encontró otra mujer —dijo Catalina.

¿Para qué discutir? De por sí poco visitaba a su cuñada y a su sobrino; todo por aquella esclava que tan mal le caía. No sabría precisar qué le molestaba más: si la ceguera de Catalina o la presunción de Teresa. Catalina ya no pensaba en su hijito ni en su marido, sino en verse cada vez más hermosa. Se untaba cremas, compraba ropa y salía de su casa todas las tardes por cualquier pretexto.

—Otra vez estás distraída, Magda. ¡Préstame atención!

—¿Qué decías?

—Te contaba que la esposa del conde de Santiago se cayó ayer por la tarde…

¡Lo mismo de siempre! ¿Dónde habían quedado sus confidencias? ¿Por qué ya no hablaban de Alonso o de Francisco Javier? ¡Francisco Javier! Recordarlo le provocó tos así que se excusó a la cocina por un vaso con agua. ¿Por qué Francisco Javier se negaba a confesarla? ¿Por qué ya no la visitaba? En la cocina sorbió un poco de chocolate y mordisqueó un pan llamado "arzobispo".

—Ya no saben como antes, Remedios.

—Es que ya no los hago yo, su mercé. Ahora los compro.

—¿Y por qué?

—Falta de tiempo. Doña Teresa me ha puesto a lavar los pañales de Rodrigo porque doña Eulalia tiene reumas.

Los ojos de Magdalena se humedecieron debido al coraje. ¿Quién era Teresa para mandar a otra sirvienta? ¿Y por qué le decían "doña"?

—No entiendo, Remedios.

—Yo tampoco, pero créame que el pan no es lo único que no sabe como antes.

¿Cómo ayudar a los suyos? ¿Y por qué tenía que solucionarles la vida cuando ella misma padecía? Su mayor problema tenía el apellido de Suárez y andaba en Acapulco. De algo estaba decidida, si a su regreso ella no escuchaba una propuesta de matrimonio, le prohibiría que la siguiera cortejando. Si fuera hermosa como Teresa quizá don Roberto ya la hubiera desposado, pero Magdalena no lo era.

Unos días después, Magdalena se arrepintió por no haber hablado con Alonso a tiempo. La ciudad se engalanaba y cien hombres, vestidos de diferentes animales, habían desfilado por la ciudad. Catalina se había reído de don Luis, quien anduvo de tortuga. Pero doña Blanca, mujer de Luis Sedeño, había dado a luz a una niña e invitó a las damas de renombre a un convite.

—Pero, Catalina, tú detestas a esa mujer —le reclamó Magdalena cuando su cuñada anunció sus intenciones de asistir al evento.

—La bebé Sedeño es un crío. No tiene la culpa de tener padres tan poca cosa.

Alonso se molestó con ambas pues no asistirían a la plaza de toros para verlo en el arte del rejoneo, pero a media fiesta, Magdalena se estremeció. ¿Dónde andaba Teresa? La buscó con la mirada, pero no la encontró. Según Catalina, se había ido por un encargo, pero de eso hacía un par de horas. En eso, una esclava interrumpió para anunciar que la buscaban en la puerta. Magdalena aprovechó la oportunidad para escapar, y de paso se despidió de Catalina quien a duras penas le dedicó unos segundos. Algo le decía que Teresa andaba en los toros pues nunca se perdía aquel pasatiempo.

Hubiera corrido al ruedo, a no ser porque casi se desmaya cuando descubre a su visitante.

—¡Don Roberto! —exclamó, con alegría no fingida. Él le besó la mano con el mayor galanteo y las mariposas en su estómago no se hicieron esperar. Quizá por fin Dios concedería el deseo más profundo de su alma.

—Mi espejito, luces más hermosa que la luna que empieza a asomarse.

Magdalena se ruborizó de pies a cabeza y le tendió el brazo. Roberto lucía un poco pálido, quizá por la enfermedad que había padecido en el puerto, así que ella le dedicó su total atención mientras avanzaban por las calles llenas del bullicio de la fiesta. A lo lejos se escuchaban las risas de la concurrencia en la plaza mayor, pero Roberto optó por elegir una ruta menos transitada.

—Te extrañé, mi alma querida —le dijo, al tiempo que le plantaba un beso en la mano que ella traía sin guante. Un escalofrío recorrió su cuerpo y sonrió con dulzura. Roberto la amaba; quizá la distancia le había hecho comprender que no debían separarse nunca más.

—Cuéntame todo lo que ocurrió —le suplicó y él la complació con gusto.

Se había quedado en un convento de frailes franciscanos, y sin los cuidados de los religiosos habría muerto pues convaleció durante muchos días debido a la fiebre y el dolor del cuerpo.

—¿Y cómo es Acapulco?

—Es una pequeña aldea de pescadores, nada como el puerto de Veracruz. Las casas de madera no pasan de un piso, y muchas se han construido de barro y paja. Aún en enero hace calor, mi espejito, así que uno no soporta estar fuera mucho rato. Realmente el lugar me trae pocos buenos recuerdos. La nao se retrasó, mis negocios se vieron afectados por mi recaída y pasé muchas noches pensando en ti mientras me debatía con la muerte. Pero Dios escuchó tus rezos y aquí me tienes.

—Debemos ir a dar gracias a Dios por sus bondades.

—Será mañana. Hoy disfrutemos la noche. ¿Sabes, mi espejito? Me hice aficionado de la hierba de Paraguay. No pongas esa cara. Tu mismo padre, el buen don Emilio, me había hablado de ella, pero no había tenido oportunidad de probarla. Resulta una bebida renovadora, así que he traído un poco. Si tu madre lo permite, te prepararé una taza.

Roberto la escoltó a la calle de la Celada y don Emilio y doña Clementina recibieron al viajero con alegría. Don Emilio aprobó la propuesta, ya que también había tenido ganas de conocer la dichosa hierba, y así todos acudieron a la cocina. La única que resintió la presencia del prometido de Magdalena fue Juana, quien cada vez detestaba más al indeciso pretendiente.

Roberto les mostró el mate, una taza hecha de calabaza con adornos de plata. Le puso agua fresca y echó la hierba. Dijo que debían esperar media hora, así que les narró más de sus aventuras, que en realidad no resultaban tan atractivas como las del pasado. Concluido el tiempo de espera, Roberto vertió el agua caliente y añadió azúcar. Luego, con suma habilidad, separó el polvo de la hierba con una cucharita perforada y bebió un largo trago con satisfacción.

—¿Quién la quiere probar primero?

Don Emilio decidió arriesgarse y después de su intento la calificó como aceptable. Doña Clementina se negó, tal vez porque debía sorber del mismo vaso. Cuando llegó su turno, Magdalena se quemó un poco la lengua y el sabor la descompuso. No le agradaba, pero por miedo de perder a Roberto —¿qué tal si esa era su última oportunidad para un matrimonio?— alabó la hierba del sur del continente y Roberto acarició su mano con ternura. La noche hubiera mejorado a no ser porque don Carlos de Sosa, el vecino de abajo, interrumpió con la noticia de que Alonso había vencido en los toros. A pesar de sus problemas para caminar y su rostro poco agraciado, lucía radiante.

—Doña Magdalena, debió haber visto a su hermano. Hacía mucho que no se mostraba tal arte en los toros. ¡Con qué gracia abatió a sus enemigos! Seguramente celebrará toda la noche. ¡Qué espectáculo tan magnífico!

Magdalena se preguntó si Alonso volvería con Catalina para festejar o si ella continuaría ocupada en casa de doña Blanca. Luego reparó en la expresión de Roberto quien simulaba enfado combinado con interés, algo que jamás había detectado. ¿En qué pensaría? No tuvo tiempo para averiguarlo, pues él se despidió sin previo aviso y ella se refugió en su cuarto donde lloró sobre su bargueño. ¡Qué le importaba el mate o los regalos de Roberto! Solo deseaba ser su esposa y tener un hijo. ¿No era lo suficientemente hermosa o atractiva para merecer una propuesta decente? ¿Por qué Dios la castigaba de ese modo? Que Alonso se quedara con sus toros y Catalina con sus fiestas, a ella se le negaba su única ilusión: un niño como Rodrigo, junto con el honroso estado del matrimonio.

Francisco Javier escuchó los maitines en el convento cercano. No había dormido en toda la noche, lo que acentuaba sus ojeras. Sus músculos le dolían y sentía como si un puñado de arena se insertara en sus pupilas. Aprovecharía las dos horas de sueño que le restaban, así que cerró los ojos.

En la pesadilla vio indios de todas las edades embriagados por el pulque. Esa noche había salido para atender a los heridos por riñas callejeras y para exhortar a los más rebeldes a volver a sus casas. Se había topado de frente con el rostro diabólico de la ebriedad y se espantó de lo que contemplaba. La gente perdía la cordura cuando se rendía ante aquellas bebidas embriagantes, fuera el vino, la cerveza o el pulque. Hombres taciturnos golpeaban a sus esposas, mujeres recatadas perdían la compostura, ancianos bien intencionados maldecían contra el cielo, jóvenes ignorantes cedían ante los encantos del pecado.

Francisco Javier se puso en pie y se encaminó hacia el único mueble de su habitación. Abrió el ropero en el que guardaba una vasija con un poco de agua y se la echó encima. Tenía mucha sed, pero también hambre. Para no ceder ante su carne, se hincó delante del crucifijo, uno que había pertenecido a doña Beatriz, y empezó a rezar para apartar de su mente las visiones y la idea de comida.

Entonces se preguntó por qué la gente bebía. ¿Desearía olvidar sus desgracias? Uno de los indios, al que casi tuvo que arrastrar a la puerta de una iglesia, le confió que así olvidaba sus tragedias. Francisco Javier se preguntó cuáles serían esas. ¿Habría perdido un hogar? ¿Pasaría malos ratos a la intemperie? No comprendía por qué las autoridades permitían que muchos indigentes durmieran en las escalinatas de los templos pues le daban un aspecto atroz a la ciudad, pero ¿qué se suponía que esas tristes almas debían hacer?

Sus ojos empezaron a cerrarse de nueva cuenta y Francisco Javier cedió ante el cansancio. Pero antes de perderse en la inconciencia, recordó una imagen que había relegado durante las últimas horas. En algún momento de su recorrido, creyó observar a un hombre parecido a Alonso quien arrastraba los pies por la plaza, recargado sobre un hombre de color. No podía haber sido Alonso; él no tenía esclavos africanos varones. Solo supo que el hombre se caía de borracho, y que a punto de dirigirse a él para reconvenirlo, Francisco Javier se había dicho: "No merece mi ayuda. Si él escogió embriagarse, que pague las consecuencias. Ya estoy cansado de intentar salvar a estos caballeros engreídos".

¿Habría pecado al negar su ayuda? ¿Debía mencionarlo en su siguiente confesión? Unos meses después se enteró que, en efecto, se había tratado de Alonso.

—¿Qué has hecho? —le preguntó en el confesionario. Lo había empujado hasta el atrio que a esas horas estaba desierto. Alonso, con el rostro ceniciento, habló:

—No sé bien cómo sucedió. Te juro que fue una sola vez. Yo estaba ebrio...

—Pero, ¿te das cuenta de lo que esto provocará cuando Catalina se entere...?

—Teresa está embarazada. Me lo ha dicho esta mañana. Debes ayudarme.

¿Y cómo? ¿Intercediendo por él frente a su hermana? Su deber religioso lo obligaba a acusarlo ante el Santo Oficio para que recibiera un castigo ejemplar.

—Otros lo han hecho... Luis Sedeño tiene ya dos hijos bastardos. ¡Y son mestizos! ¡Mucho peor que un morisco!

—Lo que Luis haga me tiene sin cuidado. ¿Cómo te atreviste? Has incurrido en pecado mortal.

El silencio de Alonso lo descompuso. Lucía nervioso y abatido, pero tal vez había gozado su momento pasional.

—¿La mandarás lejos?

—Debo responsabilizarme de la criatura.

—Pero Catalina...

Los dos guardaron silencio. Después de su victoria en los toros, Alonso se había vuelto un héroe de la noche a la mañana. De repente Catalina era la "esposa de Alonso Manrique" y no al revés. Por lo mismo, ella había dejado de organizar fiestas y tertulias, y prefería no salir de la casa.

—Cometiste un grave error.

—Que no volveré a repetir. Lo juro por mi finada madre. Ayúdame, Francisco Javier. Te prometo no tocar a Teresa nunca más, solo necesito que alguien hable con Catalina.

¿Hablar con Catalina? ¿Para decirle qué? ¿Que su esposo la había traicionado y que había quebrantado su pacto matrimonial? ¿Que su esclava traía en el vientre un hijo con la sangre Manrique? ¿Que debía perdonarlo como Cristo lo había hecho desde la cruz? Francisco Javier sintió una rabia incontenible que lo hizo sudar. Por una parte, deseaba golpear la nariz perfecta de Alonso para desfigurarla y demostrarle que no se podía jugar ni manchar lo sagrado de un matrimonio, mucho menos cuando se trataba de su propia hermana. Pero por otra parte, le enfermaba saber que se tomaran con tal ligereza los mandamientos, cayendo así en pecados de la carne que ofendían la santidad de la iglesia, mientras que hombres como él, religiosos devotos y consagrados, sacrificaban sus propios cuerpos para el beneficio de la comunidad. ¿Cómo podía existir tal contradicción?

Imaginó a Teresa, oscura y hermosa, envuelta en los brazos de Alonso. ¿Cómo se sentirían sus besos? De inmediato se santiguó y Alonso lo contempló con curiosidad. ¿Qué sucedería si Alonso hablaba con Catalina? ¡Su hermana sería capaz de asesinar a Teresa! Y si don Rafael buscaba venganza, no deseaba ni pensar en la de sangre que podría ser derramada.

—Eres un idiota —lo encaró con verdadera furia.

—Lo hecho, hecho está —respondió Alonso con la cabeza agachada.

¡Un hijo bastardo! Su linaje corrompido.

—Te ayudaré, pero bajo una condición.

Alonso lo escuchó con atención.

—Deberás prometer que no volverás a faltar a misa, ni descuidarás tus obligaciones cristianas. Dejo a tu discreción qué parroquia elegir, pero hoy mismo jurarás por esta santa cruz —dijo y señaló a la cruz que pendía de su cuello—, que cumplirás con tu parte del trato o no intercederé por ti ante Dios, y ¡horrenda cosa es caer en manos de la Santísima Trinidad!

Francisco Javier guardó silencio mientras contemplaba el rostro de piedra del señor Manrique. Solo una vena resaltada cerca de su boca delataba su esfuerzo, pero Francisco Javier no cedió ante la miseria de ese hombre que había engañado a su mujer. ¿Cómo reaccionaría Catalina? Por lo mucho que había escuchado en el confesionario comprendía que la humillación que la mujer experimentaba se hundía en el corazón con más profundidad que muchas otras agresiones. La mujer perdonaba a un marido borracho o disipador, incluso sobreprotegían a los perezosos —aún cuando Francisco Javier les recordaba que la flojera se consideraba un pecado capital—, pero cuando la infidelidad tocaba a sus puertas, la sospecha crecía, los celos traicionaban y el rencor se acumulaba. Ellas pronunciaban el perdón con sus labios, pero en el fondo juraban venganza y destruían a sus hombres a través de la culpa o el desprecio. Francisco Javier haría lo imposible para que su hermana no incurriera en dichos errores. Pero primero necesitaba extraer esa promesa de Alonso.

—¿Entonces?

—Lo haré.

Alonso inclinó la cabeza y besó la cruz, luego se agachó para besar la mano del jesuita. Sus ojos se cruzaron y se engancharon durante varios minutos. Francisco Javier leía en las pupilas el desprecio, pero también una profunda tristeza. Rogó que Alonso no detectara la repulsión que recorría todo su cuerpo quien por dentro gritaba: "¡Pecador, adúltero, maldito!"

Catalina lloraba y Magdalena la sujetaba con fuerza. Magdalena había corrido a la casa Manrique después del recado de Remedios.

—El padrecito Francisco Javier la visitó esta mañana, y ¡solo Dios sabe qué le dijo pero mi señora se puso a gritar y rompió dos jarrones! Ave María purísima, que hasta rogó que los santos apóstoles le arrancaran la vida.

—¿Y Teresa?

—Me parece que ella es el problema. He visto cómo se descompone de mañana y como aumenta de peso. ¡Esa mulata está preñada!

—¿Y Catalina mandó llamarme?

Remedios le confió:

—Usted es la única que la puede ayudar, doña Magdalena. ¿A quién más podía acudir? ¿A doña Blanca, si tanto se odian? ¿A sus amiguitas refinadas, que la critican a sus espaldas? Soy india, pero no ciega; pobre, pero no tonta.

—Debiste buscar a mi hermano.

Remedios se detuvo por primera y última ocasión en su trayecto de la casa de doña Clementina a la casona Manrique y la miró con incredulidad.

—Si su hermano es la causa del problema.

Magdalena rozó las cuentas de su rosario. Una vez frente a la puerta de la estancia, justo al lado del biombo principal, Catalina descubrió su presencia y se abalanzó en su contra.

—¡Odio a tu hermano! ¡Lárgate de aquí!

Magdalena evadió algunos golpes, pero no logró librarse de las uñas largas de su cuñada que lastimaron su antebrazo. Tampoco le pasó desapercibida la apariencia de Catalina, más parecida a la de la Llorona que a la de una marquesa. Su cabello despeinado, sus ojos hinchados y su rostro rojizo producían un efecto devastador. Remedios tuvo que interponerse para que Catalina no matara a Magdalena, mientras que le repetía que la hija de doña Clementina no tenía nada que ver con las acciones de su hermano.

—Y recuerde que es mujer y todas somos víctimas —dictaminó con tal autoridad que tanto Catalina como Magdalena la observaron con cierto respeto y dejaron de forcejear. Remedios las condujo a las sillas, luego les ordenó conversar mientras ella traía un poco de pulque pues ninguna otra bebida se le figuraba propia para la ocasión.

Ni Magdalena ni Catalina bebieron del pulque, aunque se terminaron todas las empanadas que Remedios les sirvió. Entonces Magdalena se enteró de la verdad. Experimentó tantas emociones en el transcurso de una hora que terminó exhausta y deprimida. La ira por la traición de Alonso pasó a compasión por Catalina, luego a rencor contra Teresa y tristeza por la criatura que traía dentro. Finalmente, la desolación se impuso a todo lo demás. ¿De eso se trataba el matrimonio? Ella soñaba con casarse con Roberto, pero ¿y si él la engañaba?

Alonso había traicionado a Catalina porque ella pensaba más en cómo complacer a la sociedad que a su marido. Aunque tampoco podía culpar a Catalina por la monstruosidad cometida por su hermano.

¿Engañarla con una esclava y en su propia casa? ¡Y esa Teresa! ¿Qué clase de mujer se entregaba a un hombre sin el sacramento matrimonial? ¿Pero qué otra opción tenía una mujer de color? La cabeza le dolía, así que terminó abrazando a Catalina para consolarla.

La dejó dormida en su habitación y pasó a plantarle un beso a Rodrigo quien dormía como un angelito. En la puerta se topó con Alonso, pero solo lo saludó con una inclinación de cabeza. No se le apetecía conversar con ningún hombre. Quizá todos eran iguales.

———

Magdalena se encontraba de rodillas en la Santa Veracruz. Había acudido para dar gracias —a quien fuera— por el nacimiento de su segundo sobrino, Domingo. Cerró los ojos para no distraerse, aunque su elección había resultado acertada ya que acudían más mulatos que nada a esa capilla de piedra, una de las más sencillas, y que, además cobijaba a un Cristo cubierto de velos.

Precisamente era ese Cristo lo que la hacía venir a ese lugar. Prefería no mirar una estatua sangrante ni unos ojos compasivos que le recordaran que había matado a su madre. Y ahora, el pecado de su hermano aumentaba su afrenta contra la religión. Remedios le había informado que Domingo había nacido, pero Magdalena se negó a visitar a Teresa. ¿Qué le diría? Catalina, como buena previsora, se había ido a Chalco durante esos días para no perder la compostura.

—Ya nació el *tepalcontel* —le había dicho Remedios esa mañana a Juana, quien repitió la noticia con todo y palabra náhuatl. Magdalena no se incomodó por la referencia a Domingo como "bastardo", pero lamentó que una mancha así hiriera a su familia. ¿Qué pensaría Francisco Javier de todo el asunto? El jesuita no paraba en la casa desde la noticia, ni visitaba a Magdalena.

¿Cuándo acabarían sus tristezas?

15

Gonzalo aún no lo puede creer. Rosario está bebiendo café en "su" taza, en "su" cocina, en "su" casa, es decir, en el territorio que él ha celado durante años. Delia duerme en la habitación de arriba y ambos no logran pegar los párpados por miedo a que la chica se escape.

El domingo apenas consiguió conducir el auto mientras Laura abrazaba a Delia en la parte trasera. Gonzalo agradeció que una mujer madura y experta se hiciera cargo pues él traía los nervios destrozados. No dudó en llamar a Rosario, y ella los aguardó en la puerta.

Así que, ese lunes de madrugada, tratan de no sucumbir al sueño pues temen que Delia vuelva a caer en el vicio.

—Puedes ocupar mi recámara —le dice, después de un rato.

—¿Y si despierta?

—Estaré al tanto.

Rosario se talla los ojos y accede. Gonzalo la acompaña con petaca en mano. Pesa más que la que Laura, la madrina de Delia, llevó a Cholula, pero Rosario ha venido de modo indefinido hasta que la situación mejore. Además, Laura se distingue por su sencillez y Rosario por su despilfarro, aunque le agradan sus pendientes de perla y el color de labial que trae.

Se despide de ella en la puerta, después de tomar su pijama de debajo de la almohada.

—¿Aún la guardas allí? —Rosario exclama con sorpresa.

—¿Dónde más?

—En la gaveta o en una bolsa. Pero en fin, ¡es tu vida!

No percibe sarcasmo ni ironía.

—También usas la misma loción —Rosario comenta mientras revisa el baño—. La misma crema de afeitar y los rastrillos de doble hoja. ¿Algún día te modernizarás?

Él se encoge de hombros. ¿Qué responder a semejantes preguntas?

—Y la toalla…

Rosario acaricia la tela áspera de color marrón. Gonzalo quiere aclarar que no la usa por motivos sentimentales, sino porque siempre olvida comprar una nueva. Pero Rosario observa con atención las iniciales que ella bordó en su primer aniversario de casados.

—Buenas noches —él se despide y baja corriendo.

Le ha descompuesto escuchar y ver a Rosario en su espacio. Le han venido recuerdos amargos y dulces. Le agradaba compartir la cama, aunque discutían por nimiedades, que si él dejaba la tapa del excusado levantada o que si ella escondía su pijama en los rincones más inesperados de la habitación. Pero por encima de su inquietud sentimental, le punza la idea de que su hija ha perdido el dominio propio y no consigue hablar con coherencia después de unas gotas de ron.

¿Qué harán con ella? ¿Cómo solucionar el problema? ¿Qué está haciendo mal? ¿Dónde dormirá? Distingue el sofá y se resigna. Pero ha dejado las sábanas en su recámara, y no le apetece interrumpir a Rosario.

Sale al patiecito y abre la puerta del taller. En algún recoveco guardó una bolsa de dormir que por lo menos lo protegerá del frío. Entonces ve el bargueño a medio lijar. Aún le restan algunas imperfecciones por nivelar. Según el manual, el siguiente paso es barnizarlo. Pero ¿a qué hora? ¿Y para qué? No tiene sentido trabajar en un mueble del siglo XVII que no combina con su casa y que pertenece a un museo. ¿Quién lo querrá en tan deprimentes condiciones? Aún así, el olor a madera lo tranquiliza y decide quedarse un rato más.

———

Lo despierta el aroma a tocino. La espalda le ha dolido debido al sofá, pero arrastra los pies a la cocina con incertidumbre. Empieza a recordar Cholula, pues unos folletos en la mesita de centro anuncian sus bellezas arquitectónicas. Entonces se topa con Rosario y se ubica en la realidad. Rosario, con bata rosa, el rostro sin maquillar y el cabello recogido atrás, fríe trozos de tocino en la sartén.

—Tu refrigerador es una vergüenza. ¿No venden jugo de naranja cerca? Le caerá bien a Delia un poco de fruta.

Gonzalo tarda en reaccionar. Sin embargo, el pan tostado con mantequilla en la mesa lo enternece. Hace mucho que no se compone en ese lugar un desayuno tan delicioso. De hecho, jura que desde que compró la casa no ha tenido una comida completa, solo algunas tertulias improvisadas a través de la caridad de las esposas de sus compañeros de trabajo que enviaban guisados para calentar.

Asiente y se coloca una gorra de béisbol. Sujeta sus llaves y camina dos cuadras hacia la tienda de abarrotes más cercana. Entonces recuerda que junto a la guardería se pone una señora que prepara jugos. Compra un litro de zumo de naranja, luego añade una papaya. Regresa con el corazón contento, pero su sonrisa se borra cuando escucha la voz de Delia quien discute con su madre.

—No me entiendes. ¡Nadie lo hace! Solo me juzgan y me observan.

—Pues si no te hubieras ido a esa cantina, no tendría por qué estar aquí para juzgarte y observarte.

—Quiero irme con Laura. Ella sí me trata bien.

—No conozco a la tal Laura, pero en ninguna manera. Hoy mismo por la tarde te regresas a la casa porque veo que tu padre no puede contigo.

La emoción se desvanece en la mente de Gonzalo. Cierra la puerta con fuerza para mostrar su presencia, pero las mujeres no se inmutan, ni siquiera cuando él empieza a vaciar el jugo en los vasos.

—¿No entiendes, mamá? Si regreso a la colonia donde están mis vecinos y amigos, me moriré de la pena. Todos me conocen. Se burlarán de mí; me señalarán. Ya nadie me dirigirá la palabra.

Su voz se quiebra.

Gonzalo trata de armar algunas frases de apoyo, pero se ha quedado atorado en el evento anterior. La bata rosa de Rosario se le figura vieja y de mala calidad; su rostro le parece arrugado y desagradable; su cabello se para de la parte trasera de modo grotesco. ¿Cómo puede una mujer cambiar en segundos?

—Eso de la vergüenza lo debiste pensar antes de probar tu primera cerveza. No es mi culpa que andes de borracha. Afronta las consecuencias de tus actos.

—Pero el alcohol puede más que yo. El primer paso dice…

—No me interesa, Delia. Después de desayunar, empacamos tu maleta y te vuelves conmigo. ¿Crees que a mí no me duele? Yo soy la que más sufro. Las vecinas me preguntan por ti; tus tíos insisten que vayas al psiquiatra. "No está loca", les digo, pero ya no estoy tan segura.

—¡Mamá! Lo que pasa es que no me quieres.

Rosario suelta el mango de la sartén y enfatiza sus palabras con la espátula.

—¿Quererte? Tú eres la que no me aprecias. Si lo hicieras, pensarías en mí. Yo soy la que ando mal del corazón.

Gonzalo se exaspera. No permitirá que Rosario se salga con la suya y utilice los mismos argumentos del pasado donde ella terminaba como víctima y él como verdugo, donde la salud de ella adquiría prioridad por encima de lo que Gonzalo sintiera.

—Siéntate, Delia —le ordena.

Para su propio asombro, Delia obedece y Rosario abre la boca, pero no dice nada. Supone que ha usado una voz más gruesa de lo normal, la misma que, según Horacio, hacía temblar a sus empleados

—Vamos a desayunar en paz, como Dios manda. Luego pensaremos qué hacer.

—Quiero disculparme con Laura —le ruega Delia.

—Paso a paso —ordena Gonzalo.

Rosario, con los labios apretados, reparte el huevo en los tres platos, luego se dedica a picar la papaya mientras Gonzalo enciende la cafetera. No se dirigen la palabra hasta que los tres rodean la mesa y Gonzalo detiene la mano de Delia que trae el tenedor.

—Demos gracias.

Su hija y su ex-esposa lo contemplan con horror, pero él no les ofrece alternativa sino que inclina la cabeza y compone una sencilla oración. Una punzada en el vientre le advierte su hipocresía. Gonzalo ha dejado de comunicarse con Dios desde hace tiempo. En su juventud solía dedicar más tiempo a esa comunicación de corazón con un Ser invisible hasta que, después del divorcio, decidió que perdía su tiempo.

Y aún así, mientras Delia mastica el huevo con resignación y Rosario sorbe el jugo con somnolencia, desea con toda el alma que alguien más fuerte que él componga el caos que es su vida.

Todo le ha salido mal. Supone que es porque sus emociones están a flor de piel y no piensa racionalmente. En su primera clase, olvidó el tema; en la segundo, confundió a Benito Juárez con Porfirio Díaz, aunque ambos eran oaxaqueños, pero eso no excusaba su distracción. Finalmente, el subdirector la reprendió porque no entregó a tiempo las calificaciones y se equivocó en los datos de un grupo de tercero de secundaria.

Durante el receso, para colmo de males, le toca guardia. Así que se para en una esquina, bajo la sombra de un árbol, para vigilar el patio. Debe impedir que los alumnos fumen o que los mayores molesten a los más chicos. También debe reprender a los que fallen en conducta.

Claudia, la chica de tercero que le dijo "Monja" en el examen, gira en todas direcciones. ¿Qué espera? Han salido de taller, así que ella viene del edificio del fondo donde toma secretariado. Muerde una barra de chocolate, pero no se une a su grupo de amigas, sino que aguarda frente a la puerta del salón más cercano. Entonces el estómago de Laura se comprime. Raúl, el chico rebelde de padres alcohólicos, viene por ella. Laura admira los ojos del chico y su altura, aunque quizá se quede chaparrito en unos años a comparación de otros de sus compañeros más flacos que se estirarán.

Raúl le roba un beso a la chica, pero ella descubre los ojos de Laura, así que lo aparta de modo juguetón. De la mano, los dos se escabullen por las escaleras. Laura los pierde de vista y se pregunta si los debe seguir. Seguramente se ocultarán en el recoveco de la escalera para acariciarse e "intercambiar saliva", como lo describe el profesor de Matemáticas. Laura suspira y se hace la desentendida. Sorbe su café y piensa en Gonzalo.

¿Por qué experimenta sentimientos encontrados en su presencia? Laura ha hecho hasta lo imposible por cerrar su corazón a más desplantes. Después del Poeta, se ha negado a exponer su alma ya que el Poeta la dejó triturada y herida. Pero esto nuevo que remueve sus entrañas la marea.

Se observa en el reflejo del vidrio de la oficina. Estatura promedio, cabello corto y oscuro gracias al tinte, una nariz afilada, unas cuantas arrugas alrededor de los ojos, unos aretes blancos que decidió ponerse esa mañana. Se sonroja al recordar que uno de sus alumnos la elogió: "Se ve bien, profesora. Me gusta con aretes y con rubor".

Laura se ha maquillado un poco. Los alumnos lo han notado. ¿Lo hará Gonzalo? ¿Por qué debe pensar en él? Laura siempre pierde en el amor. Desde la secundaria inició su historia de fracasos, y se compara con las chicas que se encuentran sentadas en las bancas, mordiendo sus emparedados de jamón y mirando con nostalgia a los chicos que juegan futbol, deseando ser unas "Claudias" que se pueden esconder para recibir unas gotas de afecto, aunque también la desgracia de ser manoseadas por patanes. Pero en la secundaria uno no lo ve así; en la secundaria uno solo quiere sentirse amada.

Y para no perder la costumbre, sor Juana tiene razón. El amor traiciona.

> *Este amoroso tormento*
> *Que en mi corazón se ve,*
> *Sé que lo siento, y no sé*
> *La causa por qué lo siento.*

Cinco para las seis. Laura observa su reloj y cuenta los segundos mientras sus alumnos copian unas frases que ha anotado en la pizarra. A las seis en punto suena la campana. Los alumnos se esfuman y Laura da gracias al cielo. Hora de ir a casa. Quiere dormir, pues los ojos le pesan. Desea olvidar, pues el corazón le sangra. Va a la oficina para firmar la salida y sujeta su bolsa con fuerza. Ruega que nadie la intercepte en el camino, hasta que llega a la reja y su corazón da un vuelco.

Gonzalo, el hombre que la atormenta, se encuentra allí. Su mente avanza con demasiada rapidez. ¿Le invitará un café? ¿Deseará conversar sobre el virreinato? ¿Y si la lleva al cine? Laura avanza con el eco de sus tacones sobre la grava. Se pregunta si estará bien peinada o si aún emana las gotas de perfume que se roció esa mañana. Trata de no verlo directamente, pero percibe sus pantalones casuales y su camisa a cuadros. El policía le abre la puerta y Laura se despide. Gonzalo se acerca.

Entonces Laura mira en dirección al automóvil. Delia ocupa el asiento del copiloto. Su alma se achica y el poema la atormenta:

Y aunque el desengaño toco,
Con la misma pena lucho
De ver que padezco mucho
Padeciendo por tan poco.

Gonzalo la busca por causa de Delia. No pagará una cena ni el cine. Laura se hace la fuerte y se acerca.

—¿Cómo están?

—Bien, gracias. Disculpa que te molestemos, pero Delia quiere hablar contigo y con nadie más.

Eso último lo enfatiza con un leve alzamiento de cejas. Laura comprende.

—¿Quieres ir a mi casa, linda?

Más tarde, Delia y Laura muerden unas donas de chocolate, un lujo del que se cree merecedora.

—Fallé —confiesa Delia—. No puedo con esto, madrina. Es demasiado fuerte para mí. No sé qué me empujó a abandonar el hotel. Mis pies me ordenaron ir a la cantina.

—El comienzo es lo más complicado.

—Me quiero dar por vencida. Esto es más de lo que puedo soportar. El alcohol es más fuerte que yo. Mi vida está acabada.

Laura recuerda que ella pronunció las mismas frases muchas veces, sobre todo cuando se separó del Poeta. Entonces le viene a la mente un pensamiento. Toma su suéter y le pide a Delia que la siga. La chica no luce nada bien, pero Laura no le permite negarse. Empieza a oscurecer, pero los tonos rojizos del cielo la inspiran. Toman un camión que diez minutos después las deposita en un parque; no el más grande ni el más hermoso, pero un parque al fin.

Empiezan a caminar entre esos árboles un tanto secos por la época del año. Sus pisadas hacen crujir las hojas en el suelo y observan una ardilla. Delia se acerca, pero la ardilla huye. Observan unos arbustos con frutitas rojas; Laura le cuenta que su madre le enseñó que eran venenosas y nunca las probó. Pasan cerca de unos columpios en los que se mecen niños y niñas de diversas edades. Se detienen a contemplar a un hermoso bebé en su carriola; la madre les cuenta que le ha salido el primer diente.

Finalmente se sientan en una banca de piedra. Laura desearía que frente a ellas se extendiera un paisaje digno de una pintura, con un lago cristalino y coníferas, pero observan un partido de futbol improvisado, con porterías delimitadas por los troncos de unos árboles, y un grupo de niños que silban, corren y patean el balón entre risas y reclamos.

—Aquí se respira bien.

Laura asiente:

—El oxígeno es gratuito.

La joven la contempla con curiosidad. ¿Adivinará que se acerca un sermón? Pero Laura no quiere predicar o regañar. De hecho, ella misma se considera una patética comunicadora. Su interior aún sangra por la desilusión de su tonta imaginación. ¡Cómo pudo soñar con Gonzalo! Ella no nació para amar. Y sin embargo, le han venido las palabras de su consejero cuando entró a doble A, y aunque no conllevan mucha originalidad, brotan de un corazón sincero.

—¿Cómo terminarías esta frase: La vida está llena de…?

Delia se muerde el labio, luego responde:

—Injusticia.

—Yo dije algo parecido. "La vida está llena de dolor". Pero alguien me comentó: "No, Laura; la vida está llena de nuevos comienzos". ¿Qué nos duele más en un fracaso? El saber que esa puerta se pueda cerrar. En cada desilusión, nos escondemos más en nosotros mismos.

Laura traga saliva, consciente de que se habla a sí misma. Su vida ha estado llena de desilusiones.

—Pero aquella persona me dijo que Dios siempre nos da una segunda oportunidad. Que ninguna caída viene acompañada de un punto final. Siempre habrá un nuevo comienzo.

Delia se cruza de brazos. El portero del equipo izquierdo se ha tropezado. Otro niñito le ayuda a incorporarse y se dan un abrazo para indicar que no guardan rencores.

—Madrina, ¿por qué todos hablan de ese Poder Superior?

—Un alcohólico comprende mejor a Dios que alguien que cree controlar su propia vida. Tú lo has dicho. Cuando uno pierde el control de sí mismo, cuando uno acepta que el alcohol puede más que la voluntad propia, necesitamos ayuda sobrenatural. ¿Y quién más que Dios?

—¿En verdad puede ayudarme?

—Me ayudó a mí —le sonríe Laura—. En doble A nos invitan a concebir al Poder Superior de acuerdo a nuestras creencias. Lo importante es saber que nos referimos a una persona, a un ser, a alguien que escucha, y no a una fuerza cósmica impersonal e insensible.

—Mi padre nos llevaba a la iglesia de niños. Cuando se divorciaron, todo cambió. Pero me gustaban los cantos. Me sentía bien cuando pensaba en Dios.

Un silencio las separa, pero al mismo tiempo las une. Laura ignora lo que Delia experimenta, pero ella lucha consigo misma. ¿Por qué se ha prohibido amar? ¿Por qué aleja a los que le tienden la mano? ¿Es humildad u orgullo disfrazado? ¿Acaso cree en los nuevos comienzos? ¿No es verdad que al poner en pausa su corazón, le ha puesto pausa a su vida? ¿De cuánto no se ha perdido? A pesar de que el alcohol regía su vida, en esos tiempos con el Poeta, Laura se sintió más viva.

Entonces alarga el brazo y rodea a Delia. La chica recarga su cabeza en el recoveco de su hombro y aprieta su mano. Las lágrimas no tardan en aparecer en los ojos de la hija de Gonzalo. Laura la estrecha como una madre, como la madre que nunca fue, pero que luego cerró su corazón a la maternidad. "Monja", le decían sus alumnos. No por religiosa, sino por fría y distante, por juzgarlos desde lo alto de su celda. Pero aún cuando ama los poemas de sor Juana, se niega a morir diciendo: "Finjamos que soy feliz…" No cederá a la desazón de la soledad; buscará un nuevo comienzo.

—Madrina, no puedo…

—Es verdad, Delia. Ni tú ni yo podemos. Pero Él sí puede. Y te dará un nuevo comienzo si así lo quieres.

16

—Padre, vengo a confesarme.

Francisco Javier se rascó la cabeza. No quería confesar a Teresa quien había destruido a su familia. Le había dado un hijo bastardo a Alonso y había lastimado a su hermana Catalina. Pero sus obligaciones eclesiásticas lo obligaban a escuchar, así que se mordió el labio mientras la suave voz de Teresa lo arrullaba.

—Soy una víctima, padre.

Francisco Javier había leído en los ojos de esa mujer el deseo mezclado con admiración, el enamoramiento fundido con la codicia.

—Y ahora don Rafael, el padre de usted, me persigue.

La hubiera detenido si sospechara que mentía, pero la misma Remedios lo había insinuado. Don Rafael había regresado para poner orden en su casa. A Domingo, el hijo de Teresa, lo relegó a las caballerizas; a Alonso lo humilló con palabras y gestos; a Catalina la mimó de modo exagerado. Sin embargo, según Teresa, el patrón no perdía oportunidad de mirarla o rozarla cuando se cruzaban sus caminos en las escalinatas o en los pasillos.

—Un día de estos, vendrá a mi habitación, y ¿qué haré, padre? ¿Correr con don Alonso quien solo vive para sus estatuas de piedra? Catalina, la hermana de usted, no me defenderá.

Y con justa razón, quiso recordarle, pero más bien suspiró profundamente. Pensó en Magdalena y su serenidad. Con ella nunca había discusiones ni gritos, solo un remanso de paz. Cuando ella se confesaba, pecaba por nimiedades que hacían sonreír al jesuita. ¿Cómo podía existir un alma tan pura?

—Si se tratara de usted, otra cosa sería —susurró Teresa y Francisco Javier volvió al presente. La despidió con unas penitencias, pero esas palabras las repasó por la noche. No las olvidó pronto y la misión que se le encomendó unos días después, complicó la situación.

Francisco Javier se irguió frente a la horca. Por primera vez carecía de piedad hacia el criminal y se alegraba de que la justicia se cumpliera y un desgraciado como aquel hombre padeciera los tormentos que en el infierno se prolongarían para ejecutar la ley divina.

El asesino había matado a jovencitos inocentes. ¿Cómo se creaban esos monstruos? Sus superiores le explicaron que nacían de vientres contaminados por la carne, mamaban las enseñanzas de mujeres engañadas por el demonio tal como lo había sido Eva, crecían rodeados de las instrucciones poco piadosas de mujeres superficiales y poco espirituales que seducían sus almas al mal. Ese corrupto había quitado la vida de once muchachos. ¡Once! Y, aún cuando Francisco Javier debía sentirse privilegiado por la confianza de sus superiores, lamentó que se le otorgara el encargo de exhortar a ese hombre para el bien morir. Obviamente iba como acompañante del padre Jerónimo, pero ¿quién habría adivinado que el afamado padre enfermaría y Francisco Javier quedaría a cargo de las últimas horas del asesino?

Así lo dispuso Dios y Francisco Javier cumplió con sus obligaciones como indicaba su voto de total sumisión. Acudió a la celda pestilente donde los criminales se amontonaban, y buscó la privacidad con aquel monstruo de ojos rojizos, boca espumosa y nariz chueca. Le leyó las amonestaciones y le instó a abandonar su camino por medio de la confesión, pero el condenado escupió al suelo. No se arrepentía de nada. Había disfrutado cada tortura y su padre el diablo lo felicitaba por sus obras. Francisco Javier secó el sudor de su rostro. Le recordó al preso lo que le aguardaba en los infiernos, pero el infeliz se encogió de hombros. No le atemorizaba el futuro.

Entonces Francisco Javier pidió ayuda al padre prepósito quien le prestó una pintura espeluznante que tres indios cargaron hasta la cárcel. Cuando el sentenciado contempló las llamas del infierno que atormentaban a los pecadores, las comisuras de sus labios se suavizaron y rezó un Padre Nuestro.

El preso traía las manos atadas sobre un crucifijo. Francisco Javier se acercó y le extendió un último sermón, breve y conciso, sobre los padecimientos por los que pasaría hasta salir del purgatorio. El reo guardó silencio. Los guardias izaron su cuerpo con gruesas cuerdas ante la mirada impávida de los espectadores. Francisco Javier agradeció que ni Magdalena ni Catalina presenciaran la muerte de un infame como ese. Los pecadores merecían morir. Debido a la gravedad de su delito, el verdugo cercenó la cabeza del ahorcado y la colocó en la punta de una estaca, para mostrar la justicia del rey y evitar que más crímenes de esa gravedad se cometieran en el futuro.

Cansado y hastiado, con ganas de vomitar y de arrancarse los cabellos, volvía al convento, pero a medio camino deseó ver su hogar. Hubiera dado la mano derecha con tal de saber que su madre lo acogería en brazos, pero doña Beatriz había muerto. Aún así se apresuró a la casona de Herrera y se topó con la fuente sin agua. Un esclavo le informó que doña Catalina visitaba a la vecina, que don Rafael andaba en la Casa de Moneda y que don Alonso trabajaba en el palacio del arzobispo en una hornacina. Francisco Javier subió a la cocina de Remedios, quien cojeaba y discutía con doña Eulalia, ya más ciega que un guajolote.

Finalmente, se refugió en la capilla familiar para rezar. No pasó de un padrenuestro cuando una mano se posó sobre su hombro.

—Está cansado, padre.

El aroma de Teresa resultó inconfundible, así como su voz. Francisco Javier se dejó masajear. Sus músculos se destensaron y reconoció que se encontraba físicamente agotado. Le dolían las piernas y los brazos; la tensión de conversar con ese criminal le había drenado. Peor aún, estaba abatido. ¿Cómo más definirlo? Gente como él se portaba bien y sufría de soledad; otros como Alonso, fornicaban y presumían hijos. Los crueles como don Rafael se enriquecían y los pobres como Francisco Javier pasaban hambre. Se le antojaba un guiso repleto de almendras, las que poco veía en el refectorio. Ansiaba un pato en su jugo o unos venados asados. Aún más, a él le pertenecía esa casa con todos sus muebles y sus lujos, por ser el primogénito de la familia. ¡Y qué daría por una noche sobre una cama decente y no esas tablas que torturaban su espalda!

El perfume de Teresa lo extasió. ¿Cómo sería besar a Magdalena? La imaginaba llenando la fuente de agua y recibiéndolo en la escalera con un beso. Lo conduciría a la sala de asistencia donde beberían el chocolate y conversarían sobre las actividades del día. Luego leerían un libro piadoso e irían a misa del brazo, como esposos ante Dios y el mundo. ¿Y qué de los hijos? ¡Una niñita con bucles dorados que trepara a su regazo y besara su barba! Un niñito intelectual, parecido al abuelo Cristóbal que aprendería la lengua indígena y montaría a caballo. A la niña le nombraría Beatriz en honor de su madre; al niño, Cristóbal.

La humedad de los labios de Teresa roció su cuello. Francisco Javier sabía a la perfección que no era Magdalena quien lo tentaba, sino una esclava, pero en su mente solo había un nombre y un rostro, y de ese modo el diablo se disfrazó de esa mujer a la que amaba, y él cayó en la más vergonzosa de las traiciones.

Noches en vela, sin pegar los párpados. Frío miserable en sus huesos. Vómito después de ingerir cualquier alimento. Francisco Javier moriría tarde o temprano. Entonces se presentó la oportunidad de salir de la ciudad y Francisco Javier aceptó.

Acompañó al padre Eusebio quien buscaba unos libros que los franciscanos ocultaban en uno de sus monasterios. Francisco Javier no simpatizaba del todo con su superior, un hombre alto y con mirada fiera y una soberbia insaciable.

Los dos jesuitas montaron hacia su destino. El padre Eusebio le recordaba que sus huesos viejos no aguantarían una caminata, y que además, debían infundirle respeto a los indios, bárbaros y salvajes que se rebelaban contra la religión. Debían enseñarles quién mandaba en la Nueva España. Precisamente traían consigo a dos indígenas que les atendían y que corrían detrás de los religiosos. Uno de ellos le contó la historia de Puebla de los Ángeles. Se decía que la reina Isabel, mientras se fabricaba la ciudad, vio en sueños que los mismos ángeles la trazaban; de allí el nombre. Luego le narró la leyenda de esos volcanes nevados, una pareja de amantes que se tornó en piedra. Francisco Javier se preguntó si Magdalena lo querría, aún fuera un poquito. ¿Podría él volverse en piedra al velar la muerte de su amada?

En Puebla, Francisco Javier apreció las calles limpias y rectas, los buenos pórticos y las hermosas plazas, pero sobre todo, las muchas iglesias, doradas y labradas, enormes y pequeñas. El clima no le simpatizó, pues llovía a medio día y cuando el dios Tlaloc se enfadaba, en palabras de los indios, no se podía salir a caminar debido al barro. Pero el padre Eusebio ansiaba llegar a Cholula donde le darían los libros en cuestión, así que partieron y recorrieron una legua hasta un pueblo con aspecto de selva y casas rodeadas de amplia vegetación, donde los comerciantes ricos construían sus casas de descanso y donde una ermita se erguía sobre una pirámide antigua.

El padre Eusebio se dirigió directamente al convento de San Gabriel. Francisco Javier apreció la capilla de la Tercera Orden, luego se internaron en el complicado mundo de la lectura donde investigó sobre la retórica sacra. Por la tarde, visitaron la iglesia en el cerro, y allí, frente a una cruz de piedra, Francisco Javier se quebró en dos. Lloró hasta que se le secaron los ojos y berreó hasta que atrajo al padre Eusebio, quien de inmediato lo confesó.

Francisco Javier jamás olvidaría la liviandad, ese descanso en su espalda, después de haberlo dicho todo; pero poco le duró la alegría, pues el padre Eusebio le censuró con violencia. ¿Cómo se había atrevido? ¡Había manchado el nombre de Dios! Lo acorraló hasta que Francisco Javier exigió una penitencia extrema que el padre Eusebio no dudó en conceder. Después se marchó solo al atrio, frente a la cruz de piedra, donde repasó lo que el padre le había enseñado.

El sexo era del diablo y Francisco Javier era un pecador.

Magdalena conocía la plaza como la palma de su mano, pero en esa ocasión avanzó sin prisa. Las indígenas se tendían bajo la sombra de los cajones de la Alcaicería para colocar sus productos sobre petates. Exhibían flores, frutas y verduras. Los arrimados rentaban la parte exterior de los cajones y empotraban alacenas para vender sus trastes, herramientas y muebles, pero ninguno de sus productos se le figuró un presente conveniente.

Buscaba algo especial para la recién nacida de Alonso y Catalina. La familia lamentaba que Francisco Javier no se encontrara para el parto, pero planeaban una fiesta magistral para recibir a la niña Manrique.

Magdalena no simpatizaba con los otros dos niños; Rodrigo se le figuraba demasiado pícaro, Domingo demasiado recio, pero Isabelita había conquistado su corazón desde que la conoció por primera vez. Detectó en ella la nariz y el porte de Francisco Javier.

Alrededor de la plaza se ubicaba un grupo de tenderetes que remataban mercancía de segunda mano. Ofrecían "averías" o artículos deteriorados que provenían de Sevilla o de Manila. Ella misma había comprado un espejo con un mango roto unos años atrás. El baratillo estaba poblado por rufianes o vecinos endeudados que abarataban sus posesiones para subsistir. La ventaja del baratillo consistía en que abría todos los días del año, aún durante los festivos y solemnes, y cerraban hasta altas horas de la noche.

Sin embargo, Magdalena buscaba un regalo interesante, así que, a pesar de su renuencia, se encaminó a los cajones y se plantó frente a la tienda de don Carlos de Sosa, uno de sus más fieles admiradores y pretendientes. El hombre la identificó de inmediato y le dio la bienvenida. No soltaba su bastón por causa de la gota y su acento la exasperaba, pero decidió no enfadarse o no obtendría lo que deseaba.

—¿Qué se le ofrece, doña Magdalena? Para mi humilde negocio es un privilegio recibir su honorable presencia. ¿Y qué puedo mostrarle? Tapetes de Damasco. Naguas de Jilopepec. Sombreros de mimbre. Canastas de Tepoztlán. Herrajes de Sevilla. Zapatos de Madrid. Seda de China. Sus deseos son mis órdenes.

—Realmente necesito algo diferente, para una persona muy especial.

Don Carlos arqueó las cejas con interés.

—¿Gentil-hombre o dama?

—Dama —dijo ella, con cierto recelo.

—¿Edad?

—Recién nacida.

El hombre lanzó una carcajada de alivio.

—Pero ¿qué se le obsequia a un crío de cuna, mi bella señora? ¿Un abanico que no apreciara o unos pendientes que no utilizará hasta crecida?

—Pensaba en una manta.

Don Carlos le mostró algunas hermosas creaciones europeas, pero nada la convenció. Ella deseaba algo simbólico que marcara su relación con su sobrina pues desde que posó sus ojos sobre ella, sintió que le pertenecía. Entonces se le ocurrió una idea.

—Don Carlos, usted debe tener algún bargueño a buen precio. Cuento con algunos ahorros.

Y a la mención de la cantidad que había reunido a través de los años para su boda, una que cada vez se le figuraba más distante, don Carlos cojeó rumbo al fondo del cajón.

—Mi doña Magdalena, tengo algo exquisito que le daré al mejor precio. Los mejores muebles de esta especie provienen de Granada, los que aún conservan alguna influencia de aquellos infieles, pero nada que deba preocupar a su merced o al Santo Oficio. Observe su corte, doña Magdalena. Hecho de nogal, una de las maderas más finas, y con estas pequeñas incrustaciones de concha nácar, sin olvidar los arcos orientales que le dan un sabor exótico, usted comprende. Los moros, aunque jamás lo repita a los frailes, eran artesanos refinados y talentosos.

Un palacio, se dijo Magdalena al verlo. Su bargueño la remontaba a Europa y a esos palacios medievales que logró percibir en algunos libros, pero el que le daría a Isabel la trasladaría a lugares más lejanos y apartados, donde quizá encontraría un príncipe más valiente que el que a ella le dotó la vida; no un hombre indeciso como Roberto, ni adúltero como Alonso, ni prohibido como Francisco Javier, sino un verdadero Amadís, un caballero a la altura de Isabel.

—Me lo llevo, don Carlos.

—Se lo envío tan pronto como consiga unos cargadores. ¿Lo quiere directamente a la casa de don Alonso?

—Si me hace el favor.

Una vez hecha la transacción, Magdalena marchó rumbo a la salida, pero don Carlos la detuvo al tomarla por el codo.

—Doña Magdalena, perdone mi atrevimiento, pero no sé si tendré otra nueva oportunidad de tenerla cerca. Usted sabe, dulce señora, que mi corazón le pertenece. Y que si don Roberto… usted sabe, si él no actúa pronto, yo la esperaré toda la vida. No pierdo las esperanzas, ya que aún los viejos como yo merecemos una oportunidad. Ya ve usted a don Pedro de Andrada, que en paz descanse, quien se casó de noventa y nueve años con doña María de Sierra. La joven viudita, ahora de diecinueve, cuida a un crío, lo que solo me indica que todavía no se terminan mis oportunidades de procrear, fructificar y multiplicarme, como manda la Santa Iglesia. Doña Magdalena, para mí usted es como un imposible, pero ¿podría usted, en algún momento de caridad y benevolencia, posar sus ojos sobre este hombre tan poca cosa?

Magdalena tragó saliva y buscó con la mirada un modo de librarse de tal predicamento, pero no descubrió ningún modo de salvación.

—Bien lo dijo nuestro poeta, "Si a vuestra voluntad yo soy de cera, y por sol tengo sólo vuestra vista" no le pido más a nuestro Dios bendito. "Mas si de cerca soy acometido de sus ojos, luego siento helado cuajárseme la sangre por las venas". Tenga compasión del tormento que su belleza provoca a este desvalido.

Besó su mano con tal ternura que Magdalena no logró prohibírselo. Se despidió con civilidad, pero de vuelta a su casa, maldijo a Roberto por ponerla en tales predicamentos. En cuanto volviera de Acapulco, le exigiría el matrimonio o el rompimiento de sus lazos fraternales, ya que ansiaba con desesperación un hijo, una pequeña como Isabelita. Aunque no de don Carlos de Sosa. Eso nunca.

17

Laura piensa en nuevos comienzos mientras observa a Claudia. La ha mandado llamar durante el receso, lo que la chica no aprecia pues se retuerce en la silla que Laura ha colocado frente al escritorio de Silvia. Laura ha concluido que debe salir del caparazón, que debe arriesgarse a vivir de nuevo, pero no sabe por dónde comenzar, así que suspira y decide sincerarse. Claudia está aprisionada, y aunque los gritos y risas del patio la inquietan, Laura ha cerrado las ventanas y echado pestillo a la puerta. Nadie las interrumpirá. Silvia lo ha prometido.

—Escucha, Claudia, eres muy joven. Tienes todo un mundo de posibilidades por delante.

Claudia masca chicle y lo truena.

—Piensa en tus sueños…

La muchacha estira los brazos y bosteza:

—No quiero sonar grosera, pero no entiendo a qué tanto escándalo.

—Me refiero a Raúl.

—¿Qué con él?

¿Cómo explicarle que no le conviene y que el chico tiene tantos problemas que a duras penas logra sobrevivir? ¿Cómo advertirle el peligro del alcoholismo? ¿Cómo mostrarle lo que un embarazo no deseado provocaría en su vida? Entonces, sin proponérselo, o tal vez en un arranque de locura, Laura le cuenta sobre el Poeta.

Describe a ese muchacho apuesto y misterioso de la universidad, envuelto en esas nubes de arte y romanticismo. Si bien el Poeta no era como aquellos otros muchachos más desinhibidos y de primer plano, las chicas lo seguían y admiraban; ninguna se resistía a sus ojos de encanto o a sus palabras sonoras. Vestía con soltura y elegancia, de modo que no pasaba desapercibido, y ¿qué decir de su expresión? Una sonrisa bastaba para derretir a la mujer más fría.

Y aún así, en medio del cortejo y de ese éxtasis por saberse la elegida de entre muchas, Laura percibió las señales, pero se cegó a ellas.

Notó que el Poeta se encerraba en sí mismo y podía pasar horas sin hablar con nadie, que su conversación giraba alrededor de sí mismo sin importarle los demás, que sus lecturas tocaban lo macabro, que su música lo guiaba al desamparo, y que en esos momentos de oscuridad, su mejor amiga era una botella.

Claudia la mira con curiosidad, pero no parece comprender que va por el mismo camino de perdición. Laura se esmera. Le narra con pinceladas apresuradas la pesadilla de su relación donde siempre hubo un tercer miembro, el alcohol. No profundiza en detalles, pero los ojos de Claudia se desorbitan cuando Laura insinúa las golpizas y la extrema pobreza, donde cada moneda se iba para la bebida y no para la decencia. La vergüenza la hace sudar, pero no logra detenerse; quizá no quiere hacerlo, tal vez no puede hacerlo.

El aliento se le acaba y los labios se le parchan mientras revive aquellos días que ha enterrado en su memoria con una loza de piedra que hoy remueve frente a esa colegiala. Le duelen los brazos al evocar los apretones del Poeta; le arde la mejilla al pensar en aquellas bofetadas que recibió. Se tuerce las manos sobre el regazo al comprender que ella misma se dejó engañar y seducir por los destellos rojizos del licor, y si bien reconoce que hay quienes no sufren por sus efectos, ella no posee la fuerza para detenerse ni controlarse. El vino puede más que ella.

Entonces se queda muda y exhausta. Sus ojos siguen clavados en sus manos, así que alza la barbilla y encara a Claudia, quien se muerde el labio inferior y evade sus ojos.

—Mereces algo mejor. No arrojes tus sueños por la borda —susurra Laura.

Se acuerda del rostro de Delia y pronuncia lo siguiente:

—Si Dios te quita a este muchacho, será porque te enviará a alguien mejor.

Delia le ha contado sobre su fracaso de boda; Laura no imagina lo mucho que le habrá dolido. Pero no es Delia quien responde, sino Claudia.

—¿En serio cree eso, profesora? Y a usted, ¿le ha dado Dios a alguien mejor?

Se pone en pie y descorre el pestillo de la puerta. Laura escucha el metal retumbando con violencia y se come sus lágrimas.

—No —se dice a sí misma—. Dios no lo ha hecho. Dios no le ha enviado a nadie más.

———

Gonzalo lucha con la madera como si de ello dependiera su vida. Sus ojos no distinguen las imperfecciones, pero las yemas de sus dedos no dejan pasar una sola hendidura que se deba resanar. Pronto empezará a barnizar, pero no sin antes dejar la superficie a la perfección. Aún así, mientras sus manos se mueven, su mente debate y lucha. ¿Qué hará con Delia?

La chica se niega a volver a casa de su madre, así que Rosario se ha mudado indefinidamente a su habitación, por lo que Gonzalo ocupa el sillón que empieza a dejar huellas en su espalda. Peor aún, Delia no mejora. Grita y patalea, exige tragos y jura que tiene todo bajo control. El día anterior acudió con una psicóloga, amiga de la familia. Gonzalo manejó hasta el sur, con Rosario de copiloto, y discutieron como había sido su costumbre durante su vida marital.

La amiga psicóloga les sugirió una clínica de rehabilitación. Rosario se negó. Su hija aún no estaba en esas condiciones. Delia lloró; ella podía controlar el alcohol en su vida. La psicóloga se rascó la frente.

—¿Estás segura?

—Realmente no tengo un problema. Es solo que la tristeza me ha empujado a ciertas situaciones.

La psicóloga aceptó la propuesta de Delia. No iría a la clínica ni a doble A. Gonzalo dudó de la estrategia, pero la psicóloga se mostró firme. Aún así, antes de marcharse, de modo secreto, le entregó la información de la clínica.

Gonzalo se detiene y repasa el folleto de nueva cuenta. Si Delia no mejora, deberá internarla, pero ¿cómo costeará ese lugar? No niega que la clínica le agrada, por lo menos en fotografías; la seriedad de la institución, quienes entre otras cosas ofrecen absoluta confidencialidad, le tranquiliza. Pero ¡se acabarán sus ahorros!

No ha tenido tiempo de idear ni echar a andar su negocio, lo que implica entradas nulas a sus arcas. Por otro lado, ¿qué de su viaje a Europa? Con la crisis económica y los precios, no le rendirá el dinero. Sin embargo, escucha una voz interior que le recuerda que Delia es su hija.

Si bien no logró ser un padre modelo, no desea echar a perder el presente con más indiferencia. Debe hacer algo. Entonces se le ocurre una gran idea: ¡ayudar a Delia! Si lo logra, ella no irá a la clínica y Gonzalo no gastará sus ahorros.

———

Seguramente Laura está perdiendo la razón, se dice al observar el valle de Orizaba desde la ventana del autobús. Jamás visita a su familia y de pronto regresa al hogar después de unas cuantas semanas de su viaje más reciente. Pero algo nuevo está surgiendo de su interior que no ha querido apagar. Claudia removió cosas de su pasado que ella no deseaba enfrentar, como la realidad de que después del Poeta no ha habido ningún otro romance.

A veces se culpa a sí misma. Por autodefensa, se explica, ha cerrado las puertas de su corazón para no volver a enamorarse. No desea experimentar de nuevo esa fragilidad que conlleva una relación sentimental. No pretende entregar sus emociones para luego verlas hechas polvo. Pero por otro lado, ¿por qué no le da la vida otra oportunidad?

Cuando menos se da cuenta, baja del camión y se dirige a la salida. Camina las pocas cuadras que separan la terminal de su casa, pues solo lleva una bolsa grande con algo de ropa. Es sábado por la mañana y debe volver el domingo por la noche, ya que el lunes tiene clase a primera hora. A nadie le avisó que viajaba, salvo a Delia. Ella sonó muy tranquila y confiada que lograría sobrevivir el fin de semana. Laura le creyó.

Su hermana Julia la recibe con un abrazo. El calor del medio día la ha sofocado, así que se encaminan a la cocina para beber un poco de agua de jamaica con hielos.

—¿Cómo está mamá?

—Se ha deteriorado en los últimos días. En momentos no me recuerda.

Laura sorbe su bebida y contempla el jardín. Luce verde y lleno de vida; las flores asoman sus colores y los colibríes rezumban de un lado a otro. La naturaleza deletrea en muchas formas la palabra "vida"; en un cuarto al fondo de esa casona, su madre pierde su mente.

—¿Qué te hizo venir?

—Una premonición.

El sueño aún juguetea con sus momentos conscientes. Su madre en la cama, pálida y delirante; Laura cuidándola. Julia la acompaña a la habitación. Tal como en el sueño, su madre dormita. Laura se acerca una silla y se sienta a cuidarla. Manda a Julia fuera para que descanse o haga sus cosas; ella se encargará.

La tarde transcurre sin novedades. Laura se aburre y repasa sus cuentas; luego revisa las pertenencias de su madre y se impregna del olor de sus ropas. Su madre, esa mujer que lloró y la maldijo cuando ella se presentó un día en estado deplorable; su madre que le pasó comida de contrabando para que no muriera de hambre; su madre que le advirtió que el Poeta la lastimaría; su madre que la desheredó —por lo menos con palabras— por la desgracia que trajo a la familia; su madre pierde la memoria.

En eso, su madre abre los ojos. Laura se acerca. ¿Se acuerda de la oveja negra de la familia? En sus pupilas brilla un destello de reconocimiento. Laura le acerca un poco de agua a sus labios parchados.

—Gracias, hija —susurra y echa la cabeza para atrás.

Laura se estremece. Le ha dicho "hija". Unos segundos después, su madre la mira de nueva cuenta, pero en su rostro se distingue una nueva expresión.

—¿Dónde está Julia? ¡Quiero a mi hija! ¿Quién es usted?

Laura va por su hermana. No quiere pelear; no quiere llorar.

———

Gonzalo se siente incómodo. Rosario y Delia le han acompañado a la iglesia; no lo esperaba. Algunos rostros se voltean en su dirección. Gonzalo es de los que solo se presentan cada domingo a la hora en punto y corren cuando se pronuncia la bendición final. A veces conversa, cuando le atrapan en la salida, pero mantiene su vida personal a raya. Ofrenda y da limosnas generosas que lo mantienen en la lista de gente importante, pero no se compromete. A él no le interesa ser religioso. No imitará a los muchos que calientan las mismas bancas cada semana y llevan vidas dobles.

Si alguien le reclama, sabe cómo actuar, medita mientras el sermón empieza. Conoce a dos que no pagan sus impuestos; una de las mujeres más activas y chismosas de la iglesia coquetea abiertamente con el esposo de su mejor amiga; el cuñado de uno de los líderes visita lugares poco recomendables. Gonzalo mismo lo ha visto estacionarse frente a ellos.

Rosario se abanica debido al calor. No presta atención, pero nunca lo ha hecho. Cuando eran marido y mujer y acudían a otra iglesia en el sur de la ciudad, Rosario cabeceaba o bostezaba sin reparo. Gonzalo se pregunta si su mujer alguna vez ha hablado con Dios o si solo iba para complacerlo. Rara vez la encontró leyendo su Biblia.

Delia, por su parte, contempla el suelo aunque parece estar bebiendo cada frase. Pero con Delia es imposible saber a ciencia cierta qué hace o por qué lo hace. A Gonzalo le resulta un enigma.

¿Y qué de él? La pregunta lo inquieta. Trata de no pensar en ello, pero vagamente se acuerda de su juventud. Hubo un tiempo en que amó a Dios y que se conmovió al orar; en algún momento experimentó una alegría diferente a la que llegó con su matrimonio y el nacimiento de sus hijos. ¿En qué momento la perdió? ¿Cómo sucedió? Gonzalo decide no indagar más en el asunto o tocará fibras que no desea remover. Debe hallarse bien para Delia. Debe vigilarla y organizar sus ideas, pues esa tarde le pedirá a Rosario que se la lleve unos días. Gonzalo necesita un poco de paz. Gonzalo quiere perseguir sus sueños.

—¿Y ha sido la solución? —le pregunta Julia.

Laura se retrepa en el asiento. Han dejado a su madre dormida y las dos conversan en el jardín, en unas sillas plegables que el esposo de Julia colocó bajo la sombra de un árbol. El café de Córdoba la tranquiliza. En definitiva, no existe mejor café.

—¿Y vale la pena vivir sin sueños? —la cuestiona Julia.

Laura sonríe, pero no contesta. Julia cuenta con un final feliz: esposo, hijos y nietos. ¿Qué sabe ella del dolor? Sus sueños se han hecho realidad, y por lo tanto sus deseos no lastiman como los de Laura. Desde que Laura no sueña más allá del diario vivir, desde que Laura no acaricia ilusiones y fantasías, desde que Laura protege su corazón, ha cesado el sufrimiento. Pero, ¿vive?

El rostro de Gonzalo y la carita de ángel de Delia la perturban. Debe alejarse de ese par o terminará derrumbada, y una caída más resultará mortal.

—Tengo miedo por ti, Laura. Sé que lo que has experimentado está muy lejos de mi comprensión, pero no quiero que te pierdas de lo que aún puedes obtener. El otro día encontré unas cartas que escribiste.

Saca de su bolso un fajo de sobres amarillentos. Laura los reconoce. Los redactó cuando estudiaba en Jalapa, en aquella época cuando conoció al Poeta y se enamoró.

—Te dejo sola para que las leas.

Julia se marcha y enciende la luz del patio. Laura abre la primera y analiza su letra cursi y refinada, como la que utilizan muchas de sus alumnas. No lee nada interesante, solo los nombres de sus profesores, las materias que le agradan y las locuras de sus compañeras en la pensión. Las cartas van cambiando de tono cuando aparece el Poeta.

"Hermanita, prefiero amar y ser amada, y vivir el dolor de ser herida, que vivir sola por siempre, con tal de no experimentar más dolor".

Laura lee la frase tres veces. ¿Dónde quedó esa mujer? En ese tiempo se arriesgó a amar y recibió heridas, pero a final de cuentas se quedó sola con tal de no experimentar dolor. La frase y el concepto se funden en un trabalenguas sin sentido. ¿Prefiere amar o sufrir? ¿Compañía o soledad?

—¡Laura!

El grito la despabila. Se dirige a la habitación de su madre quien tose sin control.

—¡Llama a un doctor!

Laura se queda pegada al suelo, y para fortuna de todos, su cuñado escucha el grito de auxilio. Laura trata de protegerse el corazón, pero la punta de la lanza ha penetrado su pecho. Su madre se está muriendo.

18

Francisco Javier tenía demasiados problemas en la mente como para preocuparse si los indios que Alonso había contratado tenían el talento suficiente para tallar una hornacina en casa de un conde cuyo nombre había olvidado. Sin embargo, Alonso no percibía su angustia, pues continuaba parloteando mientras caminaban por las calles de la ciudad rumbo a la casona Manrique.

La única razón por la que Francisco Javier lo acompañaba se resumía en que Catalina, su hermana, se lo había rogado. ¿Y si se topaba con Teresa? ¡Esa mujer lo había embrujado! La condena de su pecado no lo abandonaba, y para colmo, el padre Eusebio abusaba de él, usando como arma el secreto de confesión. Traía a Francisco Javier como su sirviente, haciendo esto o aquello, sobre todo en cuanto a trabajo sucio se refería, con la amenaza de que si el jesuita lo desobedecía, el padre Eusebio lo acusaría frente al Santo Tribunal por fornicar con una mulata.

El miedo a la Santa Inquisición sellaba sus labios más que su coraje por verse humillado y utilizado por ese hombre calvo y con dientes podridos que además de feo, era corrupto y deshumanizado. ¡Qué clase de seres habitaban la iglesia! Pero ¿quién era él, uno de los más pecadores, para quejarse?

Honestamente, su mayor queja se elevaba contra el Dios al que supuestamente servía. Repasó sus oraciones pasadas en tanto Alonso apuntaba hacia una hornacina en un edificio de menor tamaño que el palacio virreinal.

"Dios, tú pudiste haber evitado que cayera en pecado. No me libraste, por lo que no escuchaste mis plegarias. Pudiste enviar a Teresa lejos de Alonso. Pero no moviste un dedo".

El sexo provenía del diablo.

—¿Y es verdad que Tomás ahora trabaja para ti? —cuestionó a Alonso solo para distraerse.

Alonso le contó que había negociado con don Carlos de Sosa para que Tomás lo ayudara con su nueva empresa. El africano continuaba viviendo bajo el techo de doña Clementina, pues Juana, su esposa, estaba preñada nuevamente.

—Esos esclavos procrean más hijos que una liebre de campo —se quejó Francisco Javier.

El pensar en procrear lo descompuso. Para su buena fortuna, en ese instante miró la escolta del arzobispo e inventó unos deberes.

—Catalina se enfadará si no llegas conmigo.

—Me confesaré esta tarde.

Alonso lanzó una carcajada y lo dejó ir.

———

—Don Roberto, ya no quiero que me visite.

Él la contempló con extrañeza y le soltó las manos.

—No comprendo, espejito mío.

—Mis palabras no cargan más significado que el que sus oídos escuchan. Ya tengo veintitrés años y todo me indica que usted no corresponde mis afectos de la misma manera con que yo le respeto a usted.

Se sentía extraño hablarle a Roberto con tal formalidad, ¿pero qué otra alternativa le quedaba? Si no lo hacía, Magdalena callaría por otros tres o cuatro años, ¿y cuánto más soportaría? ¿Cuándo tendría un hijo? ¿Cuándo se convertiría en una señora respetada, a la altura de Catalina? Rozó los pétalos de las capuchinas que había colocado dentro de un jarrón para decorar la mesa y darse valor.

Roberto se puso en pie y le dio la espalda. Luego giró el rostro con ojos humedecidos por las lágrimas.

—Usted duda de mi amor, doña Magdalena.

Un nudo se le formó en la garganta. No había querido ofenderlo de ese modo. ¡Qué torpeza la suya! ¿Por qué le había hecho caso a una africana? Juana le había sugerido ejercer un poco de presión.

—Don Roberto…

—No diga más. El error ha sido mío, pues en miras de brindarle un futuro asegurado, he pospuesto el momento de confesarle mis sentimientos.

Si le decía que no la amaba, Magdalena se rompería en dos. No había previsto tal posibilidad, y de súbito, el pecho le retumbó con violencia. Debía ser amada; no soportaría un desplante. ¿Por qué había abierto la boca?

Trató de acercarse, pero él dio un paso atrás. ¡Por la virgen y todos los santos! ¿Qué sería de ella? Imaginaba los chismes que se armarían a sus expensas, la vileza con la que otras mujeres se expresarían de ella y el desprecio de los varones por una mujer malquerida. Ella no era Catalina para reponerse con aires triunfales de una situación embarazosa. Ella, que tanto iba a misa y donaba dinero y tiempo a las obras de caridad; ella, que no le fallaba al Dios bendito ni siquiera con el pensamiento; ella, que cumplía como hija, hermana y tía; ella, padecería la más triste afrenta a manos de un hombre noble como Roberto Suárez, y todo por escuchar malos consejos. Debía haber utilizado las tácticas de Catalina, como los escotes y los polvos.

Magdalena sintió que se desmayaba, así que se sujetó de una silla. Roberto corrió a su lado y la enderezó. Sus dedos se hundieron en la piel alrededor de sus codos y Magdalena experimentó la sensación de revoloteo en sus entrañas que le recordaba que estaba viva y que era mujer. Roberto colocó su rostro a unos milímetros del de ella; sus pupilas quedaban exactamente a la altura de la barba que enmarcaba unos labios delgados que se movieron lentamente y ella tuvo que leerlos. Don Roberto le proponía matrimonio, no con un poema, al estilo de don Carlos de Sosa, sino con la simplicidad de un comerciante. Sin embargo, para Magdalena aquello sonó más musical que el coro de niños en la Catedral. De inmediato le dio el sí, y él selló su pacto con un beso que la remontó al cielo, luego a la tierra, y de regreso a la realidad de aquella habitación que estalló en aromas y colores.

—El pecado entró a la orden de los agustinos, hermano Patricio. No existe otra explicación para ese incendio. Debieron velar más por la santidad de la iglesia —concluyó Francisco Javier, quien detrás de la mesa contemplaba al novicio a su cargo.

Para seguir el ejemplo de sus maestros, en especial del padre Eusebio, le delegaba la limpieza de la habitación, el cuidado de sus ropas y la preparación de la comida. A veces temía estar exagerando en su dureza, pero de algún modo se desquitaba con Patricio por lo que el padre Eusebio hacia con él. Le cansaban las humillaciones de su superior quien le encomendaba tareas vergonzosas, como el vaciar su orinal todas las noches, cortarle su carne o limpiarle la sotana con la lengua. Francisco Javier ardía ante tal vergüenza, aún más cuando detectaba en las pupilas del padre Eusebio cierta satisfacción en el maltrato.

El hermano Patricio no supo guardar sus comentarios y continuó:
—Pero eso sucedió un año atrás.
—Entonces, ¿para qué sacas el tema? ¿Qué pasó con el papel que te pedí?
—Solo conseguí un poco, padre mío.

Ese año, el papel se había encarecido y los precios se habían elevado de modo alarmante. Muchos libros se habían desbaratado para venderse como papel escrito y muchas obras se dejaron de imprimir.

—Entonces prepárame unos pliegos con los libros de la esquina —dijo y apuntó al librero en el que ya pocas obras se mantenían erguidas. El hermano Patricio se marchó para cumplir con su encomienda y Francisco Javier lanzó el tintero al suelo. Una mancha negra se extendió y el jesuita lamentó el desperdicio. Se hincó para limpiar el desperfecto, malhumorado por la situación.

En el último tiempo, perdía los estribos por la menor provocación. Tal vez se debía a la carestía del papel o a sus dilemas con el padre Eusebio, pero ¿a quién quería engañar? Su amargura provenía del anuncio que Alonso le había hecho: Magdalena se casaría con don Roberto Suárez cuando éste regresara de su viaje a Acapulco.

Francisco Javier se detestó a sí mismo y se infligió más penitencias que de costumbre para castigar su debilidad. No podía depender de una mujer, ni buscar que Magdalena quedara virgen para siempre sólo porque él seguía su vocación. Pero, por otra parte, Magdalena no sabía lo terrible que era el sexo. Francisco Javier no concebía imaginar que Roberto pondría sus manos sobre ella, o que harían aquello que él y Teresa habían hecho aquella tarde en la capilla de su casa.

—Padre Javier.

El hermano Patricio abrió la puerta con lentitud, lo que le dio el tiempo suficiente para componerse.

—Dígame, hermano.

—Dos personas solicitan a su merced.

—¿Quiénes son?

—Un franciscano y un hombre del baratillo.

Francisco Javier sonrió. De algo le servirían sus lecciones bajo el mando del padre Eusebio sobre cómo aprovecharse de toda situación para su beneficio, y el de la iglesia, por supuesto. Primero habló con el franciscano. Le incomodaron sus ropas burdas y pies descalzos que mostraban uñas negras y con hongos, pero prestó atención.

—Estuve en nuestro convento en Acapulco, padre Francisco Javier.

Sintió el delirio del poder recorrer su espalda y sus brazos.

—¿Y qué sabe de Roberto Suárez?

—Don Roberto no falta a misa cuando está en la ciudad, pero su vida es licenciosa.

Francisco Javier se alegró. Lo había sospechado, pero el saberlo a ciencia cierta lo emocionaba. Él se había propuesto defender a Magdalena y guardarla virgen, como la madre de Cristo. Magdalena sería pura; ningún hombre la tocaría. Y bien sabía cómo usar esa información para acorralar a Roberto Suárez. No en vano había estado bajo la influencia del padre Eusebio, uno de los que, al lado del arzobispo, movían los hilos que tejían la Nueva España.

Despidió al franciscano e hizo entrar al hombre del baratillo, uno de los tantos rufianes y criminales que controlaban el bajo mundo de los negocios, pero que le debía varios favores al padre Eusebio.

—¿Qué te trae por aquí, Tuerto?

—Nada su mercé, o más bien mucho. Todo depende.

Francisco Javier detestaba lidiar con esos hombres de poca monta.

—Se trata de Teresa, la esclava de su hermana doña Catalina.

El nombre le interesó y prestó atención; quizá se le presentaba la oportunidad de obtener venganza. Cuando el hombre finalmente se marchó, Francisco Javier sonrió. En definitiva, convivir con el padre Eusebio lo había hecho más astuto.

———

Magdalena escuchaba a Alonso con la boca abierta.

—¿Y cómo te enteraste?

—Me llegó una carta anónima donde se me indicaba la esquina donde Teresa se encuentra con don Manuel cada semana. Los vi subir al tercer piso, donde... Tú sabes, Magda.

Realmente no comprendía del todo, pero lo imaginaba. Don Manuel era un español recién llegado a la Nueva España, con sueños caballerescos pero afición a los juegos de naipes. Los rumores decían que se había enamorado de la mulata unos meses atrás.

—¿Y qué harás?

—No lo sé. La encaré ayer, pero ella me habló de don Rafael y de cómo la acosa.

Magdalena sintió un mareo repentino. Todo giraba alrededor de la carnalidad, la que tanto predicaba el padre de la Santa Veracruz. Él les recordaba, sobre todo a las mujeres, la importancia de la castidad. Aún las casadas debían refrenar las pasiones salvajes de sus maridos, lo que Magdalena tampoco entendía.

Alonso se restregó la cara y Magdalena lo compadeció. Su hermano le había confesado que ya no veía a Teresa hermosa, que se arrepentía por haber caído bajo su embrujo y que no debía haberla tocado jamás. A Magdalena le agradaba observar sus penitencias, pero se preguntaba si Catalina lo perdonaría con tanta facilidad. Su cuñada aún se paseaba con aires de resentimiento y no visitaba la alcoba de su hermano desde el nacimiento de Isabelita. Y mientras ella debía estar preparando su boda, se la pasaba lidiando con los problemas que su hermano mismo había traído a casa por culpa de su naturaleza pecadora.

Magdalena dejó a Alonso en el despacho y se encaminó a la sala de asistencia donde Catalina se abanicaba.

—¿Te ha dicho Alonso sobre esa africana, Magda? ¡Ya lo decía yo! ¡Es una cualquiera! Pero de eso a que la echemos...

A Catalina le daba miedo desprenderse de Teresa. Cuando la esclava se marchaba a la plaza, no había poder humano que silenciara los berridos de Rodrigo. Teresa lo tenía acostumbrado a ella y el pequeño imitaba su acento y sus rimas, algo que don Rafael señalaba como un mal augurio. ¿Y dónde encontrarían una nueva nana para Rodrigo? A sus cinco años el niño sobresalía por su hermosura física, pero no por un corazón bondadoso. Entre él y Domingo, el hijo bastardo de Alonso, hacían que Remedios se exasperara y quemara hasta los frijoles. La pequeña Isabel vivía bajo la sombra de su pilmama, pero los dos varoncitos no cesaban de atormentar a los habitantes de esa casa.

Magdalena trató de desviar la conversación a su futura boda. ¿Dónde comprar su mantilla? ¿Qué banquete preparar? Catalina se limpió las lágrimas.

—Querida, hay asuntos más importantes.

¡A nadie le interesaba su futuro casamiento! Ni Catalina ni Alonso le prestaban atención.

Por la noche, Remedios buscó a Magdalena. Se requería su presencia en la casa de su hermano con urgencia. Magdalena adivinó lo peor, aunque le consolaba que quizá vería a Francisco Javier. Primero apareció Rodrigo quien se echó a llorar desconsolado. Teresa se había marchado, le informó a gritos y con el rostro colorado. Sus pequeños puños se hundían en el pecho de su tía quien, pasmada ante la noticia, no lo reprendió por su falta de respeto. ¿Y qué de Domingo? Remedios le informó que Teresa lo había dejado en casa. Catalina no tardó en unirse a los reclamos, al tiempo que Alonso recorría el patio de un lado a otro en un intento por restablecer la paz.

Necesitaban a Francisco Javier, pero éste nunca apareció. Magdalena se quedó dormida en el cuarto de Isabelita a quien vigiló con ternura, y rogó que Catalina pronto encontrara una nueva nana o esa casa colapsaría. Solo le llamó la atención que Alonso trasladara un camastro al cuarto de Rodrigo.

—¿Qué haces? —le exigió Catalina a su marido.

—Domingo dormirá en el cuarto de su hermano.

—¡Pero es el hijo de una esclava!

—Yo también era un don-nadie y tu abuelo me permitió quedarme con Francisco Javier.

Catalina aulló y se encerró en su habitación.

———— ⌄ ————

La fuente continuaba vacía, pero por lo menos alguien la había limpiado. Francisco Javier se sujetó la sotana para escalar los peldaños. Catalina y don Rafael charlaban desde la sala de asistencia; Rodrigo y Domingo reían en la cocina sin mitigar la voz molesta de Remedios; Isabel lloraba del otro lado. El cansancio se acumuló en su cuello y trató de masajear su nuca, pero Catalina lo aguardaba en la puerta.

—Anda, no tenemos todo el día.

Francisco Javier se enfadó. ¿Por qué no lo saludaba con la misma cortesía y el respeto que otras mujeres mostraban a su hábito y su vocación? Ella no besó su mano ni le ofreció agua. Francisco Javier tembló al atravesar el pasillo. Sus ojos se posaron sobre un hombre barbudo, con más arrugas y cabello blanco, pero con la misma expresión dura del pasado. Su padre no había cambiado, si acaso, envejecido. Francisco Javier se sentó y se sirvió un poco de chocolate.

—Javi, hemos tomado una decisión y necesitamos de tu ayuda.

Francisco Javier sorbió su bebida y escuchó a su hermana.

—Debemos enviar lejos a Domingo. ¿No necesitan sirvientes en la casa profesa?

Francisco Javier empezó a sudar debajo de la sotana.

—Pero es el hijo de Alonso…

Su amigo le había confiado el día anterior que no iría tras Teresa ni la delataría ante el Santo Tribunal, pero que se quedaría con Domingo en recuerdo a la bondad de don Cristóbal con él. Le narró sus recuerdos sobre su infancia, la que compartió con Francisco Javier, y el jesuita rozó el caballito de madera que ocultaba bajo sus ropas. Quizá por causa de aquella conversación, no estaba dispuesto a causar más estragos en los ojos dolientes de Alonso Manrique, antes su mejor amigo.

—Domingo crecerá y se volverá un negro espantoso, como tantos otros —continuó Catalina—. Él sabe quién es su padre y le reclamará parte de la herencia. Rodrigo corre peligro, incluso Isabelita.

—Además, no cobijaremos a un bastardo que ni siquiera lleva mi sangre —concluyó don Rafael. Su voz sonaba rasposa y su rostro lucía amarillento. ¿Estaría enfermo? Había escuchado que su padre no poseía los mejores hábitos.

—¿Te encargarás? —le suplicó Catalina.

Francisco Javier comprendió el por qué de ese llamado urgente. Mientras ellos tramaban el plan, Francisco Javier debía ejecutarlo, y de paso, acarrearse la ira de Alonso y la maldición eterna.

—Domingo es hijo de Alonso. Él debe decidir su suerte.

—Mi marido está loco. ¡Puso un camastro en la habitación de Rodrigo! Si empieza a tratarlo como a un hijo legítimo, ¡yo me muero! ¿No presientes sus intenciones?

Lo hacía y por eso guardó silencio. Aunque español de cuna, Alonso había vivido la muerte de su madre, la soledad de las noches y la angustia de un futuro incierto. Francisco Javier se acordó de esa habitación amplia, con una cama grande y un petate digno de un indio, donde dos niños cada noche se susurraron cuentos y canciones, terrores y sueños, donde tejieron historias de espadachines y dioses de piedra, y donde Francisco Javier rezó mientras Alonso dormía.

—No seré tu cómplice, Catalina. Lo que propones es inhumano. Domingo no es un huérfano, sino que tiene a sus padres.

—¿Una esclava fugitiva que abusó de mi confianza? ¿Un adúltero que me destrozó el corazón?

Le asombró percibir la rabia y el odio que anidaba en el pecho de su hermana. ¿Cómo podía expresarse con tal vileza de su propio marido? ¿No fue ella quien tramó todo aquel enredo para conseguir casarse con él?

—Tú harás lo que se te dice —interrumpió don Rafael y Francisco Javier se hundió en el asiento—. Mañana mismo te llevarás al chico.

Su padre olvidaba que Francisco Javier ya no era un joven ingenuo sino un padre de la iglesia, un confesor renombrado y un predicador reconocido; la gente admiraba su capacidad de retención, su musical elocuencia y su pasión por las almas. Aún más, al lado del padre Eusebio, Francisco Javier controlaba la ciudad, y por ende, podría hundir a su propio padre.

—Domingo se quedará aquí. No me prestaré a sus malévolos propósitos ni permitiré que los lleven a cabo. Como padre de la iglesia, lo prohíbo. Si pones una mano sobre ese niño —se dirigió a Catalina—, iré con el Santo Oficio para acusarte.

Catalina palideció y don Rafael abrió la boca con sorpresa. Francisco Javier rogó que no le preguntaran de qué acusaría a su hermana, pues delante de la ley, Catalina figuraba como una víctima, pero ellos no insistieron.

—¿Qué haces, Javi? —inquirió Catalina con horror.

—Solo lo que cualquier cristiano haría.

Cruzó el patio con la fuente vacía, molesto por las sensaciones de vacío e inferioridad que su padre le provocaba, pero inflándose de valor al pensar en cómo controlaba la salud espiritual de su familia. Por su mano, Teresa se había marchado; ahora solo faltaba librar a Magdalena de un mal hombre, pero eso sucedería en un par de horas por medio de una carta para doña Clementina, con pruebas de que don Roberto tenía otra mujer en Acapulco, firmadas por el mismo padre franciscano. Así impediría esa boda y se encargaría de que don Roberto Suárez no pisara la ciudad de México nunca más.

19

Laura se queda con su madre en el hospital. Ya ha llamado a Silvia, la orientadora, para avisarle sobre la emergencia. Silvia le ha prometido conseguir una suplencia para sus clases de la semana. Ese martes por la noche, Laura se pregunta si su madre vivirá. No ha tenido tiempo a solas con ella desde la crisis, así que arrastra la silla hasta la altura del rostro de su madre, el que acaricia con ternura.

¿Dónde ha quedado ese rostro juvenil? Las arrugas pliegan su piel, pero las facciones continúan firmes. Supone que ella misma se parece más a su madre que a su padre, al que nunca conoció.

¿O será que su carácter es como el de ese padre ausente y por eso su madre prefiere a Julia? Si bien son mellizas, sus personalidades son como el sol y la luna. Julia ha hecho todo bien; Laura se ha equivocado en todo. ¿Y cómo será su padre? Siempre ha querido conocerlo.

—No nos quiso; nos rechazó.

Julia lo perdonaría, sin lugar a dudas. Pero Laura no. Laura le reclamará su abandono y lo culpará de su alcoholismo. ¿De dónde surge esa Laura tan repleta de odio y sed de venganza? A veces ella misma se asusta. Por eso prefiere guardar silencio y encerrarse en su departamento, donde nadie puede descubrir lo terrible que es por dentro.

Repasa escenas de su niñez; los abuelos, su madre y Julia nadando en la laguna de Nogales, sus primos jugando fútbol en la calle, Julia y ella comiendo paletas de agua helada en la esquina de la casa, su tío sin camisa paseando por el techo de la casa en busca de inspiración, la señora de la esquina vendiendo garnachas, su madre cosiendo almohadillas en la sala, su prima Sofía andando en bicicleta, su primo Carlos paseando con su uniforme de béisbol, Julia cantándole al Pico de Orizaba, ella recorriendo el río.

—Perdóname, mamá —le dice con toda sinceridad—. Perdóname por haberte fallado.

Su voz se quiebra y las lágrimas brotan.

—He sido tu peor pesadilla, la hija que te trajo desgracias, la que manchó el honor de la familia, la que te convirtió en la burla de tus vecinas. Perdóname. Perdóname.

Besa sus manos, rugosas y curtidas por el trabajo. Aspira ese olor a enfermedad y muerte, pero lo encuentra reconfortante. Si tan solo ella muriera y no su madre. Si tan solo ese día el tren la hubiera enviado al otro mundo. ¿Por qué Dios no lo permitió? ¿Por qué no acabó con su tormento? Ese Poder Superior la dejó viva para expiar sus culpas, ¿o qué otra razón justifica su existencia?

—Perdóname, mamá —repite.

Entonces la mano de su madre se mueve unos centímetros. Laura sujeta esos dedos temblorosos que la aprietan.

—Mamá…

Los labios se abren, pero no surge sonido de ellos. Sin embargo, Laura pega su oído a la boca de su madre y escucha la palabra perdón. No logra descifrar si dice: "Te perdono" o "Perdón", pero se siente aludida y agradece que su madre atienda a su plegaria. Su madre no vuelve a abrir los ojos, pero Laura no pega los párpados en toda la noche.

Gonzalo menea la cabeza, luego firma el contrato. Rosario lo mira desde el asiento contiguo. Sus ojos rojizos no esconden su pena, mientras que Delia se limita a morderse las uñas. Gonzalo lo sabía, pero nadie le creyó. Quizá debió ser más enfático con esa psicóloga. Tal como lo predijo, Delia no se controló. El miércoles de regreso de la tortillería, la encontró con una botella en la mano.

Rosario y él se sentaron a conversar. Delia debía entrar a la clínica. Así que se encuentra pagando los honorarios médicos y los medicamentos, aparte de un resto de pequeñas aportaciones que sangran su bolsillo. Al tiempo que traza su nombre vez tras vez sobre el papel, se despide de su viaje a Europa y sus estudios universitarios. ¿No comprende Delia cuánto le cuesta ese chistecito? ¡Si tan solo esa chica hubiera escuchado a sus padres!

En ocasiones, Gonzalo piensa que sus hijos lo lastiman a propósito como un modo de reprocharle el divorcio. Delia, sobre todo, lo empuja al límite de sus fuerzas. Alguna vez ella misma advirtió que le quitaría todo su dinero. Gonzalo no le recordó que él había pagado sus estudios y mantenido la casa durante años, pero ¿para qué discutir?

Rosario y él firman un acuerdo, pues para ingresar a la clínica, los familiares del interesado deben comprometerse a atender varias sesiones de terapia. Gonzalo lo considera un tanto innecesario, pero la mirada de Rosario no admite contradicción. Plasma su firma con desgano y vergüenza. ¿Cómo ha llegado su familia a ese momento? ¿En qué instante perdieron la brújula?

Después de los trámites, dan un último recorrido por las instalaciones. Gonzalo no se quiere imaginar a su hija en ese lugar, y no porque se le figure un reclusorio o una cárcel, sino porque le entristece saber que ha fallado como padre. Rosario decide utilizar el sanitario en ese momento. Gonzalo nunca ha comprendido por qué debe ir tantas veces al tocador, así que, malhumorado, se apoya contra la pared.

Entonces escucha voces. Una mujer conversa con una pareja de adolescentes. ¿Serán alcohólicos? Les habla del matrimonio y Gonzalo arruga las cejas. ¿Estará la chica embarazada? La psicóloga o terapeuta —¡cómo saber su profesión!— les entrega un trozo de plastilina. La chica recibe uno de color rojo, el muchacho uno de color azul. Les pide que formen una figura geométrica. La chica moldea un triángulo, él un rectángulo. Gonzalo se distrae mirando un pequeño orificio en la pared, pero regresa su atención a la actividad en el saloncito.

La psicóloga recoge las dos formas geométricas y sin previo aviso las destruye. Más bien, las une y crea una pelota de dos colores, roja y azul. Gonzalo no alcanza a percibir si hay más azul que rojo o viceversa, pero la esfera de plastilina descansa en la palma blanca de esa mujer.

—Ahora, traten de recuperar la plastilina de su color y de formar nuevamente su figura.

El chico sonríe: —No se puede, doctora.

—¿Por qué no?

—Porque están demasiado pegadas —replica la chica con cierto fastidio.

—¿Lograrías rearmar tu triángulo?

—Tal vez, pero yo creo que junto con el rojo se iría un poco de masa azul. Y ya no quedaría igual.

La psicóloga suspira:

—Lo mismo sucede con el matrimonio. Dos personas se unen de tal modo que, si llega el divorcio, ya nada vuelve a ser igual.

Gonzalo traga saliva. Su corazón late con fuerza y un ligero mareo lo hace sujetarse de la pared. Rosario lo encuentra en el pasillo.

—¿Estás bien?

Él asiente y se encamina con ella a la salida. Pero no puede concentrarse en las palabras de Rosario, quien afortunadamente no exige una respuesta sino que parlotea sin sentido, ya que su mente vuelve una y otra vez a esa pelota de plastilina. ¿Fue eso lo que sucedió? ¿Sería que el divorcio lo dejó incompleto y herido? ¿Se sentiría Rosario de la misma forma?

Debía pensar en el dinero que pagaría a esa clínica o en sus sueños rotos, pero la imagen de esa esfera de dos colores lo persigue el resto de la tarde, y por primera vez comprende un poco a su hija. Lo único que desea es perderse en la inconciencia para no meditar más en esa pelota bicolor.

Laura ha asistido a muchos funerales, pero nada la prepara para el de su propia madre. Sus familiares sollozan en silencio y extienden flores sobre el ataúd. Para Laura todo resulta como parte de una película antigua, donde ella forma parte del público, mas no de la acción. Observa todo en colores sepia, y no porque empiece a perder la vista, sino porque trata de alejarse de la realidad, de esos sentimientos que la atacan y la apresan, que la dejan tumbada en el suelo como en ocasiones pasadas.

El pasado, probablemente, se convierte en su aliado en esos momentos, ¿o en su peor enemigo? Pues al revivir el dolor de una herida abierta penetra en otras más profundas, como la vergüenza por sus borracheras, la humillación que trajo a su familia, su relación tortuosa con el Poeta. Cientos de pensamientos la invaden. Se pregunta si algún día podrá llevar una relación normal, y al hacerlo le viene a la mente el rostro de Gonzalo. ¿Logrará entablar una amistad con otro ser humano sin caer en la co-dependencia? Esa palabra no le gusta, pero la rumia como a pasto.

Julia le extiende la mano y Laura la aprieta entre las suyas. Los ojos de Julia son fuentes imparables, pero se mantiene serena. Laura admira a su hermana, tan compuesta y firme. ¿Por qué ella no puede ser así?

¿Por qué no pudo relacionarse con su madre como el resto de la gente? No desea pensar en lo que fue: la hija rebelde y alcohólica, la hija que deshonró el apellido, la hija que se marchó para no molestar más, la hija ausente que prefirió ocultarse a enfrentar la verdad.

Cuando cubren el ataúd y el marido de Julia agradece la presencia de los invitados, Laura se da la media vuelta. Camina en dirección al auto hasta que una mano se posa sobre su hombro. Se trata de su antiguo profesor.

—Me enteré por el periódico.

En ciudades pequeñas aún importa quién se despide del mundo, no como en las grandes metrópolis donde incluso se respira con alivio por una persona menos.

—¿Estás bien, Laura? Si quieres puedes ir a comer a la casa.

—Debo marcharme esta misma noche.

—Será para la próxima. Pero no olvides tus sueños.

Laura sonríe con tristeza. ¿Cuáles? En eso levanta la vista y su corazón se detiene. Los tacones de sus zapatos se entierran en el césped húmedo, aunque no avanza por ese motivo, sino porque su mundo se ha colapsado. Detrás del tronco de un árbol percibe la silueta de un hombre delgado y unos ojos atormentados. ¿Será el Poeta? Parpadea y él desaparece.

Laura observa los alrededores en busca de ese suéter azul que no aparece por ningún lado. Las sienes le retumban y se cree desmayar. Julia aparece a su lado.

—¿Estás bien?

Si finge un mareo, le prohibirán volver a la ciudad, y Laura desea huir.

—Tengo hambre —comenta con resignación.

Julia la devuelve al auto, pero la mente de Laura no la deja tranquila. ¿Será su imaginación jugándole una broma? ¿O el fruto de la partida de su madre?

Gonzalo y Rosario se han sentado en la cuarta fila. Otros familiares y amigos ocupan el resto de las sillas. La psicóloga habla pausadamente; se trata de la misma mujer que formó esa esfera de plastilina. Gonzalo no desea pensar en su fallido matrimonio, solo en que Delia lleva ya unos días dentro y no la puede ver. ¿Estará contenta? ¿Lo culpará por sus desgracias? Él lo hace. Culpa a Delia de acabar con sus ahorros, culpa a Rosario de no poder perseguir sus sueños, se culpa a sí mismo por todo.

—En todas las familias existe la disfuncionalidad. Realmente no existen las familias perfectas —explica la mujer de cabello rojizo y pecas.

Gonzalo asiente con aprobación.

—El co-dependiente busca alivio en alguna adicción para anestesiar su dolor.

¿Y qué dolor trae Delia? ¿El abandono de su novio a unos días de la boda?

—A veces lo hace a través de relaciones personales dañinas o adicciones, como la bebida. El co-dependiente está atado a lo que sucedió en su familia y se siente torturado por ello.

Gonzalo imagina a algún chico que ha sido abusado sexualmente pero ¿Delia? ¿Qué le afectó en su niñez? No le faltó cariño ni dinero; asistió a las mejores escuelas y le organizaron fiestas divertidas. La psicóloga lo ilustra mediante un tanque. Dice que cada niño nace con un tanque vacío que debe ser llenado del amor de sus padres. Tristemente, si los padres están ausentes o ellos mismos se hallan vacíos, el niño crece con carencias.

—Estos niños crecieron sin escuchar frases como: "Eres muy inteligente" o "Te quiero" o "Estás haciendo un buen trabajo".

Rosario se aclara la garganta. Gonzalo se hunde en el asiento.

—Estos niños buscan la aprobación y las migajas de amor que se les pueda ofrecer.

No puede estar refiriéndose a Delia. Si acaso a Laura, la madrina de su hija. Esa mujer sufrió mucho con aquel Poeta. Gonzalo se pregunta por qué no lo abandonó a tiempo, pero la co-dependencia explica muchas cosas. Laura prefirió el maltrato al abandono, la humillación a la soledad. ¿Pero Delia?

Deja de escuchar mientras la psicóloga habla de la recuperación del co-dependiente. Menciona la aceptación del problema, la importancia de un grupo de apoyo, algo sobre el Poder Superior, pero Gonzalo se muerde el labio en un esfuerzo por no lanzar un aullido.

Gonzalo ha sido ciego. El evento que marcó la vida de su hija tiene una sola palabra: divorcio. Gonzalo se apartó de ella, le dijo adiós a Rosario, pero de paso abandonó a sus hijos también. Delia no recibió la aprobación de su padre, ni su consuelo cuando sus sueños se rompieron. Y peor aún, a Gonzalo no le importó. Durante años siguió respirando libre de culpa, o inhibiendo a su conciencia por medio del trabajo excesivo. Para no lamerse las heridas en casa, trabajó horas extras. Para no experimentar soledad, acudió a la oficina los sábados. Su adicción no se llamó alcohol, sino trabajo; no fue el cigarro, sino el entumecimiento de su corazón a través de actividad desenfrenada.

Se masajea los dedos con el anhelo de volver a su taller para trabajar con la madera y ese bargueño que lo librará de malos pensamientos, pero Gonzalo se sabe atrapado y vencido. Por primera vez contempla su vida en su justa proporción: un desperdicio. ¿De qué le ha servido su pensión si ahora debe gastarla en una hija enferma? ¡Eso no debió suceder! Si hubiera sido un buen padre, Delia estaría felizmente casada. Si hubiera continuado con Rosario, sus hijos aún lo amarían. Si hubiera luchado por su relación, quizá Rosario también lo apreciaría. Si hubiera…

Laura desea correr, pero no puede. Se encuentra delante de Rosario, la ex-esposa de Gonzalo. ¿Qué hace en casa de éste? La mujer la traspasa con sus pupilas oscuras. Laura le explica que es la madrina de Delia. Solo desea indagar por ella. Tuvo que salir de la ciudad y perdió el contacto, pero está preocupada. ¿Qué le vio Gonzalo a esa mujer?

Rosario se tiñe el cabello en tonos que no le quedan a su color de piel. Viste con descuido y sus arrugas no se disimulan con el maquillaje. Además, luce descompuesta y dura, no amable o tierna. Laura decide huir, pero en eso aparece Gonzalo. Trae en la mano una bolsa de plástico con comestibles.

—¡Laura! —la saluda con alegría.

El corazón de Laura late con fuerza. Gonzalo la trata como a una gran amiga. No evita comparar a ese hombre con la imagen del Poeta en el cementerio. Gonzalo le pasa la bolsa de plástico a Rosario y le explica que Laura es la madrina de Delia en el grupo de doble A. Rosario asiente sin darle importancia y entra a la casa. Gonzalo titubea. Laura prefiere no entrar, así que indaga por Delia. Gonzalo se recarga sobre la puerta del auto y suspira. Le confiesa la verdad.

—¿Y puedo verla?

—Ni siquiera nosotros podemos.

Por esa razón Rosario está en casa. La clínica se encuentra en el norte de la ciudad. Laura experimenta celos. ¿Celos de qué? Gonzalo le comparte sobre las reuniones de consejería y detalla la co-dependencia, un tema que Laura domina. Percibe que en pocos días ha encanecido y sus arrugas alrededor de los ojos se han profundizado; detecta el resquiebre de su voz en ciertas frases, sobre todo cuando acepta que como padre ha tenido culpa por el estado de su hija. Sus ojos no se humedecen, pero el sudor baña su frente. Gonzalo sufre y Laura desea consolarlo. Podría abrazarlo y acariciar su cabello. ¿Cómo olerá de cerca?

Quizá se ha enamorado y el terror que dicha idea le provoca la obliga a inventar una excusa y esfumarse. Le promete que lo visitará. Rosario le grita desde la cocina y él se despide. Laura tiembla de pies a cabeza, pero procura no acelerar el paso hasta que dobla la esquina. La promesa de un parque cercano la inspira. Sabe que no llegará a su casa sin antes quebrarse, así que se oculta en un callejón creado por el propio parque, donde vierte su pena.

¿Se ha enamorado? Las palabras de sor Juana le vienen a la mente:

> *Éstos y otros, que mostraban*
> *Tener amor, sin tenerlo,*
> *Todos fingieron amor,*
> *Mas ninguno fingió celos.*
> *Porque aquel puede fingirse*
> *Con otro color, mas éstos*
> *Son la prueba del amor*
> *Y la prueba de sí mismos.*

Y Laura ha sentido celos de Rosario. Laura ha odiado a Rosario y ha querido que se marche. Laura ha deseado ser ella quien le cocine a

Gonzalo una sopa de verduras y no esa mujer que lo divorció en su juventud. Ella lo despreció, ¿acaso lo quería de vuelta? *Que se lo deje a ella,* piensa Laura. Laura sabrá cuidarlo y apreciarlo. Laura entiende la situación de Delia mejor que nadie. Laura se ha enamorado de Gonzalo. Y la tragedia la sacude. ¿Por qué cayó en la trampa y se dejó seducir? ¿Por qué mencionó aquella tontería sobre las segundas oportunidades?

20

Por tercera vez, Magdalena sacó todo del baúl.

—Hija, ábreme.

No atendió a la voz de doña Clementina, ni a la de don Emilio. Debía acomodar todo para cuando Roberto volviera por ella. Aunque Roberto tenía otra mujer en Acapulco y hasta un hijo. ¿Cómo era ella? Una china que llegó en alguna nao y se aprovechó de la bondad de don Roberto; eso le informaron unos frailes a doña Clementina. Pero Roberto era un hombre de gran corazón que seguramente se compadeció de la infortunada mujer. ¿Sería alta o chaparra? La imaginó con un busto más abundante que el de ella misma y con ojos rasgados.

Aún así, Roberto no regresaría nunca más. La iglesia había levantando una denuncia; Roberto no pisaría la ciudad a menos que enfrentara los cargos. Un expediente en el Santo Oficio llevaba su nombre con letras negras o eso dijo su madre. ¿Y si volvía arrepentido? Lo imaginaba a sus pies, con lágrimas bañando sus mejillas y repitiéndole una y otra vez que ella era la única mujer en su vida, el motivo de sus alegrías y la razón de sus canciones; no amaba a nadie más, mucho menos a una china.

Magdalena se odiaba a sí misma, y por ese motivo quitó cualquier objeto que reflejara su imagen. Comenzó con el espejo que había comprado en el baratillo. Solo conservó el bargueño, el pequeño palacio de sus fantasías que relegó a un rincón.

—Debo preparar mi dote —le informó a su madre.

—¡Magdalena! ¡Sal ahora mismo! Juana, esta niña se está volviendo loca.

Magdalena no abrió la llave, ni removió el mueble que atrancaba la puerta. Repasó la dote: dos manteles, seis servilletas de ruán y una tela francesa que le consiguió don Carlos de Sosa. Magdalena había bordado cada servilleta con sus iniciales entretejidas con las de Roberto. Con el mantel blanco cubriría la tabla del comedor. Puso una alfombra morisca, regalo de doña Clementina, hasta el fondo del arcón de madera de nogal. Su padre le había prometido un biombo de diez tablas. Ella fue al taller para encargar el diseño: su natal Sevilla. ¿Cuándo lo tendrían listo?

Dobló con precisión las sábanas de Holanda para la cama matrimonial. El rodapié de seda de China le fascinaba; Catalina lo había elegido y Magdalena apreció el buen gusto de su cuñada. Después, metió los dos cojines y la colgadura de damasco. Al final dejó los lienzos que colgaría en las paredes, uno de Santa Rosa de Lima, otro de San Miguel. Cerró el arcón y se tendió en el suelo frente al crucifijo.

—¿Qué le he hecho, Dios mío, para que me trate así? —le preguntó con la cabeza punzando.

¿En qué se había equivocado? La más devota, la más bien portada, la más sincera en su fe. Evitó la lujuria, la lascivia y el chisme. Se dedicó en cuerpo y alma a la piedad; memorizó los pasajes de las buenas esposas y leyó a los padres más importantes. Jamás había visto una comedia, jamás había pisado una tabaquería, jamás había bebido pulque, jamás había faltado a misa —salvo por enfermedad. ¿Por qué Dios la seguía castigando? ¿Aún debía pagar por la muerte de su madre?

¿Qué le faltó para ganarse a Roberto? ¿Qué se necesitaba para recuperar una vida? No soportaría la vergüenza de salir a la calle. La señalarían como a una "dejada", una solterona más de la ciudad. ¿Quién le ofrecería matrimonio? ¡Ya tenía veinticuatro años! Sacó todo del arcón y empezó a romperlo. Atacó las sábanas de Holanda, los lienzos religiosos y los cojines persas. Se batió con la alfombra morisca y quebró las tazas de Talavera que encontró en una repisa.

Entre sus gritos y desmanes, no escuchó cuando la puerta cedió ante los empujones de don Emilio quien se paró frente a ella.

—¡Magdalena!

No fue grito ni regaño, tampoco susurro o bendición. Ella se detuvo en seco, con las telas deshilachadas en sus dos manos. Don Emilio se acercó y le quitó de entre los dedos el rastro de destrucción, luego se sentó sobre la cama y la acunó en sus brazos. Magdalena percibió el aroma herbal que la remontó a su jardín privado, rodeado de capuchinas y hierbas medicinales, y dio rienda suelta a su desconsuelo. Lloró y lloró, mientras don Emilio la arrullaba y le susurraba que todo saldría bien.

—¿Por qué? —se preguntaba en voz alta hasta sincronizar su pregunta con los movimientos rítmicos de su padre. Él jugueteaba con sus rizos y no se detuvo hasta que Magdalena quedó flácida por el esfuerzo.

—Todo saldrá bien —insistió don Emilio mientras llamaba con tranquilidad a doña Clementina y a Juana, quienes alzaron los desperfectos en tanto que Magdalena se dejaba mimar.

Al día siguiente, reposada y serena, Magdalena le agradeció a Dios por haberle dado tan buenos padres, pero no se levantó de la cama. Nada en el mundo le interesaba; nada la haría desprenderse de esa protección que simulaban las sábanas; nadie la convencería de que todo saldría bien; nadie la volvería a llamar "espejito".

Francisco Javier se rascó el mentón. No se le antojaba el chocolate que Juana le había servido en la mancerina de los viernes. Solo pensaba en tan extraña situación. Había salvado a Magdalena de un hombre infame como Roberto Suárez y ella correspondía a sus atenciones con descortesía. Se negaba a verlo. Según Juana, no salía de su habitación salvo para bañarse, y eso por órdenes de don Emilio.

—Parece que hace duelo por un muerto —se quejó Francisco Javier.

La africana lo miró de reojo:

—Y eso hace, *padle*.

Francisco Javier se puso en pie. Vería a Magdalena a como diera lugar. Él era un jesuita renombrado, con una reputación intacta. Todos le temían y continuaba escalando peldaños rumbo a la silla arzobispal. Una mujer no lo rechazaría. Juana trató de impedirlo, pero Francisco Javier la venció con argumentos y fuerza física. Agradeció que doña Clementina se encontrara rezando en Catedral, así que nadie más se interpuso y Francisco Javier azotó la puerta de la habitación de la hermana de Alonso.

Se quedó de pie sin pestañear. Magdalena miraba el vacío, con el rostro ceniciento. Había adelgazado y las hebras largas de su cabello enmarcaban su expresión amarillenta. Francisco Javier pensó en muchas cosas, como en el hecho de que jamás había visto su cabello suelto, o que su delgadez enfatizaba los huesos de sus manos, o que un intenso olor a orines impregnaba la habitación.

Juana continuaba a sus espaldas, pero Francisco Javier decidió marcharse. No interrumpió la meditación o aquello que le sucedía a Magdalena y que no alcanzaba a calificar. Bajó las escaleras en silencio, convenciéndose de que había hecho lo correcto. Él debía evitar el pecado de otros; su misión consistía en proteger a mujeres inocentes; el sexo era del diablo. Entonces, ¿por qué se sentía tan mal?

Magdalena no deseaba vivir. En ocasiones tramaba cómo quitarse la vida, pero desconocía los venenos. Podría acudir a Remedios, y los africanos también conocían embrujos que tal vez la aliviaran de su dolor. Incluso pensaba en métodos más certeros como lanzarse por la ventana y ver en qué paraba su aventura.

Don Emilio se marchó a un viaje, y entonces el miércoles, Tomás, el esposo de Juana, les dio la noticia. Magdalena, por insistencia de Juana, sorbía el chocolate con doña Clementina cuando Tomás se hizo pasar. Se quitó el sombrero y jugueteó con él entre sus manos. La inactividad de semanas y el peso en su corazón la habían vuelto insensible a los demás, pero notó que Tomás titubeaba. Doña Clementina leía uno de sus libros en voz alta, ya que Magdalena se negaba a hacerlo pues todo le recordaba a Roberto, y no se detuvo hasta que Tomás aclaró su garganta.

Su madre se molestó por detener la lectura en la parte más importante del sermón y con la mano derecha tomó su mancerina preferida, la de las flores. De ese modo, Magdalena jamás olvidaría que todo había sucedido un miércoles. Tomás continuaba en silencio y Magdalena tuvo tiempo de examinar el florero que había decorado dos días atrás. Ya que Tomás no hablaba, Magdalena recordó el lunes anterior en el que, después de una larga ausencia, bajó al jardín para distraerse y escapar de su madre.

Desyerbó, sembró y podó tal como don Emilio le había enseñado desde niña. Se arremangó la blusa, se arrodilló sobre la tierra negra y trabajó durante horas, sin interrupciones, hasta que el agotamiento la devolvió a sus habitaciones. Pero el contacto con la tierra, las flores y el agua le brindó un destello de esperanza. Don Emilio entonces se había despedido de ella con una flor en mano.

—Mi pequeña capuchina, que las llagas de Cristo te consuelen.

A Magdalena le asombró que su padre hablara en términos religiosos, pues no se caracterizaba por una ferviente devoción como la de su mujer. Sin embargo, Magdalena comprendía que don Emilio, a diferencia de doña Clementina, vivía regido por una moral superior, una que quizá procedía de su fe sincera. Don Emilio practicaba la caridad más que muchos, pues atendía a los enfermos que no podían pagar o consolaba a los moribundos en sus lechos. Era estricto en su labor y no perdonaba a las boticas que adulteraban los medicamentos, cosa que lo convertía en un juez insobornable y no siempre bien recibido. Pero don Emilio repetía que no se dejaría corromper pues de su trabajo dependía que los enfermos sanaran y no empeoraran. Quizá el mundo no era digno de un médico íntegro, como tampoco lo había sido digno de un Cristo sufriente.

—Dilo ya —le ordenó doña Clementina a Tomás, y devolvió a Magdalena al presente. Entonces el africano, apodado el "Capitán", les informó que don Emilio, de regreso a la ciudad, había sido atacado por una banda de chichimecas que lo había apuñalado; don Emilio había muerto. Doña Clementina dejó caer la mancerina al suelo, la que se quebró en tantos pedazos que sería imposible pegar de nuevo. Juana apareció con sus brazos carnosos dispuestos a consolar a su señora, y las dos chicas mayores trajeron vinagre para que no se desmayara. Magdalena cerró lo ojos y dejó que las lágrimas bañaran sus mejillas. ¡Jamás volvería a ver a su padre! Dios la debía odiar pues le había quitado a don Roberto y ahora a don Emilio.

¿Cuándo dejaría de sufrir? No soportaría una pérdida más. Deseaba morirse. Y lo hubiera hecho, salvo que en ese instante algo se removió en su interior al contemplar a doña Clementina, quien se deshacía en pena por perder a su compañero de muchos años. Y por primera vez desde que se había enterado de la traición de don Roberto, el corazón de Magdalena despertó por medio de la compasión.

Francisco Javier agradeció que Magdalena aceptara su ayuda durante el cambio de vida que debió efectuar después de la muerte de don Emilio. Aún le espantaba su palidez, pero no volvió a ver su cabello suelto, sino recogido como la costumbre dictaba. Juana la alimentó y Magdalena subió un poco de peso, pero la angustia aún no se borraba de sus facciones.

Alonso revisó las cuentas de don Emilio y descubrió que no había dejado protegida a doña Clementina, y mucho menos a Magdalena, pero concluyó que sobrevivirían un año sin preocupaciones. Francisco Javier se quejó de que don Emilio hubiese sido tan dadivoso y desprendido con pacientes que no pagaban. Si hubiera aceptado los sobornos de las muchas boticas en los alrededores, habría comprado una casa nueva como lo hizo el hombre al frente del Protomedicato. Pero don Emilio había caído en la trampa de una falsa piedad. ¿Que no ponían atención cuando se predicaban las Escrituras? En ningún lado se decía que vivieran en pobreza, solo que no amaran las riquezas.

Esa tarde, tristemente, no traía buenas noticias y temía la reacción de Magdalena. Doña Clementina se encontraba en cama, con sus habituales jaquecas y un humor insoportable que se había agudizado con la viudez. Francisco Javier no envidiaba la situación de Magdalena, pero por lo menos se felicitaba por haberla librado del adúltero de Roberto.

Juana lo condujo a la salita donde Magdalena bordaba.

—¿Y bien?

Francisco Javier se aflojó la parte de la sotana que rodeaba su cuello.

—Alonso y yo hemos conversado. Pero primero cuéntame tus planes.

—Puedo vender algunas de las hierbas más raras del jardín a las boticas cercanas. Sé en cuánto las ofrecía mi padre.

—No será mucho.

—Mi madre tiene sus rentas.

—Precisamente a eso quería llegar.

Francisco Javier le explicó que con las rentas de los entenados se mantendrían sin problemas aunque no podrían adquirir o pagar ciertos lujos a los que estaban acostumbradas. Doña Regina había prometido seguir en la cacahuatería y los criollos con la taberna. Alonso les exigió mayor puntualidad en sus rentas y ellos accedieron. Nadie quería enfadar a don Alonso Manrique pues todos recordaban su fiereza en los toros. En el segundo piso, los criollos alquilarían las habitaciones habituales, pero don Carlos proponía ocupar un solo cuarto, ya que no requería más. Así que eso dejaba libres dos cuartos en el segundo piso y tres en la planta alta.

—¿Tres? Te has olvidado de las habitaciones donde viven Juana y su familia.

Entonces Francisco Javier le dio la noticia. Alonso necesitaba con urgencia una chichigua para Rodrigo y alguien que velara por su hogar pues Remedios había enfermado. Don Alonso deseaba que Tomás y su familia se mudaran a su casa. Juana atendería a los niños, y sus muchos hijos e hijas cooperarían con la limpieza de la casona y la preparación de la comida. Catalina estaba más que emocionada por obtener a una de las mejores cocineras de la Nueva España, y para ser realistas, Magdalena, aún con las rentas y su venta de hierbas, no sostendría tantas bocas; Juana y Tomás tenían cinco hijos.

Francisco Javier observó el rostro de Magdalena; solo su respiración agitada delató su lucha interna. Francisco Javier no comprendía el por qué de tanto escándalo, pues Alonso le advirtió que sería un golpe duro para Magdalena. ¡Si solo se trataba de una familia de esclavos!

—¿Y cuándo se irán?

—Hoy mismo. De lo contrario, Alonso teme que Rodrigo y Domingo se lancen del barandal o que Isabel muera de hambre.

Alonso le había confesado que echaría de menos a Remedios, lo que Francisco Javier tampoco comprendió. Alonso lloraba a una india, Magdalena a una africana.

—Alonso te mandará a una india para limpiar y cocinar todos los días, pero no dormirá aquí.

Magdalena asintió con calma.

—Así se hará.

Francisco Javier se despidió y bajó las escaleras con lentitud. No había sido tan difícil.

Los días se sucedieron con lentitud y tedio, pero finalmente Magdalena tomó las riendas del hogar. Echaba de menos a Juana, pero regresó a sus visitas a la casona Manrique y eso alivió sus penas. Por fuera lucía compuesta, pero por dentro aún sangraba. Sus pensamientos la torturaban durante la noche y le robaban el sueño. Se repetía que el mundo se encontraría mejor sin su presencia, libre de alguien como ella que solo acarreaba frustración y pena. Por su culpa Alonso perdió a su madre, ahora doña Clementina perdía a don Emilio. Quizá una maldición la perseguía. Tal vez Dios estaba en su contra.

Acariciaba la fatalidad de sus ideas con la esperanza de que formaran una barrera alrededor de su corazón. Se distanció de todos, menos de la pequeña Isabel. Para su mala suerte, el problema económico no desaparecía. El dinero que recolectaba de las rentas pagaba la comida, pero el jardín de don Emilio no le brindó ningún beneficio. Le gustaba lidiar con la tierra, pero había olvidado que las plantas necesitaban tiempo para crecer, lo que impedía que vendiera las hierbas tan rápido como un plato de sopa; además, la espera no alimentaría a doña Clementina ni las mantendría luciendo vestidos costosos. Por otra parte, doña Clementina no se paraba de la cama sino para comer, y luego volvía a su eterna posición de letargo, por lo que su rolliza figura iba en aumento.

Si no fuera por la caridad de don Carlos, quien les regalaba carne o verdura, ya habrían muerto de hambre. Para colmo, Alonso se había marchado a Puebla para embellecer un convento. Al principio Magdalena se quejó, pero luego aprovechó la situación para no salir de la cocina de Juana, con quien descargaba sus tristezas. Solo Juana sabía lo mal que la pasaba, y cuando era posible, le empacaba algo de comida sobrante. Desafortunadamente, aunque ciega, doña Eulalia vigilaba y supervisaba cada grano en la casa, así es que no siempre tenía éxito con el contrabando.

Magdalena no soportaba a los dos niños, Rodrigo y Domingo, cada vez más altaneros y mal educados, pero Isabelita le regalaba sus sonrisas y Magdalena jugaba con ella a las muñecas. Cierta tarde, Juana las observaba desde la silla donde le daba pecho a su último hijo, según juró en el parto.

—Algún día debes darme la receta de estos turcos de maíz, Juana.

—Ya se la he dicho miles de veces —se quejó—. Usté no más no *aplende*.

—¡Ay, Juana! Soy mala alumna.

—Pero es buena *maestla* —le dijo con una sonrisa.

Justo en ese momento, Isabel le habló a su muñeca con suma propiedad, tal como Magdalena le había mostrado que debía hacer. La frase de Juana la inspiró. Se puso en pie y caminó hasta el bargueño de Isabel, el que ella misma le había regalado en su nacimiento. El bargueño con motivos árabes se abría con más facilidad que el suyo, y después de pedirle permiso a Isabel para abrir los cajoncitos, examinó unas cuantas pertenencias que la niña atesoraba, casi todas obsequio de Alonso.

—Juana, ¿crees que soy paciente?

—Si *usté* va *pa'santa*, niña Magdalena. No *tó aguantalían* a doña Clementina ni a doña Catalina.

Francisco Javier había elogiado su caligrafía, y nadie la superó en Matemáticas mientras crecían. Mujeres como Catalina preferían enviar a sus hijas para ser instruidas que tomarse el tiempo para sentarse y bordar o leer con ellas. A esas maestras, muchas viudas o mayores de edad, se las conocía como Amigas, y gozaban de muchos privilegios y clientes recomendados que poblaban sus pequeñas escuelas.

Magdalena imaginó el tercer piso de su casa convertido en escuela. Aprovechando que doña Clementina no salía de su habitación, acondicionaría la sala; incluso podría añadir el otro cuarto que no habían conseguido rentar, y allí colocaría más tablas y cátedras, libros y tinta. ¿Dónde conseguiría alumnas? Apelaría a la compasión de Francisco Javier para recomendarla. Ofrecería bordado, lectura, escritura, matemáticas simples y botánica. Resultaría una novedad enseñarles a las mujeres de alta sociedad cómo plantar ciertas hierbas o cómo mezclarlas para preparar remedios caseros. La idea germinó y calentó su corazón, de modo que cuando se despidió de Juana, apenas se contuvo de correr a la casa profesa donde le contaría todo a Francisco Javier.

21

Una semana sin dormir bien. Gonzalo se ha mudado al cuarto de Delia; Rosario no piensa volver a su casa aún. Ha ido dos veces solamente para recoger más ropa o pertenencias personales, pero ha dejado su huella en cada rincón. Gonzalo ya ni reconoce su casa. En la lavandería encuentra faldas y vestidos; en la sala se apilan revistas de moda; la cocina ha vuelto a la vida y sobre la estufa se acumulan sartenes y ollas con arroz, frijoles y diversos guisos; la televisión se enciende en las telenovelas; su recámara le pertenece ahora a su mujer y huele a su perfume; el baño contiene cientos de productos que no estuvieron allí durante años.

Aún así, Gonzalo se siente en paz. Sonríe cuando por la mañana escucha las pisadas de Rosario rumbo al baño o cuando huele el tocino frito o cuando Rosario habla por teléfono con sus hermanas o cuando salen juntos al mercado. Se pregunta si Rosario sentirá lo mismo: esa sensación extraña de volver a convivir bajo el mismo techo después de tantos años. ¿Qué pensará ella? ¿Le emocionará, como a él, observarla en pijama?

Pero en medio de esa rutina familiar, persiste la sombra de la pequeña Delia y su problema, esa boda frustrada y el temor de la botella, el dinero que se están gastando y que al siguiente día ya no tendrán. No puede olvidar que se cierne sobre ellos una crisis económica, y ¡él desempleado! En ocasiones sueña con salir corriendo de la casa para volver al refugio de su trabajo, a esas cuatro paredes donde sabía qué hacer y qué se esperaba de él. Rosario no ha cambiado y se queja de que la pasta de dientes queda sin cerrar, que a veces no regresa a su lugar la tapa del excusado, que se sigue limpiando los dientes con un palillo en la mesa, que no plancha las camisas correctamente aunque ella no se ofrece a hacerlo.

Además, continúa parloteando de sí misma sin indagar por lo que él piensa; aún se burla de sus obsesiones por el futbol y la madera; llora por Delia pero no reconoce que el divorcio le afectó; asiste a la clínica aunque no hace la tarea que la psicóloga les deja. Todo lo bueno del pasado se conjunta con todas las pesadillas; Gonzalo desea echarla y retenerla, odiarla y amarla. En ocasiones, se acuerda de Laura, esa mujer más serena que conoce de historia, con la que puede hablar con más libertad, pero Laura pocas veces lo visita. Él ha ido en dos ocasiones a tomar un café a su departamento; aquellas dos en que Rosario se marchó al sur para revisar su casa y comer con sus hermanas.

Sus dos hijos los han visitado un par de veces para comer y comentar la situación de Delia. Gonzalo admira a esos dos hombres que permiten que su madre se desahogue con ellos, y que a él no le guardan rencor. Le dan palmadas en la espalda como si en verdad se alegraran de verlo, y conversan con soltura en la cocina de la casa.

Gonzalo observa el reloj. Tres cuarenta de la madrugada. Hace días que no duerme más de cuatro horas. Trata de comprender lo que ha sucedido en su vida. Procura hallarle sentido al sufrimiento. Le pregunta a Rosario —por lo menos en su mente— si ella aún conserva sentimientos románticos hacia él, cosa que duda pues su mujer no muestra ni una pizca de ternura.

Tres cincuenta y cinco. Gonzalo considera la posibilidad de bajar al taller y seguir con el bargueño. Ha tenido poco tiempo dadas las circunstancias. Rosario siempre encuentra algún desperfecto que componer o algún lugar a dónde ir. Además, sonríe con cinismo cuando se asoma a su pequeña carpintería. No cree que ese mueble valga la pena. ¿Para qué perder el tiempo en él? Gonzalo lo toma como una alusión personal. ¿Lo vería así Rosario, como alguien viejo y maltratado, en quien no valía la pena invertir tiempo y cariño?

Cuatro y diez. Se amarra una bata alrededor y baja las escaleras de puntillas. Sus pantuflas no hacen ruido. Se encierra en su taller y enciende la luz. El olor a madera lo serena. Busca el barniz con el que cubre la madera que ha resanado con sumo cuidado. ¿Quién habrá sido el dueño de ese artefacto? ¿Un hombre o una mujer? ¿Cuándo llegó a la Nueva España? ¿Qué ocultaba en esos cajoncitos? ¿Sueños? Los sueños no se guardan en cajones, a menos que el corazón contenga compartimentos. Y si el corazón tiene sus pequeños cajones, ¿qué hay en ellos? Sus ilusiones por viajar, por estudiar, por emprender un negocio, por disfrutar la vida.

Gonzalo no pide mucho. No anhela volverse millonario ni famoso; solo ansía una vida sencilla y privada. Pero Dios, o ese Poder Superior, el mismo que se menciona en doble A, ha echado a perder sus planes. Gonzalo solo quiere ser feliz y vivir tranquilo. No ambiciona una alegría extática con mujeres, como algunos compañeros suyos que se consiguen amantes o novias veinte años menores que ellos. No se comprará un auto deportivo ni apostará en el hipódromo ni se tumbará en una hamaca para broncearse. ¿Qué quiere Dios con él?

Dios. La simple palabra sabe agria en su boca. En un tiempo Gonzalo creyó conocerle, pero no está tan seguro en el presente. Si Dios existiera, si Dios fuera bueno, no permitiría que Delia se emborrachara, ni que él se acabara sus ahorros en una clínica. Dios no entiende nada de hijos; Dios no comprende el corazón humano.

Sus dedos se manchan y los limpia. El olor al barniz le agrada. Rosario tiene razón. El mueble es viejo, quizá de más de trescientos años. Y está maltratado, ya que él mismo comprobó cada herida en la madera. Sin embargo, Gonzalo ha visto algo más allá. Ha percibido su gloria pasada. El mueble puede ser viejo, pero aún tiene vida; puede estar maltratado, pero aún posee belleza. Lo único que Gonzalo hará será restaurarlo y regresarlo a su antigua gloria, o aún más, darle una belleza superior. Algo en su mente parece despertar con estas palabras, pero Gonzalo no apetece otro dolor de cabeza, así que regresa a la cama.

Laura se dirige al salón de clases. Aunque siente un poco de sueño, avanza con la frente en alto. Gonzalo la ha visitado dos veces y han conversado de Delia y la co-dependencia. Las charlas le traen recuerdos del Poeta, pero ella los ignora. Debe pensar en Gonzalo y en lo mucho que lo ama. Ha bajado de peso y se maquilla un poco más. Trata de usar colores más vivos. Quizá los alumnos dejen de llamarla "Monja".

Aún está un poco oscuro, pero los alumnos ya se encaminan a las aulas. Algunos bostezan, otros ya traman las fechorías del día. Laura sube los peldaños rumbo a la cooperativa, donde venden comida chatarra y refrescos. En eso, una chica la detiene. Se trata de Claudia, quien parpadea dos veces.

—Maestra, necesito hablar con usted.

—Tengo clase en el grupo de primero B.

Claudia se muerde el labio.

—Es urgente.

Laura nunca ha llegado tarde, así que se acomoda en una banca de piedra pintada de azul. Laura escucha la voz del profesor de Matemáticas dando instrucciones. A lo lejos se perciben las risas de un grupo sin control, probablemente el de primero B.

—¿Qué sucede?

—Raúl.

Decenas de pensamientos cruzan por su mente: Claudia ha salido embarazada, Raúl la ha botado, Claudia lo engaña, Raúl se ha salido de la escuela, Claudia quiere cortar con él y no sabe cómo, Raúl ha besado a su mejor amiga.

—Tengo miedo. Ayer fui a su casa a buscarlo. Quería darle una sorpresa.

Laura menea la cabeza. Por algo Raúl ha evitado que Claudia pise su hogar.

Los ojos de Claudia se humedecen:

—Yo no sabía… Raúl se puso como loco. Su madre abrió la puerta. Eran las siete y estaba que se caía de borracha. Raúl me gritó. No lo había visto tan alterado.

¿De qué otro modo reaccionaría el chico?

—No ha venido a la escuela —susurra ella.

—Le llamaré más tarde. Lo prometo. Escucha Claudia, no es fácil lo que Raúl vive. Debes comprenderlo. Dale su espacio, pero también confróntalo. Él bebe mucho.

—No sé si realmente lo quiero.

Laura cierra los ojos. La niña no llega ni a los dieciséis años. Obviamente un futuro se extiende por delante: preparatoria y universidad. A su puerta tocarán otros hombres, algunos ricos y exitosos, más guapos y menos complicados. ¿Por qué atarse a alguien como Raúl?

—Después hablamos —le dice Laura y Claudia se marcha con paso ligero. Laura camina con pies de plomo rumbo al segundo piso. Le duele que Claudia no ame a Raúl. Entonces, ¿para qué fingir ser novios? ¿Sólo para dejarse abrazar y sentirse importante porque alguien la besa? Laura reprende su propia dureza pero no lo puede evitar. Se encuentra enfadada por el descaro de la sociedad. ¿Por qué nadie les enseña a esos jóvenes a ser responsables? ¿Por qué van de persona en persona dañándose y jugando con sentimientos ajenos?

Claudia le promete a Raúl amor eterno. Luego lo ve en problemas y se aleja. El amor no es juego. Laura creyó las mismas mentiras. Se dejó seducir por el Poeta. Su soledad la empujó a sus brazos. El sexo no mejoró la relación. Si acaso, la hizo sentirse más insegura. Ya le había entregado todo, ¿qué impedía que el Poeta se marchara? Y cuando ella se hundió, él la maltrató. Cuando ambos se perdieron en el vicio, ninguno se sacrificó por el otro.

Egoísmo, orgullo, falsedad. Tres enemigos del amor verdadero. Esa chica tiene novio para presumir que anda con el más atractivo; cree las mentiras que se dicen a su alrededor sobre el enamoramiento. Amar es más que intercambiar saliva o repartir caricias, es más que sentir mariposas en el estómago o recibir regalos el catorce de febrero. Amar es compartir. Amar es comprender. Amar es sufrir.

Los alumnos le dan los buenos días. Ella los pone a responder el libro. Abre la ventana y se asoma. Claudia no ama a Raúl. Raúl no ama a Claudia. Laura ama a Gonzalo —o eso supone— pero Gonzalo no ama a Laura. Conversa con ella sobre Delia, pero no comparte sus luchas internas. Escucha los monólogos de Laura, pero no va más allá de un asentimiento de cabeza.

El amor sufre. Y Laura sufre. Pero ¿de qué le ha servido proteger su corazón todos esos años? ¿En qué le ha beneficiado? Laura amará, aunque no sea correspondida. Continuará recibiendo a Gonzalo en su casa, ayudará a Raúl, escuchará a Claudia con compasión. Sobre todo, Laura perseguirá su sueño, pues quizá en el proceso, aprenda a amar y será amada. Se lo debe a su madre. Se lo debe a Julia. Se lo debe a sí misma. Se lo debe al Poder Superior quien, un día, la sacó del alcoholismo.

Gonzalo y Delia se sientan en una banca. Frente a ellos se extiende el jardín de la clínica. Un jardinero poda los rosales. Gonzalo cree distinguir un naranjo, pero nunca ha sido conocedor de la flora. Delia luce serena. Trae una blusa blanca y unos pantalones azules, nada de maquillaje y el cabello recogido. En lugar de veintiocho años, parece de quince. Por la mente de Gonzalo pasan muchas preguntas.

¿Aún pensará en Sebastián? ¿Cuánto le ha afectado la separación de sus padres?

—¿Cómo está Laura?

Gonzalo le cuenta que la ha visto poco, pero que llama constantemente para indagar por ella.

—Te envió esto.

Le pasa un paquete, previamente inspeccionado por la doctora. Delia sonríe cuando descubre que se trata de unas pantuflas.

—Me hacían falta.

Gonzalo piensa en Laura, esa mujer seria y reservada, que detrás de esos ojos oscuros refleja un dolor intenso. No desea investigar más sobre su vida pero deduce que hubo violencia.

—Todos cargamos secretos que, si otros los conocieran, se escandalizarían —murmura Delia.

¿Querrá confesarle algo? Gonzalo tiembla por dentro.

—¿A qué viene eso?

—Pienso en Laura y lo que no ha dicho. Yo tampoco he contado todo, papá.

Gonzalo titubea:

—¿Tienes que hacerlo?

—¿Tú qué piensas?

¡Qué astuta! Le ha devuelto la pregunta y ahora él es responsable del siguiente paso. Gonzalo rasca su mente en busca de una respuesta.

—Cuando vengas otra vez me contestas —le dice Delia y le planta un beso en la frente.

Por lo menos habrá una segunda visita. La deja en buenas manos y se encamina al auto. Una vez en casa, Rosario lo interroga, pero no con la insistencia de sus días de su matrimonio, cuando su mujer deseaba saber lo que todos en la compañía habían dicho y hecho.

—Me duele —le confiesa cuando él finaliza de narrar palabra por palabra su breve conversación—. Pero me alegra que por lo menos esté hablando.

—¿Y qué piensas de su pregunta?

—La frase es cierta. Todos tenemos secretos. ¿O tú no?

Gonzalo suspira:

—Supongo que sí.

Sin embargo, Rosario no ataca el problema principal. ¿Deben otros saberlos?

Laura se siente halagada, pero tensa. Gonzalo sorbe café en la mesa del comedor y aguarda una contestación. Le ha lanzado una bola rápida, como diría su primo que tanto gusta del béisbol. Laura trata de componerse mientras corta una rebanada de panqué. De reojo observa su computadora portátil. Gonzalo ha venido en un momento poco oportuno; le ha quitado la inspiración.

Gonzalo remoja el panqué en el líquido marrón. Laura ahoga una risita. ¡Parece niño! ¿Acaso se ha enamorado? Reconoce que se ha engañado a sí misma. No se puede amar a un desconocido; además, Gonzalo tiene mujer. Laura ha querido excusarlo de mil formas, pero la realidad es que ella no figura en su vida salvo como una amiga, pues su instinto le informa que él aún ama a Rosario.

—¿Entonces?

La mira con interés y ella se ruboriza.

—Realmente no sé mucho de esto. Pero cuando empecé con doble A me hizo bien contar mi historia. Luego me alivió pedir perdón a mi madre y a mi hermana.

Gonzalo asiente; ella desvía la mirada al librero.

—¡Ahora recuerdo! He leído mucho de órdenes religiosas del siglo XVII. Los grandes maestros de religión hablaban mucho de la confesión. Era un sacramento. Una frase decía: "Debemos recordar que antes que una comunidad de santos, somos una comunidad de pecadores".

—Me gusta la frase.

—A mí también —sonríe Laura.

Le hace bien pensar que no todos en el mundo son perfectos, y aún cuando ella se cree la más perversa y fracasada, le inspira confianza cuando conversa en el grupo de doble A pues todos cojean del mismo pie. Por eso le perturba conversar con Gonzalo, un hombre intachable, pues ni siquiera el divorcio se le figura una gran mancha en su currículo pues no se ha vuelto a casar ni se separó de su mujer por infidelidad.

—¿Y qué hacían esos monjes?

—A veces me confundo qué hacía cada quién, pero cierto grupo solía confesar delante de toda la comunidad sus afrentas. En cierta ocasión uno de los novicios se hallaba mortificado ya que debía aceptar su falta: había robado comida. Llegó ante todos y se arrodilló. Luego pronunció la frase de rigor: "Hermanos, confieso delante de Dios y de ustedes, que he robado unos higos". El grupo guardó silencio pues le correspondía al abad superior perdonar primero, pero para sorpresa de todos, el anciano se arrodilló y murmuró: "Hermanos, confieso delante de Dios y de ustedes, que durante mi noviciado robé unas manzanas".

Gonzalo se queda mudo. Ella se pregunta si debe explicar la anécdota.

—Gracias, Laura. Me has ayudado mucho.

Laura lo ve partir con frustración. Quizá debió entretenerlo o invitarlo a cenar, pero sus ojos vuelven al teclado y sus dedos arden. Algo invade su mente en ese instante, más poderoso que una ilusión romántica sin fundamento.

—Delia, te fallé. Hice mal en alejarme de ti y de tus hermanos. Me equivoqué al suponer que no me necesitaban. He sido egoísta y he vivido solo para mí.

Decirlo le ha costado más trabajo que el día que firmó su liquidación en la empresa. Cada palabra le ha dolido, aunque ha repasado las frases más de tres veces en el auto, sin olvidar que cada noche desde una semana atrás ha redactado en su memoria lo que ha dicho, y que por cierto, no sonó igual que en los ensayos.

—¿Me perdonas?

Ha logrado ligar las dos palabras, pero le han sabido a hiel. Le ha costado sudor pronunciarlas, aún cuando a oídos de Delia quizá sonaron tan simples como un buenos días. Gonzalo batalló con sus recuerdos y memorias, con su culpabilidad de las últimas semanas. Esa mañana se vio en el espejo y reconoció a un hombre hipócrita que disimulaba una vida ejemplar, pero que escondía terribles secretos. Quizá en un juicio público lo perdonarían pues no lo acusarían de homicida o pervertido, pero ¿no es igual de terrible la soberbia y el egocentrismo?

Las palabras de Laura han ayudado. Se ha repetido que el mundo no está compuesto de santos —ni siquiera en las iglesias— sino de pecadores, de gente que se equivoca y echa a perder sus vidas. Pero él aún puede recuperar lo perdido.

Delia se muerde el labio inferior.

—Papá, yo me siento mal. Me avergüenzan mis borracheras y mi comportamiento de los últimos días. No soy la hija buena que tú imaginas.

Gonzalo la abraza.

—Y yo no soy un padre de admirar. Hija, ¿me perdonas?

Debía escuchar las palabras o el vacío continuaría.

—Te perdono, papá. ¿Y tú a mí?

—Por supuesto que te perdono.

Se siente bien acariciar la piel suave de su hija, esa pequeñita que él cargó de recién nacida, la niñita que luego lo besó con devoción. ¿Qué le hacía creer que no necesitaba a sus hijos? ¿Quién lo engañó con aquel cuento de "cada quien con su vida"? ¿Dónde aprendió que "merecía la felicidad"?

Su concepto de felicidad ha sido adulterado por la televisión. Tal vez no se lo dijeron así, pero él lo dedujo: él debía buscar su propio placer. ¿Y qué del sacrificio? ¿Qué del amor? ¿Qué de la entrega?

—Tu madre desea verte.

—Y yo a ella. Solo faltan dos semanas. Dile que venga la próxima.

Gonzalo le pasa el regalo de Laura. Delia sonríe ante la bata del mismo color de las pantuflas.

—Preferiría algo más pálido —le confía en un susurro.

Pero Gonzalo sabe que lo usará. Y que Laura lo ha elegido con cariño.

—Laura es una gran mujer —declara Delia antes de marcharse a su habitación.

Gonzalo está de acuerdo.

22

1679-1682

F rancisco Javier encabezaba la procesión. Los jesuitas habían declarado un acto de contrición ya que los pecados de la Nueva España eran muchos y provocaban desastres, como el cometa que se había visto hacia el oriente unas semanas atrás. La iglesia debía movilizarse y amonestar a la sociedad o serían acarreados en ese remolino de perdición.

La procesión salió al anochecer. La encabezaba un crucifijo y la seguían hombres sosteniendo velas de casi medio metro. Los hachones iluminaban la senda, provocando sombras que aterraban. Francisco Javier meditaba en la responsabilidad que traía sobre sus hombros; debía exhortar a la ciudadanía, sobre todo a sus mujeres, la fuente de todos los males.

Él ya no dudaba de las conclusiones de sus maestros. En carne propia había experimentado la influencia que éstas producían en los demás, pues Teresa había logrado tentarlo y Magdalena había trastornado sus pensamientos. La carnalidad infectaba a las familias y todos harían bien en tomar votos de celibato. Pero ya que eso resultaba imposible, según decía el padre Eusebio, a Francisco Javier le tocaba predicar y rescatar a las hijas de Eva de ese camino de maldad al que conducían a sus presas.

Las máximas cantadas anunciaron su presencia y los vecinos salieron para atender el sermón. Francisco Javier elevó sus ojos hasta el tercer piso, a una ventana de las que se percibía el juego inquieto de la luz de una candela. Se trataba de la habitación de Magdalena. Agradecía que los problemas económicos de esa familia hubieran cesado desde que ella tomó la decisión de abrir una escuela Amiga. Por supuesto que Francisco Javier le ayudó para conseguir los permisos con las diversas autoridades, y recomendó sus servicios a varias mujeres que solía confesar. Aún así, debía alzar la voz y denunciar los pecados femeninos.

—Mujeres de la Nueva España, escuchad la palabra del Señor. Desde Eva, habéis venido escuchando al demonio y prestándoos para hacer caer a los hombres. ¡Arrepentíos o seréis consumidas por las llamas eternas que no se apagarán jamás!

Los frailes continuaron sus rezos; Francisco Javier se limpió el sudor de la frente. Desvió la vista a la ventana de su interés pero no percibió ningún movimiento. ¿Por qué Magdalena le robaba el sueño?

Entonces observó a una familia escabullirse por el portón. Los reconoció como los criollos del segundo piso, pero en lugar de pensar en su rechazo a lo sagrado, notó cómo el padre de familia abrazaba a sus hijos y a su esposa rumbo al refugio del patio. ¿Qué se habría sentido casarse? ¿Cómo habrían sido sus hijos? ¿Y con quién se habría casado Francisco Javier? ¡Con Magdalena! ¿Existía alguna otra mujer para él?

Se enterró las uñas en la piel. No cedería ante el demonio que intentaba disuadirlo de su labor. Él pertenecía a Dios y a la iglesia. Había hecho un voto de castidad que cumpliría hasta la muerte. Mientras tanto, se comportaría con honor; sería un Amadís religioso que rescataría a las mujeres de sus pecados. ¿Pero cómo lograrlo si solo se podía rescatar a quien se sabía perdido y esas mujeres se creían las dueñas de la ciudad? ¿Qué sería de la Nueva España?

Magdalena tomó la manita de Isabel entre las suyas. Ese día no se quedaron en casa para sus lecciones pues la llevó a la plaza para distraerla un poco mientras Alonso, Catalina, Francisco Javier y don Rafael conversaban.

—¿Qué son los voladores? —preguntó la niña.

—En un momento lo sabrás.

Dos esclavos traían banquitos en los que Magdalena e Isabel se acomodaron. Mientras los bailarines se organizaban, Magdalena se preguntó qué cambios vendrían debido a la muerte de don Cristóbal. Don Rafael y Catalina deseaban viajar a España para velar por sus negocios. Alonso murmuraba que solo querían acaparar la herencia antes que la Corona se las arrebatara.

Francisco Javier, por su parte, endechaba a su abuelo. Magdalena lo descubrió llorando cerca de la fuente, pero decidió no interrumpir su duelo. Alonso tampoco se encontraba tranquilo, sino todo lo contrario.

Había considerado a don Cristóbal un protector, un ángel más real que los que tallaba en la piedra para embellecer iglesias.

La pregunta que rondaba la mente de Magdalena se resumía en lo siguiente: ¿Se llevaría Catalina a Isabel con ella? No lo soportaría. ¿Qué haría Isabelita en España? ¡Convertirse en una mujer como su madre!

Isabel se emocionó cuando el grupo de indígenas taconeó alrededor de un poste al ritmo de la flauta y el tambor. El danzante principal subió el poste, seguido por otros cuatro. Se paró en la punta sobre una pequeña plataforma y empezó a danzar. Los otros cuatro se amarraron a una especie de cuadrado hecho con varas. Isabel tenía que estirar todo el cuello para verlos, lo que demostraba el tamaño de aquel palo que competía con los edificios cercanos. Ninguno temblaba, pero Magdalena temía que en un error de cálculo resbalaran a una muerte segura.

De repente, los cuatro giraron y sin previo aviso se voltearon de cabeza y se dejaron caer. ¿Cómo lograban descender con tal lentitud? Abrían el círculo cada vez más, mientras que extendían los brazos y parecían flotar. Isabel abrió la boca con sorpresa.

—¡Están volando! —exclamó la niña.

Los círculos se ampliaban y se tornaban majestuosos. De ese modo, continuaron el descenso cada vez más cerca del suelo. ¿Qué harían para no golpearse? Magdalena no despegó los ojos de esos indios, quienes con suma habilidad calcularon el momento exacto para sujetarse de la cuerda y plantar los dos pies en el suelo en sincronía. El hombre mayor, que continuaba en las alturas, se deslizó por una de las cuerdas e Isabel dijo:

—Rodrigo no me creerá cuando le cuente.

Magdalena tampoco daba crédito a la hermosura del espectáculo, pero la presencia de Tomás, el esposo de Juana, la regresó a la realidad.

—Don Alonso la busca.

En el camino, Magdalena trató de extraer todo tipo de información, y ya que el "capitán" gustaba del chisme, le contó la decisión final. Don Rafael y Catalina partirían al Viejo Mundo. Alonso y los niños se quedarían en la Nueva España. Magdalena apretó la manita de la niña y sonrió para sí. Creía flotar como aquellos voladores.

—Enséñame a preparar los turcos de maíz —le pidió Magdalena a Juana.

Juana asintió y comenzó a lanzar órdenes.

Magdalena procuraba distraerse con la clase de cocina, pero de reojo observaba a la hija de Juana, apenas una niña, que amamantaba a su cría. ¿Cómo era posible que la niña saliera preñada? Rumoraban que se había entendido con un mulato del baratillo, pero ni Juana ni Tomás se habían contrariado. Así era la vida de un esclavo.

Sin embargo, lo que a Magdalena le dolía se resumía en su propia vergüenza. Veintiocho años y soltera, sin crío ni pretendiente. No negaría que la decencia le brindaba muchas satisfacciones, pero ¿por qué Dios la castigaba de ese modo?

Juana la hizo separar los ingredientes, la masa y la harina, la manteca, el azúcar y una yema de huevo; luego los mezclaron con los dedos.

—¡Oh Santa *Malía*, que a Dios *palió* sin *habel comadle*, ni *tené doló*!

Magdalena hería las pasas y las almendras, los acitrones y los piñones. ¿Por qué la había abandonado don Roberto? ¿Qué había hecho mal?

—No envidie lo que no conoce —le dijo Juana.

—No sé de qué hablas.

—Sí lo sabe. La vida de un esclavo no es lo que usted *clé*.

Magdalena se acomodó pues adivinaba que venía una historia, y Juana no la decepcionó. Le habló de Elena, una mujer que vestía como hombre y traía el cabello recortado.

—¿Y por qué se viste como hombre?

Para pasar inadvertida. Uno debía hacer lo necesario para sobrevivir, Juana enfatizó cada palabra con cucharón de madera en mano.

—Dios la ha cuidado, niña Magdalena.

Mejor había sido que don Roberto se marchara, a sufrir embarazos cada año hasta secar el cuerpo. Muchas mujeres de piel oscura vendían sus cuerpos a cambio de unos reales. Otras soportaban el abuso de sus dueños y verdugos. Unas más, como Elena, se juntaban con asaltantes o invocaban al demonio para huir del patrón.

—Usted no ha *suflido* —le dijo y miró sus manos. Magdalena las comparó con las de Juana, rugosas y curtidas por el trabajo. Mujeres en plantaciones de azúcar, otras en obrajes, miseria tras miseria.

—¿Y qué de Elena?

Elena arriaba animales. Le pagaban bien y preguntaban poco. Magdalena se imaginó a una mujer de color montando caballos y persiguiendo ovejas. ¿Cómo podían existir mujeres tan distintas bajo el mismo techo? Pensó en Remedios y sus costumbres antiguas, en Juana y su color de piel, en Catalina y sus perfumes. ¿Y ella? ¿La habría Dios librado de alguna maldición? Sin embargo, aún deseaba un hijo, y si solo se podía conseguir a través del matrimonio, aceptaría a un marido. Cualquiera.

———

Francisco Javier no se había dado cuenta de lo mucho que detestaba a doña Eulalia hasta que ésta se marchó con Catalina y don Rafael. Por eso mismo, cuando sus obligaciones se lo permitían, visitaba con frecuencia la casa Manrique, que además de contar con más risas, también presumía una de las más suculentas mesas de la Nueva España y, aunque se cuidaba mucho de no caer en el pecado de la gula, muchas veces no lo lograba.

Esa tarde se proponía probar unos turcos de maíz que Juana había prometido hacer, pero sus obligaciones se lo impidieron. Auxiliaba a sus superiores con la sagrada misión de llevar a mujeres de perdición al hospicio de la Misericordia. Las mujeres entraban allí, casi siempre en contra de su voluntad, y no salían hasta quedar redimidas, lo que, según Alonso, no se lograba tan solo con poner a alguien en el encierro.

—Pero ahí escucharán la voz de Dios.

—O del demonio.

—¡Alonso, por todos los santos! Cuida tu lengua.

No negaría que Alonso asistía a misa con regularidad y no fallaba en sus caridades, pero a veces desconfiaba de su sinceridad. ¿O tendría Alonso la razón? Francisco Javier despertaba sudando por causa de las pesadillas donde rostros de mujeres que había arrastrado al encierro lo injuriaban. Jamás había escuchado tantas maldiciones juntas y en contra de su persona. Muchas alegaban que habían sido empujadas por la desesperación provocada por el hambre, otras culpaban a los mismos hombres pues las habían forzado a través de la violencia cometida en su contra. Un franciscano repitió que en lugar de concentrarse en las mujeres, los jesuitas debían exhortar a los hombres. ¿Quién era más pecador: la que pecaba por la paga o el que pagaba por pecar?

Aún así, Francisco Javier estaba convencido que hacía lo correcto. Los pecados de la carne se debían castigar. No había peor ofensa que aquello que el cuerpo cometía. Pero no estaba preparado para conocer a un jesuita recién llegado de Cuba. El padre Ignacio no le simpatizó, pero empezaron a convivir y a dialogar en sus ratos libres.

Poco a poco, Francisco Javier se enteró de su historia. El padre Ignacio había nacido en España, donde cometió toda clase de pecados mortales. Fornicó, adulteró, asesinó, robó, mintió. No había mandamiento que no hubiera quebrantado.

—Y esos pecados a veces pesan y doblan mi espalda.

—Pero todo fue antes de tus votos —insistió Francisco Javier—. Dios puede perdonar lo que se ha cometido antes de entregarse a él, pero ¿qué del que pecó después de su profesión?

El padre Ignacio lo miró con severidad:

—No soy un erudito, pero ¿acaso no perdona Dios los pecados del pasado, del presente y del futuro?

Francisco Javier merecía castigos e infracciones, así como la mano dura del padre Eusebio, pues había fallado como sacerdote. Teresa lo había tentado aún cuando él ya practicaba la verdad. Sin embargo, el padre Ignacio no dejó el tema por la paz.

—Los pecados de la carne dejan huellas profundas. ¿Ha sido dañada tu mente?

¡Que si lo había sido! Francisco Javier imaginaba toda sarta de escenarios durante las confesiones de esas mujeres del Hospicio de la Misericordia, y detestaba encontrarlas semidesnudas porque perdía la razón.

—No todos podemos lidiar con mujeres de vida licenciosa —comentó el padre Ignacio.

Francisco Javier pensó en la pasión del padre Barcia por ayudar a esas mujeres. Seguramente él no padecía visiones del demonio ni efectos en sus sueños. Pero ¿él?

—Pide un cambio —le recomendó el padre Ignacio.

El padre Eusebio no cedió:

—¿Quién eres tú para exigir cambios? La desgracia caerá sobre ti si no obedeces. Ya vislumbro lo que el arzobispo pensará de ti cuando sepa que después de pronunciar tus votos caíste en brazos de una mulata. ¡Una esclava! ¡Una hija de Satanás!

Francisco Javier sintió el rubor en sus mejillas. No soportaría tal humillación, así que guardó silencio y se retiró cabizbajo. El padre Eusebio probablemente jamás había ofendido a una mujer. ¿Quién era Francisco Javier para reclamar? Dios castigaba su pecado.

23

Gonzalo sonríe para sí mismo. Delia ha salido de la clínica y festejan en familia. En la sala ríen las hermanas de Rosario, las tías de Delia, mirando unas fotos que ha traído la sobrina menor. Su hijo Adrián ha llamado por teléfono para felicitar a su hermana. Julio y su esposa conversan con Delia en una esquina. Rosario dirige la función desde la cocina. Ha preparado una olla de pozole para que todos coman durante un mes.

Él vigila que todo marche a la perfección. Controla el volumen de la música y pone y quita CDs para satisfacer los gustos de todos. Revisa que no se acabe el hielo y sirve bebidas, ninguna alcohólica, lo que los invitados comprenden y no censuran.

Delia estrena vestido. Rosario la llevó el día anterior al centro comercial y regresaron con más bolsas que dinero. Zapatos, blusas, pantalones, vestidos. Supone que es el modo que tiene su mujer de mostrar amor a su hija, pero ¿a costa de sus ahorros? Gonzalo siente una punzada en el pecho donde anida una delgada cartera. Su tarjeta de crédito arde. El pago de la clínica le ha quitado la paz de un futuro acogedor y libre de preocupaciones. Los excesos de Rosario por esa merienda lo mortifican. Promete no endeudarse, pero en unos meses, deberá conseguir trabajo o echar a andar un negocio antes que empiece a vender los muebles de la casa.

Piensa en el bargueño que lo aguarda en el cuarto secreto, como le ha apodado Rosario. Por un momento desea huir y esconderse bajo el aserrín para embargarse del olor a madera. Desde niño, cuando tenía miedo, soñaba con poder hacerse invisible. El terror de verla hundirse otra vez lo asedia. ¿Acabará la pesadilla algún día?

El timbre repica tres veces. Gonzalo arruga la frente. ¿Quién falta? El tío Bonifacio y la amiga de Rosario. Abre y se topa con Laura. ¡Por supuesto! Delia insistió que la incluyeran en el convite.

—Perdón por la tardanza.

—Adelante.

Laura trae un refractario en las manos. Gonzalo descubre una gelatina. Delia ha salido y lanza un grito de emoción. Gonzalo sujeta el postre mientras que su hija asfixia a la profesora de secundaria. Gonzalo decide dejarlas solas un momento.

—¿Quién era? —pregunta Rosario.

—Laura, la madrina de doble A —le responde Gonzalo mientras deposita el traste sobre la mesa.

Rosario arruga la nariz. Gonzalo se pregunta si algún día existirá un brebaje que tele-transporte a las personas a una isla desierta. Será el primero en comprar semejante remedio.

Laura entra a la cocina y se ofrece a ayudar. Rosario trae un delantal con unas gotas de aceite, y la mira de arriba abajo. Laura empieza a picar los rábanos. Desde la sala surgen voces de hombre y mujer, risas y llanto de los pocos niños invitados. Laura se pregunta qué hace allí. Debió rechazar la propuesta de Delia, pero la chica merece una oportunidad.

Escucha las conversaciones a su alrededor. Nota la destreza de Rosario en la cocina y el nerviosismo de Gonzalo. Rosario remueve la olla.

—¿Te gusta el picante?

—Un poco.

—¿Lo quieres probar?

Laura se acerca y da un sorbo.

—¡Magnífico! —exclama.

—A mi familia le encanta.

—Y con justa razón.

De algún modo, Laura se tranquiliza. Trata de decirle, aunque sea en su mente: "No pienso robarme a tu marido. Solo estoy confundida". Rosario parece comprender porque comienza a narrarle anécdotas de la niñez de Delia. Laura continúa con su encomienda de rábanos y sigue con la cebolla. Gonzalo deja de asomarse, quizá porque se siente un intruso en ese paraíso femenino que se va poblando de tías, sobrinas y Delia. Los hombres encienden el televisor para observar un partido de futbol; ninguna mujer reclama, absortas en las historias del pasado.

Laura observa el rostro iluminado de Delia, producto de la felicidad. Ruega que permanezca así mucho tiempo, lejos del alcohol y rodeada de su familia. Pensar en los suyos le causa dolor. De hecho, sus ojos se humedecen, y no por la cebolla sino porque recuerda a su madre y esa última fiesta en Orizaba donde el menú fue el mismo.

Siente que las lágrimas resbalan por sus mejillas y se excusa para dirigirse al baño. Gonzalo la conduce al segundo piso. Laura agradece sus atenciones y echa pestillo a la puerta. Entonces rompe en llanto. Su madre ha muerto. Laura no ha podido llorarla como quisiera. La culpa la consume. Laura debió morir en las vías del tren.

Gonzalo adivina que algo está mal. Aprovecha que el partido se ha puesto interesante y que las mujeres continúan con sus charlas triviales para indagar por Laura. Ella se encuentra en el pasillo.

—Puedes descansar en la recámara.

Laura asiente y se tumba sobre la cama.

—Lo siento. No debí venir.

Gonzalo se queda de pie, cruzado de brazos.

—¿Estás enferma?

—Mi madre murió.

—Lo sé.

—Estoy bien —agita la mano—. Es solo que aún cuesta. No nos llevábamos bien. El alcohol destruyó muchas cosas en nuestra relación. Espero no suceda con Delia…

Gonzalo menea la cabeza.

—No lo permitiré… Creo que pensé en voz alta…

Ella esboza una tímida sonrisa que la favorece. ¿Por qué no se ha casado? Es una mujer joven, atractiva y agradable. ¿Qué vivió con aquel hombre, el Poeta, que la dejó tan marcada y abatida?

—No conozco a mi padre —susurra ella—.

Delia es afortunada en tenerlos a los dos.

¿A pesar del divorcio?

—Siempre he querido encontrarlo y preguntarle por qué nos abandonó. Jamás me he sentido querida.

Laura misma se sorprende ante su declaración, pues cierra los ojos y aprieta los labios. Gonzalo lamenta haber escuchado sus confesiones. Para alivio de ambos, Rosario grita que el pozole está listo.

—¿Te encuentras bien?

—Sobreviviré.

Gonzalo se admira del temple de esa mujer y agradece que Delia la haya elegido de madrina.

———

Julio se rasca la cabeza.

—Puedo encontrar cualquier cosa en Internet, pero necesito más datos.

—Es todo lo que tengo: Héctor Castellanos Jolet.

Su hijo vuelve a teclear y a ingresar datos. Gonzalo no comprende mucho de esas redes sociales, pero Delia jura que pueden hallar al padre de Laura con un poco de esfuerzo. Los invitados se han marchado. Rosario y Delia lavan los platos en la cocina, junto con la esposa de Julio. Su hijo y él, desde la mesa del comedor, navegan en busca de un desconocido.

—Jolet es un apellido extraño. Dudo que haya muchos en el mundo —insiste.

—Aquí hay algo —anuncia Julio—. Un tal Castellanos Jolet, pero no es Héctor. ¿Será su hermano? ¿Quieres escribirle?

Gonzalo suda frío. ¿Cuál es el siguiente paso? No creyó contar con tan buena suerte, así que titubea. ¿Qué planeaba con semejante misión altruista? Acaricia su barba en profunda meditación. Entonces Delia sale de la cocina con un trapo en la mano.

—¿Lo encontraron?

—A un tío.

—¿Qué esperas, papá? Mándale un correo con toda la historia.

—Pero…

—¿O quieres que yo lo escriba?

Delia se acomoda a su lado y sus dedos danzan sobre el teclado. ¡Qué locura! ¿A qué hora perdió la razón?

———

Laura se cubre con la cobija. Los ojos le arden de tanto llorar, el corazón le palpita a mil por hora. Ha estado allí en otras ocasiones. No es la primera vez que esas sombras la aplastan y la asfixian. A veces ha deseado correr fuera, en otras ha pensado en las vías del tren. Ha funcionado acudir al Poder Superior, pero esa noche se niega. Desea retorcerse en su miseria, por más loco que parezca. Apetece lamer sus heridas y revolcarse en su dolor.

Los pensamientos de toda su vida acuden en fila para mofarse de ella. Se pregunta si Julia los ha experimentado. Ella, su melliza, quizá nunca ha sido asaltada por esos fantasmas que torturan y apuñalan. Tal vez no ha vivido con esas imágenes de monstruos y demonios que la inmovilizan en su cama. ¿O son producto de su imaginación? Solo sabe que repiten lo mismo de siempre:

¡Nadie te quiere!

¡No vales nada!

¡Mejor te sería morir!

Por supuesto que nadie la quiere. Su padre la abandonó. Su madre prefirió a Julia. Julia se casó y la dejó a su suerte. El Poeta la maltrató. Gonzalo tiene esposa. ¿Quién la ama? ¿Quién, en ese vasto mundo, endechará su muerte, si algún día consigue esa ilusión? Nadie la echará de menos.

Por lo tanto, su vida carece de valor. No hay en ella nada atractivo para otro ser humano, en especial para alguien del sexo opuesto, así que Laura se considera inútil. Sus alumnos no aprecian su sapiencia; en menos de una semana la olvidarán y pensarán en un nuevo apodo para la suplente.

Laura debió morir aquel día. Su cobardía lo impidió. Ese auto que la arrolló debió de haberle causado la muerte. Su madre dio su último suspiro unos días atrás. Laura debió ocupar su lugar. ¿Y qué hay después de la muerte? ¿El cielo y el infierno? ¿El nirvana? ¿La nada? ¿El vagar como alma en pena? Laura conoce la respuesta pero no desea pensar en ella.

¿Por qué sueña con conocer a su padre? Adivina que es un alcohólico como ella. Tal vez se ha vuelto un criminal o murió en manos de la

justicia. La venganza la mantiene despierta, mientras observa los números de color rojizo sobre una pantalla oscura que anuncian el paso de las
horas. Tres, cuatro de la mañana. Por lo menos es domingo. No llegará
tarde al colegio.

Pero Gonzalo la invitó a su iglesia. Laura se revuelve entre las sábanas. Le dirá que está enferma. Lo último que necesita es toparse con el
Poder Superior. Si bien la rescató del alcohol de un modo milagroso, aún
no la libra del todo de sí misma. ¿Por qué la hizo tan desdichada? ¿Por
qué los pensamientos negativos siguen regresando?

———

Ridículo estar allí. Gonzalo, Rosario y Delia, la familia feliz, se deslizan
por la banca. Algunas mujeres curiosas giran el rostro y asienten casi
imperceptiblemente. Sus vestidos planchados y su maquillaje discreto
incomodan a Laura. Ella solo consiguió un par de pantalones negros y
una blusa guinda. No combina del todo y supone que su rostro es un
desastre, pero ¿cómo huir?

Delia la llamó temprano para rogarle que los acompañara a la iglesia.

—Debo agradecer muchas cosas al Poder Superior.

Sus padres no se pueden negar. La doctora les ha dado ciertas reglas y
estipulaciones sobre su nueva vida, sin la presencia del alcohol. ¿Y Laura
qué culpa tiene de los desatinos del clan? Se truena los dedos y un hombre la contempla con odio.

Laura lamenta no hallarse en su propia iglesia. Allí ha encontrado
comprensión y cariño, aunque a ella aún le cuesta trabajo abrirse y acercarse a los demás. Al principio, se rehusó a pisar una iglesia donde nunca
encontró comprensión durante su batalla con el alcohol. Los religiosos,
como los apodó, le recordaban a las monjas que le tiraban de las orejas
cuando se portaba mal. Alzaban las cejas y censuraban su vileza. Y Laura
no necesitaba que le recordaran que era una mala mujer; de eso se encargaba el espejo. Ella podía enumerar sus pecados mejor que nadie.

Pero un día, todo cambió. El Poder Superior adquirió personalidad y
se acercó a ella. Laura vio la luz, como el ciego de la historia que el pastor
relata en ese instante. El Poder Superior la sacó del alcohol cuando ella

se lo pidió unos años atrás, pero también la libró de un enemigo peor. Y Laura sintió a Dios cerca, tanto como si se presentara físicamente durante las pesadillas. Percibió su mano sobre su frente, esa brisa fresca que la animaba a ir día a día.

Pero los pensamientos regresan y la torturan. En momentos de cansancio o de dolor, como ahora que endecha a su madre, vuelven para perseguirla.

¡Nadie te quiere!

¡No vales nada!

¡Debes morir!

¿Cómo silenciar esas voces? ¿Quién las invitó? Sus ojos se posan sobre una página de la Biblia que se ha abierto en su regazo.

"El Señor es compasivo y misericordioso, lento para enojarse y lleno de amor inagotable. No nos reprenderá todo el tiempo, ni seguirá enojado para siempre… No nos castiga por todos nuestros pecados; no nos trata con la severidad que merecemos".

Laura lo sabe, pero ¿cómo hacer suyas esas palabras? ¿Cómo recuperar la esperanza en días como ese en que solo se le antoja una copita?

"El Señor es como un padre con sus hijos, tierno y compasivo con los que le temen".

Gonzalo sujeta y aprieta la mano de Delia; su hija le sonríe con ternura. ¡Pero Laura no tuvo padre! ¡No sabe lo que es un padre tierno o compasivo! ¡Su padre la abandonó!

"Él sabe lo débiles que somos; se acuerda de que somos tan solo polvo".

Entonces ¿por qué no la deja morir?

¡Nadie te quiere!

¡No vales la pena!

¡Mereces la muerte!

—Ayúdame, Dios mío —susurra.

24

1683-1687

Alonso miró a Francisco Javier con seriedad.

—No hay otra opción. Debes ir a la mina con Luis Sedeño.

—¿Pero por qué yo?

—¡Porque Luis y yo somos enemigos!

Juana entró con unas copas llenas de vino. Alonso bebió de la suya; Francisco Javier rechazó el ofrecimiento.

—Don Gaspar ha tenido problemas y hay decisiones que tomar. Pero ni don Rafael ni Catalina están aquí, lo que te convierte en el único representante de la familia que puede velar por los intereses de los de Herrera.

—¿Y si me niego?

—Si la mina se viene abajo, tu padre no te dejará en paz jamás.

Francisco Javier suspiró con derrota. Solicitó los debidos permisos y partió con la caravana de los Sedeño rumbo a Pachuca.

Salieron un martes y se detuvieron para comer con un amigo de la familia Sedeño, que los alimentó mal y los aburrió con su plática. No conocía otro tema que no fuera el de los piratas y los graves peligros que corrían los mares con ingleses, holandeses y franceses. Finalmente, el miércoles llegaron a Pachuca, una ciudad poco vistosa, en comparación con Puebla de los Ángeles. Don Gaspar los recibió con cortesía y hasta esa noche, alrededor de la mesa, les confió sus temores. La mina producía poca plata y debían cerrarla. La única opción sería encontrar una venta más prometedora, pero las posibilidades escaseaban, pues muchos dueños de la tierra no se desprenderían de sus terrenos. Por otro lado, los mineros andaban disconformes y muchos de ellos, en su mayoría negros, exigían un aumento de sueldo.

Al día siguiente, Francisco Javier acompañó a Luis para conocer las minas del monte. La ciudad empotrada en laderas deslizantes contaba con casas de barro cubiertas de madera. Según don Gaspar, había cerca de mil minas en la zona, lo que agudizaba la competencia. La plaza, con unos cuantos árboles, delimitaba las casas españolas, en un estilo sencillo, pero europeo. Luis le mostró donde dormirían y Francisco Javier se sorprendió cuando una mujer mestiza, de unos treinta y cinco años, les convido un almuerzo aceptable. Un chico de quince años les servía, y otro de once ayudaba en la cocina. La familia mestiza, mezcla de sangre española e indígena, le llamó la atención, pero no supo el por qué hasta que Luis se burló de su inocencia.

—Allí está tu hermano. ¿No ves la similitud?

Francisco Javier hirvió de coraje y tuvo que salir del encierro para componerse. Durante años, don Rafael lo había humillado, luego lo había reducido a cenizas con sus regaños por no ser un buen hijo, ¡siendo que él tenía una concubina! Hizo cuentas y su estómago se revolvió. Ese chico de quince había nacido antes de la muerte de doña Beatriz. ¡Su padre había engañado a su madre!

Francisco Javier corrió a la iglesia más cercana para rezar. El dominico a cargo lo recibió con recelo. Probablemente no simpatizaba con la Compañía. Pero aún más, Francisco Javier se preguntó si el religioso sancionaba o permitía esas uniones ilícitas. ¡En qué mundo vivía! ¡Pecado por todas partes! ¡Su padre, un traidor!

Rezó hasta dormirse.

Al otro día, trató de disimular. No le mostraría a esa mestiza ni una gota de atención, así que fue con Luis a la mina.

—Uno de nuestros problemas es que muchos indios y negros bajan a escondidas para extraer el metal que nos pertenece. Hace una semana, murieron cinco indios sepultados. Todo por andar robando ajeno.

La mina se llamaba "Santa Teresa", en honor a la mística española. ¡Qué forma de recordarle a aquella tentadora que, gracias al cielo, se había marchado! ¿Qué estaría haciendo? ¿Se volverían a ver? ¿Se acordaría de su hijo Domingo?

Luis le mostró los malacates, unas máquinas que tenían el eje apoyado en dos hierros. Alrededor del eje giraba una polea que movía la cadena de hierro por la que subía el metal colgado en ella. Francisco Javier se preguntó si existirían formas más modernas para recolectar el mineral, pues lo que veía se le figuraba lento y peligroso. Alonso debía haber venido y no él. Francisco Javier no sabía nada de metales ni de máquinas.

Algunos indios, sin embargo, sacaban el metal a la espalda, a expensas de su vida pues debían trepar unas muescas que no lucían nada seguras.

—¿Quieres bajar?

A Francisco Javier le irritó que Luis lo tratara con tal familiaridad. ¿No sabía que el jesuita se codeaba con los altos mandos de la ciudad?

—Seguramente te da miedo —rió Luis.

Francisco Javier agradeció que su hermana hubiera atrapado a Alonso y no hubiera caído en manos de ese engreído. Impulsado por su orgullo, accedió bajar. Así que Luis le pidió a uno de sus hombres de confianza, un barrigón de nombre Nicolás, que lo guiara y le explicara el funcionamiento de la mina. Nicolás, con luz en mano, lo guió por los peldaños que a veces temblaban bajo su peso. Francisco Javier se preguntó cómo hacían los indígenas para no resbalar ya que muchos estaban húmedos. Descendía encomendándose a Dios en susurros cargados de miedo que nadie escuchó. La oscuridad comprimía su pecho; la falta de aire cerraba su garganta, pero no se dejaría intimidar.

—Dime, Nicolás, ¿te agrada este trabajo? —preguntó para distraerse.

Nicolás gruñó en respuesta, pero más adelante, en tanto Francisco Javier captaba los sonidos de metal contra piedra, el hombre habló:

—Muchos mueren, padre. Ni don Gaspar ni don Luis han bajado en años, así que a veces no entienden.

Por fortuna, habían llegado a la parte de la mina donde los barreteros cincelaban la dura piedra en busca de metal. Los picos de hierro resplandecieron en las penumbras y el ruido se agudizó.

—¿Qué es ese olor?

Francisco Javier quiso saber y se cubrió la nariz con la manga del sayo. Nicolás respondió que los hálitos de pestilencia resultaban más dañinos y, a la larga, más severos que un derrumbe; pues si bien no muchos morían aplastados por la piedra, sí enfermaban gravemente.

Francisco Javier se mareó. Sus pulmones se esforzaban por inhalar, los olores penetraban su conciencia y entorpecían cada movimiento. Sudó frío al percibir que solo les rodeaban muros impenetrables y que un agujero minúsculo los apartaba de la vida en la superficie. Creyó oír su nombre susurrado por los ecos de los pasillos, su estómago ardió al mezclar los aromas pestilentes y su mente le jugó una broma al convertir las sombras en demonios, de esos que lo atosigaban por las noches.

—Debo salir —dijo y palpó la resequedad en su boca.

Nicolás lo contempló con un dejo de burla y señaló con el dedo la salida. Francisco Javier lo hubiera golpeado, pero en su concentración por no dejar de respirar, lo siguió a tropezones. En eso, escuchó un ruido sordo. Un indígena, que venía detrás, había caído.

—Debemos volver por el hombre —anunció muy a su pesar.

Los brazos le dolían y la garganta le ardía, pero ¿y qué de ese infeliz?

—Ya habrá quien le ayude.

—¿Y si tardan?

—Están acostumbrados. Saben que deben prestar atención. Para eso traen luz.

—¡Una luz que no permite ver nada, por el demonio! —gritó y de inmediato lamentó su desliz—. Entre el peso de la carga y esta pésima iluminación, cualquiera resbalaría. He dicho que volvamos, y no admito contradicciones.

Agradeció no poder distinguir las facciones de Nicolás quien emprendió el regreso con graves quejidos. Los mugidos del indígena los condujeron hasta una inclinación donde el hombre yacía tendido. El hombre se había roto una pierna y sangraba de la cabeza. Un sabor a bilis recorrió su pecho hasta su boca y por poco vomita, pero se contuvo. Nicolás sugirió que subieran por ayuda, pero Francisco Javier se enfureció aún más. ¡Debían sacar al herido! Lo llevaron en hombros, y trastabillando, combatiendo el asco, el vértigo y la locura, ascendieron hasta que una luz los cegó.

Una vez fuera, Francisco Javier se arrodilló, luego miró al indio y sintió las lágrimas invadir sus ojos. Se trataba de un hombre esquelético, repleto de cicatrices viejas y recientes. Su ojo derecho traía sangre seca, su pierna se doblaba de un modo antinatural y olía peor que los cerdos que se criaban en las haciendas. Se apartó del grupo y se escabulló detrás de una construcción. Podía contar con los dedos de las manos las veces que había llorado desde su juventud. Sin embargo, recordaría esa ocasión como una de las más profundas. Tardó mucho en controlarse y, todavía más, en aceptar que existían seres humanos que vivían bajo esas condiciones de miseria.

———

Francisco Javier y Luis discutieron a gritos. Doña Gertrudis, la amante de su padre, terminó como parte del pleito verbal, que según los vecinos, se escuchó hasta la casa del gobernador de Pachuca.

—No vengas a querer cambiar nuestras costumbres —le advirtió Luis—. Esta mina pertenece a don Rafael, y tú no eres nadie para dar instrucciones.

—Solo exijo más respeto para los trabajadores. ¡Mira cuántos heridos hubo en un día!

—Eso les pasa por brutos.

El cura del real estaba de parte de los españoles, y por eso velaba por las almas de cada morador del Monte para procurar su eterna salvación. Cuando doña Gertrudis señaló que, a final de cuentas, los indígenas se multiplicaban como las ratas, Francisco Javier estalló. Pero doña Gertrudis repitió lo que su padre siempre había dicho.

—Con ese corazón, pareces mujer.

Francisco Javier ardió en rabia. Prefirió salir de la casa y azotó la puerta. Halló una colina y, sentado sobre el pasto húmedo, maldijo el día que había nacido, luego descargó su ira contra su padre. Un sin fin de apelativos atravesaron su mente y, para colmo, empezó a llover. Se sintió más solo que de costumbre, ajeno a esa sociedad española que abusaba de los naturales del país, aunque tampoco pertenecía a esos gremios de trabajadores. No era un torero como Alonso, ni un comerciante de renombre, ni siquiera un religioso consagrado. No pertenecía al mundo de la realeza y de los virreyes, pero tampoco formaba parte de los clanes de naturales de la tierra.

¿A qué mundo pertenecía? De madrugada, empapado y con el cuerpo ardiendo en fiebre, decidió firmar los papeles que don Gaspar solicitaba para así lavarse las manos. No podía hacer más por los mineros, así que regresaría a confesar mujeres de perdición.

———

—Aquí mismo sucedió, Alonso —le dijo Magdalena y apretó el pañuelo—. Pasó por la noche. Yo andaba dormida, pero escuché los rezos de las capuchinas, así que habrán sido las once. Entonces el grito me sacó de la cama. El carpintero se volvió loco; un demonio lo poseyó o qué se yo, pero le cortó la garganta a su mujer. Don Antonio, en el piso de abajo, también presenció la escena así que llamó a la guardia, pero Mariaca se echó a correr a la iglesia de San Agustín y dejó a su mujer allí tirada y delirante. Mi pobrecita madre casi se desmaya, pero le di sales para componerla. Don Juan y don Carlos salieron para auxiliar a la mujer, que sean dadas gracias a Dios y a la Santísima Trinidad, alcanzó los santos óleos.

—Pero, ¿por qué lo hizo?

—¿Por qué la mujer tiene la culpa de todo? Las desgracias, Alonso, también las provocan los hombres. Él miente al decir que su mujer lo engañaba. Todos conocemos a Lupita, incapaz de mirar a otro hombre. Fue él quien temió ser descubierto por tener otra mujer.

Sus ojos se humedecieron.

—¿Por qué los hombres nos engañan?

—No sé de qué hablas.

—De la infidelidad. De eso hablo. ¿Qué no les basta una mujer? Pero tú nunca le harías eso a Catalina, ¿verdad? Digo, lo de Teresa ya pasó, pero no se repetirá.

—Por supuesto que no, Magda. ¿Qué me crees?

Magdalena se sobó las sienes. Don Roberto la había engañado, Alonso había engañado a Catalina, Mariaca había engañado a Lupita, don Rafael —según decían los chismes— había engañado a doña Beatriz con una mestiza que vivía en la mina. ¡Todos los hombres eran infieles! Todos, a excepción de los padres de la iglesia. Francisco Javier era un santo. Él jamás tocaría mujer.

25

Gonzalo estira los brazos y bosteza. La casa no es la misma desde que Rosario y Delia se marcharon. La cocina está limpia, pero hacen falta los trastes sucios y las cacerolas sobre los quemadores. Las recámaras se encuentran en orden, sin ropa de mujer por aquí y por allá. No huele a perfume, sino a su loción. El baño ha quedado despoblado; solo una botella de shampoo y no cinco.

Tampoco ocupa el sillón, lo único rescatable para su espalda, ni pelea por el control remoto. Nuevamente puede disfrutar sus programas policíacos, pero le hace falta comentarlos con alguien. Incluso se tienta a continuar viendo la telenovela que Rosario no se pierde. Desea saber si Carlos Fernando le confesará a María Alejandra que la ama.

Ruega que Delia recupere su jovialidad pronto. Ha metido solicitud de empleo en una empresa cercana a la casa de su madre. Un buen trabajo ayudará a su autoestima. ¿Y qué de Gonzalo? ¿Por dónde empezar ahora? Saca los folletos que anuncian viajes a Europa, pero reconoce que sus finanzas han sido heridas. Ni siquiera se le antoja organizar un nuevo negocio. ¿De qué?

Solo una cosa lo motiva: restaurar el bargueño. Esa mañana barnizó cada centímetro. Una vez que se seque, trabajará con cada cajoncito. También merecen ser resanados. Para eso sirve la masilla reparadora. En suma, el mueble quedará perfecto, listo para una exhibición. Pero ¿ante quién?

Juguetea con los canales de televisión, pero finalmente se fatiga y decide revisar su correo electrónico. Desde que no trabaja en la empresa poca gente le escribe, pero a veces un primo le envía buenas reflexiones, y otro tío le cuenta sus penas por la edad. Se sorprende ante el número en su bandeja de entrada, más de su cuota diaria. Entonces su corazón da un vuelco. Uno de los correos viene de un tal Castellanos Jolet. ¿Qué dirá?

Laura se encuentra tumbada sobre el sofá. Los chicos de segundo grado, del grupo C, para ser más precisos, la desquiciaron. Se negaron a trabajar y quisieron hablar del suicidio de un cantante de rock que sonaba en las noticias. Además, Claudia y Raúl continúan de novios, pues los descubrió en la cancha de basquetbol en pleno beso, y ninguno de los dos se disculpó.

Afortunadamente, trabajó en su proyecto media hora; no gran cosa, pero de algún modo esos momentos que roba a su día aquí y allá le traen más satisfacción que un bote de helado de chocolate con almendras. En eso, el teléfono repiquetea. ¿Julia o Delia? Nadie más la llama, pues Jazmín prefiere bajar y conversar cara a cara.

Se ve tentada a no responder, pero la curiosidad puede más, así que descuelga el auricular y casi se muerde la lengua. ¡Gonzalo! Mayor que su sorpresa por escuchar su voz resulta el contenido de su llamada. Gonzalo ha encontrado a su tío, el hermano menor de su padre. El hombre desea conocerla y charlar con ella; vive al poniente de la ciudad, en una zona que Laura no ha pisado antes, y eso la aturde. Sin embargo, sabe que solo distrae su mente de su verdadero temor: ¿qué hará cuando sepa de su padre? Durante años ha soñado con verlo y abrazarlo, pero el miedo de una posibilidad real la paraliza.

—Entonces, ¿qué le contesto?

Laura se talla los ojos. ¿Cómo saberlo? Gonzalo debió consultar con ella antes de ejercer su labor detectivesca.

—No sé andar por esa parte de la ciudad.

—Entonces yo te llevo —se ofrece el padre de Delia.

El vacío en su estómago la inquieta. Su primer pensamiento se centra en un vaso con brandy, pero de inmediato repasa los Doce Pasos.

—¿Laura? ¿Sigues allí?

Si volara, se marcharía a París.

—¿Laura?

—Tengo miedo…

Un sin fin de imágenes cruzan por su mente. Su padre en la cárcel. Su padre millonario. Su padre con una mujer rubia y veinte años más joven. Su padre un borracho.

—Ánimo, todo saldrá bien.

Por alguna extraña razón, Laura le cree.

⁓

Gonzalo se estaciona frente a una casa pequeña que solo muestra un portón negro. Laura se quita el cinturón de seguridad y exhala con resignación. ¿Qué pensará? Baja para abrirle la puerta. No vaya a ser que se arrepienta. Gonzalo concertó la cita con su tío una semana antes y no echará a perder esta oportunidad.

Laura lo sigue unos pasos atrás. Gonzalo se compadece de su incertidumbre por tocar el timbre, así que él se encarga. Sus nudillos chocan contra el metal, pues el timbre no funciona. Unos pies se arrastran y unos ojos se asoman.

—Venimos con el señor Castellanos.

La mujer arruga la nariz, pero finalmente abre. Los conduce a una sala pequeña, con dos sofás y un sillón, cada uno con tapizado distinto al otro. La música de fondo no le agrada. No es partidario de los ritmos norteños. Laura bebe el entorno con sumo cuidado. Vestida en su traje sastre no parece maestra, sino oficinista del gobierno.

La mujer les ofrece agua de limón recién hecha. Se esfuma tras una cortina hacia una minúscula cocina. Gonzalo analiza los cachivaches arrinconados en una esquina. Forman una torre que peligra con caer en el siguiente temblor. La casa tampoco presume de limpia, pues percibe capas de polvo acumuladas sobre las repisas del librero y de la vidriera. Sin embargo, la televisión de muchas pulgadas anuncia dónde se va el dinero del proveedor del hogar.

La mujer regresa con dos vasos de plástico. Laura agradece la bebida. Gonzalo pregunta por el señor Castellanos.

—No tarda —dice la mujer, con fastidio.

Quince minutos después, tiempo en el cual Gonzalo y Laura se acaban el agua de limón, un hombre abre la puerta. Tarda en reaccionar, pero cuando lo hace, se muestra amable.

—Lo siento. El metro tardó más de la cuenta.

¡Metro! ¿El hombre no tenía auto? Gonzalo teme que el padre de Laura resulte un hombre de escasos recursos. ¿Cómo reaccionará Laura? De hecho, ¿qué piensa encontrar?

Después de unas breves presentaciones, el tío de Laura la contempla.

—Te pareces a Héctor. ¿Es verdad que tienes una melliza?

Laura asiente, pero no abre la boca. Gonzalo interviene:

—¿Y dónde está Héctor?

El hombre recarga su espalda en el sofá. Su estómago protuberante indica afición por las carnitas o gusto por la cerveza.

—No sé qué pensabas encontrar, pequeña —le dice y ella se sonroja—. Pero no quiero desilusionarte. Héctor tiene otros hijos, ¿comprendes?

—Lo supuse —ella se defiende por primera vez—. Pero eso no me importa. Mi madre murió hace un mes.

El tío agacha la cabeza:

—Lo siento.

Guarda silencio y su mujer, con mirada gélida, atraviesa la estancia rumbo a la cocina. Gonzalo presiente que no son bienvenidos y deben marcharse.

—Hace años que no hablo con Héctor; discusiones familiares, como imaginarán. Pero vive en el puerto de Veracruz. Te daré su dirección.

—Gracias.

Laura le tiende la mano cuando él le pasa un pedazo de papel.

—Siento lo de tu madre.

Gonzalo la sujeta del codo y la guía a la salida. Ella no deja de temblar hasta que se sube al auto.

Jazmín le sirve más café en la taza de siempre. Laura contempla el departamento de su vecina, repleto de fotografías, figuras de porcelana, recuerdos de bodas y quince años, y un desorden fenomenal. Distingue las huellas de sus nietos en el piso y en las paredes. Observa catálogos de productos de belleza y zapatos por aquí y por allá. Aún así, se siente a salvo.

—¿Y tú lo quieres conocer?

—Parte de mí lo anhela. Quiero saber por qué nos abandonó.

Jazmín chasquea la lengua:

—¿Eso en qué te ayudará? Laura, tú vives presa del pasado. Debes pensar en el presente y soñar con el futuro.

Laura descansa la espalda contra el respaldo de la silla. Se le antoja más el sillón, pero no hay lugar pues los dos gatos de Jazmín se han acomodado en él.

—Hay temas sin resolver en mi pasado —insiste Laura con cierta inseguridad.

No desea enfadar a Jazmín, pero cree firmemente que ha llegado el día de enfrentar a sus fantasmas.

—Supongo que sí. Mi difunto esposo y yo solíamos discutir por cosas de nuestra juventud más que por el presente. Pero, ¿cómo encontrarás a tu padre?

—Tengo su dirección. Gonzalo...

Jazmín menea la cabeza.

—No me gusta Gonzalo. Es decir, no tengo nada contra él, pues ni siquiera lo conozco. Pero tú mereces un hombre más joven y menos complicado. Eso de que tiene una ex-esposa a la que aún frecuenta y una hija alcohólica me inquieta. Solo velo por ti, sobre todo ahora que tu mamacita ya no está.

Los ojos de Laura se humedecen. Últimamente todo le recuerda a Flor.

—Cuando conozca a mi padre entenderé muchas cosas —comenta, con un nudo en la garganta.

Su vecina se sacude la falda de migajas y se pone a regar las macetas en la sala. Desde que la conoce, Jazmín no puede sentarse más de media hora a charlar sin interrumpirse para realizar alguna actividad física.

—¿Y qué harás si te enteras que tu padre es un narcotraficante o un violador? A los hijos les encanta culpar a los padres de sus desgracias. Ahí está mi propio hijo. Dice que si su padre no hubiera muerto, hoy tendría más dinero. O que si yo no hubiera sido tan estricta, habría estudiado leyes.

—No pienso volver a mi padre un chivo expiatorio. Pero quizá comprenda por qué soy así.

—¿A qué te refieres? Escucha, Laura, te conozco desde hace años, pero en estos últimos meses has abierto tu corazón de maneras que me sorprenden. En ocasiones siento que realmente había tomado café con una desconocida. No, no te pongas así.

Jazmín le pasa un pañuelo desechable para que se seque las lágrimas. La toma de la mano y la guía al sillón donde la abraza.

—Me refiero a que por fin estás sacando el dolor acumulado de muchos años, y eso es bueno, pero no tengas miedo de saber la verdad. Si tu madre no te amó como hubieras querido o si tu padre resulta un criminal, eso no marca tu futuro. Casi no hablo de mi difunto marido —susurra y señala la foto de un hombre en traje militar—, pero él me enseñó muchas cosas. O más bien su madre. No tuvo una vida fácil mi suegra. Fue hija de una de las cinco amantes de su padre. En la familia se rumoraba que don Eduardo había sacado a esa mujer de una cantina; pero no había modo de comprobarlo. Mi suegra sufrió mucho a manos de sus padres. Su padre la golpeaba; su madre la ignoraba. En una de esas, la madre se esfumó y mi suegra fue criada por otra de las amantes de su padre, así que recibió maltratos y humillaciones.

Jazmín se aparta unos minutos y regresa con una fotografía en blanco y negro donde aparece el rostro de una mujer con nariz algo grande y el cabello amarrado en un moño. Laura percibe en esa imagen a una mujer soñadora.

—Los errores se repiten; o eso alegan todos. Así que mi suegra buscó el amor por todos lados y encontró a un hombre que la dejó con un regalo: un hijo, pero que desapareció de la escena.

—Como mi padre lo hizo con mi madre.

Jazmín continúa la historia:

—Luego llegó el padre de mi difunto marido. Nunca comprenderé por qué mi suegra se casó con mi suegro. Supongo que deseaba salirse de su casa, o quizá se enamoró de la ilusión del romance. Muchas hacen eso.

—¿Tú no? —indaga Laura y Jazmín lanza una carcajada.

—No me desvíes del tema; esa es otra historia. El punto es que no había televisión en esos tiempos, así que mi suegra tuvo nueve hijos, pero decidió que en su vida no se repetiría la historia de traición y abuso. Mi marido se acuerda que un día la acompañó en busca de aquella madre que la había dejado. La abuela de mi marido continuaba en la cantina, de donde la sacaron y la atendieron hasta que murió. Estaba enferma de no-sé-qué. Luego buscó a su padre y lo perdonó. Mi suegro, por su parte, no solo dejó nueve hijos, sino muchos más por aquí y por allá. Una de sus "queridas" era la maestra de los chicos en la primaria. ¿Lo puedes creer? Y aún así, mi marido me dijo: "Jazmín, ella nunca envenenó nuestros corazones en contra de nuestro padre". Ganas no le habrán faltado, pero allí lo tienes.

—¿Cuál es tu punto? —le pregunta Laura con ternura.

—Que las historias de traición e infidelidad no tienen por qué repetirse, mi querida vecinita. Los ciclos se rompen; siempre se puede empezar de nuevo.

Laura piensa en las segundas oportunidades que habló con Delia.

—A medida que se aprende a perdonar, se acepta el pasado. ¿Has perdonado a tu madre? ¿A tu padre? Mi suegra siempre nos dijo: "Antes de reír, recuerden primero que se tuvo que llorar". Yo recibí el mejor regalo que me pudo dar esa mujer: mi marido. No mentiré, ni me engañaré. Tuvimos días buenos y días malos; siempre me hirió su frialdad, pues al hombre no le robaba una carcajada ni con cosquillas. Creo que solo las películas de Cantinflas lo hicieron llorar de risa, pero me fue fiel. Él, que venía de un abuelo infiel y de un padre infiel, me respetó hasta la muerte. Y se lo debo a mi suegra. Alguien tuvo que detenerse y romper ese círculo vicioso para escribir una nueva historia. Ella fue la valiente. Y no le fue fácil.

—Nunca es fácil perdonar.

—No lo es. Pero, a final de cuentas, no perdonar es aún más complicado.

———

Gonzalo sonríe al ver el bargueño. Cada día luce más atractivo. La madera brilla con la luz del foco y los cajoncitos van ocupando su lugar.

Supone que el bargueño perteneció a una mujer, pues no concibe que un hombre guardara un mueble tan femenino y con tantos secretos. ¿Qué habrán ocultado en esos cajoncitos a través de los años? ¿Peines y peinetas? ¿Maquillaje o joyería? Debe preguntarle a Delia la próxima vez que la vea. De hecho, se sorprende al recapacitar en que su hija no ha posado sus ojos sobre el artefacto, solo Rosario.

¡Ah, Rosario! ¡La echa de menos! Pero la situación con Laura lo ha distraído, así que no se queja. ¿Qué dirá don Mario cuando sepa que

Gonzalo ha resucitado esa pieza de arte? Ha investigado algunas galerías que se especializan en antigüedades. Quizá la compren a buen precio. Incluso ha acariciado la idea de abrir un negocio de restauración de muebles viejos. Él mismo puede tallar madera, pues no teme al trabajo manual.

Mientras la delgada brocha con barniz baila sobre la superficie, Gonzalo se acuerda de sus meditaciones. Todos vieron en ese mueble algo viejo e inútil, pero él ha visto más allá. Quizá debe aplicar la misma estrategia con Delia. Detrás de una chica desubicada y rebelde, se esconde una mujer maravillosa. ¡Cuánto anhela volver a deleitarse en su sonrisa y en su modo de vestir! Quiere que deje a un lado la ropa holgada y vuelva a gastar en nimiedades, aún cuando sea a costa de sus ahorros.

En eso, el teléfono repiquetea. Se trata de Laura.

—Iré a buscar a mi padre.

—¿En serio?

Nunca logra anticipar cómo esa mujer reaccionará.

—Voy este fin de semana.

—¿Quieres que te acompañe?

—No, gracias. Esto es algo que debo hacer sola.

Gonzalo cuelga, pero un hueco en el estómago le inquieta. ¿Qué le provoca Laura? ¿Amor? No. Gonzalo no ha vuelto a sentir lo mismo desde que Rosario le dio el "sí". ¿Cariño? Tal vez el de un amigo a una amiga. ¿Pero son amigos? Casi no se conocen. Entonces ¿qué pasa?

Termina uno de los cajoncitos y lo coloca en su lugar. ¿Tendrá suficientes sueños que ocultar en cada uno? Un viaje a Europa, un negocio propio, estudiar historia, disfrutar su jubilación, dedicarse a la decoración. ¿Tres más? Que Delia sea feliz, que Adrián sea feliz, que Julio sea feliz. ¿Y Rosario? Cierra la tapa y suspira. Supone que Rosario, de algún modo, ha sido siempre su mayor sueño, y el descubrimiento oprime su pecho. ¡Aún la ama! Rosario es parte de su vida, como esos arcos del bargueño que sostienen los cajoncitos.

—Dios mío, ¿qué he hecho?

26

1688-1689

—Ya vine, madrina —le dijo Isabel de trece años.

—Luces pálida.

Magdalena palpó su frente. No tenía fiebre. Si aún viviera aquella mujer que vendía los panecillos de Santa Teresa, le compraría uno. A Isabel siempre le gustaron y creyó firmemente en el milagro, al igual que Magdalena. Solo algunos, como Alonso, la habían llamado "embustera". Se propuso distraerla con algunas tareas pendientes para que no pensara en sus males, así que remendaron un vestido y luego zurcieron unos guantes.

Esa noche, Isabel se quedaría a dormir en casa. Catalina aún no regresaba de España y Alonso prefería que su hija no molestara los viernes por las tardes.

—¿Qué se te antojaría cenar?

Isabel organizó el menú. Juana había descubierto una nueva combinación de ingredientes dulces, así que las dos se internaron en la cocina y buscaron lo que necesitaban. Isabel eligió chorizos, pan y algunas conservas, y Magdalena la dejó experimentar. Unas horas después, doña Clementina elogió a la cocinera, y la velada hubiera terminado de modo placentero si no hubiese sido por una voz tétrica en el primer piso: "Dese usted preso al Santo Oficio".

Doña Clementina dejó caer su pañuelo, Isabel abrió los ojos de par en par y Magdalena se estremeció. Le correspondió asomar la cabeza y tembló al reconocer que los guardas de la moral se encontraban frente a don Carlos de Sosa, quien apoyado en su bastón, los enfrentaba con seriedad. Segundos después, él le lanzó a ella una expresión de sorpresa y alegría, luego salió de la casa escoltado por los guardias.

Francisco Javier se detuvo frente al edificio de tezontle, entre las calles Sepulcros de Santo Domingo y la Perpetua, la casa chata conocida como el Santo Tribunal de la Inquisición.

—Lo hago por Magdalena —se decía, mientras se internaba en esos cuartos que lo aterraban.

Se desvió del pasillo que lo llevaría a la pieza más grande y tapizada de damasco carmesí. Ese día no vería el escudo de armas del Santo Oficio, ni la lámpara que alumbraba de noche.

Sus pies descendieron a los diecinueve calabozos, y en el trayecto se acordó de una de sus historias preferidas, una que escuchó de niño. Narraba las aventuras de una mulata proveniente de Córdoba, acusada de brujería, quien dentro de la cárcel había pintado en la pared un barco en el cual escapó. Francisco Javier y Alonso se habían reído al imaginar los ojos pelones de los frailes dominicos al encontrar su celda vacía. ¿Habría utilizado una pintura mágica? Pero a sus treinta y seis años, daba más crédito a la posibilidad de que aquella mulata, con sus gracias femeninas, hubiera convencido a su carcelero de librarla. ¡Lo mismo hubiera hecho Teresa!

El olor a descomposición interrumpió sus pensamientos. Miró las celdas húmedas, poco iluminadas y frías. Cada reo era responsable de llevar su cama y su vajilla, así que Magdalena le enviaba a don Carlos un hornillo de carbón. Don Carlos reposaba en su cama y no logró levantarse con prontitud; se quejó del dolor de piernas y de los gritos a medianoche.

—Se me acusa de judaizante.

—Sus abuelos nacieron en Portugal, don Carlos. Usted sabe que…

—Muchos judíos de España huyeron a Portugal cuando la Inquisición apretó sus garras, pero eso no implica que ellos provinieran de aquel linaje. No eran herejes, ni yo tampoco.

Francisco Javier lo sabía, al igual que Magdalena.

—Esto es culpa de mis enemigos. Me va bien en los negocios y por eso me envidian. Alguien me acusó para estropear mi vida, y no dudaría que hubiera sido Roberto Suárez.

—¿Don Roberto? ¡Si está en Acapulco!

—Don Roberto vive en Querétaro y desde allí controla sus negocios. Pero no tema, que ya se ha casado, y no con esa china, sino con una hija de un viejo conquistador.

¿Y si don Roberto buscaba a Magdalena?

—Padre, si salgo de aquí, y ¡sé que lo haré pues Dios me ayudará!, daré para la escuela jesuita lo que usted me indique. Un nuevo oratorio, esculturas hechas por don Alonso para adornar los pasillos, lo que usted quiera.

Le agradó la propuesta. El padre Eusebio apreciaría beneficios económicos y quizá se desharía de su tormento unos días.

—Solo ruego que se me evite la sala de tormento. Mis huesos viejos no lo soportarían. Apenas puedo salir al patio de los Naranjos a dar mi paseo diario.

—Haré lo que pueda, don Carlos.

—Sé que lo hará. Dé mis saludos y mi gratitud eterna a doña Magdalena.

Francisco Javier no comunicaría dicho mensaje. Se tapó la nariz al salir y para no reparar mucho en las desgracias de los presos, repasó sus clases de noviciado: "Hay tres tipos de escapularios, o lienzos de paño que se ponen en la frente y la espalda del sentenciado. El sambenito, el más común, muestra la cruz de San Andrés..."

Seis meses después, don Carlos sujetó la mano de Magdalena en la sala de asistencia.

—Doña Magdalena, usted no se olvidó de mí en los peores momentos de mi vida. Me mandó alimento y pequeños obsequios que alegraban mi día, y su insistencia provocó que el padre Javier me librara de los tormentos.

—Cualquier mujer cristiana lo habría hecho.

—¿Acaso doña Regina o doña Elisa se acordaron de mis desgracias? Solo usted, amada señora.

Magdalena hubiera deseado no mover un dedo si hubiera adivinado que todo pararía en ese momento. Don Carlos, más flaco y feo que nunca, intentó arrodillarse, y por más que ella lo quiso detener, él logró posar su rodilla sobre la alfombra morisca.

—Cásese conmigo, doña Magdalena. Haga feliz a un pobre viejo. Le juro, por lo más sagrado, que no la tocaré si usted no lo desea.

—Pero…

—Las dejaré protegidas, a usted y a su madre. Yo pronto daré mi último suspiro. La humedad en esa celda ha consumido mis defensas; los dolores en mi cuerpo me llevarán a la tumba, pero como mi esposa, le heredaré el cajón y mis ahorros. Así no volverá a preocuparse por el dinero. Juro ante Dios que le seré un buen marido.

Las gotas de sudor resbalaron por su espalda. Magdalena cerró los ojos y trató de articular alguna frase coherente. Doña Clementina no la presionaría, pero la situación económica no andaba bien.

—Necesito tiempo para pensarlo.

Don Carlos se apoyó en su bastón para incorporarse. Su aliento podrido le revolvía el estómago y no soportaría plantarle un solo beso en la mejilla, mucho menos en los labios. Se quedó sola en la habitación y dio rienda suelta al llanto que la ahogaba. A don Roberto lo amó desde el principio, pero él la engañó. Don Carlos la amaba, pero ella no lograría volverse su esposa. ¿Qué le aconsejaría Alonso? ¿Qué de Francisco Javier? ¡Echaba de menos a Catalina! Ella por lo menos la escucharía y diría algo práctico. ¿A quién recurrir?

Los pasos lentos de doña Clementina anunciaron su presencia. Magdalena abrazó a la mujer regordeta y bajita que le había ofrecido un hogar cuando ella más lo necesitó.

—Así que por fin te hizo la pregunta.

Magdalena se mordió el labio y doña Clementina se masajeó las sienes.

—Madre, si usted lo desea…

—Aquí no importa lo que yo quiero, sino lo que tú necesitas.

—Pero somos pobres.

—Algunos siempre lo seremos. Mi querido don Emilio, que en paz descanse, no supo administrarse. Escucha, Magdalena, el matrimonio es un compromiso que puede durar, en este caso, unos meses, pero tal vez años. Don Carlos, más que una esposa, requiere de una mujer que vele por su salud. Si estás dispuesta, hazlo. Si no, recházalo.

—Le romperé el corazón.

—Lo has hecho desde los cinco años de edad, pero don Carlos posee un corazón más duro que el cobre. Sobrevivirá. En cambio tú, no sé si puedas con el peso de un marido como él. Tengo una hermana en Mérida, a quien poco menciono pues rara vez me escribe y yo a ella. Pero su hijo vendrá a estudiar a la ciudad y desea hospedarse con nosotras. Le pediré a mi hermana una renta alta, pero no te asustes, que su marido tiene propiedades.

—¿Y cómo es su sobrino?

—¡Sepa Dios! No le he visto jamás, pero su nombre es Melchor de León.

Francisco Javier y Alonso bebían en la sala de asistencia con la carta entre ellos, como un mudo recordatorio de la tragedia. Curiosamente, ninguno de los dos se sentía triste. Bebían vino por los viejos tiempos, y Francisco Javier no pensó en su hábito religioso, sino en esa chispa de amistad que parecía resurgir entre ellos.

—Don Rafael murió en su sueño.

Alonso repitió la frase por tercera ocasión:

—De algún modo, pensé que fallecería en una batalla o en duelo.

—Tú casi lo matas aquel día en que Catalina le informó que estaba preñada.

—Lo cual era una mentira —insistió Alonso.

Su voz comenzaba a distorsionarse. Quizá debían dejar de beber.

—¿Y cuánto tardará Catalina?

—Ni Dios lo sabe —respondió Alonso—. Dice que tiene que ordenar los asuntos de la herencia, y con eso de que hay tantos piratas en los mares, puede tardar hasta un año.

—Sus hijos olvidarán que tienen madre.

—Sus hijos ya lo han olvidado —masculló Alonso, con amargura.

A lo lejos se escuchaba el ruido de la fiesta. Francisco Javier sabía que Alonso amaba las celebraciones y pensó en ellas. La ciudad se engalanaba con mantones y telas ricas que colgaban de los balcones de las casas, y lluvias de pétalos caían sobre las calles a veces tapizadas con hierbas aromáticas. Arcos y guirnaldas decoraban las paredes, así como pinturas y jeroglíficos en las iglesias donde los incensarios y las velas perfumaban con sus licores.

—Detesto el carnaval —dijo Francisco Javier en voz alta.

Alonso le mostró una sonrisa chueca:

—Supongo que sí. A los religiosos les espanta todo lo que tenga que ver con la carne. ¿Qué odias más? ¿Los cantos, las chanzas o los huevos rellenos de harina que los jóvenes les lanzan?

Francisco Javier hizo una mueca. El año pasado lo habían bañado de harina unos revoltosos.

—Tus hijos andan fuera.

—Isabelita está con Magdalena, pero sí, Rodrigo y Domingo no deben tardar. Debo informarles que don Rafael ha muerto.

Francisco Javier retiró el vino de la habitación y Alonso no se opuso. Continuaron en silencio, con la luz de las velas bailoteando en la pared. En eso, unas fuertes carcajadas los alertaron. Alonso bajó las escaleras seguido por su cuñado. Rodrigo y Domingo, totalmente ebrios, meaban en la fuente. ¿Cómo se atrevían? Esa fuente, a pesar de no tener agua, no merecía semejante trato.

—Bajen de allí los dos y fájense ahora mismo —les ordenó Alonso.

Domingo se limpió los mocos con la manga de la camisa y Alonso sujetó a Rodrigo.

—Apestas.

—Solo bebí un poco de pulque.

—¿Cómo se atreven a excederse de ese modo?

—Es el carnaval, padre mío. La Santa Madre Iglesia nos da permiso para este desenfreno antes de los ayunos y abstinencias de la Cuaresma. Además, para eso está mi tío, para velar por mi salud espiritual.

Francisco Javier se abochornó. ¡Qué descaro!

—Jamás he permitido que se emborrachen.

Domingo lanzó una carcajada:

—¿Y quién es usted? ¡Ni que fuera nuestro padre!

Los dos se doblaron de la risa.

—Están castigados; nada de comedias ni de salidas hasta que yo lo disponga.

—Déjalo —le dijo Rodrigo a Domingo al oído, pero todos escucharon—. Está resentido porque no tiene mujer que caliente su cama.

Alonso se enfadó tanto que olvidó que los esclavos los miraban. Se abalanzó sobre su hijo y le dio un puñetazo en la mejilla que tiró a Rodrigo al suelo. Domingo se lanzó sobre su padre para defender a su hermano, pero Alonso lo tumbó de igual manera. La nariz de Domingo sangró; el ojo de Rodrigo se puso morado.

—Llévenselos.

Alonso ordenó a Tomás quien había acudido con sus hijos al encuentro.

Rodrigo miró a su padre con tanto odio que Francisco Javier se estremeció. ¿A esto había llegado su familia? Los chicos ni siquiera sabían que su abuelo había muerto y, para colmo, Francisco Javier había olvidado comentar a Alonso el propósito de su visita. Ante la enorme cantidad de limosnas que don Carlos de Sosa entregó a los jesuitas, el padre Eusebio se había compadecido de él y ya no atendería a las mujeres de mala vida. De ahora en adelante, sería catedrático. Instruiría las mentes de jóvenes como Rodrigo, pero después de esa escena nocturna, poco le apetecía su nuevo rol.

—¡Odio a mi padre!

—Es pecado emborracharse —contestó Francisco Javier. ¿Por qué debía escuchar las torpezas de su sobrino? Tenía una cita con Magdalena, pero Rodrigo lo había detenido en uno de los pasillos del colegio para conversar.

—Ya me enteré que el abuelo me dejó la mina. Soy el dueño legítimo así que quiero mi dinero para marcharme.

A Francisco Javier le había dolido que don Rafael le dejara el patrimonio a su nieto y no a su hijo. El jesuita solo se había quedado con unas cuantas propiedades de poca monta, mientras que ese chico engreído se volvería un Luis Sedeño, vestido de plata y con una moral deplorable.

—Ya te lo he dicho. No es posible hacer nada hasta que tu madre regrese.

—Pero ¡tú eres hijo del abuelo!

—No entenderías aunque te lo explicara.

— Eres igual que mi padre.

Rodrigo se marchó. Si no llevara prisa, le impondría unos rezos de castigo, pero se apresuró a la calle de la Celada y subió los peldaños de dos en dos. Magdalena lo recibió con seriedad.

—¿Qué ocurre?

Ella lo sujetó de las manos. ¿Por qué lo hacía? ¿No veía que lo mortificaba? Entonces pronunció una sentencia que rezumbó en sus oídos durante horas. Magdalena se casaba con don Carlos de Sosa. Francisco Javier se sacudió con furia. Si era por dinero, él la ayudaría. Todos los religiosos contaban con medios para conseguir riquezas.

—Es un viejo…

—Me conviene…

—¿Y qué del sobrino de doña Clementina? ¿No te alcanzará con su renta?

—Llega en unos meses, pero don Carlos me ofrece estabilidad. Además no soy capaz de timar a don Melchor.

Magdalena no engañaría ni a su sombra, y eso resultaba desquiciante y frustrante, aún para un religioso. Ella llevaba los mandamientos al extremo; ¿qué sabía de la interpretación de los textos sagrados? No se podían tomar tan literalmente.

—Piénsalo bien.

—Ya lo hice, Javi. Alonso también lo sabe y espero que ambos me acompañen en la boda.

—¿Cuándo?

—Mañana.

¡Mañana! ¡Ni siquiera había tenido la decencia de avisarle con tiempo! Ella se excusó; todo había sido repentino pues don Carlos andaba enfermo.

—No seré parte de aquello que no apruebo.

—Javi…

—Estás cometiendo un grave error.

Ella empezó a llorar, pero él se mantuvo firme. No cedería ante sus lágrimas, el arma mortal del sexo opuesto. En el fondo, ardía de rabia y anhelaba estar a solas para desgarrar las cortinas o golpear la pared. Aún más, deseaba abrazarla y pedirle que no lo hiciera; rogarle que no se entregara a ningún hombre pues él... ¿Él qué? ¿La amaba? ¿La deseaba? ¡Mentiras! ¡Herejías! ¡Blasfemias! ¡Pecado, pecado, pecado!

Tampoco concebía imaginar a Magdalena con ese costal de huesos haciendo aquello tan perverso que se llevaba a cabo entre un hombre y una mujer. ¡Primero muerto! Si había impedido que don Roberto y Magdalena se casaran, con mayor razón intervendría en esa locura. Pero no contaba con que esa noche el padre Eusebio lo mantendría ocupado, así que, al otro día, mientras él se flagelaba, Magdalena se casaba. Dos días después, Magdalena enviudó, pero Francisco Javier no asistió a la boda ni al funeral. Alonso le contó que Magdalena era la nueva dueña del cajón en la plaza.

—No me interesa.

—Tomás se hará cargo del cajón, pues ¿qué sabe Magdalena de negocios?

—No me interesa.

—Isabelita está emocionada porque podrá comprar vestidos a buen precio.

—No me...

—¡Ya lo sé! Pero con alguien tengo que platicarlo, ¡ya seas tú o la pared!

En definitiva, la familia no andaba en buenas relaciones, y eso a Francisco Javier lo tenía sin cuidado.

27

Julia maneja con precaución, pero de repente la aguja marca los ciento cuarenta kilómetros por hora y Laura se angustia. De hecho, no da crédito a que ambas se encaminen a Veracruz para conocer a su padre. Laura no pensaba invitar a Julia, pero decidió pasar a Orizaba y contarle a Julia sobre sus planes, y para su sorpresa, su melliza accedió acompañarla.

—¿Te gusta esta canción? —le pregunta.

Laura asiente y Julia sube el volumen. La voz del trío Pandora inunda los oídos de Laura trayéndole algunos recuerdos dolorosos de la escuela, cuando aún soñaba con un príncipe azul.

"No puedo dejar de pensar en ti... vivo tele-dirigida, igual que un bebé indefenso que no consigue dar un paso sin que estés..."

Laura observa la carretera. En aquellos tiempos se usaban discos de acetato. Julia y ella se peleaban por escuchar su canción favorita, pero Laura generalmente se salía con la suya. Julia tenía asuntos más importantes, como su eterno enamorado, su actual esposo.

—¿Y cómo lo encontraremos? —le pregunta Julia cuando comienza la siguiente canción, una balada más romántica.

—Vigilaremos su casa.

Laura se inquieta al aproximarse al puerto. ¿Hace cuántos años no lo pisa? ¿Veinte? En esos tiempos empezaba a salir con el Poeta. Unos amigos los invitaron a la playa; ellos accedieron. La arena se convirtió en una cantina; la cerveza corrió libremente.

Laura tiembla al recordar esa noche, su primera con el Poeta. ¿Cuánto tiempo llevaban juntos? ¿Casi un año? En cierto modo, el Poeta fue su primer novio. En la escuela de monjas no convivió con los del sexo opuesto, así que en la universidad dio rienda suelta a su pasión. Y el Poeta llegó primero. ¿Qué hubiera pasado si se le acerca un chico decente? ¿Hubiera caído en la trampa del alcohol?

En su mente anidaba la idea de lo que debía ser una relación sentimental, instruida por las telenovelas. Cuando vio "Juana Iris" se le grabó una escena en que Victoria Ruffo besaba a Valentín Trujillo en su auto. En el siguiente capítulo, Juana Iris anunció que estaba embarazada y Laura concluyó que después de los besos en la boca, una mujer quedaba preñada.

Casi se desmaya cuando el Poeta le roba el primer beso en la escalinata de la universidad. Se sintió ofendida, pues él no la preparó para el encuentro, y no se pareció a los dulces besos que Candy-Candy daba, sino más bien a la pasión desenfrenada que censuraban las monjas que la criaron. De vuelta en la pensión, Laura se talló los labios, pero después concluyó que era una inexperta. El Poeta sabía más de la vida que ella; se dejaría guiar por él. Así que en Veracruz, esa noche, el Poeta la llevó —no a un hotel— sino a un rincón de la playa, lejos de la fogata.

Laura recuerda la arena pegada a su cuerpo y la sal en sus labios. Lo demás no lo disfrutó, pero concluyó que así debía ser. Desde entonces, supo que le pertenecía al Poeta. Le avergonzó su situación, y por eso se negó a visitar a su madre con frecuencia. No lograba mirarla a los ojos, pues temía que su madre adivinara que ya no era virgen. Dejó de acudir a misa y a confesión; evitaba a las monjas en la calle. Hasta el día actual Laura desvía la mirada cuando en las películas muestran escenas de sexo.

—No debió pasar así —se repite. No hubo romance ni música de fondo. Solo culpas y preguntas, mucho que lamentar. Veracruz, en definitiva, no se le figura un sitio de buenas memorias.

Después de bañarse, Gonzalo se marcha a casa de Rosario. No está seguro qué lo posee, pero no dará marcha atrás.

Delia lo saluda con un abrazo, aunque la nota distraída. Ella se está arreglando para salir a tomar café con una prima. Ha pasado varios días sobria, lo que él agradece. Rosario está sentada en el sofá viendo una película.

La casa no ha cambiado. Rosario quitó la foto de la boda y puso una de sus tres hijos. La mesita sigue inundada de revistas. Huele a cigarro. Delia sigue fumando, o eso le dijo Rosario unos minutos atrás.

Gonzalo examina cada rincón de la sala; el sofá donde sus hijos se trepaban para mirar las caricaturas, la alfombra sobre la que inventaron más de una historia, el librero donde se acumularon pocos libros. Siempre quiso una chimenea, pero Rosario se negó. En la ciudad no nevaba ni helaba, ¿para qué tanto gasto?

Gonzalo estira los brazos. Un nudo se le forma en la garganta. Rosario decoró la casa, pero él eligió ciertos detalles que aún conserva. Allí sigue la lámpara de los setentas, que ni combina ni alumbra, pero que Rosario no ha desechado. También descubre la alfombra roja, herencia de su tía Carlota, la que murió de un infarto.

En eso, Delia baja las escaleras, radiante en una blusa azul, y se despide de ambos. Entonces Gonzalo respira hondo. No debe darse por vencido.

—¿Quieres salir a cenar?

Rosario levanta las cejas.

—¿Ahora?

—Son las siete.

Su mujer señala el suéter que trae.

—No estoy bien vestida.

—Espero a que te cambies.

Gonzalo le quita el control remoto con suavidad y busca el canal deportivo. Rosario abre la boca, luego la cierra y se pone de pie. Sube las escaleras con pesadez. Gonzalo sonríe. No le sorprende que una hora después, Rosario aparezca maquillada, peinada y con su mejor vestido. No esperaba menos.

Suben al auto y Gonzalo conduce.

—¿A dónde vamos?

—No seas desesperada.

Rosario no habla; algo inaudito. Gonzalo se encuentra nervioso. Ruega que sus manos no tiemblen y que no se le quiebre la voz. Maneja hasta el centro de la ciudad, pero Rosario no se queja, aún cuando un congestionamiento los detiene treinta minutos. Escuchan las noticias que comentan brevemente. Un avión desaparecido, una epidemia en China, un sacerdote pederasta.

Por fin, Gonzalo estaciona el auto y Rosario comprime los labios.

—¿Por qué aquí?

—¿No te gusta?

Ella abre la puerta y no aguarda a que él lo haga por ella. Gonzalo se frustra. Su mujer se ha puesto de mal humor. Entran al restaurante argentino. Gonzalo ordena un jugo de carne para empezar. Rosario se abanica con la mano. Se queja del calor. Él se concentra en su chistorra y ella en su pasta, aunque comparten una orden de empanadas. Hasta el postre, unos alfajores, Rosario explota.

—No sé qué pretendes, Gonzalo. Esta es una broma de mal gusto, sobre todo con Delia en malas condiciones.

—Delia se recuperará. Vamos a hacer hasta lo imposible por lograrlo.

—¿Y esto?

—¿Te acuerdas de lo que sucedió aquí hace muchos años?

Rosario resopla con fastidio. Gonzalo titubea. Quizá deba pedir la cuenta y dejar todo por la paz.

—Hace años, en este lugar, decidimos divorciarnos.

Gonzalo ha pedido la misma mesa de aquella ocasión, lo que Rosario seguramente ha detestado. Se encontraban en el mismo lugar, pero con ropa diferente y un cuerpo más joven. Ambos deseaban dejar de pelear y les pareció más sencillo renunciar que reconstruir, huir que enfrentar. Los dos concluyeron que ya no se amaban. ¿De dónde sacaron esa idea? Gonzalo medita en aquel ejemplo que escuchó en la clínica, esa esfera de plastilina que al separarse, se llevaba una parte del otro. Rosario se quedó con algo de él. La ruptura ha resultado más cara y dolorosa que lo que pudieron pagar en consejeros matrimoniales.

—Pide la cuenta —le dice Rosario.

Gonzalo comprime los puños. Nuevamente lo atrapa la idea de dejar todo por la paz. ¿Para qué luchar? Después de todo, aún le fastidian las manías de Rosario, y él sigue haciendo lo que a ella le molesta. "La historia se acabó", le susurra una voz. Nada será igual. Son un par de adultos al borde de la vejez. O como en aquellas películas recientes, tal vez ambos hallarán nuevas pasiones. Pero otra parte de sí mismo se rebela. ¿Y qué de sus convicciones? Ante aquel altar, Gonzalo prometió amar a Rosario hasta que la muerte los separara. Él falló, pero aún puede corregir su equivocación. Aún hay esperanza. Debe creerlo.

—Rosario, toda esta situación con Delia ha sido una pesadilla, pero en medio de tanta angustia, me he dado cuenta de algo.

Rosario saca su espejo y se empolva la nariz. Gonzalo no se detiene.

—Sé que es tonto guardar esperanzas, pero un día te hice una promesa y te defraudé. Hoy quiero pedirte perdón.

Ella lo mira por encima del estuche.

—¿Me perdonas?

—Yo…

—Estoy dispuesto a recuperar tu amor, Rosario. Aún te quiero.

Rosario suspira.

—Pero…

Gonzalo le hace una seña al mesero.

—No me contestes ahora. Toma tu tiempo.

—No tengo nada qué pensar, Gonzalo. Yo estoy bien como estoy.

El estómago de Gonzalo se comprime. No esperaba dicha reacción, tampoco una declaración de amor ni un beso en la boca, pero ¿tanto esfuerzo para que ella se comportara con tanta frialdad?

—¿Ya no sientes nada por mí?

Ella se muerde el labio.

—¿Hay otro hombre?

—Tal vez.

Gonzalo tampoco previó tal posibilidad. Paga la cuenta y la acompaña al auto. Por un momento desea que ella tome taxi, pero se envalentona. No será descortés. Maneja por instinto, pero su corazón late con fuerza. Rosario no abre la boca. Cuando por fin se detiene frente al portón, le desea buenas noches. Ella abre la puerta.

—No hay nadie más, Gonzalo. No puedo mentirte. Pero tampoco estoy lista para volver contigo. Me gusta mi libertad.

Él tarda en arrancar el auto. Quiere correr al bargueño y guardar en uno de los cajoncitos un sueño roto más. Rosario y él carecen de esperanzas. La esfera de plastilina no se volverá a unir.

———

Julia se estaciona algo lejos, pero con una buena visión del portón.

—¿Cómo será nuestro padre?

—Parecido a nosotras, supongo —comenta Laura.

Mastica las frituras que compró para no morir de hambre. Los nervios comprimen su estómago. Viernes por la noche. Ambas esperando al padre que nunca conocieron. Julia insiste que lo vieron más de tres veces en casa. Laura no se acuerda. Supone que es alto y blanco. ¿A qué se dedicará? La zona en la que vive no muestra grandes riquezas, así que Laura se despide del sueño de reclamar una herencia y dejar de trabajar.

—¿Qué sientes?

—Nada. ¿Y tú?

—Curiosidad.

Laura no miente. En su corazón hay un vacío. Desea saber y al mismo tiempo le importa poco. La imagen del Poeta no se borra, sino aumenta con su percepción del mar. Los aromas la roban al pasado y se le antoja un trago.

—No debí venir contigo, Laura. Mamá ya murió, ¿de qué sirve que se lo digamos a este hombre que nos dejó de niñas? Seguramente sus otros hijos le han dado nietos y satisfacciones. ¿Qué beneficio nos traerá todo esto?

—Yo no te obligué.

—Lo sé. Por eso me enojo.

Julia, siempre serena y centrada. Casada con su eterno novio. La que le dio nietos a su madre y la cuidó hasta su muerte. Un ejemplo de mujer industriosa y moderna, con un toque de antigüedad en sus tradiciones y su modo de llevar la casa. Laura, desubicada y temerosa. Arrimada a un Poeta que la encaminó al vicio. La que le dio dolores de cabeza a su madre y la desatendió hasta su muerte. Un ejemplo de mujer atormentada e insegura, con un toque de locura en sus costumbres y su modo de actuar.

Laura unos minutos mayor, pero con años de inmadurez al lado de Julia. ¿Qué pensará su padre de ellas? ¿Verá en ellas un reflejo de Flor? ¿Negará su identidad? ¿Las echará? ¿Les pedirá perdón? Julia tiene razón. ¿Para qué ha venido? ¿Qué desean? ¿Acaso algo compensará los años de dolor?

Julia se desespera y tamborilea el volante con los dedos de la mano derecha. Laura debe hablar para que su hermana no complique la situación. Las manecillas del reloj se arrastran sin prisa. Entonces recuerda algo que desea indagar.

—¿Has visto a la tía del Poeta?

Por algún motivo, nunca ha podido pronunciar su nombre, el que se le atora en la garganta y no logra salir de sus labios.

—Hace dos años, me parece. ¿Por qué?

—Creí verlo en el entierro de mamá.

Julia lanza una risita:

—¿Cómo lo vas a ver si se ha marchado a Estados Unidos y no puede regresar? O tal vez pueda, pero no lo dejarán volver.

—Pensé que había muerto.

—Tuvo muchos accidentes, pero hierba mala nunca muere. Se marchó a conseguir el sueño americano.

—Ya veo.

Por alguna razón, no desea continuar la conversación. Que Julia piense en la inmortalidad del cangrejo, si eso le trae satisfacción. Laura trata de reconstruir el rostro del Poeta, pero no lo logra. Solo ve unos ojos irritados por el alcohol y facciones distorsionadas como las de aquella pintura que muestra un grito desgarrador. Lamenta que no sea tan sencillo desaparecer los otros recuerdos, los de las golpizas y los abusos, aún el timbre de su voz cuando le gritaba y la agredía verbalmente. Con colores vivos puede evocar los detalles de su alrededor: la ranura en la pared donde se rompió el labio inferior, el filo de la mesa donde se descalabró, la manta azul que mordía para ahogar sus gritos cuando él la acusaba de engañarlo. ¿Y con quién? Ningún hombre en sus cinco sentidos buscaría a una alcohólica.

"Debes enterrar al Poeta". La voz tiene razón. No puede seguir viviendo en el pasado. Le daña; le lastima. Pero ¿cómo borrarlo? "Suéltalo. Déjalo ir". Laura comprime los labios.

En eso, un auto negro se estaciona frente al portón de la casa de dos pisos. La puerta se abre y Laura contiene el aliento. ¿Será su padre?

28

Francisco Javier siguió escuchando sobre la vida de Magdalena por medio de Melchor de León, el sobrino de doña Clementina y uno de sus estudiantes. Memorizaba con facilidad, respetaba a sus maestros y se comportaba como un verdadero caballero. Por medio de él supo que don Carlos había muerto con una sonrisa, que Magdalena aún enseñaba a dos o tres alumnas y que doña Clementina había decidido viajar a Mérida para visitar a su hermana. Partió un sábado y Melchor se mudó a las habitaciones de don Carlos de Sosa en el segundo piso. No sería propio que durmiera cerca de su tía.

Los jóvenes colegiales solían cantar en algunas de las misas religiosas, y Francisco Javier encontró placer en prepararlos. Había apartado de su mente a Magdalena para siempre, pues juró por lo más sagrado —sus votos y su Dios— que no volvería a dirigirle la palabra ni a buscarla. Magdalena había muerto para él. A veces se preguntaba si no estaba exagerando, pero se había cansado de esos bajos y altos emocionales que las mujeres le provocaban, así que se concentraría en sus alumnos, esas mentes vírgenes que debía instruir y ganar para la iglesia. Algunos, como Rodrigo, no valían la pena pues el tiempo gastado en ellos en poco aprovechaba; sin embargo, chicos como Melchor hacían que Francisco Javier apreciara la docencia.

Ese domingo, Melchor y sus compañeros cantaron en la parroquia adonde acudían Alonso e Isabel. La hora llegó y los jóvenes entonaron el primer salmo. Francisco Javier movía la mano para no perder el compás, aunque no poseía el talento de don Antonio de Salazar. Cuando finalizó el primer salmo, giró el rostro para observar a su familia. Alonso le sonrió con complicidad. Francisco Javier había descubierto que el único momento en que su cuñado prestaba atención durante la misa era cuando la música sonaba, de allí en adelante, solía cabecear durante los sermones. ¡Y luego se quejaba de los castigos que Dios le enviaba a su familia! Isabel, en cambio, no miraba a su tío. ¿Andaría enferma? Tal vez sólo tenía mucho calor pues sus mejillas competían con las granadas de Puebla.

Encaró al coro para el siguiente salmo. Melchor lucía distraído. Con los ojos trató de hacer contacto ya que sin él, el himno estaría perdido. ¡Era el más afinado! No lo logró; el salmo se descompuso al final.

Al terminar la misa, Francisco Javier buscó a Alonso para saludarlo. Él aguardaba en el atrio junto con su hija, quien no cesaba de abanicarse. En eso, Melchor pasó por ahí y Francisco Javier lo llamó.

—Alonso, supongo ya conoces a don Melchor.

—No tenía el gusto.

—Es el sobrino de doña Clementina.

—¡Por supuesto! No he visitado a mi hermana en semanas. Don Melchor, mi hija Isabel.

Isabel a duras penas y alzó la vista.

—Por cierto, se acercan los años del virrey —le comentó Alonso—. Habrá sarao en el palacio y me han invitado. Magdalena irá conmigo; debo atender a mi hermana, una nueva viuda.

Francisco Javier se encogió de hombros e Isabel se entretuvo para saludar a una amiga de su madre.

—Entonces es verdad —sonrió Alonso con cierta burla—. Magdalena me lo dijo, pero no le quise creer. ¿La has borrado de tu testamento? Vamos, se casó con don Carlos por compasión. ¿No predican ustedes sobre el amor al prójimo?

—Se casó por dinero…

—La riqueza de don Carlos influyó en su decisión. ¡Para qué mentir! Pero el viejo sabía que sus días estaban contados. Tú mismo viste lo mal que lo trató el Santo Oficio —Alonso bajó la voz—. Si así cuidan a los inocentes, no me quiero enterar de lo que hacen con los culpables.

—Se sospechaba de herejía…

—No los defiendas, Javi. Ustedes hacen del pecado un pretexto para abusar y controlar a los demás.

A punto de responderle, el padre Eusebio lo llamó a su carruaje, así que se despidió. Algún día conversaría con Alonso para explicarle los misterios de la teología. ¿Quién sabía más? ¿Alonso, un huérfano, o Francisco Javier, un erudito?

———

A Magdalena no le gustaban los saraos en el palacio, pero asistió por petición de su hermano. Alonso pasó por Melchor y por ella en el carruaje. Magdalena, para su sorpresa, percibió que ni Isabel ni Melchor se dirigían la palabra. Según Alonso ya se conocían, pero Magdalena supuso que Isabel, quien a veces se parecía tanto a su madre, menospreciaba al chico criollo.

Magdalena lucía un hermoso vestido que consiguió en la tienda de su difunto marido, y se entusiasmó cuando percibió que la vida cortesana se le abría con más gracia en su calidad de viuda que de solterona. Las mujeres le ofrecieron sus condolencias y se acercaron para indagar por los nuevos productos del cajón.

De ese modo, no padeció tanto como había supuesto pues bailó con algunos caballeros que no veían nada de malo en alegrar a una viuda, probó los platillos del palacio y hasta se cruzó unos segundos con la virreina quien le ofreció una inclinación de cabeza. Alonso, por su parte, bailó poco, pero se puso a platicar con el conde de Santiago sobre los toros, y lo mucho que se le extrañaba en el ruedo. Cuando Magdalena buscó a Melchor con la mirada, lo vio rodeado por sus compañeros de San Idelfonso, mientras que Isabel se esforzó por ser amable con otras chicas casaderas de su edad.

Casi para la medianoche, le dolieron los pies y le rogó a Alonso que se marcharan pronto; él prometió que dos bailes más y se retirarían. Magdalena no aguantaría un taconeo más, así que se apartó a un rincón, no sin antes advertir a sus dos sobrinos que en unos minutos partirían. Melchor daba vueltas por la sala sin acercarse a nadie; Isabel, por su parte, rechazó dos invitaciones y se abanicó con fuerza. Esa niña debía padecer un trastorno de temperatura pues el viento refrescaba. Magdalena se dedicó a repasar lo que haría al día siguiente, hasta que alzó la vista. Melchor e Isabel bailaban.

De no ser por el Duende, Magdalena habría sospechado de las renovadas y frecuentes visitas de Isabel a su casa, pero por las tardes, las vecinas subían a la sala de Magdalena para comentar las novedades. En la ciudad solo se hablaba del famoso Fernando Valenzuela, el Duende.

—Le digo, doña Magdalena; empezó como paje en la casa del duque del Infantado, luego se casó con una dama de la reina Mariana de Austria y se le nombró caballero.

—¿Y cómo es? —preguntó doña Regina, la de la cacahuatería.

—Cejas pobladas y nariz un poco grande, pero bien simpático —respondió doña Elisa, la de la taberna—. Y sabe de todo, música, poesía y hasta equitación. Aunque dudo que monte mejor que don Alonso.

—Doña Elisa, aquí entre nos, ¿usted cree que fue amante de la reina?

—¡Cómo saberlo! Pero no olvidemos que era hombre casado.

Magdalena suspiró. Eso no libraba a ningún hombre del pecado. ¡Ella lo sabía! En su nueva posición de comerciante, se enteró que don Roberto Suárez se había casado y tenía más hijos que Tomás, aunque no con la misma mujer. Magdalena hubiera detestado topárselo unos meses atrás, pero ahora se sentía segura económicamente, y su posición de viuda le había borrado el estigma de solterona. Lástima que aún no conociera el amor pues a don Carlos apenas si le tocó la mano.

Doña Elisa continuó:

—El punto es que cuando se le enjuició, se le encontró culpable de vender cargos públicos y haber robado unos cien millones de reales.

Magdalena dejó de coser y doña Regina de masticar unos panecitos.

—No pongan esa cara, que fue mentira. Al hacer su inventario descubrieron nada más diez millones.

—¡Lo que no haría yo con un millón! —exclamó doña Regina.

—Como consecuencia, se le desterró a la China por diez años.

—¿Qué de la esposa? ¿No viene con él?

—Murió loca.

—¡Loca de amor! ¿No terminaremos todas de la misma manera? Hasta las monjas pierden la razón. ¡Dios nos libre!

Y todas se persignaron. Más que don Fernando, a Magdalena le inquietaba Isabel. ¿A qué se debía su constante presencia en su casa?

Francisco Javier charlaba con Rodrigo.

—Doña Gertrudis, la amante de tu abuelo, debe abandonar la casa en el real del monte. Pero no cederá hasta que se le dé algo de dinero. Insistirá que merece parte de la herencia y que puede probar que sus hijos pertenecen a la familia.

Rodrigo asintió:

—Así que le doy dinero, ¿y ya?

—No podemos disponer de nada hasta que llegue tu madre. Pero puedes pedir ayuda a Luis Sedeño. Conozco algunos secretos que lo obligarán a pagar. Por cierto, me han dicho que eres un constante visitante en casa de los Sedeño.

Rodrigo se ruborizó:

—Me interesa Rosa.

Francisco Javier lanzó una carcajada. La pobrecita no era agraciada, pero su herencia sobrepasaba la de muchas otras chicas casaderas.

—Tu madre se morirá al enterarse. Detesta a don Luis.

—Mi madre lo sugirió —le confesó Rodrigo.

Francisco Javier palideció. ¿Qué tramaba su hermana? ¿Cómo podía controlar a su familia aún del otro lado del mundo?

—¿Y qué opina Alonso?

—Poco hablamos.

Desde aquel altercado, padre e hijo vivían separados.

—¿Crees que se oponga?

—Mi padre hará lo que mi madre diga. Además, no le importa mucho con quién me case yo. Pero lo siento por Isabel. En sus ojos, nadie merece a su dulce niña.

Los dos sonrieron.

Magdalena no deseaba ver a Francisco Javier, pero por insistencia de Isabel, se dirigió al concurso de poetastros. En dicho certamen popular se componían y recitaban poemas. Magdalena se había comprado un vestido nuevo, más bien lo había tomado del cajón de su difunto marido, el que Tomás vigilaba y que, por cierto, mejoraba en ventas. El "capitán" contaba con un talento natural para los negocios.

Los estudiantes de la universidad se colocaron en sus posiciones, entre ellos Rodrigo y Melchor. Magdalena reconoció que Rodrigo lucía más apuesto que el resto, aunque también descubrió que le coqueteaba a Rosa Sedeño. ¡A Rosa! Habiendo tantas niñas hermosas, ¿por qué sonreírle a la enemiga de la familia? De cualquier modo prestó atención y no giró el rostro hacia la izquierda, donde se encontraba Francisco Javier, uno de los jueces de la justa poética. La mayoría de los poemas la fastidió. Tocaban temas intrascendentes o tejían una madeja de palabras que se volvían incompresibles. El de Rodrigo mejoró un poco, aunque no consideró de buen gusto el exaltar la bravura masculina.

—No sabré mucho o tanto como los catedráticos universitarios, pero una cosa sí te digo, Isabel, a estos muchachos solo les oigo rimar, confundir y revolver ideas salpicadas por palabras rimbombantes. ¡Madre Santísima! Yo creo que ni ellos mismos saben qué quieren decir.

Pero Isabel la silenció pues Melchor ocupaba el estrado. El título del poema paralizó a Magdalena. "Oda a una capuchina". Magdalena seguía decorando los jarrones con sus flores preferidas, las únicas que atendía y que por consiguiente sobrevivían en su pequeño jardín. Entonces percibió que Isabel bebía cada palabra sin parpadear. El corazón de Magdalena empezó a latir con fuerza; el chico describía el jarrón de doña Clementina, la pared blanca, las llagas de Cristo en contraste con las mejillas de porcelana de su amada. Nadie, salvo Magdalena, lograría dibujar con tal precisión la sala de estar. ¡Don Melchor amaba a Isabel! De hecho, a través del poema, le declaraba sus sentimientos.

Rodrigo ganó la justa, pero Melchor lucía más feliz que si hubiese recibido mil reales de manos del arzobispo pues Isabel se había colocado un pañuelo cerca de la mejilla. ¿Una clave? Si Magdalena aún hablara con Francisco Javier le pediría su consejo, pero debido a sus problemas personales, no podía acercársele. ¿En quién confiar? Por lo pronto, vigilaría a la pareja y limitaría sus encuentros, pero ¿cómo?

Afortunadamente, de marzo a junio no ocurrió nada, aunque Melchor e Isabel irían a la cárcel si contara como crimen robarse tantas miradas. Magdalena disimulaba, pero en el fondo comenzó a disfrutar el romance, tan santo como el que seguramente la virgen María experimentó con San José. Melchor jamás faltó a su posición de caballero. Los dos se encontraban por las tardes en casa de Magdalena para merendar, beber el chocolate y escuchar lecturas piadosas. Magdalena solo prohibió los poemas, no fuera que la cosa se complicara.

Desafortunadamente, el Duende propuso una corrida de toros que el conde de Santiago financió. Alonso sacó su mejor traje, desempolvó su espada y eligió a su mejor caballo. El padre de Isabel volvería a los toros y la tragedia cubriría a la familia.

———

Francisco Javier visitó a Alonso quien volvía de los toros con la frente en alto. Había impresionado al Duende, cosa que lo enorgullecía. Juana los agasajó con unas gorditas de horno con cuajada y unos alfajores de postre. En eso, Alonso arrugó la frente.

—¿E Isabel?

—No sé, *patlón*. No ha venido *pol* acá.

Francisco Javier supuso andaría con Magdalena, así que no abrió la boca. De repente, el portón azotó y se escuchó un grito. Francisco Javier siguió a Alonso escaleras abajo, donde Rodrigo y Domingo sujetaban a Isabel.

—¿Qué sucede? ¡Suelten a su hermana!

—La descubrimos con don Melchor en pleno abrazo.

—¿Qué?

Rodrigo le explicó:

—Estaban ocultos cerca de la casa de la tía Magdalena. Pensé que se trataría de una mestiza aprovechando la oscuridad para atender a su amante, pero Domingo la identificó de inmediato.

Los ojos de Domingo brillaban. Francisco Javier se acercó para olerlos, pero no percibió exceso de bebida.

—Don Alonso, debe castigarla por haber manchado su nombre —pronunció Domingo.

—¿Es verdad lo que dicen tus hermanos?

—La besaba. ¡La besaba!

Rodrigo agitó los brazos.

A Francisco Javier le habían llegado rumores de que Rodrigo contaba con un desfile de queridas. Pero Rodrigo era hombre, e Isabel…

—¿Negarás que te descubrieron?

—Yo lo amo.

La palabra amor sacudió a Francisco Javier. Ese vocablo había sido la excusa para que Catalina mintiera y se tuviera que casar con Alonso. Magdalena había amado a Roberto, ¿y de qué sirvió? Don Carlos amó a Magdalena, ¿solo para morir? Por lo menos Teresa no le mencionó tan obscena palabra en aquel funesto encuentro, pero ¿se lo habría dicho a Alonso? El solo pensar que esa mulata le hubiera jurado amor a Alonso lo descompuso. En nombre del amor, los pecados de la carne proliferaban. En nombre del amor, los caballeros dejaban hijos entre indias y mulatas.

—Don Melchor no le conviene —interrumpió Rodrigo—. Es criollo.

—¿Cómo sabes que lo amas? —Francisco Javier se dirigió a Isabel.

Por tratarse de su tío, Isabel le miró a los ojos y respondió:

—Él es bueno y me quiere.

Alonso titubeó, pero Francisco Javier pensó en sus planes para Melchor. Ese chico debía investirse del sacerdocio. Poco a poco le iba convenciendo para ingresar a la Compañía, y al chico no le desagradaba la idea, inspirado por sus maestros, como don Carlos de Singüenza. ¡Una mujer no destruiría sus planes! ¡Las mujeres eran enviadas por el diablo!

—Alonso, no puedes permitir una deshonra. Además, Catalina no está aquí.

Su cuñado, aunque bravo frente a los toros, temía a su mujer por cuestiones inexplicables.

—No puedo con todo… —le susurró al oído.

—Por eso no tomes decisiones precipitadas. Isabel es una niña. Tu niña…

La última frase convenció a Alonso quien envió a todos a dormir, no sin antes advertirle a Isabel que le quedaba prohibido verse con Melchor o cualquier otro hombre. La chica se marchó y por alguna razón, Francisco Javier pensó en Magdalena.

Magdalena no cedería. Si Isabel amaba a Melchor, ella los apoyaría. No supo cómo logró escabullirse a la Alameda, pero allí estaban los tres.

Magdalena permitió que Isabel y Melchor conversaran a solas, detrás del tronco de un árbol, y aprovechó para buscar unos dulces. En eso, vio a Rodrigo y a Domingo simulando un torneo de cuadrillas, juego popular entre los estudiantes, en que luchaban con cañas, en vez de lanzas.

Quizá debió ser más astuta, pero en una de esas trampas del destino, Magdalena se detuvo para recoger el guante que se le había caído y Domingo se apartó del juego para buscar agua. Marchaba en dirección de Isabel, así que no tardó en descubrir al par de amantes y lanzó un grito que alertó a Rodrigo. Domingo corrió hacia Melchor con vara en alto. Lo habría matado si su arma no hubiese sido un simple palo, pero lo hirió con tal violencia que Melchor cayó al suelo. Para entonces, Rodrigo y sus amigos habían llegado al lugar de reunión, así como los compañeros de Melchor, y se armó la escaramuza, encabezada por Melchor y Rodrigo. Ambos bandos se fueron a los golpes y a las injurias. Magdalena lloraba.

—¡Alto! ¡Deténganse!

Isabel la abrazó, pero no supieron cómo impedir tal violencia. En eso, Francisco Javier apareció de la nada y los exhortó en nombre de Dios a detenerse, pero nadie atendió a sus ruegos. El pleito se tornaba violento. Domingo hirió a Melchor en la cara y brotó un chorro de sangre. Francisco Javier sujetó al mulato, pero éste se libró de su agarrón y empujó al jesuita contra Rodrigo, quien en lugar de auxiliarlo, enfrentó a otro de sus compañeros y le rasgó la camisa.

Magdalena escuchó cuando Francisco Javier le ordenaba a un amigo de Melchor:

—Llévalo a la iglesia más cercana y pide clemencia. Solo así lo salvaremos de que Domingo lo mate.

Domingo y Rodrigo persiguieron a los fugitivos hasta las puertas de la parroquia. Magdalena se enteró después que, a falta de oportunidad, Rodrigo y Domingo se marcharon, pero ella solo comprendió que debía sacar a Isabel de las inmediaciones. Aún así, tardó mucho en quitarse el susto por semejante tragedia. De pronto desconocía a sus sobrinos. ¡Cuánto odio retenido! ¡Cuánta violencia! Esa noche rezaría por ellos, pues si en lugar de varas hubieran tenido armas de fuego, la sangre habría cubierto la ciudad peor que cuando el polvo de la laguna de Tequesquite impregnó el aire cuatro años atrás.

29

Julia ha bajado del auto y Laura la sigue. Su hermana se encamina al hombre canoso que cierra la puerta de su propio automóvil. El corazón de Laura le golpea el pecho con fuerza. Ese cabello despeinado y ese cuerpo flaco los vio en el funeral de su madre donde lo confundió con el Poeta.

El hombre gira y un rostro arrugado las enfrenta. Laura juraría que se trata de un pariente de Clint Eastwood, pero sin las facciones finas del actor. El hombre ha palidecido y las llaves tiemblan en su mano. ¡Las ha reconocido! ¿Qué otra explicación? Julia se detiene a unos centímetros de él y coloca los puños sobre sus caderas.

—Nos reconoce; ya veo.

Laura la sujeta del hombro:

—Julia…

—¿Sabe quiénes somos? Sus hijas. Las que tuvo con Flor Medina.

El hombre, don Héctor, susurra:

—Siento lo de su madre. Andaba por Córdoba y me enteré.

—¿Siente que mi madre murió sola?

Laura desconoce a su hermana. ¿De dónde surge tanta ira? ¿Dónde ha quedado su control y su dominio propio?

—Pasen, por favor.

Julia y Laura aceptan el ofrecimiento. El calor del puerto, aún de noche, las descompone. Héctor enciende un ventilador. La sala solo presume dos sillones con hoyos. Un perro ladra en el patio, pero no hace por ir por él. Se seca el sudor, pero no les convida agua. Laura se remoja los labios con saliva. La garganta le arde.

—¿Qué quieren de mí?

El hombre luce abatido. Laura busca señales de fotografías, pero no da con ninguna. Si acaso, percibe el olor rancio de comida descompuesta o falta de limpieza.

—Queremos respuestas. ¿Por qué nos abandonó?

La frente de Julia se arruga; Laura se quita el moño que amarra su cabello. No soporta el bochorno.

—Yo era casado, y Flor lo sabía.

Las dos intercambian miradas. Su madre nunca se los contó. Entonces les relata una historia diferente a la oficial. Flor solía hablar de un hombre que se aprovechó de su tierna edad y que la dejó cuando ella le anunció su embarazo. El abuelo entonces se ocupó de ellas y las sacó adelante. Héctor menciona a una Flor joven, pero ardiente, que coqueteó con su jefe en la oficina y se embarazó. El abuelo entonces lo amenazó con matarlo si volvía a pisar la casa y Héctor huyó con su familia al puerto.

—Pero no se angustien, pues he pagado caro mis errores. Si quieren investigar y sacar a luz al miserable de su padre, yo se los diré de mi propia boca. Engañé a mi esposa más de una vez; ella me quitó todo con justa razón: la casa, los hijos, el dinero. He quemado mis puentes y estoy solo. Si desean dinero, no tengo; si venganza, mátenme. ¡Qué más da!

Laura se acuerda del perro muerto que vieron en la carretera. Su padre agoniza por dentro. Las ganas de atosigarlo y torturarlo se han esfumado. Pero Julia comprime los puños.

—¿La amó? Dígame, ¿amó a mi madre?

Héctor se encoge de hombros.

—La quise, sí. Pero en la vida solo se ama una vez. Y no fue Flor.

Julia enloquece y se le va encima. Laura la detiene.

—Tranquila. No pierdas la razón.

Su hermana la contempla como a una desconocida, pero pronto reacciona y toma su bolso. No le dirige una segunda mirada a su padre, sino que azota la puerta. Laura busca sus pertenencias para seguirla. Sin embargo, antes de dejar esa casa a la que jura no volver jamás, se detiene y pregunta:

—¿Es usted alcohólico?

Héctor escupe al suelo:

—Soy muchas cosas, menos borracho.

—Me da gusto —ella susurra con torpeza—. Yo sí lo soy.

El hombre abre los ojos de par en par.

—He vivido un infierno, pero aquí estoy.

Escucha la bocina del auto de Julia, pero no se detiene.

—He tratado de quitarme la vida, pero no lo logré. Me culpo de muchas cosas, como el haber perdido a un hijo. He luchado con Dios porque no puedo perdonarme a mí misma. Pero hoy, y no sé por qué, puedo decir que lo perdono a usted. Llegué a pensar que no quería creer en un Dios que perdonaba, pero alguien me dijo que no perdonar es más complicado. Y tiene razón. Lo perdono. De todo y por todo.

Laura cierra la puerta y no mira hacia atrás.

***

¿Cómo lo logró? Lo ignora, pero Julia se acuesta sobre una cama matrimonial en el pequeño y económico cuarto de hotel que han conseguido para pasar la noche. Laura la ha obligado a ponerse el camisón y la ha forzado a tomar aspirinas. ¿Cómo logró que Julia manejara hasta el Malecón? No lo sabe, pero poco conversaron, salvo para acordar que no pagarían más de mil pesos por una habitación.

Unos minutos después, Laura se recuesta a su lado. El ventilador las refresca, pero no se cubren con la colcha, solo con la sábana. Laura apaga la lámpara a su lado y la oscuridad las envuelve.

—Nunca nos quiso —susurra Julia, con la voz quebrada.

—Ni a mi madre —agrega Laura.

Busca la mano de su hermana y la aprieta con ternura. Siempre compartieron cama al ir creciendo. Se sienten bien al volver a hacerlo. Entonces Julia rompe en llanto y se abrazan. Las lágrimas de la una se mezclan con las de la otra. De algún modo, supieron desde pequeñas que solo se tenían la una a la otra. Su madre prefirió a Julia, pero se amó más a sí misma. Su padre, como lo han comprobado, poco se interesó en ellas. Pero cuando Laura más sufrió con el Poeta, Julia estuvo allí. Cuando Julia más batalló con unos kilos de más, Laura estuvo allí.

—Nunca nos quiso —repite Julia.

—Pero no importa. Yo te quiero.

—Y yo a ti.

Lloran hasta cansarse y duermen enganchadas, igual que cuando niñas. Antes de perderse en la somnolencia, Laura solo se alegra de que su padre no sea un borracho.

Rosario ha salido a visitar a su hermana. Gonzalo se alegra pues no desea verla. ¿Le habrá contado a Delia que el "torpe" de su padre quiere volver con ella? Si no se lo confesó a su hija, lo hará con su hermana, la psicóloga Dolores. ¡Dolores! ¡Qué nombre les puso don Juvenal a sus hijas! Dolores, Milagros y Rosario. ¡Vaya trío!

Delia aún no obtiene trabajo. Se queja de gastritis y batalla con su peso. Al parecer, las pastillas que ingiere no han ido bien con su complexión y ahora le ha dado por ir al gimnasio todos los días. Mientras Delia se baña, pues ha regresado empapada de sudor, Gonzalo mira por televisión una final de la copa europea. Dos equipos, uno inglés y el otro español, se debaten en la cancha. Él alienta al conjunto inglés, pero sospecha que el club español les sorprenderá.

Durante el medio tiempo, Delia baja las escaleras y se sienta junto a su padre. Trae una revista que hojea con pereza. Gonzalo lamenta no estar en su propia casa donde sus bocinas lo remontarían a un estadio con cánticos a viva voz. Siempre le ha gustado ese modo de festejar y apoyar a un equipo por medio de tonadas grupales. Si hubiera ido a Europa, como aquel plan original, quizá le hubiera tocado presenciar uno de esos juegos finales.

Delia bosteza y Gonzalo suspira. Muchas cosas han cambiado en su vida, no buenas ni malas, simplemente diferentes. Pero aún acaricia la ilusión por pisar el Viejo Continente.

El segundo tiempo comienza sin grandes variaciones en la alineación deportiva, cosa que censura. Si el entrenador ve que no funciona un jugador, ¿por qué no cambiarlo? La banca del club inglés agrupa a una serie de estrellas internacionales. Se queja de dicha decisión y se dirige a la cocina por una gaseosa. Supone que Rosario las guarda en algún lugar del refrigerador. Mejor se le antoja una manzana.

Regresa a su puesto, pero Delia ha abandonado la lectura y contempla el vacío. ¿Ahora qué? El comentarista deportivo celebra el segundo gol del club español. Gonzalo tiene ganas de apagar el televisor, pero aún restan treinta minutos para algún milagro. Solo baja el volumen, por consideración a su hija.

—Papá, tal vez nunca pueda controlar este vicio.

Su abrupto e inesperado comentario lo agita. Desea meterse al televisor para vociferar con la porra inglesa, en vez de enfrentarse a la declaración de su hija.

—Nada es imposible —declara, sin mucha convicción. Las palabras nunca han sido su especialidad.

—Pero… creí que iba bien, y de pronto me cuesta…

El árbitro amonesta al goleador del club inglés. Gonzalo siente que a él mismo le han sacado la tarjeta amarilla y escucha una voz diciéndole "mal padre".

—Dime, Delia, cuando estuviste internada, ¿qué hablaste con tu doctora? Tal vez entender lo que provoca tus crisis me ayude.

Delia resopla:

—Pensamientos. Son solo pensamientos que me rondan y me acorralan. Solo el alcohol los detiene.

Gonzalo se inquieta. ¿Qué clase de ideas rondan la mente de su hija?

—¿Puedo saber cuáles?

Rosario manejaría mejor la situación, pero por algún motivo Delia lo ha elegido para la confesión. Sinceramente, no sabe si sentirse halagado o preocupado.

—Que nadie me quiere.

—Pero…

—No me regañes; así me siento. Tú te marchaste, luego Sebastián. Con mamá nunca me he llevado del todo bien; siempre discutimos. Con Adrián y con Julio ella ríe y conversa, pero a mí me presiona.

—Quiere lo mejor de ti.

—¡Por eso no puedo platicar con nadie! ¡Siempre soy la mala!

—Está bien. No hablaré hasta que concluyas —le promete Gonzalo. No le cuesta trabajo pues por muchos años ha sido partidario de los monólogos.

—La doctora piensa que me creí mentiras desde niña; y es que yo me culpaba de que tú te marcharas de la casa. Ahora comprendo que no tenía nada que ver conmigo, pero así lo sentí en ese instante. Mamá y tú peleaban, y yo era la que me portaba mal. Además, yo era "tu niña", y mamá se encelaba. Cuando te fuiste, supuse que había sido por mí. Quizá relacioné todo porque el día que empacaste, yo había reprobado Matemáticas.

Los ojos de Gonzalo se humedecen. ¡Cómo podía esa criatura haber creído semejante disparate! Gonzalo se marchó porque Rosario y él lo decidieron. Ella anhelaba su libertad y su espacio. Él se cansó de intentar cambiar la situación. Ni Delia ni Adrián ni Julio provocaron el divorcio. Gonzalo se pregunta si Adrián y Julio pensaron algo similar. ¡Cuánto daño causó sin proponérselo! ¡Cuántos años Delia cargó con ese peso que no le correspondía!

—Hija —la abraza y ella lo permite—, la decisión de separarme de tu madre no tuvo relación contigo. Yo te amaba. Yo te amo.

—Entonces ¿por qué te marchaste?

¡Por cobarde! ¡Por orgulloso! ¡Por error!

—Pero he vuelto —se defiende—. ¿Qué más ronda esta cabecita?

—Luego Sebastián me dejó. Me dolió mucho, papá. Aún no lo acepto del todo.

Gonzalo ha deseado buscarlo y darle una paliza o hacerle pasar un mal rato.

—Me quise vengar. Hoy no estoy segura, pero recordar la boda me pone mal. Él me dejó por otra.

¡Por cobarde! ¡Por orgulloso! ¡Por error!

—¿Sabes por qué discutimos antes de la boda? Él me dijo que era anormal que a mi edad aún fuera virgen. Pero eso fue lo que tú y mamá me enseñaron.

Gonzalo se sorprende ante la revelación. Por supuesto que eso le habían inculcado. Los valores aún regían su vida, si bien a veces no entendía el por qué.

—Él me insistió mucho. Me dijo que ya faltaba un mes para casarnos, que era como si ya fuéramos marido y mujer. Entonces yo…

Él cierra los ojos. No quiere escuchar lo que sigue.

—Sucedió en su departamento. Yo estaba nerviosa. Él me pidió que no me preocupara. Y sucedió. Después me dejó. Eso me hirió tanto. Yo le di todo, papá. ¿Qué hice mal?

Gonzalo se controla. ¿En qué pensaba Delia? ¿Y Sebastián? Sueña con golpear a ese infame, pero ¿de qué serviría? Delia le explica que cedió porque todas sus amigas le dijeron que Sebastián acertaba. No podía continuar virgen después de los veinticinco años. La acusaron de rígida y lesbiana; Delia no soportó la presión.

Gonzalo se retuerce en el asiento. Primero, Rosario lo desprecia y le niega una segunda oportunidad, ahora Delia le confiesa el por qué Sebastián la abandonó. ¿Se lo contó a Rosario? ¿Y qué opinó Rosario? Quizá deben continuar separados. Rosario no ha criado bien a sus hijos. Pero ¿a quién quiere engañar? Él es tan culpable como ella.

Antes de volver a Orizaba, Laura y Julia caminan por la playa. Se han arremangado el pantalón y la arena baila entre sus pies. De la mano se internan en el agua hasta que les cubre las pantorrillas. Les sienta bien.

Han dormido poco y las ojeras se marcan alrededor de sus ojos. Ambas se quejan de dolor de cabeza y han acordado en comer antes de manejar hasta su ciudad.

Laura encuentra unas conchas y las recoge. Lanza la primera, luego una segunda. Con ellas arroja de su vida al Poeta. Ya no pensará en él. Que le vaya bien en Estados Unidos o dondequiera que esté. Que le aproveche su poesía y su talento con las palabras. Laura ha decidido perseguir su propio sueño.

Julia se coloca bajo una sombrilla que han rentado. Laura la sigue. Las hermanas se ocultan detrás de gafas oscuras.

—No puedo perdonarlo. Lo odio —le confiesa su hermana menor por unos minutos—. ¿Cómo es que tú lo has logrado con tanta facilidad?

Laura se pregunta lo mismo.

—No eres la misma desde hace unos años. A veces hasta te envidio.

Laura se quita las gafas y contempla a su hermana con horror. ¿Qué ha dicho Julia? ¿Que la envidia? ¿Julia envidiando a Laura? Julia levanta sus anteojos y sonríe.

—¿Qué pasa?

—Lo que has dicho… Julia, tú eres la mujer perfecta. Mamá siempre estuvo orgullosa de ti.

—¿Perfecta? ¿De dónde? Vamos, Laura, no te hagas la interesante. Me casé a los veinte años porque ya venía mi hija en camino. Nunca terminé una carrera universitaria, y ni siquiera conseguí mi título de secretaria. Ahora mi hija repite mi error y se embaraza a los veinte. ¿Esa es la novela rosa que tú quisieras? En cambio tú te graduaste y tienes un buen empleo. Vives en la ciudad de México y traes ropa fina.

Laura sacude la cabeza con incredulidad.

—No lo puedo creer. Las dos estamos mal al envidiar a la otra.

—Pero has cambiado. Eso es cierto. Te veo más compuesta y segura, y hasta has perdonado a nuestro padre. ¿A qué se debe?

El horizonte luce lejano y cercano a la vez. La brisa y las olas cantan en esa hermosa mañana que la remonta al presente y no al pasado.

—Es el Poder Superior, Julia. Nosotros, los alcohólicos, dependemos de él. Después de que admitimos que éramos impotentes ante el alcohol y que nuestras vidas se vuelven ingobernables, creemos que un Poder Superior nos devuelve el sano juicio. Y así, ponemos nuestras voluntades y nuestras vidas al cuidado de Dios.

—Suena bonito, pero ¿es real?

—No sé cómo ha sucedido esto, pero el Poder Superior me ha transformado.

—Me alegro —dice Julia y se pone en pie—. Vamos que se hace tarde.

Laura observa las pisadas que su hermana imprime en la arena. Por años ha envidiado que Julia no está sola, sino que las pisadas de su marido y sus hijos la acompañan. Pero ahora Laura sabe algo más. Alguien más ha caminado a su lado. El Poder Superior la ha vigilado. Hay huellas junto a las de ella sobre la arena de su vida. Y le alegra reconocerlo.

30

Magdalena escuchaba los edictos de la Inquisición que prohibían escapularios, oratorios y libros de la monja Agreda. En unas semanas, o tal vez meses, darían una contraorden, así que el escalofrío más bien provino de su deslealtad. En sus manos traía la carta de Melchor para Isabel, pues Magdalena se había convertido en la mensajera del par de enamorados. Día tras día visitaba la casa de su hermano, y después de saludar a Juana, subía al cuarto de Isabel y deslizaba la carta dentro del bargueño que ella misma le había regalado.

¿Por qué lo hacía? Porque creía en el amor. Melchor e Isabel se querían. ¿Qué de malo tenía eso? Melchor era un hombre de bien, un chico sano y con una herencia considerable. Además, desde aquella escena en la Alameda, cuando Alonso dictaminó que Isabel no saldría de la casa sino acompañada por Tomás, Domingo o Rodrigo, la chica había perdido peso. Sus ojos se opacaron y se esfumó su interés por la lectura y el bordado. Sin embargo, más allá de su ilusión romántica por ver a su sobrina felizmente casada, Magdalena cooperaba con Melchor porque él había tenido razón.

—Doña Magdalena, si don Alonso no me acepta, estoy dispuesto a acatar su voluntad, pero temo por mi querida doña Isabel.

—¿A qué te refieres?

—A su hermano Domingo. Domingo ama a doña Isabel.

—¡Son hermanos!

—Me refiero a que la procura como un hombre a una mujer.

Magdalena se había ofendido. ¡Cómo se atrevía Melchor a insinuar semejante bajeza! Pero el recuerdo de aquel percance en la Alameda lo confirmaba. Había leído en los ojos de Domingo la demencia del amor corrompido. Domingo se había vuelto celoso y posesivo, tanto de Rodrigo como de Isabel. La privación de una madre y un padre, de un nombre y un oficio, lo volcaban a controlar lo poco que se le daba.

Para colmo, Alonso se negaba a hablar del tema hasta que Catalina volviera, y Francisco Javier estaba en contra del romance. Así que Magdalena entregó las cartas, una tras otra, hasta que cuatro meses después, su alma descansó. Catalina regresó cargada de vestidos nuevos, regalos y la promesa de ordenar su hogar.

—Isabel no será para don Melchor.

—Pero, Catalina…

—Le busqué marido en España y en un año me la llevo. Rodrigo, por su parte, se casará con Rosa Sedeño.

Magdalena solo guardó silencio. De ese modo, Catalina asfixió a su familia. A Alonso le exigió una nueva recámara y que se ampliara la sala de asistencia. A Isabel le prohibió ver a Melchor. A Domingo lo envió a dormir en las caballerizas.

Catalina también regresó a su eterno goce por la vida virreinal. El Duende organizaba una mascarada, así que su cuñada se compró los mejores trajes. Magdalena decidió no salir esa noche a la fiesta; nadie preguntó el por qué.

———

Francisco Javier detestaba las mascaradas, pero Catalina no le permitió faltar. Así que Francisco Javier observó a la familia en sus galas. Alonso disfrazó a su caballo como a un león, Rodrigo se vistió con los pies para arriba y la cabeza para abajo, en uno de los trajes más vistosos de la noche. Catalina se engalanó con la última moda española, negándose a ridiculizar su apellido con semejantes barbaridades. Isabel, por su parte, quiso parecer india. Catalina casi se desmaya, pero Alonso le consiguió un huipil y unas sandalias. Aún Domingo, en una extraña concesión de Catalina, se unió a ellos en el patio, alrededor de la fuente, para mostrarles su vestimenta de turco.

Unas horas después, Francisco Javier buscaba una excusa para regresar al colegio. Le dolían los pies y detestaba la frivolidad de las mujeres y los hombres de la Nueva España. Alonso hablaba con un conde sobre caballos y Catalina presumía su vestido de Sevilla. Aún no ingresaban al palacio para el gran baile, así que Francisco Javier deseaba aprovechar la oportunidad para escapar. En eso, Tomás, el esposo de Juana, se acercó tambaleante.

—Don Alonso…

—¿Qué ocurre?

—Se trata de doña Isabel. No la hallamos por ningún lado.

—¿Cómo?

—Estaba aquí, con nosotros, pero cuando tronaron los cohetes, corrimos para ver de cerca los toritos y cuando volteamos…

Un frío helado atravesó el pecho de Francisco Javier y bajó hasta su vientre. Pensó en Melchor de León. No lo había visto en toda la celebración, aunque con tantas máscaras, ¿cómo reconocerlo? Buscó a Rodrigo con la mirada. Primero apareció Domingo y Alonso lo envió en busca de su hermano.

Pero Francisco Javier no titubeó.

—Vamos a casa de Magdalena —le dijo a su cuñado.

Alonso lo siguió de cerca, pero Francisco Javier llegó primero. Subió los peldaños de dos en dos y casi tira la puerta. Magdalena estaba bordando.

—¿Dónde está Melchor?

—¿Qué ocurre?

—¿Dónde está Isabel?

—¿Qué se yo? ¡Todos andan de fiesta!

Francisco Javier examinó cada pieza hasta entrar a los aposentos que habían pertenecido a don Carlos de Sosa. Cama tendida, piso barrido, un arcón vacío. ¡Vacío! Alonso comprendió al instante lo que Francisco Javier solo presintió.

—¿Qué has hecho, mujer? —sacudió a Magdalena. Ella lo contempló con miedo.

—Alonso…

—Jamás te lo perdonaré. ¡Jamás!

Francisco Javier regresó primero a la casa Manrique donde Catalina lo aguardaba con los ojos hinchados y una carta. Isabel se había fugado con Melchor. Se casarían y no volverían a la ciudad nunca más. Francisco Javier maldijo a las mujeres. Todas eran pecadoras. Magdalena había tramado la infamia y le había robado a la iglesia un hombre bueno como Melchor. ¡Cómo la odiaba!

***

Francisco Javier sudó, y no por el calor de medio día, sino porque delante de él, en pleno colegio, estaba Magdalena. De inmediato la apartó a un rincón y la sentó sobre una barda de piedra. Ella traía el cabello descuidado, la cara ceniciento y las ojeras pronunciadas. Francisco Javier deseaba estrangularla y reclamarle su pecado, pero por otro lado, su carita de ángel lo debilitaba. ¿Qué le provocaba esa mujer?

—Javi, debes ayudarme...

Desde hacía cinco meses no la veía, ni en la plaza ni en la iglesia. Ella no abandonaba sus habitaciones, presa de la vergüenza y la culpabilidad. Alonso había jurado desheredarla, matarla o ignorarla, lo que más le doliera. Rodrigo habló pestes de su tía y Domingo le prendió fuego al cajón de don Carlos de Sosa. Afortunadamente, Tomás se dio cuenta y evitó un desastre. Entonces Alonso le advirtió a Domingo que, si bien Alonso podía lastimar a Magdalena, nadie más tenía derecho de hacerlo. De Isabel no se sabía nada. ¿Adónde huyeron? Era el secreto mejor guardado de la ciudad. Catalina lloró a su hija, pero culpó a Alonso.

—Javi, necesito ayuda. He tomado una decisión; no puedo más. Debo entrar a un convento. Alonso me odia y Catalina no me quiere ver. Para colmo, doña Clementina me envió una carta tan dolorosa... ¡Era su sobrino! Los padres de Melchor también me detestan.

Francisco Javier se secó la frente con un pañuelo.

—Hice lo correcto. Isabel y Melchor se amaban. Estoy segura de que se casaron y no cometieron ningún pecado antes ni después. Catalina tuvo la culpa al anunciar que la llevaría a España. La acorraló.

—¿Por qué cooperaste?

—¿A quién tenía Isabel sino a mí? Catalina nunca ha visto por ella; Alonso jamás la escuchó. En mí confió y yo actué. Para mí era como una hija.

Francisco Javier leyó en sus ojos la desesperación.

—Lo único que hice fue despedirme de ellos. Aprovecharon la máscara para escapar. Ambos se disfrazaron de indígenas, así que pasaron desapercibidos por el populacho. Isabel se llevó un poco de mi ropa; Melchor empacó sus pertenencias. Javi, me arrepiento; Dios me está castigando por mis culpas, pero no permitas que muera triste y sola. En un convento estaré protegida y me entregaré a Dios en cuerpo y alma. Sé que no soy digna de ser una esposa de Cristo, pero haré mi mejor esfuerzo.

A él le tranquilizaría saber que Magdalena estaría dedicada a Dios. Podría visitarla y velar por su alma. Por otra parte, no resultaba tan rápido conseguir plazas, mucho menos en el convento que ella proponía.

—En el de San Jerónimo podrás tener una criada y recibir visitas…

—Seré capuchina. Dios me lo indicó desde niña. Mi destino está en el convento de San Felipe de Jesús.

—¿Y el cajón en la Alcaicería?

—La casa pertenece a doña Clementina; el cajón se lo he dejado a Tomás.

—¿Le dirás a Alonso?

—Infórmale cuando yo esté a salvo.

—Alonso sería incapaz de hacerte daño.

—Pero Rodrigo es violento y Domingo también. Ayúdame, Javi.

Francisco Javier cerró los ojos. ¿Qué había pasado en su familia? Recordó al cuarteto infantil —Alonso, Catalina, Magdalena y él— volando papalotes, paseando en Xochimilco, leyendo por las noches… ¿En qué momento el sueño se desvaneció?

⁓

Doña Regina, su madrina, la acompañó paso a paso, pero Magdalena se sintió sola. Avanzó los pocos metros que separaban su casa del convento. Muchas veces acudió a misa en ese mismo lugar, pero no pronosticó que un día viviría detrás de sus rejas. Se despidió de su bargueño, el pequeño palacio con cajoncitos donde guardó recuerdos que había quemado el día anterior como los listones que recibió de don Emilio, unas perlas que le dio Roberto, una peineta de doña Clementina, un anillito de Alonso y las cartas de Francisco Javier. También le dijo adiós al jardincito donde compuso sus juegos con insectos y flores, donde reinó por años y compartió sueños con don Emilio. Solo cortó unos pétalos que guardó entre las páginas de su devocionario y el libro "Tesoro de las Medicinas", de

Gregorio López, que le había pertenecido a su padre. La abadesa le permitió conservarlo, así como el rosario de su madre.

Traía velo blanco y una corona de rosas que no reflejaban su estado interno. Por dentro sangraba; ningún miembro de su familia la acompañaría ese día, el que debió de haber sido el más agradable de su existencia. En agosto, se había hecho una enorme fiesta, a la que asistió el mismo virrey, porque la hija de un oidor había profesado en ese mismo convento, pero a Magdalena nadie la celebraba. Caminó hasta el altar para pronunciar sus votos. Los había memorizado, de modo que no la traicionaran los nervios. Habló de modo mecánico, sin verdadera ilusión o pasión por su nueva vida. La tristeza de los meses anteriores había erosionado su corazón y no hallaba ni pizca de esperanza.

Las monjas entonaron el salmo fúnebre que describía su ánimo: *Réquiem aeternam dona eis, Domine: et lux perpetua luceat eis.* La voz del mercedario atravesó su conciencia: "Profesar es morir al mundo… has de ser muerta y sepultada, sin padres, parientes, amigas, dependencias, cumplimientos." Curioso asistir al propio funeral. A sus padres se los arrancaron en la infancia, a sus parientes los alejó por un acto de amor. ¿Amigas? Nunca tuvo. ¿Dependencias? Ni siquiera logró conservar una tienda. ¿Cumplimientos? A nadie le debía nada. Viva o muerta, Magdalena no influenciaba a los astros ni a la historia de su nación. Los eclipses y los temblores continuarían. Alonso tallaría piedra, Catalina asistiría a los convites del palacio, Rodrigo atendería la mina, Domingo caería en la cárcel, Isabel tendría hijos, Melchor trabajaría para mantener a su familia, doña Clementina viajaría y Francisco Javier enseñaría Teología.

Viva o muerta, la noria daba vueltas, unos arriba, otros abajo, pero Magdalena no afectaría el destino de nadie. Sin hijos, sin esposo, sin pasado ni futuro, ¿quién era ella? Dios la castigaba por matar a su madre, se repetía mientras movía los labios. Dios no había olvidado; quizá ella sí. Pero se esforzaría para ganarse el amor de ese Esposo que ahora se le prometía. Necesitaba ser querida y aceptada, aún fuera por un Señor invisible. Concluyó sus votos y cambió el color blanco por un velo negro, luego las rosas por espinas. La corona le sentó bien. Entre más le doliera, más se agradaría su nuevo marido.

Doña Regina le extendió el canastillo de boda en el que anidaba el cuadernillo de las disciplinas, los cilicios, las correas, las capuchinas, su devocionario, su libro de medicina y el rosario de su madre. El hábito habría escandalizado a doña Clementina, quien tanto procuró vestirla de seda y colores vistosos. Color marrón, ceñido con una cuerda, una sencilla toga blanca, la capa gris, un medallón de metal y los zapatos suecos de madera. No más perfumes ni maquillaje, no más cabello largo o peinados ostentosos. No más bargueños ni jardines.

Venit Sponsa Christo.

Magdalena se hincó y se alejó por la corista. Atrás dejaba a doña Regina y a doña Elisa, sus vecinas. Nadie más se despedía de ella. Francisco Javier no apareció. ¿Y qué de Alonso? En lo más profundo había deseado que él llegara para detenerla. Pensó que Roberto Suárez la encontraría en el pasillo para declararle su amor y pedir perdón por sus pecados; luego se casarían, como debió suceder años atrás. Supuso que doña Clementina podría llegar de la nada para abrazar a su niñita, pues su amor de madre superaría su enojo de tía. Pero nada de eso aconteció. Magdalena murió; la hermana María Antonia llegó al mundo.

***

Alonso le mostró la carta a Francisco Javier.

Mi amado Alonso:

Para cuando recibas esta carta, yo estaré profesando. Sé que te he herido y estoy muy arrepentida. En ocasiones me despierto y deseo no vivir. Pero mi decisión es correcta. He leído las memorias de Santa Teresa de Jesús quien habla de la vanidad del mundo y del infierno. Yo merezco el infierno, sin duda. Francisco Javier me ha ayudado. Él ha negociado mi entrada con las capuchinas, y con placer me entrego a mi destino. Me han dado un cuadernillo del que seré examinada y admitida, así que estudio noche y día. Cumplo con los requisitos al ser hija legítima de españoles y tener buena salud; además, con la dote que me dejó don Carlos he podido allanar el camino. Así que este es mi adiós, hermano mío. A partir de hoy seré esposa de Cristo y moriré para el mundo. Pero quizá Dios acepte mis ruegos y mis penitencias y rescate a nuestra familia de la maldición. Tal vez así expíe mis culpas, que son muchas y que pesan tanto. Tal vez Dios se compadezca de mí, pecadora, dándote a ti la felicidad.

Adiós, hermano mío.

Tu eterna Magdalena.

Francisco Javier percibió los surcos de lágrimas en las mejillas de Alonso.

—¿Por qué, Javi? ¿Por qué?

Porque si todas las mujeres de la Nueva España se encontraran encerradas y dedicadas a la religión, no causarían tantos problemas. Porque si Magdalena se entregaba a Cristo, él podría olvidarla. Aún así, no le dio explicaciones.

Sin embargo, acudió a la casa de doña Clementina. La señora se quedaría en Mérida para siempre, o eso anunció, así es que Francisco Javier ordenó que empacaran y enviaran sus cosas a la lejana ciudad. Repasó con la vista cada objeto. Se quedaría con algunas mancerinas que daría al padre Eusebio como un regalo, quizá Catalina apreciaría unos manteles de seda. En eso, sus pies lo condujeron a la habitación de Magdalena. Ni la cama ni los tapices le agradaron, pero sus ojos se clavaron en el bargueño. Por alguna razón, le atrajo el mueble y rozó la madera. Luego abrió cada cajoncito. ¿Qué habría guardado Magda allí? ¿Tesoros de niña o de mujer?

Decidió en ese momento llevarlo a la casa de Alonso y guardarlo allí. ¿Para qué? Lo ignoraba, pero no concebía que otras manos rozaran ese artefacto salvo las de su amada Magdalena, la monja capuchina, a la que no vería nunca más.

Lo único que Magdalena había visto del convento era el coro alto, con su reja y púas. El coro bajo, con sus dos puertas y ventana, daba al altar. Al lado izquierdo se encontraba el comulgatorio, y a la derecha, la sala de entierro. Magdalena se asombró pues el interior simulaba una casa. Los corredores, altos y con eco, fríos y silenciosos, daban al jardín y a los dormitorios. Unas escaleras subían a la azotea, otras bajaban al estanque de agua. El refectorio se componía por dos largas mesas y el modesto púlpito desde donde se hacían las lecturas. La cocina y la enfermería se ubicaban al fondo, y en la sala más apartada se recibía al arzobispo.

Hasta la noche, en su cuartito, reparó en lo que había hecho. A falta de espacio, ya que carecían de camas, le dieron a Magdalena un pequeño cubículo apostado en el descanso de las escaleras que daban a la azotea. La priora la condujo con una candela para iluminar las paredes después de las últimas oraciones, y Magdalena trató de no llorar al contemplar la minúscula habitación con una tabla, que haría por cama, un leño, que haría por almohada, una mesita, una silla y dos velas. Cuando la priora se marchó, Magdalena acomodó su canasta en una esquina. No le apetecía leer el devocionario, ni rezar, aún cuando un crucifijo en la pared le instaba a hincarse. Más bien se recostó sobre la dura tabla que lastimó su espalda.

Procuró dormitar, pero le resultó imposible. Si se daba vuelta a la derecha, le dolía la cadera; si giraba hacia la izquierda, la fría pared la incomodaba. No bien cerró los ojos, cuando las campanas la atormentaron y un golpe en la puerta la despabiló. La hermana Inés, enviada por la priora, venía para despertarla por ser el primer día. Magdalena solo apretó la cuerda que hacía de ciño, y la siguió con los ojos pesados. Su cuerpo reclamaba el poco sueño y ocultó varios bostezos mientras seguía a sus hermanas, quienes con hábito, velo y toca, avanzaban en silencio.

Lo que sonaba no eran campanas, sino unas matracas, unas tablas de madera que se golpeaban por un mazo detrás del campanario. Las capuchinas, le explicó la hermana Inés, eran las primeras monjas en despertar, a diferencia de otros conventos, por lo que se les anunciaba su primer rezo con aquel ruido, provocado por una manivela que controlaba la hermana Serafina para no alterar a toda la ciudad. Magdalena se aventuró y pidió la hora. ¡Cuatro de la mañana! ¡Con razón no podía ni moverse! Ahora comprendía la insistencia de Francisco Javier por llevarla con las jerónimas.

Magdalena se acomodó en la orilla del coro. La prelada recibió a sus hermanas con una bendición, luego comenzaron las primas y las tercias con gran solemnidad. Magdalena no había aprendido todas, así que las entonaba en voz bajita para no desentonar o hacerse notar. Muchos rostros de sus vecinas eran jóvenes, otros maduros, pero bajo el uniforme común, no se percibían las diferencias sociales. Después se enteraría de que la hermana Inés provenía de una familia rica y que la hermana Serafina había nacido huérfana, pero por el momento repitió las palabras de las oraciones: "A ti recurro, Señor; por la mañana oyes mi voz; de mañana te alzo mi súplica y quedo a la espera". Sus ojos luchaban por no cerrarse y se descubrió cabeceando dos veces. La priora le envió una mirada de advertencia y Magdalena se reconvino. No era una novicia de quince o veinte años, sino una mujer rumbo a sus cuarenta.

"El sacrificio a Dios es un espíritu contrito; un corazón contrito y humillado, oh Dios, no lo desprecias". Reparó en las amonestaciones de Francisco Javier: "No es una vida fácil, Magda. Hay dolor, sacrificios, soledad…"

La hermana Inés se mantenía ecuánime, con una sonrisa congelada, pero de la nada, la hermana Serafina corrió y se prendió de las rejas del coro. La hermana Inés la tranquilizó. La hermana Serafina recibía visiones imprevistas. Al finalizar la letanía, descendieron al coro bajo donde la priora las instó a meditar en el perdón. Les repartió unas cartelas pequeñas con unos versos, probablemente de las Santas Escrituras. Magdalena apenas las leyó. Le faltaban ganas para analizar el tema. Dios aún no le perdonaba matar a su madre, Alonso no le perdonaba perder a su hija y Francisco Javier no le perdonaba casarse con don Carlos.

Magdalena casi proclama fiesta cuando las campanas tocaron para misa. Desde la reja observó el exterior. En vez de ser ella quien entraba con su banquito, al lado de doña Regina y doña Elisa, vio a las dos mujeres con sus hijos. Ellas quizá habían olvidado su presencia detrás del velo, pero doña Elisa estiró el cuello varias veces. El tiempo pasó volando y el estómago de Magdalena gruñó en competencia con la música. Le reconfortaba el pensamiento de que pronto desayunaría. Al despedir el padre a los presentes, Magdalena se dispuso a encaminarse al refectorio, pero la hermana Inés la detuvo. Aún faltaba la sexta y la nona. Magdalena abrió la boca, pero no dijo más. Regresó a su lugar con fastidio, hambre y sueño. "Descarga en el Señor tu peso, y te sustentará".

Cuando las monjas se pusieron en pie, Magdalena dio gracias a Dios, su primer rezo coherente del día. En el refectorio, tomaron la colación, té frío y panes insípidos. Magdalena se forzó a no llorar, aunque un nudo en la garganta la asfixiaba. Recordaba el pan dulce, la fruta picada, el chocolate espumoso, pero mordió su pan con resignación. De allí, las monjas pasaron al cuarto más amplio donde, en silencio, se dedicaron a sus labores. La hermana Inés bordó y la hermana Serafina remendó un lienzo. Se respiraba mayor holganza y Magdalena se concentró en las puntadas que daba, lo que ahuyentó el sueño.

A las dos rezaron las vísperas; la hermana Inés insistió que habitar la casa de Dios era su más grande deseo. Pues ¡no saldrían de allí jamás! Afortunadamente llegó la siesta y Magdalena se alegró por no compartir su celda con otras monjas. El momento en que su cuerpo tocó la dura madera, se quedó profundamente dormida, pero la hermana Inés apareció para llevarla a completas. "Hermanos, habiendo llegado al final de esta jornada que Dios nos ha concedido, reconozcamos sinceramente nuestros pecados".

Magdalena había pecado. A su cúmulo de maldades añadía el aborrecer la casa de Dios, detestar su posición como esposa de Cristo y haber pronunciado votos de pobreza, castidad y obediencia. No quería seguir esa rutina, echaba de menos sus lujos y riquezas. Después de los treinta, había perdido toda esperanza de hallar el amor, pero apareció don Carlos, y con su muerte, la oportunidad de contraer segundas nupcias. Pero dentro de esas paredes, ya no existía la posibilidad de reencontrarse con don Roberto o de conocer a un caballero. Todo había concluido, así como la oración. La hora de la comida la emocionó hasta que le sirvieron un plato de sopa espesa y una taza de té. No supo qué era peor, si sorber ese caldo o escuchar la lectura sobre la conversión de Santa María Egipciaca.

—Hermana María Antonia.

Magdalena trató de imaginar lo que Juana cocinaría esa tarde. ¿Un asado? ¿Guajolote en salsa?

—Hermana María Antonia.

Dio un saltito al comprender que se referían a ella. Ese cambio de nombre tampoco le venía bien. La hermana Inés le informó que después de una visita más al coro, podría dormir para luego despertar a las once para los maitines y laúdes. Magdalena apretó los puños. ¿Qué había hecho?

31

Hace mucho que Gonzalo no se enfada con Rosario, pero no puede evitarlo.

—¿Y tú le creíste?

—¡Ella estudió Psicología!

Gonzalo no lo puede creer. Rosario le cree más a su hermana Dolores que a Gonzalo, el marido que ha rechazado por segunda ocasión.

Milagros y Dolores —¡y qué nombres!— perdonaron el hecho que Rosario practicara otra religión, pero Gonzalo nunca perdió el sentido del humor al unir sus tres nombres en una sola oración. Gonzalo tolera a Milagros un poco más que a Dolores. Milagros tiene una familia más funcional, pero Dolores presume su dinero, aunque niega que sus hijos hayan destruido sus vidas. Sin embargo, se muerde la lengua. ¿Y qué de su propia hija?

De cualquier modo, Rosario les ha contado sobre los pesares de Delia, y Dolores, la psicóloga, ha decretado que la situación es complicada. En pocas palabras, no ha ofrecido grandes esperanzas. En su opinión, Delia no tiene remedio. El alcohol ha sido un medio para desahogar sus frustraciones por el divorcio de sus padres y la cancelación de la boda.

—¿Pero qué sugiere? —insiste Gonzalo.

—Terapia. Unos diez años.

¿Diez años?

—Y quedará con secuelas. Quizá le será difícil relacionarse con el sexo opuesto, y lo del alcoholismo la marcará para siempre.

Gonzalo se abstiene de gritar. Piensa en Laura. Ella ha logrado superar su adicción, aunque tampoco tiene novio ni esposo. Luego enumera mentalmente a los muchos cantantes y actores que han sucumbido ante la cocaína, el alcohol y ciertos medicamentos. Vidas truncadas por falta de control, fama que empuja a la soledad, depresión que invita al suicidio.

—¿Y tú crees lo que Dolores ha dicho?

—Por supuesto.

Gonzalo lamenta haber ido a la casa, pero quería visitar a Delia. Sin embargo, la niña se ha marchado al gimnasio y tiene que tolerar a Rosario.

—¿Qué vamos a hacer?

—Llevarla a terapia. ¡Qué más!

Gonzalo recuerda las muchas películas que ha visto donde salen psicólogos. No le gustan sus métodos; no cree en el psicoanálisis. Si funcionara, ¿por qué no mejoraba la vida de Dolores? Ella, una psicóloga profesional y de renombre, trata a su marido como a un sirviente, se duele porque su hijo mayor lleva dos divorcios y lamenta que su hija la menor se haya marchado a Europa sin avisarles. Los dos chicos de en medio tampoco presumen vidas ejemplares; uno trabaja en un centro nocturno, el otro vive con su novia, pero es la tercera en la fila.

¿Y acaso Dolores es feliz? Eso finge delante de Rosario, pero Gonzalo ha comprobado que la mujer detesta su existencia. ¿Cuál es la solución?

La esposa del profesor ha cocinado unas calabacitas. El profesor se disculpa por no ofrecerle carne —cosas de salud— pero Laura no se indigna. Jamás ha probado verduras de esa calidad. Tal vez le pida la receta.

Charlan sobre el clima, luego el profesor se conduele con ella por la muerte de su madre. Laura decide no llorar. Ha regresado más serena. Julia la ha convencido de regresar a la ciudad hasta la mañana siguiente, así que Laura ha aceptado la invitación de su antiguo profesor de Literatura.

A la hora del café, el profesor propone que se muden a la sala. Laura felicita a la cocinera por el pastel de frutas secas. Otro acierto para la mujer del profesor. Disfruta cada cucharada, mientras el profesor indaga por su escritura. Laura decide abrir su corazón.

—He avanzado en un proyecto que tenía en mente desde hace unos años.

—¡Qué gusto! ¿Y qué harás con él?

—No lo sé.

Se sonroja.

El profesor se rasca la barba. Su esposa luce cansada y cabecea. Después de preparar semejante menú merece una siesta.

—Te quiero proponer algo. Esta noche tenemos una cena en un club deportivo. Se reúnen amigos de aquí y de allá, solo para charlar y comer unos bocadillos, pero un amigo mío maneja una editorial. Me gustaría que lo conocieras.

Laura piensa que no trae ropa suficiente, pero Julia puede prestarle unos pantalones.

—Me agrada la idea.

En el fondo, le parece una locura, pero en fechas recientes ha recuperado esas ganas de aventurarse. De pronto, ya no la domina tanto el miedo como en el pasado.

⸻

El bargueño está casi terminado, pero le falta conseguir dos pestillos idénticos a los originales para los cajoncitos, y por eso ha subrayado en la Sección Amarilla algunas tiendas de antigüedades donde quizá los logre conseguir. Observa el mueble con orgullo. Una barnizada más y quedará como nuevo.

Pero aún cuando trata de distraerse con el bargueño, vuelve al caso de Delia. Lamenta no haber estado allí durante su adolescencia y juventud. Debió animarla para buscar amigos en la iglesia, a la que Delia dejó de asistir a los trece o catorce años. Debió vigilar con quién salía, sobre todo en sus años mozos. Debió estar presente para contrarrestar la influencia de sus amigas.

Gonzalo no se arrepiente de sus convicciones. Él y Rosario creyeron que el sexo estaba reservado para el matrimonio. Y aún cuando se siente un hipócrita al decirlo —dado su fracaso matrimonial— sostiene dicha idea. El sexo libre solo ha traído más divorcios, más heridas y más dolor. Ha visto muchachas en sus quince criando hijos. Ha visto compañeros del trabajo que cambian de pareja como de auto, y que pierden cada vez más su propia estima.

Nadie estuvo allí para animar a Delia a guardarse para Sebastián. Y ciertamente Sebastián no mereció a su hija. Defraudó la confianza que Rosario y él depositaron en él. Uno no entregaba a una hija para ser abandonada, sino cuidada y protegida. Sus palabras huecas de cariño ahora le resuenan como bofetadas y escándalo. "Chiquita", "bonita", "pequeña". Palabras que solo buscaban obtener lo que Delia guardaba para su boda.

Gonzalo detesta al tipo, pero la amargura lo invade. ¿Quién es él para vestirse de decencia y pureza? Un dedo acusador señala a Sebastián, pero cuatro regresan contra Gonzalo quien se apartó de sus hijos. Los años que dedicó a una empresa y a hacer dinero no le han brindado dicha ni paz. Y por fin comprende que aquellas horas invertidas en negocios debió dárselas a sus hijos, a tres seres vivientes que dependieron de él, que lo amaron en su momento y que lo necesitaron con ardor.

Levanta la cabeza y piensa en Dios. Por alguna extraña razón, a él también lo sacó de su vida por muchos años, pero de repente anhela restablecer la comunicación.

—Lo eché a perder. Me diste una esposa y tres hijos; no era mucho, en comparación con lo que diste a otros, pero aún con ese poco me equivoqué.

Su voz se quiebra y las lágrimas brotan. Detesta su debilidad, pero no la reprime. No tiene ganas de hacerlo.

—Mi vida es un caos.

Se acerca al baritueño y abre los cajoncitos, vacíos todos. Los sueños no se materializan. Son intangibles, pero ¿verdaderos? ¿O son hologramas solo de la mente?

—Lo cierto es que ninguno compondrá mi situación. Estoy cansado, Dios. Ya no quiero huir, pero no sé cómo actuar. Mi salida ha sido esconderme de los problemas, pero esta vez me encuentro acorralado. ¿Qué debo hacer?

Lo ignora, pero se dirige a su cama con paso más ligero. Por loco que parezca, le ha sentado bien hablar con Dios.

Laura no trae antojo de mariscos. Por respeto al profesor, juguetea con los camarones y mordisquea dos o tres. Se siente incómoda en ese mundo extraño donde no conoce a nadie. Se codea con la crema y nata de Orizaba, pero teme que alguien la reconozca como la mujer del Poeta. Solo desea correr a su casa, pero no a la de su hermana Julia, donde ocupa la antigua habitación de su madre, plagada de recuerdos, sino a su departamento en la ciudad.

En eso, un hombre con guayabera azul se aproxima. El profesor rompe en una sonrisa.

—¡Bernabé! Mira, te presento a mi amiga Laura.

Laura ve su mano apresada entre dos cálidas palmas. Se sonroja y busca un poco de agua con la mirada. La esposa del profesor ha procurado apartar bebidas alcohólicas, así que le pasa un poco de refresco.

Bernabé se acomoda cerca de Laura, quien le calcula unos cuarenta y pico de años. Busca con desesperación un anillo de matrimonio, pero ni el mismo profesor utiliza el suyo. A los hombres no les gusta proclamar su estado civil con la misma resolución que a las mujeres.

El profesor habla sobre logros editoriales y libros de moda. Luego le cuenta a Bernabé sobre el talento de la joven estudiante que se ha transformado en una mujer. Laura ruega por un abanico. El aire acondicionado no es suficiente para disminuir el ardor en sus mejillas.

El profesor, quien no ha leído ni una página de su obra maestra, la continúa elogiando. Bernabé indaga por el tema y Laura responde. Se interesa, o eso indica con sus cejas arqueadas, y le pide un vistazo. Laura explica que ha dejado sus archivos en casa, pero él le pasa su tarjeta de presentación que incluye un correo electrónico. La charla se desvía y comienzan a hablar de poesía. Laura traga saliva. El fantasma del Poeta la ronda, pero Bernabé menciona a Sor Juana Inés de la Cruz y Laura se envalentona. Bernabé y ella discuten sobre uno de los poemas más controvertidos, luego divagan sobre la vida de esa monja del siglo XVII.

Laura no se da cuenta de que el tiempo transcurre, hasta que el profesor bosteza. Bernabé ofrece llevarla a casa de su hermana, y cuando la despide en la puerta con un suave apretón de manos, Laura se maravilla. Ha pasado una velada encantadora. Como hacía mucho que no experimentaba.

Laura llega al colegio. Se siente desubicada y ajena, como si de pronto no perteneciera a ese refugio de tantos años. Quizá ella ha tenido la culpa pues no ha buscado echar raíces y formar amistades.

La orientadora la saluda después de su segunda clase.

—¿Puedes venir un momento?

Laura la acompaña a la oficina, pero se sorprende cuando se topa con Raúl y un hombre mayor con una cicatriz en la mejilla. Silvia lo presenta como el tío de Raúl, el señor Espinoza. Laura lo saluda y se acomoda en una de las sillas. Silvia los deja solos y dice que volverá en unos minutos. Laura se siente intrigada.

—Profesora, solo queríamos darle las gracias por lo que ha hecho por Raúl —le dice el señor Espinoza.

¿Qué ha hecho?

—Hace una semana, Raúl llegó a mi puerta llorando. Mi hermano, el padre de Raúl, toma mucho, y su mujer también. Yo no sabía qué tanto, hasta que Raúl me lo confesó todo. Me alegro mucho que lo haya hecho, pues solo así pudimos enfrentarlos como familia.

—Pero… ¿yo?

Laura titubea.

—Usted me dijo que en mi casa vivíamos cuatro personas —le recuerda Raúl—, mis padres, yo y el alcohol. Y, maestra, me cansé de ese cuarto inquilino.

El chico sonríe. Laura se alegra de que el muchacho aún conserve el buen humor.

—Cuando hablé con usted, percibí que usted me comprendía y no hablaba nada más por hablar. Eso me ayudó a buscar a mi tío.

—Hemos decidido que Raúl vivirá conmigo y con mi esposa. Mis hijos ya están casados, así que hay lugar en la casa. Sus padres han prometido buscar ayuda, pero no velarán por Raúl hasta que comprueben que están limpios. Usted entiende a lo que me refiero.

Mucho más de lo que el hombre imaginaba.

—Pero mi casa queda lejos de esta escuela, así que hemos venido para hacer la transferencia a una secundaria más cercana.

A Laura le duele decir adiós, pero lo hace con sinceridad. Raúl la abraza y le promete que se cuidará. No seguirá los pasos de su padre. Laura ignora si lo logrará, pero le pedirá a Dios por él. De hecho, mientras se dirige a su siguiente clase, le da gracias a Dios por ese tío que se ha hecho cargo de un sobrino que requiere ayuda.

Dispuesta a concentrarse en la Revolución Mexicana, uno de sus temas menos preferidos, Claudia la intercepta en el pasillo. Primero Raúl, ahora Claudia. Laura sabe que ya no son novios. ¿Querrá la chica algo de información?

—Profesora, ¿puedo hablar con usted?

Laura asiente y pronto se entera sobre lo que inquieta a la chica. Ha reprobado tres materias, entre ellas historia. Se siente muy arrepentida y ruega que Laura le dé una segunda oportunidad. Hará un trabajo u otro examen, lo necesario para no bajar su promedio.

—Mi mamá me matará si ve tres cincos en la boleta.

Debió pensarlo antes, concluye Laura, pero le enternecen esos ojos húmedos que revelan preocupación.

—Debes aplicarte más, Claudia. Has descuidado este parcial.

—Lo sé. Por eso, ya no más novios. Lo he decidido. Solo quitan el tiempo y además, estoy muy joven para una relación formal.

Laura desea aplaudirle, pero duda que su propósito dure mucho. La vida está llena de tentaciones y mentiras que solo enredan. Aún así, rogará a Dios por ella. Se encamina al aula y respira profundo. Le gusta mucho la docencia, y aún más, le agrada sentirse útil. No cabe duda que la vida está llena de segundas oportunidades.

Rosario arroja sobre la mesa un fajo de cartas. Gonzalo las reconoce.

—¿Las recuerdas?

Gonzalo abre la primera. En aquellos tiempos no había Internet. Gonzalo le escribía de su puño y letra cursilerías románticas que en ese momento se le figuraban lo más certero de su vida. Rosario lo contempla con los puños sobre la cadera.

—¿Qué nos pasó? —le pregunta con profunda tristeza.

Gonzalo lamenta no haber guardado las cartas que Rosario redactó pues también abundaban en promesas que no se cumplieron.

—Creímos mentiras. Fuimos egoístas. Tomamos la ruta más fácil: la separación. Pero aún hay tiempo, Rosario.

—Te equivocas; ya no hay tiempo. No tengo ganas de romances sin futuro.

A Gonzalo le duele su frase, pero nace una gota de esperanza en su corazón. ¿Para eso manejó Rosario hasta al norte de la ciudad? ¿Para mostrarle cartas del pasado? Sin pensarlo dos veces, la toma de la mano y la conduce al taller. Abre la puerta y enciende el foco que alumbra ese cuartito oscuro. Rosario lanza un suspiro de sorpresa. Frente a ella está el bargueño resanado y barnizado, un mueble hermoso y atractivo.

—¿Es el mismo?

—Tú veías en él un mueble sin futuro, pero yo vislumbré un poco de su antigua gloria. Creo que Dios nos ve del mismo modo. Nosotros observamos un matrimonio herido y destruido, sin remedio ni esperanza, pero Dios tal vez percibe esa antigua gloria que aún puede resurgir si él, como experto carpintero, trabaja con la madera de nuestra relación. Tomará tiempo y aún dolor, pues habrá mucho que resanar y barnizar, pero vale la pena.

Rosario titubea.

—No lo creo. No es tan sencillo, Gonzalo. Ya estoy hecha a mis modos y no me gusta que alguien me dé órdenes. Además, sigues sin tapar bien la pasta y no te has cuidado los dientes.

Gonzalo comienza a hervir. Siempre discuten por los mismos temas. En eso, el celular de Rosario repiquetea. Ella responde y Gonzalo se pregunta si será Dolores o Milagros. El rostro de Rosario pierde color y Gonzalo lo adivina. ¡Otra vez Delia!

32

1692

Décima vez. Magdalena no lo olvidaría pues las iba apuntando. Una vez por semana, Alonso acudía a la pequeña iglesia de San Felipe de Jesús. Por ningún motivo desviaba la vista hacia el coro de monjas, pero Magdalena rezaba con más fervor. Alonso no iría a otra iglesia por motivos altruistas o para dar variedad a su semana. Al contrario, a duras penas acudía a su propia parroquia como para andar visitando otras, lo que solo significaba una cosa: intentar acercarse a su hermana. ¿Lamentaría el malentendido?

Su visita mejoraba el día. El sol brillaba más, los cantos tenían significado, la cama no lastimaba tanto, la tela no provocaba tanta comezón y hasta la comida adquiría sabor. Quizá las penitencias surtían efecto. La maestra de novicias, una mujer santa y afable, la instruía por los caminos del sacrificio, y éstos empezaban a pagar dividendos. Jamás olvidaría la primera ocasión en que la maestra la reprendió por no quitar unas manchas del suelo y la mandó hacer nueve disciplinas. Magdalena se resistió a humillarse, pero no hubo salida. Sin embargo, las horas dentro del convento la moldearon a la modestia y al silencio. A sus días los gobernaron las campanas que le indicaban si debía ir al refectorio o a las vísperas o a la sala de labor.

Tal como lo había predicho la madre Josefina, el diablo se le apareció por las noches para provocarla. El enemigo utilizó los sueños y los recuerdos de gente viva para tentar su carne. A veces pensaba en don Roberto o en su difunto marido. Su confesor, desafortunadamente no Francisco Javier, le dijo que el cuerpo solo se dominaba a través del castigo y el tormento, así que cuando las visiones llegaban, Magdalena sacaba las correas que recibió en sus votos y se descubría la espalda. Luego se golpeaba hasta que el diablo se marchaba.

Su confesor también la apremiaba a andar descalza y ayunar, de modo que en ocasiones ni siquiera probaba el espeso caldo. Después de sus primeras penitencias, apenas podía andar o sangraba a deshoras manchando la burda lana que la cubría; no se quitaba el cinto de castidad con lo que evitaba abrirle la puerta al demonio. Así aprendió a hallar el gozo en el dolor. Entre más punzara su cuerpo, más perdón recibiría; entre más sangre derramara, más se purificaría; entre más despreciara su pasado, más amor tendría por su presente.

El año empezaba mal. Después de la muerte del Duende, se vino la carestía. Muertes de gente importante, por lo menos tres o cuatro por mes. Luego el edicto sobre las hostias; que los indios no las hicieran, sino los sacristanes, pues con la carestía de harina, combinaban otros elementos no propios para el sagrado símbolo. Así podía enumerar las muchas tragedias que se acumulaban en la historia del pueblo. Él mismo temblaba ante los pecados de la iglesia. Hombres que fingían ser sacerdotes, prelados que abusaban de su autoridad, relaciones ilícitas entre religiosos. Y su propio pecado, se decía Francisco Javier.

La Virgen de los Remedios llegaría esa mañana; la rogativa se había hecho el martes anterior. Faltaba el agua, abundaba la enfermedad y muchos de los superiores eclesiásticos discutían y peleaban por el poder y las limosnas. Su pena más aguda provenía de aquella conversación que había sostenido con Rodrigo unos días atrás en la casa Manrique.

La fuente seguía sin agua y Francisco Javier dejó reposar su cuerpo de cuarenta años sobre la piedra fría. Lucía más viejo que Alonso, a pesar de ser de la misma edad, quizá por los intensos ayunos y privaciones. Rodrigo salió de las caballerizas y Francisco Javier lo enfrentó.

—Has faltado a clases.

—He estado ocupado.

—Conoces las reglas.

—Ya no voy a estudiar. Lo hablé con mi madre y está de acuerdo. Iré a vivir al real de minas en unos meses para vigilar mi patrimonio y aprender del negocio.

—Pero…

—Mi padre también me ha dado su bendición.

—Pues echarás de menos el colegio y a tus profesores.

Rodrigo lanzó una carcajada.

—Escucha tío, los maestros son inteligentes y bien portados, pero, si tan solo fueran más... agradables. ¿Por qué no pueden reír o bromear? Deberían dejarlos casarse.

—¡Calla, Rodrigo! —se escandalizó el jesuita.

—Lo digo en serio. Muchos preferimos ser un hombre malo a uno bueno, pues los malos irán al infierno, pero los buenos se aburrirán en el cielo.

—Eso no lo sabes...

—Con ustedes, todo es "esto sí", "esto no". "Malo, malo, malo". "Bueno, bueno, bueno".

Francisco Javier volvió a la realidad de su celda, pero sus recuerdos no se esfumaron. El domingo anterior había tenido la oportunidad de ir a confesar a las capuchinas. Se emocionó por ver a Magdalena, así que aguardó con paciencia a que las demás enumeraran sus pecados. La hermana Inés lloraba por su falta de pasión hacia el Amado; la hermana Serafina juraba que Dios le mandaba renovar la orden; la maestra de las novicias lamentó no amar a una de sus nuevas hermanas, una chica llamada Clarisa, que no llegaba a tiempo a las actividades y todo el tiempo clamaba por sus padres y su pretendiente.

Finalmente habló con Magdalena, pero a Francisco Javier no le agradó lo que oyó. No solo copiaba las frases rebuscadas de los devocionarios, sino que percibió cierta pesadez en sus palabras. Le explicaba sus luchas con el demonio y sus muchas penitencias. Francisco Javier, en cualquier otra ocasión, la habría absuelto sin más reparo, pero la filosofía de Rodrigo se hacía presente en cada segundo. ¿Qué sucedía dentro del convento que tornaba a Magdalena, una mujer tierna y amorosa, en una monja seria y dura? Magdalena le confió que no soportaba que se quebrantara el silencio ni con la caída de una aguja durante el tiempo de bordado.

Francisco Javier echó de menos a la antigua Magdalena. Ella no le dijo "Javi" ni una sola vez. No mencionó a Alonso ni a sus hijos. No preguntó por Catalina ni por sus vecinas. Todo rondaba alrededor de sus triunfos sobre la carne y el demonio, pero cuando se marchó, Francisco Javier notó que cojeaba ligeramente. ¿Pies heridos por andar descalza?

¿Acertaría Rodrigo en su apreciación de los religiosos? Él mismo se miraba al espejo y no lograba diferenciar al Francisco Javier que era con el que había sido. ¿Qué perdió al profesar? Entonces sacó de su bolsillo el caballo de madera deforme que Alonso le había regalado.

¿Cómo había sido su niñez? Siempre lamentó que la fuente no tuviera agua; le gustaba quedarse en silencio para escuchar los ruidos de la tarde; amaba el olor a heno de las caballerizas; disfrutaba volar papalotes; le susurraba sus miedos a Alonso; le encantaban las nieves que procedían de los volcanes; saboreaba sus veladas de lectura con Catalina, Alonso y Magdalena; bromeaba con Catalina sobre las manías de su madre; conversaba con el abuelo; perseguía las filas de hormigas hasta dar con el hormiguero; le conmovían ciertos sermones; se divertía en las mascaradas; le extasiaba comulgar; repetía los cantos sacros durante el día; rezar le resultaba un placer.

¿Y ahora? Le disgustaba ver mujeres con escote; detestaba los saraos; se escabullía de sus superiores; le susurraba maldiciones al demonio; le molestaba confesar a otros hombres; la comida no le sabía a nada; podía pasar horas contemplando una estatua sin vida; perseguía a las mujeres de mala vida hasta arrastrarlas a un hospicio; no se conmovía con ningún sermón; no se divertía en las mascaradas; le parecía rutinario comulgar; le eran indiferentes los cantos sacros; rezar le resultaba una obligación que le pesaba y si no rezaba, le acarreaba maldición.

Aún así, estaba convencido de estar en lo correcto. Él era el que estaba cerca de Dios, no Rodrigo. Él era quien iría al cielo, no Rodrigo. Él era quien recibiría coronas de gloria, no Rodrigo. Él era quien estaba bien, no Rodrigo. Entonces, ¿por qué él, y no Rodrigo, era tan infeliz?

Su primer Corpus Christi en el convento. Magdalena se encontraba confundida. Su cuerpo empezaba a mostrar las señales de fatiga por sus intensos ayunos y sus sangrientas penitencias; pero más allá del dolor físico, se negaba a emitir en voz alta su verdadero malestar. Magdalena, simplemente, no lograba la perfección. Por más que lo intentaba y se esforzaba, no hallaba la paz que percibía en ojos de la priora, ni se convencía de estar totalmente aceptada y protegida por ese Esposo al que servía.

Se había acostumbrado a la rutina del convento y a las excentricidades de la hermana Serafina; la hermana Inés no cesaba de causarle admiración por tanta devoción en una mujer tan joven, pero se preguntaba si, al igual que ella, experimentaba esa soledad que no conocía reposo. Ver las estatuas y los crucifijos, las pinturas y los lienzos, se tornaba en parte del medio ambiente y olvidaba su relevancia.

En pocas palabras, Magdalena tenía una lista de preguntas, pero no el valor para enunciarlas. Jamás sería perfecta. Dios seguía castigándola por sus muchos pecados. A diferencia de otras monjas, las imágenes no le hablaban, ni escuchaba la voz audible del Señor, ni hacían milagros los panecillos que Magdalena tocaba. ¿Qué más debía hacer? De regreso a la sala común, la priora las reunió para comunicarles una noticia que no sorprendió a nadie. No tenían comida para ese día. La hermana Josefina fue comisionada para que las campanas repicaran con el propósito de tocar los corazones de los vecinos. Magdalena recordó cómo doña Clementina había sido dadivosa en sus buenos tiempos, pero por más que lo intentaron, los vecinos no acudieron. Hasta medio día, una mujer, que según la descripción podría tratarse de doña Regina, les obsequió unas tortillas.

La portera, una de las monjas más veteranas en la comunidad, les transmitió los rumores. Si los vecinos no les convidaban pan, era porque ellos mismos no lo tenían. Al parecer, las plagas del año anterior provocaban una carestía que conducía a cierta inestabilidad social, y ésta penetró las gruesas paredes del convento. A pesar de sus ayunos, no sobrevivirían sin un poco de sopa o pan. La priora percibió sus miedos, así que ordenó doble tiempo de oración y súplica, y así, Magdalena se postró nuevamente.

"La inconformidad entre mestizos y mulatos, incluso entre algunos criollos se palpa en cada conversación", se decía Francisco Javier mientras recorría las calles de la ciudad. Se detuvo en casa de Magdalena para ver si los de la taberna pagarían su renta y escuchó los rumores. ¿Cómo podían los adinerados españoles presumir sus galas y sus joyas en la procesión del Corpus mientras el pueblo moría de hambre?

Unos gritos lo alarmaron. Un grupo de indígenas corría hacia el palacio del virrey. Una mujer indígena había muerto a palos, a manos de un mulato y un mestizo que repartían el maíz. Los indios exigían justicia y audiencia; la situación no podía continuar así. Francisco Javier decidió ir a investigar. ¿Qué lo movía? Lo ignoraba, pero debió haberse marchado en ese instante pues los guardias del palacio alegaban que el conde de Gálve no estaba en residencia.

Francisco Javier vio a las mujeres indígenas gritando. Los soldados rechazaron a los rebeldes hasta el cementerio de la Catedral y Francisco Javier se sintió ajeno a todo ello, pero como parte de la trama de esa historia. Vio cómo los indios se daban cuenta de que los soldados no tenían suficiente plomo y aunque la poca pólvora y las contadas balas hirieron a más de tres, los guardas de la ley se achicaron al escuchar los gritos de rabia: "¡Viva el rey y muera el mal gobierno!"

Una muchedumbre arribó a la plaza pues la noticia había corrido tan rápido como el fuego, mismo que prendieron en el costado derecho del palacio. Francisco Javier imaginó el pasar la eternidad bajo esas flamas abrasadoras. ¡Qué tortura! Sus maestros habían tenido razón. Horrenda cosa era la ira de Dios. Francisco Javier analizó sus opciones. ¿Irse o quedarse? Los rostros de esos indígenas se habían mudado de seres callados y taciturnos a guerreros ancestrales. Entre las cenizas, resurgía esa estirpe de caballeros que se batía a muerte para que el sol saliera a la mañana siguiente. Francisco Javier palpó el orgullo herido, tantos años aplastado por los españoles, que renacía esa tarde. Herederos de una religión ajena, despojados de su tierra y privados de su comida, los indios reclamaban lo que los europeos les robaban.

Alimentado por los indios con petates y carrizos, material combustible que agrandó el infierno, el fuego se extendió hasta la cárcel, la horca y los cajones. Francisco Javier pensó en Tomás y corrió hacia el cajón que había pertenecido a Magdalena. El "capitán" trataba de salvar la mercancía, pero Francisco Javier lo hizo reaccionar. Todo estaba perdido. Los dos se hicieron paso entre la loca multitud que robaba lo que podía de los cajones incendiados. Telas, ropa, joyas y baratijas pasaban de mano en mano. Mulatas, negras, mestizas e indias peleaban con arañazos e insultos para quedarse con lo mejor. Los del baratillo aparecieron con sus armas de fuego para saquear las tiendas de más renombre. Un religioso predicaba desde la cruz de piedra frente a la Catedral, rogando cordura y caridad. Nadie lo escuchaba.

Francisco Javier solo atinó a recargarse contra la pared de una iglesia y llorar. Había visto indios heridos, y concluyó que eran hombres, no simples animales; había visto sus ojos, concluyendo que poseían almas, no solo cuerpos; había palpado su furia y eso lo atemorizaba.

Bandos y más bandos. Compañías de negros y de mulatos, capitanes y jinetes revisaban la plaza. Un pasquín en palacio decía: "Este corral se alquila para gallos de la tierra y gallinas de Castilla". El miedo recorría cada puerta de los vecinos que ayer no habían querido defender su ciudad. Humo negro del palacio, cajones destruidos, el silencio sepulcral de un amanecer en que ningún indígena se acercó al perímetro. Francisco Javier, que casi no había dormido, evocaba el altercado aún con recelo. El miedo se percibía en cada rincón.

Rodrigo y Catalina anunciaron que se irían a Pachuca al día siguiente, pues mientras no hubiera paz en la ciudad corrían peligro. Alonso dio su venia y Francisco Javier volvió a la casa profesa para rogar que las cosas mejoraran. Pero el malestar aumentó cuando, de la nada, el maíz apareció. Se empezó a vender en la Alhóndiga y en barrios de indios. Todo indicaba que los rebeldes habían tenido razón al protestar. Lo único sensato que hizo el virrey fue prohibir la venta de pulque.

En el cementerio de la Catedral se cavó un hoyo profundo para echar los cuerpos de los amotinados. El arzobispo dispuso que no se tocara a la oración, ni que se repicara a misa. Los padres de la Compañía, sin embargo, escucharon de labios de sus superiores la sentencia sobre la ciudad. Dios castigaba su pecado, y como instrumento había utilizado lo más débil, el alma de los indios. No se les debía culpar, pero se les debía instruir. Los indios, desnudos, desarmados y harapientos no podían prevalecer sobre los enviados de Dios.

Se reconstruyó la horca, más alta e intimidante que antes. El martes apresaron a indios y mestizos, hombres y mujeres que poseyeran o vistieran la ropa robada de los cajones. Camisas y vestidos, ropa interior y sayos aparecieron en las acequias y en los cementerios. Francisco Javier no se despidió de Rodrigo ni de Catalina, quienes partieron de madrugada rumbo al real de minas junto con Domingo, Juana y algunos de sus hijos para que les atendieran. Encontró la casa desierta, la fuente vacía y a Alonso sentado en el escritorio con la mirada perdida.

—¿Dónde vivirá Catalina?

—En la casa. Doña Gertrudis se ha ido.

Francisco Javier se alegró que aquella mujer se hubiera marchado sin pedir tanto dinero como supusieron. El jesuita volvió al colegio y recorrió la ciudad fantasma. No había clases, ni venta en las plazas. Las autoridades sentenciaban a los acusados y preparaban una demostración de justicia para prevenir más desastres. El miércoles arcabucearon a tres indios, los que supuestamente prendieron fuego al palacio; por la tarde les cortaron las manos y los pusieron en unos palos, a la puerta del palacio. El jueves salió la procesión por la octava de Corpus, tan distinta a la de la semana anterior. No había música ni enramadas, no había público ni alegría. Solo sospechas, recelo y un suntuoso despliegue de fuerzas militares.

Esa noche, Francisco Javier no logró rezar ni leer sus devocionarios. Encontró la Biblia de Tortis y empezó a leerla. Por increíble que pareciera, hacía años que no abría las Sagradas Escrituras. Leyó sobre las bienaventuranzas, las parábolas y los sermones de Cristo. Leyó y leyó hasta quedarse dormido, pero esas páginas, de algún modo, lo consolaron.

Magdalena terminó en la enfermería. Después del motín, algunas hermanas padecieron por causa de la preocupación. En esa sala grande, con un cuarto pequeño donde guardaban los medicamentos, Magdalena encontró inspiración. Los conocimientos que heredó de su padre empezaron a surtir efecto, tanto así, que la priora le regaló un pedazo del jardín para que plantara hierbas y flores que servirían para sus menesteres. Magdalena recibió en el locutorio a doña Regina, quien la ayudó a encontrar lo que necesitaba.

Dos días después, doña Regina apareció con el encargo, entre ello, semillas de capuchinas. La reja de hierro, con un paño por la parte de adentro, evitaba que las visitas observaran a las monjas, pero Magdalena logró ver a su antigua vecina y la encontró en buen estado. Desde la cocina, con dos grandes ventanas, Magdalena vigilaba su jardín, y al paso de los meses, éste reverdeció. Una tarde, mientras algunas bordaban o limpiaban el convento, Magdalena, de rodillas, metía sus dedos en la tierra negra para desyerbar y cuidar su preciado tesoro. En eso, la priora apareció y la invitó a sentarse a su lado.

Magdalena temía que la reprendiera, pues desde que había empezado con sus labores de enfermera, descuidaba sus penitencias. La abadesa contempló las capuchinas con interés.

—Se llaman "llagas de Cristo", priora.

—Dime, hermana María Antonia, ¿amas a nuestro Esposo?

¿Por qué dudaba de ella? Magdalena hacía hasta lo indecible por agradar a Dios. Había jurado nunca más ofenderlo y, a pesar de sus muchas fallas, nadie negaría que lo había intentado.

—Madre, yo…

—Me gusta el nombre de esta flor; capuchina, como la regla que seguimos. Te contaré algo. Cuando profesé tenía muchas dudas, pero mi maestra de novicias me enseñó a honrar a nuestro Dios con gozo. Me mostró que el mayor sacrificio que podemos hacer para honrar a nuestro Esposo se encuentra en disfrutar lo que hacemos. Si lo sufrimos, ¿qué gana él? Entonces me pregunté por qué en cada crucifijo y en cada estatua, en cada imagen y plegaria, se nos instaba al dolor, a través de enseñanzas y demostraciones. Pero mi maestra me tomó del brazo y me dijo con dulzura: "Si ves tantos crucifijos no son para recordarte lo mala que eres, sino lo que el Señor Jesucristo ha hecho por ti. Si escuchas tanto hablar de la sangre, no es para que derrames la propia, sino para que piensas en la única con el valor de limpiarte". Cuando ayudes y veles por nuestros enfermos, cuando trabajes la tierra o descanses, acuérdate que el Señor Jesucristo ya pagó. Él ya sufrió y sus llagas —y señaló los pétalos de una capuchina—, nos han dado vida.

—Entonces, las penitencias…

La priora sonrió y Magdalena la vio hermosa, mucho más que las vírgenes en cuadros y estatuas, mucho más que la rubia Catalina o la atractiva Isabel. ¿Por qué no se fijó antes en la belleza natural de esa mujer tan sabia?

—Las penitencias demuestran un poquito de nuestro amor. Pero, María Antonia, jamás olvides esta lección: por mucho que hagas, nada hará que Dios te ame más. El amor de tu Esposo es incondicional.

Se marchó, dejando un aroma frutal tras de sí que Magdalena aspiró con ternura, luego rompió en llanto. ¡Había vivido engañada toda su vida! ¡Dios la amaba! ¡Su Esposo la aceptaba en su regazo! ¡El Cristo crucificado era un recordatorio de su amor, pero no le exigía más de la cuenta! Desde niña había creído que debía ganarse su amor, cuando desde aquellos días lo único que necesitaba era abrazarlo. Dios la amaba, se repetía en tanto regaba sus plantas. Dios la amaba, cantaba mientras preparaba un té para la hermana Inés. Dios la amaba, susurraba antes de dormir.

33

Gonzalo y Rosario beben café en la sala de espera.

—¿Pero por qué le prestaste el auto?

—Ella lo tomó sin permiso —se defiende Rosario con vehemencia—. Aprovechó que salí para llevárselo. Sabe dónde guardo una llave extra. ¡Cómo adivinar que volvería a beber!

Lo mismo se pregunta Gonzalo mientras contempla una mancha en el suelo. Su hija se encuentra en el hospital con la pierna enyesada. Tiene suerte de solo contar con rasguños, ¡pues pudo haber matado a alguien! Lo que más le frustra es que había estado a punto de convencer a Rosario de regresar con él, o eso se dice, pero nuevamente Delia ha aniquilado sus oportunidades de ser feliz.

—¡Gonzalo!

La voz de Laura lo devuelve al presente. Rosario tuerce la boca y va por café con su hermana Dolores. Gonzalo agradece que los deje solos. Laura luce descompuesta y preocupada.

—Lo siento tanto. ¿Cómo ha sucedido?

Se sientan en esas sillas de plástico que lastiman la espalda. Gonzalo le comparte un poco de café, pero Laura declina el ofrecimiento. Gonzalo le cuenta.

—Tomó el auto de Rosario y compró una botella, luego estuvo manejando sin dirección fija hasta que se estrelló con un árbol. La encontraron del otro lado de la ciudad.

Escuchar la historia de sus propios labios le pone mal.

—Pero, ¿en qué pensaba?

—Encontré su IPOD. ¿Y sabes? Tiene una sola canción.

Le pasa los audífonos y Laura presta atención unos minutos, luego se los devuelve.

—Está en inglés. No comprendo la letra.

Gonzalo se la traduce:

"Intentaron que fuera a rehabilitación, y dije: No, no, no. Sí, me he desmayado, pero cuando recobro el sentido, ni te enteras. Papá ya ha intentado llevarme a rehabilitación, pero no iré. No voy a perder diez semanas para que crean que estoy sentando cabeza".

—¿Y quién canta ese tipo de canciones? —pregunta Laura con el ceño fruncido.

—Creo que esa mujer hasta ganó premios.

Laura resopla con fastidio.

—¿Hay esperanza?

Gonzalo se cubre el rostro con las manos.

—Sí la hay.

—De pronto parece que avanzamos y retrocedemos en un santiamén. Todo indica que Delia quiere mejorar, pero comete una tontería como ésta.

Laura se toma su tiempo para responder:

—Como todo en la vida, es un proceso, Gonzalo. El cambio no es instantáneo; ¡qué más daría yo porque así fuera! Si tú supieras de las luchas que aún libro en mi interior. Los fantasmas del pasado, los miedos del presente, las incertidumbres del futuro. Dale tiempo y una oportunidad.

—Eso intento…

—Quizá debas ser más consciente de tus propias luchas para así comprenderla.

Gonzalo analiza la mancha en el suelo. Sus propias batallas. Su amor por Rosario, sus sueños truncados, su mutismo con la familia. Quizá él no está en una cama de hospital, pero su alma se halla en terapia intensiva.

—Después de cada fracaso, siempre hay una puerta que se abre: la de un nuevo comienzo.

Gonzalo asiente. En eso, Rosario vuelve con ojos llorosos. Delia no quiere verlos. Se niega a hablar. Pero el doctor la dará de alta en unas horas. Gonzalo no sabe si llorar o reír.

———

Laura sube las escaleras. Delia está en casa de Gonzalo pues, por el momento, no tolera a Rosario. Laura la observa postrada en la cama. Luce mal. Un golpe en la frente se empieza a poner morado, la pierna derecha enyesada, una venda en la cabeza. Peor aún, sus ojos son un pozo de desolación.

En eso, su corazón se paraliza. Al lado de la cama hay un bargueño, ¡un bargueño! Antes de hablar, como hipnotizada, Laura se acerca y roza la madera con las yemas de sus dedos. La madera firme, el olor a barniz.

—¿Puedo abrirlo?

Delia ni siquiera la voltea a ver sino que se encoge de hombros. Laura corre la tapa y lanza un gemido. Las columnitas, los cajoncitos, los grabados.

—¿Cómo llegó aquí?

—Un vecino se lo dio a mi papá y él lo restauró. Me lo trajo para alegrarme, pero yo no le veo nada de hermoso.

Laura traga saliva. ¿Qué sabe Delia de los bargueños?

—Volví a caer —murmura.

Laura acerca una silla y se coloca frente al bargueño, al lado de la cama.

—Todos pasamos por esto.

—No es verdad. Tú saliste adelante. Yo me equivoco vez tras vez.

Laura abre cada cajoncito.

—Algún día imaginé que se podían guardar los sueños en un cajón. Yo metí muchos en los recovecos de mi mente. Deseaba casarme y tener hijos, y mírame, estoy soltera y sin críos. Soñaba con ser una editora o una escritora, y soy una maestra de secundaria. ¿Qué habrías hecho con un mueble como estos si hubieras vivido en siglos pasados?

—¿Qué pregunta es esa? —se enfada Delia—. Aunque parece un palacio, ¿no crees?

Lo contempla con atención.

—Quizá habría guardado chucherías de niña. Tú sabes.

Laura comprende a la perfección.

—Se parece al bargueño de Magdalena.

—¿De quién?

—De nadie, Delia. Solo divago. Pero escucha, lo importante no es lo que guardes en los cajoncitos, sino el bargueño mismo.

—No entiendo.

—Tú también has sufrido de sueños rotos. No ha sido fácil tu vida, como tampoco la mía. Pero a final de cuentas, esas fantasías que acariciaste no definen tu vida. Tú no eres lo que te hizo Sebastián, ni puedes permitir que el pasado te encadene. Yo me equivoqué durante muchos años y desperdicié mi tiempo, hasta que comprendí que alguien dejaba sus pisadas a mi lado.

—¿Tu familia?

—El Poder Superior.

—¡Pero si él no hace nada! —la interrumpe—. En los Doce Pasos prometen que el Poder Superior te librará del alcohol, pero no funciona.

—Delia, el Poder Superior quiere algo más que solo rescatarte de una botella, quiere librarte de la culpa, del dolor, del pecado.

—¿Pecado?

Laura la comprende. A ella la descomponía la palabra pues era la más usada por las monjas. Todo era pecado: dormir en clase, usar algo sin pedirlo prestado, mentir a las maestras, encubrir a las traidoras, usar faldas cortas. De allí se dirigían al confesionario para expiar sus infracciones.

—Dios no puede perdonar a alguien como yo —repite Delia.

Laura asiente. Ella pensaba lo mismo.

—¿Quién crees que haya apreciado este bargueño que debe rondar por los trescientos años?

—¡Madrina!

—¿Aquella niña que lo recibió como regalo? ¿La mujer que lo usó para guardar cartas de su amante? ¿El coleccionista que lo arrumbó en un rincón? ¿El heredero que lo relegó a un cuarto de tiliches? Te diré quién. Su creador. Ese artesano que ideó su diseño y talló la madera lo apreció como una parte suya. Delia, el Poder Superior te ama porque te creó. Nadie te amará como Él. He pensado que aún si llegara un hombre a mi vida, si olvido lo que el Poder Superior ha hecho por mí sería una ingrata.

Laura intuye la lucha interna de Delia quien seguramente se pregunta dónde estuvo Dios mientras Sebastián la dejaba plantada o sus padres se divorciaban. Laura le había gritado lo mismo al Poder Superior. ¿Dónde estuvo mientras el Poeta la agredía y la insultaba?

—No lo sé, madrina. A veces siento a Dios distante y ajeno.

—Pero él quiere ser tu padre.

Delia hace una mueca. ¿Pensará en Gonzalo? Laura solía repeler la paternidad, consciente de su propio abandono.

Entonces, sin saber cómo, Laura habla y no menciona a un Poder Superior desconocido o flexible a la imaginación de cada persona, sino a un hombre con nombre propio y una época específica en la historia. Tampoco habla de él con fanatismo, ni con palabras rebuscadas, sino con la sencillez de uno que describe a su mejor amigo.

Sus palabras suenan musicales, pero no porque rellene sus oraciones con adverbios o adjetivos para engalanar frases, sino porque pinta a un hombre compasivo y amoroso, a uno que se interesa por el ser humano. Laura se pregunta si Delia percibirá el cariño con el que ella pronuncia ese nombre. Desea transmitir esa misma ternura que ella escuchó de labios de aquella otra persona que primero le contó la historia, así que no se detiene, aún cuando las lágrimas se le atoran al describir cada paso que llevó a ese judío a la cruz.

Ese hombre, le explica a Delia, es el Poder Superior que la libró del alcoholismo; es la fuerza que la empujó a no morir ese día que quiso suicidarse.

—Pero yo he sido demasiado mala, madrina.

—Cariño, eres su bargueño. Nada cambiará ese hecho; no importa lo maltratada o deteriorada que estés.

Entonces le cuenta algo maravilloso. Regresa a la noche antes de la muerte del judío, aquel momento en el jardín donde hubo intenso dolor. El Dios en que Laura ha puesto su fe no es uno ajeno al sufrimiento, sino uno que experimentó la soledad más profunda; uno que rogó no cruzar el portal del dolor, a menos que fuera la voluntad de su Padre.

La palabra "padre" remueve las fibras dentro de Laura quien nunca tuvo un padre. Su padre la abandonó y ahora la rechazaba. Y aún así, una noche encontró la respuesta a esa sed de cariño. Le cuenta a Delia sobre un libro infantil que su madre le regaló, quizá el único de su infancia. En una de las páginas se mostraba una niña en pijama, recostada en el regazo de su padre quien la arrullaba en el sillón. La niña tenía miedo; el padre la consolaba.

Laura deseó con todas las fuerzas despertar de una pesadilla y correr a los brazos de ese padre para arrullarse. Nunca lo hizo. Su madre no la aceptó; su padre la abandonó. Pero Laura entendió que Dios quería tenerla por hija. Que para eso murió aquel judío. Laura evoca las muchas cruces que ha visto en iglesia tras iglesia colonial en su interés por la época del Virreinato. Cristos negros, Cristos de madera, Cristos de mármol, Cristos sangrantes. Le causaban lástima, otras veces indiferencia. Pero el Cristo que dibuja para Delia no se parece a ninguno de esos. El hombre al que ella adora no está en una cruz, ni se asemeja a esas estatuas sin vida.

—Hace tiempo —le cuenta—, antes de venir a México, cuando escuché esta historia por medio de una mujer a la que no he vuelto a ver, subí el Cerro del Borrego para observar la ciudad de Orizaba. Allí solía soñar; allí me sentía capaz de todo. Aquella tarde, casi noche, me escabullí de la gente y me oculté para llorar. Me reconcilié con mi ciudad y con mi pasado, pero sobre todo, entregué cada parte de mi vida a quien le pertenecía, a ese Padre nuevo y desconocido, pero que desde entonces, por las noches, me abraza.

—¿Y qué de los sueños en el cajón?

—Los cajoncitos están vacíos —suspira Laura—, pero algún día se llenarán de cosas mejores.

—Quiero lo mismo que tú tienes, madrina. Ayúdame.

—Solo debes creer y entregar todo, cariño.

Delia asiente con la cabeza.

Gonzalo se pregunta por qué Laura tarda tanto. Rosario está a su lado, en el sillón de la sala, cruzada de brazos y esperando a su hija.

—Ya tardó mucho esa mujer.

—Se llama Laura.

Rosario no responde, más bien agacha la cabeza. Gonzalo la mira de reojo y sucede lo impensable. Los hombros de su mujer se sacuden y se descompone. Rosario llora desconsolada. Gonzalo se estremece. ¿Qué se hace en esos casos? Obedece a una voz interior que le ordena que la abrace.

Rosario se hunde en el hueco de su brazo y da rienda suelta a su dolor. Sus sollozos lo conmueven y lo contagian; no logra detenerse y las lágrimas mojan su bigote. Rosario esconde su cara y él la consuela, como años atrás cuando perdieron a su primera mascota o como cuando Adrián enfermó de varicela o como cuando Rosario perdió a su padre.

—¿Por qué? ¿Por qué no puede componerse? ¿Qué hemos hecho mal?

La voz de Rosario penetra hasta el fondo de su alma. Él se ha cuestionado de modo similar y tampoco encuentra respuestas, solo más preguntas.

—¿Cuándo terminará la pesadilla? Gonzalo, ¿qué vamos a hacer?

Gonzalo la aprieta contra su pecho y besa su frente. El peso de su responsabilidad lo abruma. ¿Qué van a hacer? Y sin embargo, por primera vez desde el divorcio, se siente completo nuevamente. Rosario en sus brazos; Rosario llorando sobre su pecho. Y aún en medio de la pena, esboza una débil sonrisa. ¿Habrá aún esperanzas? Laura cree en las segundas oportunidades. Quizá él deba hacerlo también.

Laura regresa a su casa. Ha dejado a Delia más tranquila, pero aún habrá días buenos y malos. Solo ruega que Gonzalo obedezca las instrucciones del médico y el terapeuta. Se tumba sobre la cama y cierra los ojos. La guerra contra el alcohol es algo que no cesa en un segundo. Sin embargo, al lado del Poder Superior, las posibilidades aumentan de modo exorbitante.

Le inquieta que Gonzalo aún ame a Rosario. Se pregunta si esa mujer lo aprecia, pero no es su problema. Laura solo sabe que el amor se le ha negado una vez más. Dios no le ha enviado un sustituto. No ha mandado a alguien mejor. Recuerda a Bernabé, el hombre al que conoció y al que le mandó por correo electrónico su proyecto. El profesor asegura que no es casado ni divorciado, pero Laura no quiere ilusionarse. Suena el teléfono.

—¿Laura?

—¿Bernabé?

¿Es adivino?

—Solo quería decirte que me encantó tu novela. La queremos publicar cuanto antes. ¿Qué dices? Te ofreceremos lo justo.

Laura se sienta en la cama. ¿Ha oído bien?

—Esto es… increíble.

—Y tú eres una gran escritora. El profe tenía razón. Solo hay dos detalles que debo consultar contigo.

Ella se estremece. ¿Su estilo apesta? ¿Faltas de ortografía? ¿Personajes deprimentes?

—El primero es el final. ¿Por qué no darle una oportunidad a tu personaje?

Laura hace un esfuerzo mental. ¿Qué personaje? Lo recuerda y sonríe.

—Escucha, Bernabé, quisiera un desenlace tipo película de Disney, pero sería engañar al público. La realidad de la vida es que no todos elegimos correctamente, ni aprovechamos las segundas oportunidades.

El Poeta no lo hizo. Su padre no lo hizo. Afortunadamente, Delia empieza a tomar las decisiones correctas.

—Pero, ¿qué esperanza hay entonces?

—La esperanza de un segundo libro. Tal vez antes de su muerte el personaje reaccione y vuelva en sí. Tal vez la influencia de la mujer a la que amó o algún recuerdo de la humildad de esa mujer acudirá a su mente y se rendirá por completo.

Y eso ruega a Dios a beneficio del Poeta. Eso ruega a Dios a beneficio de su padre.

—Tienes razón. Supongo que no todos somos tan valientes como tú.

Laura se ruboriza y agradece que Bernabé no la descubra. De pronto ha sentido mariposas en el estómago.

—Y una cosa más. ¿Cómo se llamará la novela?

¡No le ha puesto título! Dibuja en su mente las siluetas de sus dos protagonistas; pinta el ambiente de su historia con calles empedradas y edificios antiguos; repasa la trama y los símbolos de la vida y el amor. Una fuente, una cruz, un convento, un bargueño, pero una imagen resalta por sobre todo, la de una mujer que la ha acompañado en esos últimos meses, una que perdió todo, pero al final, halló el sueño mejor.

—Se llamará "Capuchinas".

Bernabé guarda silencio unos segundos, luego dice:

—Me gusta. "Capuchinas", por Laura Castellanos.

Laura llora de felicidad. Su sueño se ha hecho realidad.

34

Magdalena contempla la chimenea francesa en el refectorio, luego desvía la vista a la representación de los ángeles que sirven a Cristo en el desierto. Debería estar tallando la mesa, pero se distrae constantemente.

—Mi lugar es al pie de la cruz —había dicho esa mañana—. Amo a mi Esposo, quien ama mis miserias y mis noches.

Desde su conversación con la priora, se sentía mejor. No le faltaban más reglas que cumplir; ya no había tantos miedos ocultos detrás de las paredes. Magdalena no entendía el pasado ni el presente, pero ya no importaba tanto. Comenzaba a apreciar el silencio de su Amado. Simplemente, trataba de vivir.

La priora la llama. Tiene una visita en el locutorio. Pero nada la preparó para lo que encontró. ¡Isabel! Su corazón late con fuerza, y casi se desmaya cuando detecta a Alonso detrás de su hija.

—¿Qué es esto?

Alonso acaricia sus manos a través de la reja e Isabel le muestra a una pequeñita. Le explican todo.

Isabel y Melchor se habían casado, luego tuvieron a la niña, pero volvían para pedir perdón. Alonso y Catalina los habían perdonado; Rodrigo se encontraba en la mina, con Domingo como su hombre de confianza, y preparando su boda con Rosa Sedeño, pero también extendió su perdón.

—¿Eres feliz aquí, Magda? —le pregunta Alonso cuando Isabel se distrajo con la bebé.

—Me siento protegida y despreocupada.

Alonso le cuenta que, poco a poco la ciudad se recupera aunque las tragedias no cesan, como una epidemia de sarampión en Puebla y la carestía de pan, vino y carbón. Tomás se había aliado con un español para construir un nuevo cajón. Juana seguía al frente de la casa. No menciona a Francisco Javier; Magdalena no indaga por él.

—Magda, no has preguntado cómo se llama mi primera nieta.

—Lo siento.

Se sonroja. El convento la ha vuelto descuidada con sus gracias sociales.

—¿Cuál es su nombre?

—Leonor.

Magdalena no contiene las lágrimas. El nombre de la pequeña, más que cualquier otra cosa, la parte en dos. Esa niñita llevaría con honor el nombre de su madre; aquella mujer muerta en alta mar que los había engendrado. Y, de algún modo, el gesto de Isabel al nombrar así a su hija sana aquella herida que Magdalena ha cargado tantos años. Ella no había matado a su madre. Dios se la había llevado. Pero ahora les devolvía una nueva vida, una chiquita por la que Magdalena rezaría hasta su muerte.

• • •

Francisco Javier aguardaba a Magdalena en el saloncito destinado a las visitas especiales, pues en respeto a sus túnicas clericales, la priora le había concedido dicho privilegio. Mientras ella llegaba, Francisco Javier suspiró. Había pasado por casa de Alonso donde se había enfadado. A nadie le compartía sus pensamientos, pero le irritaba que Alonso gozara de la vida a pesar de sus muchas fallas; que presumiera una nieta y la abrazara con ternura. Isabel y Melchor no sufrían por sus graves faltas, sino que se regocijaban en el perdón que Alonso les prodigaba, sin trabas ni penitencias. Pero la vida no era así. ¿Cómo hacerlos entender? Por lo menos Magdalena lo consolaría.

Ella lloraría y le besaría las manos, lo felicitaría por sus logros y sus pupilas brillarían con admiración. Él le aconsejaría para que no descuidara sus vocaciones y se esforzara más en la fe. Francisco Javier rezaría por ella, como lo había hecho desde su juventud, y la encomendaría a la Virgen.

Magdalena abrió la puerta y se hincó para besar su mano. Francisco Javier y ella se acomodaron en las sillas y él preguntó por su salud. No era la misma de unos meses atrás, sino que en su semblante se traslucía cierta paz que antes no había estado allí. Hablaba con tranquilidad y respiraba pausadamente. Además olía a hierba fresca con atisbos florales que le recordaron su niñez.

—Leonor es una bebé hermosa —dijo Magdalena con tanta ternura que Francisco Javier se impactó—. ¿No es Dios misericordioso, Javi?

Él se quedó sin palabras. ¿Qué se suponía que debía responder? Entonces Magdalena hizo un recuento de las bendiciones de Dios: vida, salud, oportunidades. Isabel de vuelta, Melchor aceptado por la familia, Rodrigo a punto de casarse, Catalina al lado de Alonso, Alonso trabajando la piedra.

Francisco Javier se retrepó en el asiento. La entrevista no marchaba como él lo había planeado.

—Sí, Magda, Dios es amor, pero debemos realizar mayores caridades para ganarnos su favor.

—Tú sabes más, Javi, pero me parece que Alonso ha cambiado. Ha perdonado a su hija y me ha perdonado a mí. ¿No es ese un mayor sacrificio? Alguien que no tiene a Dios, no puede mostrar tal piedad.

—¿Alonso un hombre de fe? No va a misa, jamás ha leído las Escrituras, no comulga con regularidad, no venera a la Virgen, no participa en las procesiones, no abunda en limosnas, no ha escrito tratados teológicos ni ha dedicado su vida a la iglesia. ¡No lo trates como a un santo! ¡El único santo de esta familia soy yo!

Ella agachó la vista y Francisco Javier lamentó haberse exaltado.

—Vine a despedirme.

—¿Te vas?

Le agradó el terror que percibió en sus pupilas.

—Me han nombrado catedrático en el colegio del Espíritu Santo en Puebla.

La reacción que recibió no fue la ansiada.

—Pensé que irías a trabajar con los indígenas.

Francisco Javier tragó saliva. Eso había deseado después del tumulto de años atrás, pero había cambiado de parecer.

—Me alegro por ti, Javi.

Para su profunda tristeza, reconoció que Magdalena no lo echaría de menos y su alma se partió en pedazos. Magdalena se quedaría en su convento, con sus plantas y sus enfermos; estaría en un pedestal inalcanzable, construido por su santidad y su perfección, por su belleza y su alma pura. Pero Francisco Javier la extrañaría; él seguiría solo, distanciado de sus seres amados y lejos de la mujer a la que amaba. Porque la amaba. Tarde lo comprendió. Luchó para apagar esa sed desquiciante y esas vibras corporales que se estremecían cada vez que la veía. ¡Cuánto había peleado para que ella no se casara! ¡Para que no fuera feliz! ¡Para que le perteneciera solo a él! ¿Y ella? ¿Lo amaría? Si se lo confesaba en ese instante, ¿le daría un abrazo o un beso? Nada lo haría más feliz que sentir su cuerpo entre sus brazos. Quizá aún podrían huir y empezar de nuevo. Tal vez ella le declararía que también lo amaba con pasión. Se escribirían cartas. Se enviarían versos.

—Rezaré por ti, Javi. Le pediré a Dios que abra tus ojos para que veas más allá de las obras piadosas, pues éstas se empequeñecen al lado del amor de mi Esposo.

Él la tomó de las manos. Solo debía dar un paso y besar esos labios perfectos. Solo requería de una decisión para estrecharla. No había mejor momento que ese para decirlo con todas sus letras. La amaba, la deseaba, la necesitaba, no como un hermano, sino como un hombre. Pero su corazón se achicó ante esa mujer segura de sí misma. Leyó en su expresión peligro. ¿Superioridad moral? ¿Desventaja espiritual? ¿Y eso qué importaba? Debía pronunciar esas palabras; debía sacarse esa espina del pecho. Pero ¿y si ella hablaba de ese amor que sufría, que compartía y se gozaba? Él siempre había codiciado otro tipo de amor, uno exclusivo.

Por más que Magdalena lo repitiera, Francisco Javier sabía más. Dios no perdonaba; Dios castigaba.

—¿Deseas decirme algo más?

Alonso no merecía tanta felicidad. Magdalena no podía ser más santa que Francisco Javier. Él se había sacrificado antes que ellos; él había dado su vida por sus ideales. ¿Por qué era él quien siempre salía perdiendo?

—Debo irme.

Juró volver coronado de honor y de sapiencia; algún día los Manrique se avergonzarían de haberlo menospreciado. En aquel día ya no necesitaría confesarle a Magdalena su amor, pues ella caería a sus pies, sumisa y obediente. En él vería al esposo verdadero, al único capaz de satisfacerla.

Abandonó el convento, pero en la calle, sacó el caballo de madera amorfo que Alonso le había hecho, y lo tiró al canal más cercano. No más ataduras, no más nostalgias. Adiós a Magdalena y a las capuchinas; adiós a Alonso y a su familia. Francisco Javier debía avanzar y dejar atrás el pasado; arrancar sus raíces y proseguir su carrera.

El carruaje se dirigía a la casa de la familia de Herrera. Sin embargo, a Francisco Javier no le emocionaba ver a Catalina, sino a Alonso y a Magdalena. Hacía varios años que no los veía, cuatro que pasó dando clases en el colegio del Espíritu Santo en Puebla, y dos en una hacienda, propiedad de la Compañía, donde descansó y se dedicó a escribir tratados religiosos.

El hedor de los canales sucios de la ciudad de México lo descompuso y se llevó un pañuelo perfumado a la nariz. Francisco Javier vestía las mejores galas que su rango eclesiástico le permitía y su anillo de oro relucía bajo el sol del mediodía. ¿Qué opinaría Catalina al verlo? ¿Se enorgullecería? ¡Por supuesto que lo haría! A diferencia de los demás, Francisco Javier servía a la religión y no pasaría a la historia como un hombre más, sino como uno que había plasmado sus pensamientos sobre papel, sellando su contribución a la iglesia.

Mientras la carroza avanzaba por las calles y Francisco Javier contemplaba el mosaico de razas y colores, meditó en que la vida se resumía en una búsqueda. Alonso, Magdalena y él, e incluso Catalina, habían crecido con sueños. Supuso que a final de cuentas todo sueño se resumía en amar y ser amado. ¿Qué ser humano no rogaba por una pizca de humanidad y comprensión, interés y cariño? Aún los indios que cargaban bultos en la espalda y los africanos que traían en el rostro la marca de la esclavitud añoraban tal regalo.

¡Curioso pensar que en la búsqueda de aquel amor cada uno elegía su propio camino! Alonso había actuado con base en sus emociones; por eso no temió enfrentar toros ni dejarse seducir por las mujeres. Magdalena, por su parte, se afanó por servir a los demás. Se esmeró por agradar al prójimo por medio de detalles, servicio incondicional y entrega. Si alguien en esa ciudad cumplía con todas las normas eclesiásticas, morales y sociales, sería Magdalena. ¿Y en qué le ayudó todo eso? ¿Fue más feliz? ¿Recibió más amor? ¿Y qué de Teresa, la esclava mulata que irrumpió en sus vidas para trastornarlas? Ella le confesó al jesuita que había soñado con una sola cosa durante toda su vida: hallar el amor.

Francisco Javier, por su parte, no se dejó influenciar por los sentimientos ni trató de comprar el afecto de la gente. Tampoco perdió la cabeza. Él optó por la razón. Por eso dedicó su vida al estudio, y aunque sacrificó el amor cortesano, acarició la seguridad de una vida eterna y un breve tránsito por el purgatorio.

Se talló los ojos, presa del cansancio. No habría abandonado su preciada hacienda, pero la canonización de San Juan de Dios se consideraba un evento trascendental al que no debía faltar. En eso, el carruaje se detuvo y Francisco Javier descorrió la cortina. Habían arribado a su destino. Un lacayo abrió la puerta y los sirvientes de la casa se inclinaron con reverencia. El portón se abrió de par en par y Francisco Javier se internó al patio donde lo recibió el olor a heno y estiércol proveniente del establo. Entonces se detuvo en seco al contemplar la fuente central. Agua cristalina, saltarina y cantante brotaba de aquella fuente de piedra. Después de tantos años, ocurría el milagro. ¿Quién lo había propiciado? ¿Alonso o Catalina? Se le comprimió la garganta y se tragó un sollozo.

Los pasos de Catalina lo regresaron a la realidad. Ella bajó la escalinata con un hermoso vestido rojo, con el cabello rubio recogido y los ojos hinchados. Lo abrazó y lloró sobre su hombro, mojando y manchando su sotana. ¡Su nueva sotana!

—Catalina…

—Javi, has llegado justo a tiempo. Nos acaban de avisar. La hermana María Antonia… ha muerto.

En ese instante, Francisco Javier quedó paralizado, con el agua saltarina como único sonido de fondo, y su corazón hecho piedra.

La familia despedía el cuerpo de Magdalena en el convento. Como se acostumbraba, el féretro estaba rodeado de barrotes que impedían que se acercaran. Las monjas sollozaban con sinceridad y repetían que la hermana María Antonia había sido una mujer loable. Alonso se sostenía del brazo de Melchor, pero no lograba ocultar su pena. Francisco Javier se dividía entre dos sentimientos, el de una pena insondable y el del orgullo herido. Magdalena se había marchado; la capuchina se había marchitado; él nunca le dijo que la amaba. Y peor aún, había olvidado que la amaba, y por lo tanto, continuaba siendo miserable. ¿O era miserable porque la quería?

Ella le había dejado su devocionario y en la tapa había copiado con su letra menuda y fina, una frase de Santa Teresa: "Solo Dios basta". También le dejó una carta, pero antes de leerla, repasó los hechos.

Catalina le había escrito con regularidad, así que Francisco Javier conocía las andanzas de la familia. Empezó por lo menos importante. Juana había muerto y Tomás, ni tardo ni perezoso, se casó a los pocos meses con una mulata quince años más joven. Se mudó a una casita más cercana a la plaza, donde atendía el cajón de un español. Sus hijos, hijas y nietos trabajaban aquí y allá, pero ninguno se quedó con los Manrique.

Rodrigo se había casado con Rosa Sedeño. Rodrigo controlaba la mina y Domingo regía con autoridad. Domingo mismo tenía ya dos hijos oficiales, y varios bastardos alrededor. ¡Tal como Teresa! Rosa, la esposa de Rodrigo, había dado a luz a tres niños, según Catalina, todos malcriados pues Rosa los educaba pobremente.

Isabel y Melchor vivían en casa de doña Clementina quien no volvió a la ciudad, pero les heredó su propiedad. En el primer piso pusieron una imprenta. La niña Leonor era la preferida de sus abuelos pues Catalina la describía como la pequeña más hermosa del mundo y Alonso la llevaba a pasear cada domingo. ¿Lograría tener más hijos la hermosa Isabel? Al parecer su vientre se había cerrado, a pesar de los rezos de su familia.

Catalina no cambiaría jamás, así que no había que esperarlo. Para ella, no había ocasión más importante que una visita al palacio o un convite con sus amistades; corría a la plaza cuando llegaban novedades de China o de España; pasaba horas ideando vestidos o embelleciendo la casa. Aún así, seguía al lado de Alonso, y al parecer, ninguno de los dos lo lamentaba.

Francisco Javier volvió a la casa por insistencia de Catalina. Se encerró en la capilla, al lado de un lienzo de San Miguel Arcángel y se ruborizó al recordar lo que había ocurrido en ese lugar, aquel pecado que manchó su historia para siempre y lo hundió en una pesadilla, así que salió al pasillo y desdobló el papel con la letra pequeña y exquisita de Magdalena.

Querido Javi:

He enfermado. Temo que nos pase lo mismo que sucedió hace cinco años en San Jerónimo. Tengo fiebre y dolores, pero me consuelo saber que la muerte no me vencerá. Por fin comprendo aquel poema de San Juan de la Cruz. *Cuando dé mi último suspiro, yo, la amada, seré en el Amado transformada.* Solo te pido que sigas pendiente de los nuestros. Vendrán más pruebas y dificultades, nuevos retos y luchas, pero Dios es fiel. ¿Aún conservas la capuchina que te regalé? Últimamente, en mis delirios, recuerdo el pasado. Curioso pensar que no encontré el amor en don Roberto ni en don Carlos, sino en Dios. Aún más, he pensado en los sueños rotos, y concluyo que si no hubiera sueños rotos, no creería que hay sueños mejores... si no hubiera sueños rotos, no confiaría que hay un futuro mejor... si no hubiera sueños rotos, no pensaría que solo necesito a mi Amado... si no hubiera sueños rotos, ¿habría vivido? Nos veremos en la eternidad.

¿Sueños rotos? ¡Qué tontería! La vida se componía de deberes: obediencia absoluta, castidad extrema y pobreza total. Se asomó por el balcón antes de dirigirse a la sala donde Catalina lo esperaba con un banquete. En el patio, vio la fuente con agua, y unas capuchinas sembradas en los alrededores, pero algo lo movió a bajar al cuarto donde Catalina guardaba cachivaches y allí encontró el bargueño que había pertenecido a Magdalena. Trató de abrir uno de los cajoncitos y se desprendió el pestillo. Sucedió lo mismo con el segundo cajón, así que se dio por vencido.

Según Magdalena, la vida estaba hecha de sueños rotos y, al parecer, ella encontró el sueño mejor antes de morir. Francisco Javier meneó la cabeza y ocultó la carta entre la madera detrás de los arcos. Luego le dio la espalda a ese mueble que solo lo atormentaba. Magdalena se equivocaba; no podía tener razón. En la vida solo había tragedias y desatinos. ¿Habría sido feliz?

¿Y él? Tristemente, viviera diez o cincuenta años más, nunca olvidaría a su dulce capuchina. La lloraría de por vida y la recordaría hasta dar su último suspiro. ¿Y a él? ¿Alguien lo endecharía? ¿Qué hacía con su vida? Si tan solo tuviera la fe de Magdalena. Si pudiera regresar a su niñez cuando se sentaba sobre la fuente para soñar. Entonces se preguntó si algún día, de alguna forma, las piezas de sus propios sueños rotos se reunirían para formar un sueño mejor.

Acerca
de la autora

Keila Ochoa Harris es una nueva autora de nacionalidad mexicana. Su primer libro de ficción de mayor distribución, *Palomas*, profundiza la historia de dos almas en busca de una respuesta. Su obra anterior, *Retratos de la familia de Jesús*, explora creativamente lo que la vida de algunos de los antepasados de Jesús podría haber sido. Su libro para niños, *Zoo-rpréndete y aprende de los animales*, consta de cuarenta cuentos sobre animales que enfatizan un valor universal. Keila es una maestra entregada que ha dado clases de inglés por más de quince años en diversos niveles. Ha compartido sus experiencias como escritora en cursos de capacitación en diversas partes del mundo como Brasil, Tailandia, Perú, Bolivia y Filipinas.

Keila mantiene un blog, www.retratosdefamilia.blogspot.com y actualmente vive en Querétaro, México, con su esposo Abraham. Para más información visite www.keilaochoaharris.com.